讨酒的叫花子 著

夏蝉

长江出版社
CHANGJIANG PRESS

图书在版编目（CIP）数据

夏蝉 / 讨酒的叫花子著．—— 武汉：长江出版社，2025．7．—— ISBN 978-7-5804-0159-5

I.I247.5

中国国家版本馆 CIP 数据核字第 2025KN8780 号

夏蝉 / 讨酒的叫花子 著

XIACHAN

出　　版	长江出版社
	（武汉市解放大道1863号）
出版统筹	曾英姿
特约编辑	雷凤伶
封面绘制	糖谷一
封面设计	黄　梅
市场发行	长江出版社发行部
网　　址	http://www.cjpress.cn
责任编辑	李剑月
印　　刷	湖南天闻新华印务有限公司
版　　次	2025年7月第1版
印　　次	2025年7月第1次印刷
开　　本	880mm×1230mm　1/32
印　　张	10
字　　数	328千字
书　　号	ISBN 978-7-5804-0159-5
定　　价	46.80元

版权所有，侵权必究。如有质量问题，请与本社联系退换。
电话：027-82926557（总编室）027-82926806（市场营销部）

目 录　　贴　发送

- 第1章　她的租客　/001
- 第2章　共处时光　/017
- 第3章　用心读书　/032
- 第4章　天气升温　/047
- 第5章　潮湿的夜　/065
- 第6章　五一出游　/079
- 第7章　多加关照　/096
- 第8章　闷热仲夏　/116
- 第9章　生日快乐　/132
- 第10章　相互取暖　/145

目 录

- 第11章 收养八斤 /161
- 第12章 再次旅行 /178
- 第13章 长久陪伴 /193
- 第14章 等你回来 /211
- 第15章 各自为安 /226
- 第16章 我很想你 /241
- 第17章 岁岁平安 /263
- 第18章 漫长岁月 /289
- 简体独家番外一 /303
- 简体独家番外二 /309

她的租客

[第1章]

3月，G市。

许念梦到了初次遇见顾容的那天——彼时她十九岁，刚读大一，在南山别墅里参加室友沈晚举行的生日泳衣派对。偌大的泳池周围有许多人，但她除了沈晚谁都不认识，只能坐在泳池边看着。

派对很热闹，从下午一直开到天黑，她在泳池里游了两圈，正打算上岸时却被人撞了一下，一个趔趄就跌落到水中。落水以后并不像电视里演的那样，可以挣扎着站起来，她觉得身上似有一堵无形的墙死死地压着她，脑子里一片空白，手用力地乱抓着。

这时身上忽地一紧，一股力量把她拉了起来。她下意识地抱住那人，就像找到了救命稻草一样死死地抓住了对方。

那人就是顾容，她带她游到泳池边。

余惊未散，许念没敢松手，就好像放开手就会没命一般。慢慢地，当她头脑冷静下来，她首先感受到的是一股温暖，接着看到了面前人的脸……

在十九岁这个彷徨迷惘的年纪，一次相遇就能成为不可磨灭的印记，深深植根于心底，为青春添上浓墨重彩的一笔。

这一笔下力极重，历经一年之久都没能淡去，反而越发艳丽，始终蛰伏着，亟待冲破桎梏。

梦境渐渐变得不可控。

然后她醒了。

背后全是薄汗，被窝里满是热气，许念感到身上汗涔涔的不舒服，大概是还没完全从梦境脱离，只呆愣愣地望着老旧的黄色木质天花板。

昨晚睡觉前忘了关窗，和煦的风吹进来，桌案上的书页哗哗翻动着，两片凋落的玉兰软塌塌地挂在窗台边沿，老式挂钟恰恰指向七点半，太阳刚爬上蓝湛湛的天。

今天周六，不用上课，许念缓了许久，终于坐起身，适才梦境里的场景此刻已模糊不清，但那种浸入骨子里的感觉却经久不散。她抿紧唇皱着眉，脸上显露出些许自我厌弃的神色。

待平复下来，许念随意找了套浅灰的运动装进浴室洗澡。她仅穿了纯白紧身短背心和同色内裤睡觉，桃李年华的女孩子已然发育完全，腰肢纤细，长手长脚，身材曲线凹凸有致，浑身上下都充满了朝气与活力，又有那么一丁点儿成熟感。

水温有些高，许念调了好一会儿才调到合适的温度。她扬头迎着水冲脸，又胡乱抹了一把，勉强把烦乱的心思甩掉。热水沿着她光洁的背滑落，流到排水槽处直打转儿。她随便洗了几分钟，擦干身体穿好衣裤，收拾一番，下楼做早饭。

这栋老旧的红砖房只有她一个人住，四下空荡荡的。家具、装修都十分旧派，很有二十世纪八九十年代的装修风格。实木方桌，裸露在墙上的电线，每间房就简简单单一盏白炽灯，厨房挨着客厅，正对院坝，里面还算宽敞干净。院坝周围建有两米高的院墙，靠近房子这边种了两棵玉兰，墙左墙右是低矮的冬青。院子中央则是一棵高大的黄桷树，至于大门那边，葳蕤的深红三角梅正盛放着，小部分枝丫爬过墙头，团簇的花儿将褐色的枝条压弯垂在院墙之上。

房子是两年前外婆留给许念的遗产。

许念的父母十几年前就离了婚，许父以净身出户为条件将许念甩给许母，许母又把她丢给自家妈，夫妻二人离婚不到一年就各自再婚。许念鲜少跟他们接触，故而不熟，因为习惯了外婆带，也便不觉得伤心难过。

有了新家庭的许母无力负责许念太多，偶尔过来一次，或是打打电话，每个月给点生活费，初中给三百，高中给五百，直至许念读大学仍是这个数。

外婆太了解许母，也太担忧许念，所以在弥留之际把名下所有财产都留给了外孙女，连根毛都不给自己的女儿。许母自知理亏，倒也不争不抢，一切尊重老人家的意思，只是不再管这个不亲近的女儿。

半年前，许母找许念谈了一次话。

"你叔叔上半年动了手术，弟弟妹妹马上升初中，阿念，你能体谅妈妈一点吗？"

许念能猜到接下来的话，从头到尾一言不发。

"你外婆不是留了五万给你吗？"许母迟疑吞吐，眼神躲闪不敢抬头，兴许觉得为难愧疚，说完这一句就没了下文。她看男人的眼光一向奇差，先找了个无赖，后找了个吃软饭的，活了大半辈子也没能活出点色彩和通透来。

看到她这副模样，又听见她这番话，许念有点难受，但也仅只一点点而已。

"知道了。"她回答得比许母果断多了，没有埋怨，没有生气，甚至语气都没有一丝起伏，就像真正的陌生人。

不过母女之间确实陌生，外婆活着的时候勉强能有交集，外婆不在了这份淡薄的感情也随之被埋进黄土。血缘关系，说重也重说轻也轻，看淡了就容易放下，没什么大不了。生活还是要继续，许念总不能拿刀架她脖子上逼迫，或者做出一些无济于事的行为，她需要为将来打算。

五万块，坚持到毕业绰绰有余，可要是想读研，似乎少了些，除去奖学金和兼职，她想到了出租房子，但出租房子没想象中那么容易，挂网上的招租消息未激起任何水花，这房子地处老城区边界，交通不便，老城区发展远远落后于其他三个区，加之招租要求相对较高——两千块一个月，半年起租，押一付一，与主人合住，无人问津实属意料之中。

老城区离郊区最近，房租一般几百到一千不等，一般按单间出租，罕有出租整座房子的。

做好早饭，她边吃边查看手机，依然没人询问。她犹豫要不要降租金，纠结半晌，还是决定再观望两天。

近来"倒春寒"，白天气温回升得较快，早晚却寒气阵阵，吃完饭洗完碗打扫干净，许念穿上加绒外套骑单车出门去西区做家教。

老城区的街道破旧，但卫生工作做得不错，今年G市要申请"全国文明城市"的称号，这儿就成了重点关注地区，商铺、摊位都重新整治了一番，相关明文规定更是一条接一条地下达。

穿过曲折逼仄的巷子，沿延丰大道骑行十分钟，再往左拐进堆聚的居民楼，出去便是热闹繁荣的西区，这里高楼林立，与后面的老城区形成鲜明对比。

做家教的地方在白领聚集区城河街尾，许念加快速度，赶在八点五十抵达小区外，停好车，跟门卫打过招呼后进去。

家教九点半开始，一次上课两小时，一个小时50块，到了楼下她刚打算给家长打电话叫对方下来开门，对方倒先打来了。

对方一家旅游去了，走的时候匆忙，忘记通知她，车都开出G市才记起这事儿，家长连连说"对不住"，并转了两天的补课费给她，相当于不上课白拿钱。许念反过来宽慰家长，乐得清闲。

挂断电话后，她慢慢朝外面走，盘算着回去的路上该买什么菜，刚走出小区，手机铃声倏尔响起。

沈晚来电。

接通。对面先开口问："在干什么呢？发消息也不回，做家教去了？"

许念用脑袋夹着手机蹲下身开锁说："嗯，不过他们出去旅游了，这周不上课。"

那边哦哦两声，说："对了，你那房子租出去了没？"

"还没。"许念说，"可能价定高了，等过两天看要不要适当降些。"

沈晚沉默了一下，说："我小姨回国了，打算在国内休息半年。"

许念应声。

"她这段时间会一直待在G市，最近也在找房子，可找不到满意的，郊区远市区闹，你家那房子不挺有特色的吗，我就推荐给她了。你下午有空没？有空她下午就来看房，我现在在B市，电话号码发你微信上了，你自己跟她联系。"

许念站起身，抬手拿着手机，想说什么，话到嘴边又咽了下去。

倒是沈晚故意解释，照顾她的自尊心："这不熟人嘛，我小姨住你那儿我家也放心。你又不是不知道我小姨，不爱住家里，不买房，经常天南海北到处跑，她跟我外公处不来，没办法。"

许念讷讷，不知道该怎么回。

"好了，就这么说定了，你早点回家收拾收拾，我这边有事儿，先挂了啊。"说完，真立马挂断。

许念原地站了一会儿，才划动屏幕打开微信，她望着那串数字踌躇许久，复制，添加好友，发送请求，而后将手机揣进兜里，骑车离开城河街。

沈晚的小姨，就是顾容。

沈晚有句话说得不对，许念和顾容其实不熟，虽然时常会碰到，但两人压根没怎么交流过，原因在于顾容这人性子清冷，凡事都太过于淡漠凉薄。

"她这脾性，习惯了就好。"——大家都这么说。清冷，不是冷漠，只是比较安静不爱闹腾而已。顾容是走T台的模特，十八岁开始走秀，先是在国内发展，二十岁被大品牌发掘后走向国际，在模特界的地位不算顶尖，但比之国内大多数同行还是非常厉害了。

T台、走秀，那是与老城区格格不入的字眼，日复一日的辛苦工作、微薄的薪水、一家老小……这些才是她们生活的全部，至于大牌奢侈品，只会出现在橱窗、电视和手机里。

许念清楚顾容为何会来这儿，无非就是沈晚在变相地帮衬自己，两人的友谊深厚，特别是交作业和期中、期末考试之前，她能次次考试不挂科，全靠许念精准帮扶。

许念也很感激她。

骑行到延丰大道中段，绕过破败的筒子楼，楼后面就是老城区最大最物美价廉的菜市场。许念骑车进去随便买了两把时令青菜、猪肉、饺子皮。菜市场后面有条近路通往她住的宽北巷,回到家时刚刚十一点。

G市的三月气候多变,下午阳光和煦,傍晚时分天色昏沉沉,院里的三角梅随风左摇右摆,一场小雨在即。

许念抬头望望阴暗的天空,麻利将晾在外面的衣物收进屋。

发送出去的验证消息毫无动静,她下意识地翻了翻手机,微信界面一个提示都没有。

顾容可能在忙,也可能临时有事。

外头的风呜啦啦变大,猛地一下吹动窗户,发出"啪"的重重的撞击声。她把手机搁在桌子上,走过去关窗户,关好又下楼去关其他窗户。

院里的黄桷树叶子被大风吹得七零八落,飘落在地上,不多时就铺满一层。许念干脆把门也关上。大风持续了两三分钟,又停了,天上的乌云仍在堆聚着,小雨迟迟不下,她打开门,站定观望天色,感觉真不会下雨了,才进厨房包饺子。

馅儿下午她早就和好了,包饺子用不了多长时间。春日的天黑得快,包完饺子天也快黑尽了。

许念上楼拿手机,还是没消息。

今天应该不会来了。

她下楼,犹豫要不要做饭,刚下到客厅,手机屏幕亮起,看见来电显示,她愣愣片刻,划动屏幕接通。

"你好。"电话那头的嗓音清冷沉静。

许念下意识看向大门口,缓缓道:"你好……"

"许念?"

她"嗯"了一声,张了张嘴,略微不情愿地喊道:"小姨。"

她和沈晚是同辈,顾容是沈晚的长辈,她得像沈晚一样叫人,直呼姓名失礼,喊昵称也不行。叫小姨,合乎情理,但许念不喜欢这么喊,差了一辈代表有距离,顾容今年二十七,只比她大七岁。

"我在巷子口,车进不来。"

顾容从未来过宽北巷,故不熟悉地形,宽北巷南窄北宽,小车必须从北面进,她应该开到了南巷口。许念拿起挂在墙上的钥匙,关门,边走边说:"我来接你。"

这个时间点正值下班,巷子里老街坊们来来往往,照面就热情地打声招呼,路旁每隔一段立着一个路灯,灯柱柱身锈迹斑驳,可照明功能完好,昏黄的灯光柔柔投落在地,照亮整条巷子。

许念腿长,走得又快又急,快到拐角处时故意慢下来,定定心神,慢悠悠走出去,南巷口的路灯更为密集,亮度瞬间增加。

粗壮茂盛的槐树下停着一辆白色奔驰,顾容平时喜欢开宾利,这回倒是低调出行。春季夜里阴冷,她穿着单薄,宽松型灰色高领毛衫,外搭纯黑长款双排扣风衣,皮质高跟鞋,一个多月不见,还换了发型,及腰大卷变成了齐肩中长直发,看起来十分利落。

她靠在车前,远远瞧见许念,站定,向前走了一步。

南巷口寂静,此刻人少,许念走到跟前,视线由她脸上擦过,说道:"以后要从北巷口进,这边进不去的。"

顾容打开副驾驶的门,解释道:"下午家里有点事。"

许念弯身坐进去,从对方面前绕过时,隐约闻到了一股淡淡的香水味,她分不清那是什么牌子什么香味,只觉得挺好闻,稍稍愣神片刻,应声:"解决了吗?"

顾容关车门,到驾驶座坐下,说:"差不多了。"

她话少,全无想多聊的意思。许念识趣不多问,帮忙指路,南北巷口距离近,开车也就两三分钟,相较于南巷口的冷清,北巷口显得热闹开阔,这边有个小公园,吃了晚饭出来消食的人一块儿散步聊天。

瞧见有车开进来,大家纷纷主动避让。

这里都是老式筒子楼和红砖房,不见一栋高楼踪影,明显已快被发展飞速的其他三个区所遗弃。许念偷偷打量了顾容一眼,想看看她的反应,但顾容面色依旧,专心看路开车,连眼神都未曾有丝毫变化。

许念家在巷子约莫三分之一处,左右、对面皆红砖房。

"我先开门。"许念下车,摸出钥匙,因着没有门槛,车可以直接倒进去。

刚拧开锁,"咔嗒"的声音响起,许念下意识看向地面,豆大的雨点噼里啪啦直落,且愈落愈大,眨眼间就倾盆而下,她赶忙推开门,招手示意顾容快倒车。

突如其来的大雨淋了两人一身,尤其是许念,背后湿了一大片。许念找了两张干帕子,递一张给顾容:"擦一擦。"

顾容抬手来接。

许念用帕子抹脸,一个不小心,指尖无意触碰到对方冰凉的手。

顾容肤质光滑，手指匀称分明，大概不习惯触碰，她屈了屈指节，与此同时许念尴尬地收回手。

许念拿开帕子，她扭头瞧了下大雨淅沥的外面，说："这雨恐怕一时半会儿停不了。"

顾容擦头发，瞥见她湿漉漉的后背，皱了皱眉，提醒道："背后是湿的。"

"马上就换！"许念放下帕子，瞥见她的风衣也湿了，"你要不要换件衣服？"

"衣服里面是干的。"顾容婉拒。

"那你等两分钟。"许念说，接着上楼，迅速换衣服。

顾容在楼下转了转，房子面积不算大，东西多却并不凌乱，环境整洁，可见主人经常打理，房子包括房子里的家具陈旧，大部分都是小时候才能见到的玩意儿，处处充满年代感。

客厅左侧有间通风良好的空房，里面晾着下午收的衣服。

出于礼貌，她随意瞥了一下，没进去，不过房间就那么大，即便不进去也能一眼看完，衣服裤子只黑白灰三个色，款式单调，衣服旁边是贴身衣物，款式非常基础，一点不符合爱追求潮流的大学生的审美，也不太符合许念当前这个年龄段。

女孩子到了一定年纪，家长或多或少会教一些基本的常识，但显然许念没有，也不会有。

顾容移开视线，不再四处瞧看。

许念的情况她基本了解，这次过来看看房子只是走个过场罢了，她对住房条件就一个要求——干净，而这里确实很干净，如果不出意外的话，她打算过两天就搬进来。

其实她原本是打算在郊区租别墅的，无奈沈晚那丫头软磨硬泡，央求了她好几天，小姑娘心思细腻，帮朋友也尽量委婉迂回。

"要不要上来看看？"许念换好衣服出来，问道。

顾容长得高，身材不错，穿运动装或是家居服都有模有样，几缕湿发贴着白细好看的脖颈，将锁骨前的衣料润成深色。

顾容垂下眼，默不作声上楼。

楼上有一个厅两间房，厅的左面是共用的厕所、浴室和阳台，右面是房间，许念打开大的那间房，按亮灯。

"被褥这些都是新买的，我平时一个星期会清扫两次。"许念知道顾容有轻微的洁癖,专门提到,接着顿了顿,补充说,"我现在住校,周一到周五课少的时候会回来,这片儿治安还行,如果需要帮忙,可以找周围的邻居……"

许念说话声很轻,也许是觉得自己和顾容之间条件终是不同,话说到一半就停止,说来说去,顾容能适应吗?基础设施、安保条件、交通……她们这儿就没一样比得过新区那边的。

顾容来这儿简直就是委屈自己。

她抿了抿唇,斟酌话语。

没察觉到她的情绪变化,顾容进屋,借着亮光,她瞧见了窗外随风摇曳的玉兰,雨点悉数往窗户玻璃上拍打,啪嗒啪嗒作响。

照这个架势,大雨今晚怕是不会停歇了。

大雨天气,不宜开车,今儿挑的上门时间不对,偏偏就赶上了。

顾容回身,问:"合同准备好了吗?"

许念一怔,问:"不再看看?"

"已经可以了。"

许念定定看着,对方说话不带情绪,令人捉摸不透到底是满意还是不满意。

迟疑半晌,她将合同拿来。

顾容大致看了一遍,签字,就此定下。雨势愈强,哗哗响不停,顾容不由得拧眉,许念也望了眼窗外。

仲春多雨雪,自打惊蛰一过,气候便乍寒乍暖,乌云堆聚笼罩天空,有时候小雨淅沥,有时候大雨滂沱,下雨的时间有长有短,全看老天爷的兴致。

夹着雨水的风直往屋里刮,眨眼工夫门口就是一摊水,时隔半个小时,雨势依旧不见小,许念留顾容吃晚饭。下午包的饺子此刻派上了用场,再调蘸料,醋、少量生抽、两三滴香油、蒜泥,调好后放在公用的盘中,要吃自己取。想着模特对身材要求高,在饮食方面严苛,她只煮了一人10个饺子。

顾容很讲餐桌礼仪,细嚼慢咽,严格遵守食不语的规则。

这顿晚饭在相对无声中结束。

因为走不了,顾容得在此留宿一晚。

许念找了一套没穿过的睡衣、全新的洗漱用品以及毛巾送到大房间。

"这些都是没用过的,如果还需要什么可以直接到隔壁找我。"她把东西放桌上，一一摆整齐。

顾容脱掉风衣，兴许感觉有些冷，便不自觉远离迎风的门口。许念瞥见，不动声色退到门边，搭着门把手道："你先洗澡，我要画工图。"

顾容点头道："谢谢。"

"早点休息。"许念小声说，轻轻带上门，站了几秒，才转身进隔壁房间。

这间房比较小，床左是书架，书架上堆满教材和二手书店淘来的名著；床右是窗户，窗户下有一张黑漆木质书桌，其上铺着堪比桌面大小的图纸。学院里安排下周画工图，趁着周末空闲，她提前开始做，下午已经把数据和草图整出来了，今晚可以开工画图。

她到桌前坐下，刚布好图，听到隔壁传来开门声。老房子隔音差，动作稍微重些，隔两道门都能听见，不一会儿，对面又传来关门声。

笔尖一顿，许念抬了抬眼皮，但终归没任何动作，窗外忽而明暗交替，黝黑的天幕击出一道骇人的闪电，骤然照亮雨夜中的城市，之后一切归于黑暗。

屋内莹白的灯光由窗口泄出，可以看见雨滴落在玉兰枝干间又倏地溅起，一下一下，没个停歇。

良久，图纸上只有几条线。天边闪电再起，可没轰隆震耳的雷声，许念停下笔，起身，从柜子里找出一件长款大衣。

隔壁房间的门半开，浴室里水流声清晰，浴室的门是木门，一关就完全看不见里面的情形。许念走进隔壁，将大衣放在床头，准备出去时，她眼尖地瞧见一抹浅黄挂在桌边。

那是洗澡用的擦身毛巾，此刻正一角挂着，随时要掉到地上。

顾容把毛巾落下了。

许念愣了愣，眼神复杂地盯着那条摇摇欲坠的干毛巾，心里颇纠结。风从门外卷入，带起毛巾，她眼疾手快，下意识弯身去抓，到手的东西像滚烫的烙铁，想扔掉却被贴牢。

送，或不送，这是个大问题。

她靠着冰冷的墙壁，视线不时往对面游走，脸上看似无波无澜，可手下忍不住用力绞着。

雨声、水声交织，几乎融合到一起。

浴室里，顾容站在花洒下任水冲刷，热意从背部蔓延向四肢，舒适温暖。作为模特，身材比例自是极好的，修长紧实的腿，小腹的马甲线性感，没有一丝赘肉，连手臂都不曾有丁点儿不足。

扬了扬下巴，伸手关掉热水，顾容抹了把脸，湿答答的头发瞬时贴住光洁的背部，水沿着背径直一股股流下。

左边的挂钩上挂着毛巾，她挪动半步去拿，触及润湿的毛巾时，显然愣住，这是用过的。这条用过的湿毛巾，与许念给的那条同款不同色，一蓝一黄，很明显，这条是许念的毛巾。顾容接受不了用别人的私人用品，然而刚洗了澡浑身都是水，不擦干怎么穿衣服……

她蹙眉，看了看紧闭的木门，犹豫不定。

顾容最后选择求助。

许念直直盯着那扇门，靠墙站了半分钟才慢吞吞走过去，抬手敲门。里面传来踏水的声音，她没敢细听，稍微愣神间，门打开一条宽缝。

一只沾水的手伸出，指节细长，手背上还带有水珠儿，顺着手背向上，是半截白皙的小臂，因门半敞开，里面氤氲的雾白热气便往外散。

许念不经意间瞧见了挂钩最右侧上的衣物，同时递毛巾的动作也丝毫没耽搁。

下一刻，门便被关上，眼前只剩老旧的木门花纹。

迟来的惊雷随闪电猝然响起，低沉的轰鸣声不绝，那是G市那年的第一场春雷，许念吓了一跳，猛地看向外头。

许久后，许念回房间继续画图。

这段小插曲并未给顾容带来任何影响，洗完澡吹干头发，进屋，看到床头的大衣，她略微怔愣了一下，然后关门，将衣服理顺挂好，上床躺着。

雷声到半夜终于沉寂，雨也渐渐小了。小房间内，许念关掉台灯，放下笔，收拾睡衣进浴室。开门时，她特意望了望旁边，大房间早已熄灯。

浴室的排水设计不行，地面仍留有积水。许念脱掉衣裤赤脚踩进去，水立马溅到她脚踝上。她打开热水开关，走到花洒下，热水冲到她颈后，再倏地落下。

翌日，雨过天晴，远处泛起鱼肚白。

一夜大风大雨，院坝里尽是树叶，院墙处的奔驰车顶也堆了不少叶子以及玉兰花瓣。下过雨天气潮湿，空气中都带了微小的水汽。许念是被冻醒的，她睡觉不老实，不知什么时候把被子踢开了，半边身子都露在外面。

她觑眼看挂钟，马上到七点，还早，于是拢紧被子小憩。七点半起床，穿戴好开门出去，恰巧迎面碰见顾容。

"早。"许念说，刚睡醒，声音有点低，昨夜睡得晚，今儿脸色看起

011

来略苍白，精气神差。

顾容回："早。"

对方都没有想多交流两句的热情，言讫进浴室洗漱。许念在厅里磨蹭了几分钟，估摸顾容差不多了才推门进去。

顾容正在扎头发，简单绑了个清爽的低马尾，瞧见她，说："你明天下午有空吗？"

许念一面挤牙膏一面说："有，明下午没课。"

"我明天搬过来。"顾容说。

许念"嗯"了一声。

两人交谈不多，顾容连早饭都没吃就开车走了。许念也没留她，忙活完自己的事，上楼收拾准备。

中午时分，大太阳直射地面，到黄昏时候，院坝里的积水勉强干了大半，许念费了好一番力气来打扫。兴许是考虑到明儿家里会多一个人，扫完院坝，她又把楼上楼下的房间都清理了一遍。

做完这一切，她看到了顾容给她发的消息，她问可不可以搬一些运动器材过来。许念自然同意，反正二楼的大厅空着也是空着，正好可以用来当运动室。独立的房子就这点方便，在家可以随便折腾，不用担心打扰到邻居。

有事情做的时候时间总过得特别快，许念用红笔在日历上圈下了20号作为纪念。这一年的3月20号是春分，春分过后将会进入"桃花汛"期，桃花汛，又叫作春汛，顾名思义，是春天河水泛滥、桃花盛开的时期。

小学课本里常说"春天是美好的季节"，春是四季开端，象征了新的开始。在这个平凡而特殊的一天，许念的新生活初启，她刚满二十岁，柔嫩，青春洋溢。她会像生命力顽强的藤蔓那样，攀附着属于她的那面墙，用尽全力去追寻自己所渴求的阳光，然后将整面墙完全笼罩。

这一晚一夜好梦，隔天一大早，许念乘公交坐了两站到地铁站，半个小时后抵达学校，上午就第二大节有课，上完课，又匆匆赶回家。

她又去南巷口处配钥匙。

顾容是两点来的，仍旧开着昨天那辆奔驰。她前脚刚进门，送行李的车后脚就到了，随行的还有一个长得高高瘦瘦、打扮中性的朋友，那人叫宁周怡。

宁周怡笑着喊她，并帮忙搬行李。

许念见过这人两次，勉强算认识，趁宁周怡在安跑步机之际，她进屋帮顾容。

顾容带来的衣物很少。

"我自己来就行。"顾容说，打开行李箱，将衣服分门别类地放进柜子。

瞧见她在拿贴身衣物，许念移开眼，把配好的钥匙放床头柜，轻声讲："这是钥匙，黄色的是开大门的，剩下两把银色的分别是楼下正门和房间钥匙。"

顾容瞥了一眼，说："房租我微信转你了，你记得查收。"

许念点头。

她想说什么缓和一下气氛，宁周怡进来，叫收拾完出去一起吃饭。

不待两人回答，宁周怡自顾自掏出手机："顺便叫晚晚过来，好久没见过她了。"

顾容默许。

下午五点，沈晚赶过来，一行人去西区吃盐帮菜。四个人一桌吃饭太无趣，宁周怡打电话又喊了几个朋友来。

许念只认识她们仨，她坐在顾容左手边。

或许是因为年龄差距，许念跟这些人搭不上话，朋友们顾及她和沈晚是小姑娘，也尽量聊些正经话题，买车买房投资，新款包包、衣服，许念不大懂这些，默默吃着菜。

沈晚在专心剥虾，时不时插两句话，她面前的小碗里剥好的虾仁堆了半碗。在场的都是熟得不能再熟的人，不必讲求规矩礼貌。宁周怡见沈晚喜欢这个，还帮着剥，并叫服务员再上两盘。

顾容寡言少语，只听不说。

两个话少的人坐一块儿，比较引人注目，一个三十出头的白衣女人打趣："晚晚的朋友脾性和阿九挺像的，都闷，像俩木头。"

"阿九"是顾容的别称，她在整个顾家同辈里排行第九。

其他人皆笑，别说，还真像。

许念愣了一下，那女人继续说："小朋友叫什么？"

一桌人都盯向她。

她嗫嚅着，低声回道："许念。"

女人点点头，没再多问，继而与其他人聊天，倒是顾容，悄悄用余光看了眼许念。而这无心一看,却瞧见许念微张着嘴,口里在轻轻吸气。盐帮菜是川菜的一个派系,重麻重辣,许念不太能吃重口的食物,就喝了口白开水缓解。她的嘴唇、舌尖都被辣到了,呈现出艳艳的绯红色,比搭在砖墙上的三角梅颜色浅一些。

顾容眸光微动,不动声色收回视线。

一顿饭吃了近两个小时,时间还早,宁周怡提议去不远处的长河大桥散步,大家都同意。长河大桥是一座历史悠久的青砖拱桥,横跨G市的母亲河长河,算是一处景色,许念小时候常去那儿玩。

因前一天下过大雨,长河大桥上有许多水洼,桥两边挂着古色古香的灯笼,光线有些昏暗。

宁周怡和沈晚她们走在前头,一路走一路聊,许念稍稍落后两步,顾容比她还靠后面。

许念怕积水打湿帆布鞋,于是尽量绕着水洼走,顾容担心积水弄脏鞋子,亦绕着走,两人的步伐出奇一致。身后有人跟着,许念觉得不习惯,连走路都不利索了。

春夜寒风料峭,吹在身上颇冷。由于白天有红火大太阳,许念穿得不多,一件打底内衬一件卫衣。她拢了拢衣服,却没在意脚下的路。

路面上有块小石头,许念一脚踩了上去,身子一仰就要往后倒。顾容反应快,稳稳地托住了她的背。

顾容扶正许念,好似什么都没发生一样,无比沉静,低低地说:"看路。"

许念刚想回答,沈晚靠了过来,小声问:"阿念,你图画了吗?"

许念快步跟上大家,说:"在画,快画完了。"

"设计书写了没?"

"写了。"

沈晚脸上一喜,说:"那借我抄抄格式。"

许念应下,她们画的工图大体是一样的,只是每个人的数据不同,有了格式和手册,任务的难度骤减。

"明天回来画图啊!"沈晚又说,"顺便带带我。"

一旁的顾容闻言望过来,目光带着探究,沈晚以为她听到了自己要抄作业,讪讪笑了笑,许念朝旁边瞧了下,应声道:"行,明后天课多,可以晚上去画图。"

沈晚不迭点头,顾容没说什么,只是走到宁周怡她们那边去。来此散步的人多,桥两端都有卖水卖纪念品的小摊。走到另一端桥头后,沈晚拉着许念去买饮料,顾容她们在原地等着。

待两人走远,宁周怡才对顾容说:"你还真答应了晚晚那丫头……"

顾容没说话,宁周怡远远瞧着许念的背影,不自觉多看了两眼,方才的白衣女人插嘴,笑道:"这不挺好的吗,多和小姑娘待待,小姑娘有活力有朝气。"

宁周怡也笑,摇了摇头,她不是不认同,只是觉得这样帮忙太麻烦,不过也能理解,小姑娘年纪小,傲气,然而傲气不能当钱使。

"各人有各人的活法。"顾容突然说。

宁周怡一愣,细细揣摩她话里的意思。

十点半,大伙儿各回各家,她们都住新区那边。许念和顾容一起,夜深时候,路上车少安静,她坐在副驾驶,车进入一段黑魆魆的路时,顾容开口问:"晚晚说你成绩很好。"

许念谦虚道:"还行。"

G大理工是G市第一学府,"985""双一流",能排进全国前六,她回回考试稳居前三,说"还行",确实有够谦虚,这些顾容都清楚,她打了小半圈方向盘道:"准备考研吗?"

"还没想好。"许念如实回答,停顿须臾,"应该会,想去T大。"

T大,是国内许念所学专业排名第一的学校,如果不出意外,她应该可以保研进去。

顾容说:"好好学习。"

刚住到一起,两人都有些拘谨,顾容主动找话聊,这是好开端。许念望望车窗外,轻轻应声。

十几分钟后,两人抵达家门口。许念开门,忽而想到答应过沈晚的事,进屋时告诉顾容说:"我明后天会在学校画图,不回来。"

"嗯。"顾容平静地回道。

周二周三天气晴朗,气温持续上升,上课、画图交替的日子过得飞快,眨眼就到周四,上完今天的课,许念进寝室收拾东西准备回家。

女寝楼下有宽敞的场地,健康教育部在此扎帐篷发传单。许念刚出来,热情的宣传员就塞了一张健康知识科普单给她,她没在意,顺手就把单子夹书里。

工作日白天地铁站冷清,一节车厢就五六个人,许念坐在角落里,打开手机找到头像为"R"的微信号,想给顾容发条消息,可犹豫半天还是没发。

二人还不是太熟悉，贸然发消息似乎有点太唐突了。她收好手机，将其丢进包里。

疾驰的车厢外忽明忽暗，车上的乘客也越来越少，许念是倒数第二个下车的，之后转公交车到南巷口。

太阳落得早，下午五点多天就薄暮沉沉，地面一片昏黄，巷道里格外安静，一个人影都不见。许家大门敞开着，楼上大厅的窗户也敞开着，许念抬头，望见窗台后正在跑步的顾容。

顾容戴着蓝牙耳机，全然没察觉到她回来了。

许念轻手轻脚上楼，进了厅，将书放在楼梯左边的小桌上。

顾容这才发觉，但她在跑步，朝这边看了一眼就当是在打招呼。白天暖洋洋的，顾容穿的运动服单薄，因为热而把领口拉得较低，运动久了浑身汗涔涔的，就连额头脖颈都在淌汗，她边跑边尽量有规律地呼吸，这样不至于太累而大幅度喘气。

许念扭头看了看，良久，开门进屋，倏地关门。

顾容神情微动，朝这边看了一下，再将速度调低。

许念故意在屋里待了许久，等到外面没有声响了才出去，天已经有些暗，该做饭了。顾容站在楼梯口旁，颈间搭了一条擦汗的毛巾，她正在盯着桌上那摞书看。许念觉得奇怪，慢腾腾靠过去，叫了声："小姨……"

刚运动完，顾容满身热气四散，靠得近，她都能感受到。

"嗯。"顾容抬眼，没再看那摞书，而是抬手用毛巾擦了擦颈侧。

许念的眼神随着顾容的动作移动，却不经意间望见了顾容汗涔涔的脸。

"我去洗个澡。"顾容说，浑身汗水难受得很。

许念兀自"嗯"了一声，等对方进房间拿衣服，她才打算把书抱走，接着看见健康知识科普单上的内容。

顾容拿了衣服开门出来。

许念背后一紧，生怕单子被发现。

但顾容没任何反应，径直进了浴室。

许念不知道自己是如何把书抱进屋的，她将那张东西揉成一团，扔进垃圾桶，房间的门开着，正对浴室，她往那边瞅了一眼。

天际的夕阳落在红砖房后，慢慢消失不见了，天空显现出深蓝色，偶尔有两三只鸟雀从房顶上方飞过。

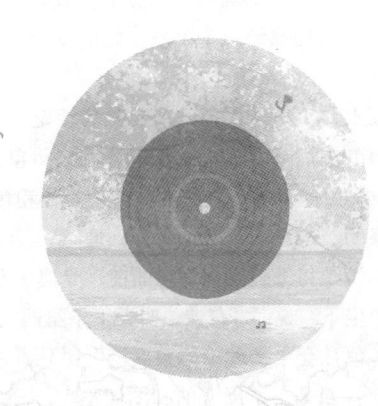

共处时光

[第2章]

院墙里的红花肆意地开放着,似乎要"开到荼蘼花事了"方才要罢休。空气中弥漫着春日特有的清新味道,树上茂密的叶子时有摆动,偶有掉落。许念不再放空思绪,进厨房做饭。冰箱里有许多新鲜的菜,都是顾容买的,最上层有两瓶红酒,瓶身上有雕花,她不会分辨红酒好坏,过一眼就完事儿,挑拣出两样菜,麻利地择菜、洗菜、上锅炒菜。

顾容洗完澡,下来帮忙拿碗筷。她身上穿着宽松睡衣裤,头发吹得半干不干,尾端微翘,即便已经二十七岁,她的皮肤状态仍很好,举手投足间尽是成熟风情。

七岁的差别就在这儿——大七岁的人从容淡定,不急不躁,懂得遮掩与沉寂,会控制情绪与讳饰心思,每一个动作都显得自然。顾容半低着脑袋,额前掉落两缕头发,侧脸轮廓线条分明,薄唇呈淡粉色,随着摆碗的动作,睡衣的领口倏敞倏闭,平直的一字锁骨分外性感。

"明天没课?"她将饭碗推到许念面前,坐桌子左边。

许念拿着筷子坐下,说:"有课,明天下午第四大节上'毛概'("毛泽东思想和中国特色社会主义理论体系概论"课),老师要点名。"

明儿课少,她就回来了,周五的制图课不上,画完工图这个星期就比较空闲,为缓和气氛,她说完又道:"之后会在家里待三天。"

"有时间出去走走,劳逸结合。"顾容说,之前两人见面多接触少,现今一个屋檐下,就不能再那般,她虽性子清冷,但做人处世还是会的。许念十分自觉,有空就关在屋里学习,太过于安静。

"知道。"许念接话,顿了片刻,"你也是,北巷口往左拐有个植物园,往前五十米是通长河,那边傍晚热闹。"

对面一时静默,没回,她疑惑抬头,顾容才不慢不紧道:"我周末有拍摄工作,与新空合作。"

新空,目前国内排名第一的综合类时尚杂志,以犀利和现实主义为特色。许念对这个的了解全来自周围爱潮流的同学,大家尤其追捧它,她不懂潮流,可也知道新空在国内潮流界的地位。

休息不是退隐,拍拍杂志照一方面可以打发时间,另一方面能在一定程度上保持名气,不至于退出大众视野。

许念夹了筷子菜,"嗯"了一声。

吃完饭,顾容洗碗,她没拦着,又不好意思干坐在外面,于是到厨房打下手。厨房里新添了许多用具,譬如高压锅、微波炉,按顾容的性子定然不会要她一个学生平摊费用,许念识趣未提。

没有住在一起之前,许念以为顾容是个十指不沾阳春水的人,事实证明并不是那样。顾容话少,但不至于一声不吭,她有时会有意寻话聊。她的唇色深浅适宜,说话的时候只稍稍张合,沉默的时候会紧抿双唇。

"待会儿要不要看电视?"许念随口问,这边除了散步就没其他娱乐方式,无聊时只能玩玩手机或者电脑,但毕竟家里有两个人,一味地埋头盯手机也不太好,看电视就成了唯一的选择。

顾容将洗好的碗放进壁橱,拧开水龙头洗手,说:"可以。"

许念上楼拿了两条盖腿用的毯子,又洗了盘葡萄,坐沙发上等着。不知道顾容喜欢哪种类型的剧,她联网找了几部较为经典、评价高的电影,有港片有外国片,文艺、热血传奇或是科幻类型齐全。

客厅的沙发小,两个人坐一块儿显得有点挤。顾容出来,擦干手挨着她坐下。

"想看哪部?"

顾容扫了一眼,说:"随便吧。"

许念想了一下,选定徐克导演的一部古装情感奇幻片。这部电影她小时候看过,很经典,口碑高,具体情节已记不得,正好重温怀念。顾容脱掉拖鞋,双腿交叠坐着,许念将毯子给她,并把葡萄放在茶几中间。

顾容客气道谢,盖好毯子,因腿长毯子短,盖不完全,脚便露在外边,她下意识缩了缩,许念腿也长,她也动动腿。夜里温度低,顾容的脚背有点凉,许念帮她盖严实,为了缓解尴尬借机摘了颗葡萄进嘴,眼睛直直盯着电视。

无籽葡萄多汁,带皮吃微酸,她连吃了几颗。

顾容暗自朝这边打量,眉头稍拧,好奇地摘了一颗吃。葡萄在冰箱冷藏室放了一宿,吃着冰凉冰凉的,她不喜欢酸味的水果,吃完就不再伸手,倒是许念一颗接一颗吃得欢。大概是屋内光线昏暗的缘故,这人周身显现出一层柔和的光晕,介于女孩与女人之间的脸部轮廓秀气,手指细长白皙,指甲修剪得圆润齐整,呈现出粉嫩的健康色泽,由内而外都透露出一种干净的气质。

"你不吃吗?"许念把果盘推到她面前。

顾容侧身,正想回答,电影开始了,许念别过头认真看,顾容瞥了一眼电视,顺手拿了一颗葡萄。

这部电影拍摄于几十年前，画质与特效在今天看来有些差，但演员演技好，色调搭配大胆，场景布置唯美，加之导演有鬼才，依旧能稳稳抓住观众的视线。

时间太久，许念只记得王祖贤、张曼玉两个，至于剧情早忘得一干二净。也许是小时候与现在的认知有差别，小时候看觉得新奇、诡异，现在看却大不相同，特别是小青与法海在河中斗法那一段。

张曼玉对着赵文卓饰演的法海大笑说："你输了，你输了……"

许念看得有些拧巴，心不在焉的，电影后面演了些什么她都没在意。

她偷偷瞧了瞧顾容，顾容毫无反应。

看完电影，她脑袋空空地上楼，没等顾容。

她直挺挺躺在床上，望着天花板，恍惚间听到外面有动静，顾容上楼了，她莫名紧张，竖起耳朵静静听——顾容进了房间，不一会儿出来洗漱，几分钟后响起一声关门声，一切归于平静。

许念躺了许久，终于爬起来洗漱。旁边大房间已经熄灯，浴室里一片漆黑，她摸索着开灯，往镜子里看了一眼，镜子里的人皱着眉眼，似乎有什么心事。

再次躺床上时，她没丁点儿睡意，翻了翻身，面朝院坝方向。

想太多的后果就是一夜无眠，第二天精神萎靡。

顾容极度自律，每天七点半准时起床。都要八点了，她见小房间的门仍然紧闭着，她试着敲门，可没回应。

许念日上三竿才起，她忘了调闹钟，看到指针指向十二点，赶忙起来。顾容不在家，应该有事出去了，她匆匆做午饭吃，三点去学校上课。

晚上回来时，家里亮了灯，显然顾容先到家。

她推门进去。

顾容也就早到两三分钟。桌上放着腾腾冒热气的外卖，香味扑鼻，许念挂好包过去，过了一整夜，又过了一个白天，她状态随之恢复。

"今天忙拍摄的事去了吗？"她问。

顾容说："做准备工作。"

"感觉怎么样？"

"还行。"

她"哦"了一声。顾容抬头，目光从她脸上掠过，薄唇抿了抿，轻声说："晚上早点睡，你面色很差。"

许念找不出话应答,张张嘴,还是没说话,总不能直白地讲自己因为一个经典电影而彻夜难眠,谁无缘无故会这样呢?况且她还根本没怎么看。

明天是周六,可以晚点起床,许念趁睡前清理架子上的书,要用的摆在上面,暂时不用不看的就往底下塞。

不知哪本书中掉落了一张纸,那是一页杂志,应该说一页杂志的一部分,很久以前的东西了,纸面略微泛黄。

许念弯身捡起,记起这是沈晚给的"照片"。照片上是十八岁的顾容,她背对着镜头,两侧的蝴蝶骨微微隆起,随意乱扎成一团的乌发上缀满各色颜料,背部爬满张扬的图案,野性而妩媚。

十八岁的顾容是个有规划有主见的人,刚从高考中脱身,就选择了一条与普通学生完全不同的路,哪怕顾老爷子气得险些拍烂桌子。顾家经商,一大家子全都在做生意,那时国家为解决经济和教育问题实行高校扩招政策,但大学生仍旧有地位,还算吃香,社会推崇努力读书而不推崇走T台。

顾容是个异类,桀骜不羁,散漫且不可一世,敢想敢做,典型的"反面教材"。然而社会变迁快,几年之后,人们眼中所谓的低俗摇身一变成了高级,她这个异类早走进了国际市场,一张厌世脸,随性淡然的风格,禁欲清冷,都是她的代名词。

随着年龄的增长,顾容收了张扬变得内敛,喜怒不形于色,当年的许念还在读书,一门心思都在课本上,并不了解这些,对这张"照片"的含义和深意更不清楚。

她看了一会儿,将"照片"夹进书放进最底层,继续整理其他书籍,课本、名著,还有一大摞二手参考书,以及参考书后面的一本厚厚的时尚杂志。许念一般不会买这种费钱又没用的书,这是去年夏天买的,翻了翻,沉思半晌,又把方才那本书拿出来,取出"照片"夹进杂志的第十二页,然后将杂志搁到书架最上层。

十点半,上床睡觉。

次日天阴,凉风阵阵,许念八点起床,隔壁大房间的门敞开着,顾容不在,兴许赶拍摄去了。

睡了九个多小时,她脑子都睡蒙了,睡眼惺忪进浴室洗漱,老式房子浴室大,墙壁上方要开窗透光,这个时候里面正亮堂,可以不开灯。

之前一个人生活了两年,仍是习惯性没关门。仲春气温上升,胳肢窝容易出汗,她接热水浸湿帕子擦了擦,昨晚没洗澡,身上有点不舒服,擦完胳肢窝又擦抹别的地方。

许念擦完一遍,准备擦第二遍的时候,浴室的门忽然被推开,她反应慢半拍,瞥见门口有人才有所动作。

顾容站在原地不动,面上显露出不自然的神色。

两人面对面坐着吃早饭,默契地不提刚刚的意外。

许念默不作声吃着煎饼,白瓷盘里还有煎鸡蛋,都是顾容早起做的。

"什么时候去做家教?"顾容先开口,打破凝固尴尬的气氛。

许念顿了顿,说:"九点半。"

她抬眼瞧了下对面,大概觉得不好意思,纠结片刻,小声道:"你今天不是有拍摄工作吗……"

"十点集合,在西区东方广场拍,离这儿很近。"顾容说,意思就是不着急出门。

两人以前接触少,相处这几天都是许念做饭,唯一一次例外就是顾容带外卖回家。许念哪能想到她会起来做早饭,更没料到会发生刚才那样的事。

许念一时无言,草草吃完早饭,借口赶时间先出了门。这般天气在屋里待着还不觉得冷,出来就寒意往袖口里直钻,她穿得少,骑行了一段路后就冷得嘴皮都白了,直到进了家教的地方才好受些,一看时间,提前了半个小时。

家教对象是个初一男生,叫杨令浩,人聪明乖巧,品学兼优,成绩年级前十,见她来了礼貌喊道:"许老师好。"

杨爸爸今天加班,只有杨妈妈在家,杨妈妈端杯热茶给她。总归没事做,提前到就提前上课,杨令浩学习非常自觉,辅导功课很顺利,剩下的半个小时许念就监督他写作业。

十三岁的小男生好动,做了一会儿作业后,他偷瞧她,许念用指节叩叩桌面,说:"认真写,不要一心二用。"

杨令浩乖乖点头,写了一道题,又忍不住盯瞧她,许念皱眉,小男生扭头好奇地问:"许老师,你有心事吗?怎么老走神?"

小孩子总是心思敏锐。

许念沉声否认道:"没有。"

她指了指练习册上的计算题,纠正道:"这道题,算错了。"

十一点家教结束,费用日结。杨妈妈一面转钱一面留她吃午饭,许念客气婉拒,离开杨家,骑单车去西区的东方广场。东方广场位于商业街下段,商业街美食店铺多,沿路尽是各种菜馆火锅店,临近中午这边人群拥挤。

骑行了一段后,由于人来人往,许念只得下来推车走,广场前是车辆川流不息的三岔路口,此刻正值红灯,她随人群站在路口等待。

三岔路口的对面广场左侧,围着许多人,穿制服的保安在极力维持秩序,让大家别围堵,隔得远,许念看不见具体的情况。

那边在散场,这边仍显示红灯。

人群在移动,一辆黑色的加长款的车开进广场。

许念抿紧唇望着那方,不一会儿,绿灯亮,她随人群过斑马线,走到一半,黑色的车走了,围观的人群也慢慢散开,等走进广场,连车影都望不见了。

"那个穿红裙子的女的真好看,冷淡御姐型,气场很强。"旁边有人一脸激动地说。

"腿好长!"一个较矮的女生接道,双颊红扑扑,腼腆笑笑,"又长又直,匀称性感!"

旁边那人也笑。

大家对不相熟的人从不吝啬夸赞,因为心思纯粹,所以夸赞也纯粹。而这一点是许念办不到的。

在广场里转悠了大半个小时,她骑车回宽北巷,天阴风大,但中午不像早晨那般湿冷,倒还好。

早晨湿气重,到了中午树叶上不停地滴着水珠,整个院坝都是水,春天院两侧的冬青长势旺盛,稍不注意就长开了。许念随便下了碗面应付中午。午觉过后她下楼修剪冬青,打扫,忙完就上楼看书,半天就这么打发掉了。

老城区一向安静,热闹不起来,即便周末巷子里也见不到几个人。许念看书看乏了,就远眺放松放松,二楼视野开阔,能清楚瞧见南北巷口。

日落黄昏,余晖遍地,地面全被染成金色。一辆白色奔驰缓缓进入南巷口,朝北行驶,最终停在院门口,副驾驶上下来一个穿军绿工装裤的人,短发。她帮忙推开门,奔驰倒车进来。

停好车,顾容开门下来,两人从车后座提出大包小包的东西。

许念下楼。

短发女人笑着喊："阿念。"

看到对方的样子，许念认出她是宁周怡，几天不见，她把头发剪了。宁周怡长相其实不赖，长眼高鼻五官立体，短发清爽精神，看起来英气了不少。

"宁姨！"许念叫她，上前帮忙提东西，"放这边吧。"

宁周怡不让，往左侧闪了一下，许念无意间碰到她的手腕，宁周怡没在意，直接把东西搁桌上，问："厨房在哪儿？"

顾容抬了抬眼皮。

许念指左边，说："那里。"

宁周怡颔首，拎起海鲜说："对这个过敏吗？"

许念摇头，宁周怡"嗯"了一声，说："那我去洗，今晚在这儿吃饭。"

她挺自来熟，全然不客气，不过许念没有任何意见，大概怕独处尴尬，借口跟去，说："我来帮你。"

顾容在后面收拾，待她快走进厨房时，用余光瞥了一下。

宁周怡买了很多菜，各种虾蟹、时令蔬菜，还有调料，许念帮忙洗虾，宁周怡找了把小剪刀开虾背，边忙活边说："周末怎么不出去玩？一直在看书？"

"没。"许念说，将洗好的虾放她面前的盆中，"上午有事。"

"有时间可以来新区转转，别成天闷在屋里，多出去走一走，适当放松一下，反正离期中考试还早，不着急。"宁周怡说，语罢又笑了笑，当年她读书就是这样，不到最后一刻决不复习，及格万岁多一分浪费，再想想，感觉这样和学生说不太好，于是改口说，"要合理分配时间。"

许念也低着头笑道："嗯，知道。"

她平时鲜少笑，这么低垂着脑袋，只能瞧见侧脸分明的轮廓，乍一瞧还怪好看的，宁周怡不由得多看了两眼。捏紧手里的虾，找准位置，一剪刀开到底，她动作迅速，等待的间隙瞅见许念手指灵活，白皙修长，指甲盖上端因洗虾而沾染污渍，碰到水再起来又变得干干净净。

许念洗好一只虾往盆里放，宁周怡下意识去接，担心龙虾夹人。许念等她拿稳了才松手，甫一抬头间，瞥见顾容站在厨房门口，不知什么时候来的。

顾容进厨房站到她旁边，没帮忙的意思，就这么站着。宁周怡使唤道："阿九，帮我拿个盆，你后面蓝色那个。"

许念不自觉地望向旁边，顾容侧身去拿盆，绕过许念递给宁周怡，由于挨得近，她一抬手，许念就闻到了淡淡的香水味。

宁周怡接稳盆子的瞬间顾容收回手，许念埋头抓龙虾，龙虾张着钳子要夹人，她条件反射般抬手打直脊背闪躲，却正好碰到背后的手臂。

两人都不在意。

"阿念能吃辣吗？"宁周怡问，没看到这一幕，"蒜蓉的、麻辣的想吃哪种？"

"都行。"许念说，认认真真干活。顾容一言未发，找了把刷子动手帮忙，两个人一起洗速度快，宁周怡都没搭话的空闲。

处理完龙虾，三人各干各的，切菜准备调料上锅炒，不多时满屋子充斥菜香味，到最后许念和顾容洗菜，水槽小，两人只得挤一处，自来水略带冰冷，手在水里泡久了会发白，等菜洗得差不多了，两人都伸手去拿面前的篮子，许念慢一点，微凉的指腹便触到了对方光滑的手背。

顾容本来就生得白，经水这么一泡，就更白了，她的手凉得很，像冷到了似的，许念不由自主屈了屈指节，拿过篮子轻声说："我来吧。"

她麻利地将菜装进篮子沥水，再摆到案板上。宁周怡翻动锅里的墨鱼片，加调料爆炒，下青椒的时候问："G大是不是快百年校庆了？我记得好像是4月6号，昨儿同学群在说这事儿，学校在邀请杰出校友做嘉宾，看样子应该要大搞一场。"

宁周怡和顾容都是G大05届的学生。

许念好奇地问："宁姨也是我们学校毕业的？"她知道顾容是，可不清楚宁周怡。

"对，我学材料成型控制的，阿九跟你一样，机械专业。"宁周怡说，将爆炒墨鱼装盘，洗锅重新倒油，"不过我们没你学习好，我吊车尾，那时候重本大学招的人虽然没有现在多，但门道广，出来以后基本有保障，不像现在竞争这么激烈。"

"包工作？"许念端菜。

"不是，分配制度早就取消了，我们毕业的时候扩招还没大幅度实行，高考难度大归大，可重点本科大学毕业出来找工作轻松，不像今天很多岗位要求至少研究生学历。"宁周怡解释，尽找些对方感兴趣的话题聊，学生嘛，讲投资肯定不懂，可以聊聊这种既有关社会又有关学校的话题，如此大家都能有话讲。

果然,许念挺有兴趣,端了菜进来继续聊天,宁周怡讲了许多学校不会拿到明面上教的东西,譬如考研和工作经验的重要性。

顾容站在门旁看着她俩,古井无波,一副冷冷淡淡的模样。

许念偶然瞧向门口,发现这人在看自己,心下一紧抿了抿唇。

"打算读研吗?"宁周怡及时说。

许念避开视线,说:"嗯,应该会。"

"那挺好的,想过以后出来找工作还是进研究所没?"

"没,还不着急,看以后的发展再决定。"

宁周怡认同应了两声,许念想再接话,顾容却抢在前头,清冷问道:"学校邀请你了吗?"

自然问的是宁周怡。宁周怡点点头,自嘲道:"看在我爸的面子上肯定要请,毕竟他每年都捐钱,你呢?"

"一样。"顾容简短回答。

她俩有了话头,许念不好插嘴,默默在旁边候着端菜。

饭桌上,也是宁周怡、顾容两个在聊,许念偶尔能说两句话,后来干脆听她俩聊,兀自剥虾吃,虾蒜蓉、麻辣都有,她怕辣只吃蒜蓉的。

九点,许念知趣上楼给两人留谈话的空间。

灯光暗沉,屋子里静悄悄的,宁周怡斜眼瞧着她走进楼梯,手指夹着根棒棒糖递给顾容。

顾容没接。

"不吃?"

"嗯。"

宁周怡笑笑,把糖塞嘴里含住,背靠沙发。

夜里的温度持续下降,到凌晨的时候寒风凛冽,院里的玉兰随风掉落,不少吹到窗台上,厅中的灯亮着,将近凌晨一点顾容才上楼,此时许念早睡了,小房间的门紧闭。

翌日温度骤升,一下冲到21℃,天上红火大太阳,凉爽舒适到可以穿单衣。学校通知清明节放假安排,简言之就是放三天假补一天课,4月9号补,清明节假期包括了周末,如此相当于没放假。

许念沿着寝室楼旁边的松树林出校,这时天忽然阴了一会儿。

工作日的宽北巷比周末更寂静,高大斑驳的树影投落在巷道地面上,一直延伸到家门口。

二楼的窗户大敞着。

许念喝了两口水解渴,慢悠悠上楼,顾容正在垫子上做瑜伽,今儿温度高,她穿的弹性裤和露腰紧身背心,完美的身材展露无遗,双腿修长笔直,腰腹部位的马甲线明显。

顾容缓慢地有节奏地吸气呼气,红色的薄唇微微张合,胸口起起伏伏,白细的脖颈稍仰着。

这是许念第一回碰见顾容做瑜伽,安静,柔美,全身的线条都动了起来。

许念进屋放书,再出来顾容已经换了一身宽松家居服,家居服领口较大,露出精致的锁骨。

阳台上晾着衣服,许念问:"你洗的衣服?"

"嗯,没事儿做。"顾容回道,随意问,"清明有什么安排?"

"扫墓。"许念说,"可能会出去走走,你呢,要回老家扫墓吗?"

顾容说:"二号走,清明回来,去江淮镇,也可能五号回来,不确定待几天。"

许念愣了愣,之前竟没想到这个。江淮镇离G市两百多公里远,开车需要两三个小时,那里是个山清水秀的好地儿,也是如今大火的旅游景点。

"路上注意安全。"她说,停顿半晌,"6号校庆,你来不来?"

都是机械专业的学生,顾容如果要参加百年校庆,届时肯定会去机械实验楼那边。

"嗯。"

许念不再问。两人住一起一个星期了,但仍在磨合当中,生活习惯没什么大问题,还算合得来,可就是放不开,假使换一个人,换成沈晚或者宁周怡抑或哪个陌生人,她都能表现得大方些,可惜不是。外面天有些阴,顾容下楼,许念去阳台收衣服。衣服自然是洗衣机洗的,不过经过这阵子的相处,许念发现顾容不算是那种特别不好相处的人,虽清冷傲气,但也食人间烟火。

衣服有点多,比较重,下楼时有件黑色的衣服突然摇摇欲坠,她赶紧抓住。

衣服堆中没有许念的贴身衣物,顾容考虑周到,泡在盆里放浴室中,这些平时换下都会立马洗的,可昨晚许念忘了,洗完澡挂钩上没注意。

许念感觉不太自在,她七八岁就自个儿洗贴身衣物了,结果偏偏昨天没洗，幸亏顾容没一帮到底。

接下来的三四天天气不错，温度就没低于过20℃，二号那天，温度乍然降到9℃，顾容走的时候许念在屋里看书，门被敲响，接着被打开，顾容淡然道："我走了。"

许念在窗台后目送白色奔驰开出南巷口，直至不见。

清明细雨纷纷，天空灰蒙蒙的乌云堆聚，巷道隐蔽处有人违规偷偷烧纸钱祭奠先祖，空气中弥漫着香火味，北巷口左拐，乘314路公交车坐十七站到郊区三里亭村，打伞沿桃林小路走十几分钟，就是墓园了。

待雨停乌云散，许念才开始扫墓。

也许来得太早，外婆的坟墓前空荡荡的，许妈没来。她待到中午才离开。

顾容发来消息，内容简短——"清明节安康。"

许念不怎么爱看手机，消息是清早发的，她想了想，回复："你也安康。"

聊天界面毫无动静，对方应当在忙。

不知道什么原因，宽北巷的电缆坏了，通知说正在抢修，但具体几点能修好未知，天阴还没电，红砖房里光线奇差，居民们打了好几次电话催，上头只说在修，这一修就修到了天黑。

许念出去走了一趟，回来电缆还是没修好，眼瞅着都快九点了，今天恐怕修不好了，借着手机手电筒的光洗漱一番，她打算早点上床睡觉。

结果刚躺下，外头忽而闪过亮光，紧接着传来汽车行驶声。

楼下响起沈晚的喊声："阿念，下来开一下门！"

许念坐起身，披衣服下楼。

车里，顾容醉醺醺地坐在右后座，沈晚费力扶她下来交给许念，说："来，把我小姨弄上去……"

沈晚骨架小力气小，扶不住高个儿的顾容，腿一摇晃险些把人给摔了，许念眼疾手快赶紧将人搂住，顾容醉得站都站不稳，无骨似的腿都站不住，整个人都处于无意识的状态，许念把她按在肩头上趴着，手箍在这人腰间免得她身体掉下去。

"扶得稳吗？"沈晚问，想要伸手帮忙。

许念不动声色避开，说："没事，我来就行。"

"那你背着，这样不好上楼。"沈晚指挥说，"她喝多了，刚刚都是被表哥背上车的。"

许念脸色变了变,双手撑在顾容腋下,稍微弯身将她背起来,沈晚连忙打开手电照路。天空中的银白弯月洒落微弱的光华,楼下漆黑,楼上窗户大月光照着勉强能看见。

"怎么会喝成这样?"她低声问,稍稍侧头。顾容闭着眼睛倒在她肩上,双手无力垂落,身体因酒意而有点热,即便隔着一层衣服也能感受到。

"老家亲戚多,七大姑八大姨好几桌人,久了没见硬要小姨喝一杯,一个一个的,喝的全是自家酿的干黄酒,晚上回这边又在家里喝了白的,后劲儿大。你又不是不知道我外公那人,一晚上臭脸就没好过,叨叨念念个不停,小姨可真惨,被他念得耳朵起茧,就差没吵起来,喝醉了好,懒得听烦人的训话。"

沈晚口中的外公,就是顾容的亲爸顾老爷子,顾老爷子思想古板,不论以前或现在一直都非常反对顾容做模特这事儿。许念愣了愣,又扭头看了眼肩上的人。

醉酒的顾容安静得一如既往,没有任何回应。许念手下用力紧了紧,可脚下没停步。

顾容很快就沉睡了过去。

进入大房间,许念把她轻轻放床上。顾容醉得不省人事,一丁点儿反应都没有,沈晚将手机放桌上照着,蹲下身想帮顾容脱鞋,一只长手伸来,她疑惑抬头,许念低垂着眼,叫人看不清情绪。

"我来吧,你把窗户打开,透透气,屋里有点闷。"她说话的语气不疾不徐。

沈晚张张嘴,起身开窗,说:"晚上你帮忙看着点,我小姨平时不怎么喝酒……"眼前黑黢黢的,她后知后觉,"怎么没开灯,停电了?"

"电缆坏了还没修好,可能要明天才会通电。"许念说,给顾容盖好被子,状似无意地问,"今晚要在这里歇?"

"那怎么可能呢?我爸妈还在家里,待会儿要回去。"夜风凉飕飕的,一阵阵往房间里吹,站在窗边觉得阴冷,沈晚抱了抱手臂,许念倒了杯水递来,喝了一口,凉的。

软和的床上,顾容呼吸匀称,看样子是睡着了,酒麻痹神经容易入眠,早前在车上她就睡了两回。沈晚放下杯子,朝许念比了个手势,两人出去并带上门。

乌漆麻黑还没电,干坐着也无聊,况且这都大晚上了,沈晚不久留,低声说:"差不多我就先走了,阿念你晚上别睡太死,记得起来看看,多谢啦。"

"知道,放心。"许念送她下楼,等车开出院,关上院门。天上飘过两朵云遮住月亮,地面霎时变黑,一会儿云朵移开又变亮,夜风吹得黄桷树叶子哗哗掉,玉兰也掉了不少。

夜晚的宽北巷寂静冷清,空气中弥漫着浅淡清新的花香,凉风习习,晚上窗户通风久了容易着凉,许念将窗户关上。兴许觉得热,顾容蹬开了被子,半边身子都露在外面,月光照射下,即使醉酒她仍满脸清冷,规规矩矩地躺着。

许念过去给顾容盖被子,伸手摸了摸顾容的额头。烫的,连出气都是烫的。

可能是觉得难受,顾容紧皱眉头,胸口起伏呼吸声略重。许念摸黑打了盆水帮她擦拭,怕冷水太凉,特地用力多拧了几下,擦了两遍脸和脖颈,顾容的眉头才稍稍舒缓了一点。

她身上酒气很重,兴许呼吸有点困难,便唇齿半开。借着皎白月光,依稀能瞧见她唇色绯红,嘴皮因酒烧而有点干。

许念把帕子放进盆,尝试喊了一声:"小姨……"

毫无反应。

拧干帕子,许念帮她擦擦。

顾容有些口渴,真喝多了。

擦完了,许念将水端到浴室倒掉,再回来时带着棉签,然后重新倒了杯水,再喊了一声,顾容还是没反应,更别提起来喝水了。

每个人醉酒的状态不同,有人即使喝得烂醉但头脑清醒,只是不能控制行为,也有人一醉就像脑子跳了闸,意识模糊,自动屏蔽掉外界发生的一切。

顾容就是后者。

担心她呛到,许念没敢喂水,只用棉签蘸水帮她润湿嘴唇,从唇角滴两滴水进去。

一沾到水,顾容就好受多了。

天上云朵遮月,屋里又陷入黑暗。这回,月光许久没亮。

湿成这样睡觉铁定要生病,必须换衣服。

许念紧抿唇,看着睡得正熟的顾容,有些纠结,不换不行,可假使换的时候对方察觉到或者有意识了……外面树叶被风吹得哗啦哗啦响。

"小姨……"她喊道。

依旧没有应答。再喊了几次,仍是如此,到最后,她低声喊:"顾容……"

黑夜寂寂无声。

睡衣在柜子左方第二排,许念打着手机手电筒找了好一会儿才找到一条便于换穿的丝质睡裙,而后坐在床边,把对方扶起来。顾容身上酒气很重,直往许念鼻间钻。

许念帮顾容穿上丝质睡裙。

月亮从云里出来,屋里瞬间亮了不少。

许念掖好被角,居高临下看着顾容,顾容呓语了一声。

好似尘埃落定了般,她碰了碰顾容松软无力的手,下床,带上门出去,转进小房间。

一夜风吹,好眠到天亮。

清明过后的第一天气温有所回升,春风拂面清新宜人,许念八点左右起来熬粥。

大约九点,顾容起床,宿醉起来觉得头疼,心里闷闷的,她低头看了看身上的睡裙,有些迷茫,抬手揉揉有些痛的太阳穴,换衣服下楼。

许念不在,熬好粥就上课去了,留了张便条在门上,大意就是提醒顾容把粥喝了。

粥是白米粥,味道寡淡,她不喜欢,但还是喝完了。许念上完课没像以前一样立马回来,而是晚上八点多才到家。

"学习很忙?"顾容问,嗓音沙哑而低沉,一听就是感冒了。

许念怔住,背过身放包,搪塞道:"在做实验,老师让做完了再走。"

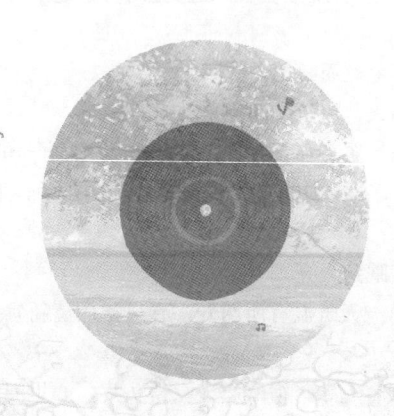

用 心 读 书

[第3章]

昨晚的事过了一个黑夜一个白天，仍有一些尴尬。许念在观察顾容的反应，见这人面上无异色，心里有了底，拿书准备上楼。关于是谁给自己换的衣服，顾容没问。

"晚晚送我回来的？"

"嗯。"许念应声，听她声音低哑，于是转移话题，问，"感冒了？吃药没有？"

"只是有点不舒服。"顾容说。

"我屋里有感冒药，你等会儿。"许念上楼进房间拿感冒药，顺道倒了杯热水。

水是今早烧的，有些烫，等凉了才敢喝，顾容先含药再喝水吞咽，因为感冒她的唇色尤其红润，脸色又显得白，许念蓦地想起昨晚，有些别扭地别开眼。

嘴角沾了水，顾容抽纸擦了擦，说："明天百年校庆，我跟你一起过去，周怡她们在校门口等，去学校那边吃早饭。"

校庆九点正式开始，明天上午全校停课观看庆祝仪式，到时候肯定十分热闹。许念还以为她会开车过去，毕竟受学校邀请，谁不想气派出场，G大很重视这次校庆，加之学校名声本就大，外界对其也颇为关注。

"那我早上叫你，七点起床。"许念道，班上八点四十集合，今天班群里连发了三次通知叮嘱大家一定不能迟到。

顾容点头，收好没吃完的药，洗了杯子上楼，她还没洗漱，两人正巧一起进浴室，地面有水湿滑，顾容一个趔趄差点扑倒在地。许念伸手稳稳扶住顾容。

顾容抓住她的手站稳，不动声色退开些，弯身接水洗脸。许念整理帕子，说："你有公交卡吗？"

顾容掬了捧水浇脸上，说："没有……"

出门的时候正值上班高峰期，没有公交卡就得排队买票。第二天乘公交到地铁站，自动售票机前排了几米长队，许念帮忙买票，带顾容上车。这个时间段地铁车厢里挤得肩挨肩背抵背，一拨人下车一拨人上车，两人渐渐被挤到角落里。

顾容不大适应这样的环境，被故意推了几次后，脸色登时变得冰冷，许念将她拉到角落护着。下一刻到站停车，人群上车下车再猛地一挤，她没防备被人推了下背，直接撞到顾容身上。

许念单手撑着车壁站定,后退半步,佯作若无其事看向车窗,刚侧头却被往前一拉跌进顾容怀里,正疑惑间,余光瞥见身旁一西装革履的男人摇晃着找支撑点,要不是被拉了一把,那男人极有可能会抱住她。

挤地铁这种事常见,人家也不是故意的,许念倒无所谓,但顾容明显不能接受,她不喜欢别人碰自己,连带着也觉得许念应该也这样。

半个小时过得有些漫长,一路到G大都非常拥挤,G大就在离地铁站口百余米处,两人到学校正门等其他人。八点,宁周怡她们过来,一行人去学校附近的港式茶餐厅吃早饭。

宁周怡坐许念左手边,专点一些清淡口味的东西。

"什么时候集合?"宁周怡问,放了杯热饮到许念面前。

一桌人都是校友,只不过其他人都是05届的,顾容在和邻座的同学聊天,许念夹了个小巧玲珑的水晶虾饺,回道:"八点四十,直接去一号操场。"

"那正好,待会儿一起过去。"宁周怡说,也夹了个水晶虾饺,"这家茶餐厅我们读书那会儿开的,差不多十年了,以前生意不怎么样,现在还不错,不过味道确实正宗。"

她一面说一面给许念介绍吃的,早饭期间两人一直在聊天。有校友问起许念,宁周怡会帮忙应付两句,顾容与她俩隔了两个座位,朝这边看了一眼。

吃完早饭大家一起去一号操场,G大面积大,一号操场离校门口比较远,可以坐校车直达,刚上车,宁周怡被穿包臀裙的女人拉走叙旧。扫视一圈,许念到顾容旁边坐下,她想找话聊聊,可顾容的老同学聒噪,隔着前后座说个不停,一点插话的空隙都没留给她。

抵达一号操场的时间是八点三十五,许念没敢耽搁,说了句"我先去班上集合"就走了,老同学还在喋喋不休,顾容眼里闪过不耐烦。

操场上人山人海,机械专业学生的位置在嘉宾席左侧,本专业男多女少,整个学院总共才五个女生。沈晚向许念招手示意,许念刚要过去却被班长喊住,说:"张教授让你仪式结束后去嘉宾席找他。"

张教授是许念的实验导师。

"行,谢谢班长。"许念应道。

沈晚挑的位置比较靠后,刚过去,她就小声问:"我小姨她们呢?"

"在后面。"许念说,挨着她坐下,随意往嘉宾席一看,结果顾容就在她旁边,中间就隔了一道栏杆。

沈晚兴奋地挥手,顾容看过来,恰恰与许念目光相接。

嘉宾到位，九点整校庆开始，大概的流程就是领导讲话，嘉宾致辞，表演集体方阵节目，再是一系列展览，以此回顾G大百年来的历史与发展，最后便是展望未来，给莘莘学子寄语等。仪式举行了将近三个小时，散场后许念去嘉宾席找张教授。

张教授是个五十来岁的矮小老头儿，人特别和蔼可亲，作为德高望重的老教师，张教授热爱这一行，且热衷于培养、帮衬有潜力的学生，他叫许念过去就是为了搭桥牵线，介绍本专业的厉害校友给许念认识。

校友也曾是他的学生，哪能不懂老师的意思，乐呵呵给面子主动与许念交换了联系方式。

"放机灵点，记得多联系这个师兄。"张教授低声提点道。

许念心领神会，说："会的，谢谢老师。"

张教授满意"嗯"了一声，又带她去见了几个人，最后竟遇到顾容，老头儿看见人就笑了笑，顾容先开口招呼："张教授，好久不见。"

"顾同学，刚刚就看见你了，隔得远不好喊。"张教授说，转身跟许念介绍，"这个是05届的顾容学姐，以前也是咱们实验室的。"

许念一愣，对此毫不知情。顾容没说两人认识的事，径直和张教授聊天，从两人的谈话中，许念才知道原来顾容每年都会资助机械专业的实验项目，虽然不是上千万上百万的捐赠，但贵在年年捐赠。张教授带过顾容半年，他似乎很喜欢顾容，脸上的笑意就没消失过。聊到当年顾容退出实验室的事，他有些惋惜，不过还是说："行行出状元，你现在也很优秀。"语罢又提到许念，笑呵呵地说："阿念同学也是好苗子，和你当年一样出色。"

他一点都不吝啬夸赞，语气里透露着期望。学生喜欢好老师，老师也喜欢好学生，好不仅仅包括成绩，还有品行，真正有潜力的学生几届也不一定能遇到一个，故而他十分看重许念。他带许念、顾容去吃饭，刚到地儿，就被两个以前的学生热情拉走。

许念只得跟着顾容。

"下午有课？"顾容问。

"第三大节有专业课。"许念说，"你是下午回去，还是晚上回去？"

这种日子遇上老同学，说不定会聚一聚。

"不知道，可能会在学校待到四点左右。"

第三大节下课是三点四十。许念顿了一下，但没说什么。

下午阳光明媚，照得绿油油的树叶都在泛光，机械的专业课枯燥乏味难度大，定理计算条条框框一大堆。大部分学生听课还是很认真的，毕竟专业课挂科率高。许念边听边做笔记，她写的字大气苍劲有力，一笔一画都跟镌刻艺术品似的认真。

临近下课十分钟，沈晚给她发微信："蒸桑拿去吗？"

她看了一眼微信，没理会，又认真听讲，不一会儿手机屏幕又亮起："我小姨她们在外面等。"

怔了怔，她犹豫半晌，解锁屏幕，这时沈晚又催问："去不去？"

许念回复："嗯。"

沈晚便没再打扰。许念望了望讲台方向，老师已经在收尾，等到离下课还有两分钟时，简单交代了几句结束讲课，课堂有些骚动，有学生拿书上去请教问题。

她埋头收拾东西，刚放好书，身后忽然传来男同学交头接耳的声响，只见他们一个个伸长了脖子往外看，上课的教室位于一楼，窗户里可以看到教学楼前的情形。

窗外，顾容、宁周怡和几个女人站在枝叶茂盛的老榕树下在交谈着什么，顾容不爱说话，即便跟大家一块儿站着，也没怎么开口过。顾容今天穿着米白一字领宽松毛衣、水洗蓝紧身牛仔裤，大长腿分外惹眼，有种散漫慵懒的风格，清清冷冷略带倨傲感。

应该是在等沈晚。

许念拉好布袋包拉链，低垂下眸子一会儿，扭头抬眼，往外面看了看。

此时下课铃响了，大家纷纷站了起来，离开教室。

在嘈杂声中，沈晚急匆匆拉着许念出去，三教离学校后门近，一行人便在后门打车去新区。老城区是南区，新区是东区，又叫东新区，不同于老城区的落后与西区的嘈杂，这里十分繁华，街道安静宽阔，正装人士来来往往的高楼大厦鳞次栉比，琳琅满目的精装商铺排列在街道两边，巨大广告屏不断变换着场景，各类豪车遍地都是——这里是 G 市的经济与发展中心。

蒸桑拿的地方在一栋写字楼后面，两层楼高，环境清雅。许念第一次来这种地方，束手束脚不自在。老城区那片蒸桑拿的地儿一般叫某某洗浴中心或公共澡堂子。

"这里只接待女性顾客，有什么需要都可以找员工，她们人挺好的。"沈晚悄声说，"我先过去了，待会儿见。"

许念木讷,不知道该怎么做,望见沈晚走远了,四下瞧瞧,看到顾容跟一个女员工走进了一个光线幽暗的小房间。她想过去,一名员工却微笑开口说:"您好,请跟我往这边走。"

许念问:"那位小姐要做什么服务?"

员工边走边说:"顾小姐吗?她感冒不能蒸桑拿,去双人间按摩了。"

许念"嗯"了一声,记下房间的位置。员工带她去换衣服洗澡,并询问以前是否蒸过桑拿。

"没有,有什么要求吗?"许念扯了扯胸前的浴巾,问道,她还不大习惯这样穿。

"如果是第一次,不能蒸太久。"员工递了杯水给她,"进去之前得补充水分,您先坐会儿,我去给您安排一下。"

许念点点头,她一概不懂这些,听什么照做就是。桑拿房是单间型的,她进去蒸了五分钟,兴许是不习惯,后来便没再蒸,而是坐在外面休息。员工十分贴心,见她不想继续蒸,于是推荐其他项目。她选了按摩。

考虑到都是一起来的熟人,员工又问:"那您是去顾小姐那间,还是单独给您安排一间?"

许念喝了口温水,薄唇微动,说:"去双人间吧。"

员工应声,带她收拾处理了下,将人领进按摩房间,里面的员工见到她俩,礼貌笑着点头示意。房间里的光线柔和,偏橘黄色,四周都是昏黑的,角落里播放着舒缓的轻音乐,靠左边墙的地方两张按摩床并排放置,中间大概距离一米多,顾容裸背趴着,听见动静扭头看来。

许念垂眸不看。

顾容的按摩还没开始,她本就在等大家,故而特地休息了半个小时才叫员工服务,由于不方便大动作,她只看了一眼没其他举动。

服务许念的员工拿来必需的东西,和善小声地提醒许念趴下,说完顾及隐私还转身不看,许念下意识看了看对面,对面的员工调好精油,看样子就要上手了。

轻音乐调子又柔又慢,映衬着室内昏暗的光,使房间里显得有点闭塞感。许念抬手解浴巾,视线却像黏在了那光洁的背部上一样,与"照片"上的张扬与野性截然相反,眼中的背干净、曲线优美,极具美感。

奇怪她没动静,顾容朝这儿望了望,见许念正在慢慢解浴巾,愣了愣,收回目光。

员工低声问了句,顾容点头,合上眼打算享受放松。

可闭眼半分钟,背上却没任何动作,反倒听见了窸窸窣窣声以及关门声,顾容疑惑睁眼,却见许念站在自己面前。她用手挡住胸口,稍稍支起身,看着人轻声问:"怎么了?"

两位员工都出去了,房间里只剩下两人。许念拢紧浴巾围好,低垂着眼说:"我之前也学过,我帮你按……"

顾容不知道自己是要拒绝还是要同意,总之就是卡壳了一瞬,上下嘴皮子才碰了碰,对方已经坐到了旁边,肩上传来一股轻重适宜的力道。

桌案上燃着熏香,有安神的作用,香味清淡丝丝袅袅,她张张嘴,最终趴了下来,脑袋枕在交叠的双臂间。

许念捏着肩。外婆在世的时候腰腿不好,都是她帮忙捶捶,手法比不上专业人员,但还算不错。

过了许久,手从肩部转到颈后,力道也渐渐变轻。

顾容的颈部尤其不舒服,几乎是一被碰到,她就条件反射般避开,屈了屈手指。

许念会错意,加重力道按了按耳后颈部与肩部相接的部分,低声问:"这里酸?"

问的同时,再用指腹轻轻反复按了按示意。

顾容说道:"不按这儿,帮我按按背。"

颈后的手倏尔停住。

许念不会按背,只会捶背,胡乱摸索了两分钟,就怎样顺手怎样来了。

因为天冷,房间内的温度调得较高,可许念的指尖微凉,按了这么久也不见得暖起来。

"觉得冷吗?"顾容出声。

"还好。"许念说,眼睫颤了颤,"力道大小合适吗?"

顾容沉默不言,动了动身子,半晌,说:"把衣服穿上,别着凉了。"

许念没听进去,说:"没事,不冷。"

顾容半阖着眼,扬起细长的脖颈,一会儿才开口,说:"许念……"

许念顿了顿,答道:"嗯。"

"给我倒杯水……"

许念听话,转身去倒水。

顾容坐起来,将浴巾围上。许念把水杯递过去,她抬手接,随后起身,边走边喝水,走到角落里把音乐关了。水是凉的,吞入喉咙里乍然生出股冷意。

沈晚干蒸结束后出来四处找人,从员工那儿得知许念在按摩,可房间内一个人都没有,随便转了转,恰好遇到宁周怡,宁周怡告诉她许念在大堂。

顾容也在大堂,两人都换好了衣服。

"小姨!"沈晚喊道,挨着许念坐下,"宁姨说待会儿去郊外烧烤,让问问你的意见。"

顾容自然没意见。

约莫七点钟,一行人开车去郊外,她们四人坐一车。烧烤的地方位于郊区的别墅,食材这些早就打电话通知买好了的,去了以后就可以直接开始烤。

宁周怡主动包揽烤肉的活儿,沈晚怡然自得地坐躺椅上吹风,其他几个人聚在一起聊天,许念没事做就过来帮忙。

"我来就行,你去歇着。"宁周怡不让她动手。

"反正我也没事干。"许念说,拿肉串摆上烧烤架。

宁周怡抬眼瞧了瞧她,倒没阻止。两个人烤速度快,一轮过后宁周怡将烤好的串儿送到其他人那里,回来的时候状似无意地说:"今天在学校我看见了你好几回,不过你都和同学一起,应该没注意到。"

"今天学校人比较多,又有点赶时间。"许念委婉地说,她还真没看见宁周怡,不好说得太直白。

宁周怡笑笑,说:"那我应该跟你打招呼的。"

许念开了罐可乐给她。

"听晚晚说你加入了机械实验室,还是精英组,张教授带你,对吗?他以前也教过我,教CAD(计算器辅助设计),你们现在还学这个不?"宁周怡问。

许念点头,说:"大一就结课了。"

"当时我们是大二学的。"

宁周怡有意无意找话聊,许念话少,可有问必答。她不在乎话多话少,左拐右拐,步入正题,问道:"你喜欢用微信还是QQ?"

许念没在意,回道:"都玩。"

"要不要交换一个联系方式?免得老是让晚晚传话。"她说,问归问,还是把手机拿了出来,点出二维码。

许念不好拒绝,加了微信好友,之后又加了QQ,宁周怡见好就收,不再有多余的举动。

其他人聊得差不多了，都过来帮忙。有人塞了把烤串给许念，让她去歇会儿，大家都围在这儿便有些挤，许念端着东西去找沈晚。

沈晚正沉迷于打游戏，暂时没空。许念觉得无聊，刚打算起身走走，顾容拿着三罐喝的过来，坐她旁边。

先前吃了烤串，确实有点渴，许念拿了一罐，刚打开，就听沈晚头也不抬地说："阿念，帮我开一罐可乐，我打完这把先。"

二罐饮料里没有可乐，许念欲起身去拿，却见顾容开了罐雪碧放沈晚面前。恰好，沈晚被对方放大招秒杀，气得想骂人，一抬头看见自家小姨在面前，立马乖乖噤声，她还是有些怕顾容的，毕竟顾容是长辈，这人一向不苟言笑且过分严格，古板得很。

沈晚悻悻地喝雪碧，瞅了下那群有说有笑的女人，疑惑道："小姨你怎么不去聊天？"

顾容神色冷淡，轻声说："她们在谈生意。"

沈晚挑眉，她一直以为这是纯粹的老同学聚会，是来玩儿的，原来还有这么一出。不过倒也见怪不怪了，进了社会就是这样，时间久了，除了谈感情就是谈利益，然而真正感情好的就那么几个。她不喜欢这种场合，打开手机屏幕凑到许念面前，说："来合作一把,咱俩好久都没一起打过了。"

许念虽然不怎么玩手机，但游戏打得还不错，眼下正好没事做，可以打发打发时间，她摸出手机接收邀请。

因为刚刚加过宁周怡，屏幕一摁亮，便自动跳入了QQ的消息界面。瞧见第一条消息，顾容撩起眼皮望了望那边的宁周怡。

郊区夜里风大，月色朦胧星星满天，两把游戏结束一个多小时就过去了。许念不知不觉喝了两罐饮料，有些内急，便没再打第三把，去别墅里找厕所。

别墅的室内构造复杂，不知道哪里是房间哪里是厕所，她就随便进了间房，完事后顺手关了厕所灯，结果一转身撞到要进去的顾容身上。

两人相视片刻，正要说话，房间突然一黑，而后是门被反锁的声音。这间房的装修有点不同寻常，厕所门口有一个高大的植物架挡着，且门口往里折了一段，如此设计她们站的地方便成了视线死角，在房间里是看不见的。

许念想开灯，可被拉住了手腕，顾容将她拉到更隐蔽的角落，她不解，正要询问，却听到有人在窃窃私语。

房间左边的大沙发上，有两个穿裙子的女人正在谈事，由于有微弱的星光投落进窗，瞧不清她们的脸，只能依稀看到身形轮廓。

也不知道她们在说着什么,这种时候总不能出去打断人家,说不定说的是私密事,许念只能不自觉往后退,结果不小心退到了身后的顾容面前。

很奇怪的,两人都十分默契,躲在墙角一动不动,悄悄站在那里。不知过了多久,那边终于没声儿了,不过人都还在,便没立即离开。

顾容放下手。

许念握紧了手,侧头看看身后的人。顾容看出她的想法,小声安抚道:"没事的。"

偏了扭头,许念看向房间,光线太暗,仍看不清那边的情景,只听到一阵窸窸窣窣的声响,门吱呀一声。

那两个女人走了。

怕她们中途折回来,许念和顾容暂时不动,许久,顾容把灯打开。突然的光亮让许念有点不适应,她眯了眯眼。

许念看看手机,时间已经过去了半个多小时,她一时无话可说,憋了好半晌,说:"走吧……"

外面,宁周怡仍在和其他人聊天,沈晚还在玩游戏,盯着手机屏幕随口道:"怎么才回来,我都打完一局了,宁姨刚刚还在找你们呢。"

许念没说话,兀自端饮料喝了一口。

十点左右,大家各自离开,宁周怡开车送她们,上车后沈晚傻傻地问:"是不是有人提前走了?好像少了两个人。"

她倒观察得仔细。宁周怡意味深长笑笑说:"她们有私事先走了。"

郊区的夜晚空旷,一路畅通无阻,宁周怡还要送沈晚回去,巷子里掉转方向不方便,就只将她们送达宽北巷口。

巷子里寂静无声,两人并肩走着,快到家门口时,顾容说:"你明天早上是不是有课?"

"第一大节有。"许念回答说,摸出钥匙准备开门,"下午满课,放学以后要去实验室,可能会比较晚回家。"

"实在太晚就在学校留宿,注意安全。"

许念应下,两人进门上楼。

许念记起今天顾容根本没怎么吃过东西,上楼前特地洗了个苹果送到大房间里。顾容在接电话,可还是说了声"谢谢"。房间里所有东西都摆放得整整齐齐,桌案上的书连一个角都没皱,许念随意看了一眼,出去时轻轻带上门。

顾容刚好打完电话，挂断，回身望了望，门已关上。

月上中天，晚风吹拂，时间临近凌晨。

许念翻身对着窗外，还是没什么睡意。风从窗口吹到床上，阴冷阴冷的，她裹紧被子没打算起来关窗，想睡觉，却睡不着，精神得很。

许念平躺床上，盯着天花板，盯了一会儿后合眼，她将手覆在眼睛上。

周四好天气，暖风和煦，实验室项目催得紧，许念上完课就一直待在这边，她的搭档是高一年级的师兄。师兄长得高瘦，性格有点腼腆，模样是现在比较受小女生欢迎的奶油小生型，挺清秀的一个小伙子。

"你最近都没怎么来这边，在准备期中考试吗？"高瘦师兄一面校对仪器一面问。

"没，还早呢，在忙家里的事。"许念说。

"老师让下周交报告，你周末有时间没？有的话就过来一起做了吧。"

两人申请做的是同一个项目，报告也应该合力完成，张教授严苛，上交之前会叫两人过去问话，反复检查。他们这个项目还没结尾，时间有点紧迫，许念思忖片刻说："我明天课少，下午的时候再过来一趟，周六下午写报告，行吗？"

高瘦师兄摸摸鼻头，点点头，眼里笑意明显。许念专心做实验，没注意到，由于赶着完成项目，晚上她没回去，给顾容发了条消息，翌日又忙到七点多，连晚饭都顾不上吃。

师兄人不错，趁休息的间隙特意买了草莓小蛋糕回来，她和张教授一人一份。

许念不饿，搁在桌上没吃，为了不浪费人家的好意，离开的时候特意将蛋糕带走。

"路上小心！"师兄叮嘱道，"周六见。"

许念向来不热情，可还是回道："周六见。"

她走得毫不留恋，不一会儿就走出老远，都没回头看一下，更没瞅一瞅手里提的草莓小蛋糕。回了家，将东西搁在桌上，然后进厨房煮面。

顾容刚刚洗完澡，听见声响下楼，一眼就瞧见桌上的蛋糕，她鲜少吃这种热量高的玩意儿，以为是许念买的，只匆匆瞅了下，可就是这么匆匆一瞅，便瞧见蛋糕包装盒上贴着一张便条。

没出校园的男孩子表达心意的方式总是迂回委婉，喜欢弯弯绕绕地示好,怕许念不吃,还特地贴了一张字迹工整的便条提醒。顾容望着上面那一行字。沈晚常跟她说,许念是一个很受大家喜欢的人。

喜欢,分很多种,但会贴便条的只有一种。

机械专业女生少,长得好看的更少,沈晚算一个,许念也是其中之一,但她好看而不自知,更没把心思放在这种事情上,别人拐着弯儿示好她根本看不到。

顾容向来注重隐私,并尊重他人的隐私,虽直直站定在桌前,可没碰蛋糕盒,直到许念端着面出来,不着痕迹地收回视线。许念在吃食上不讲究,煮面就真只煮面,连一片菜叶子都没放,加点调料就完事。顾容坐在她对面。

连着两天都在上课,做实验,又睡得晚起得早,许念脸色有点差,眼下略带青黑,大概是不习惯吃东西有人看着,她脱口而出道:"你吃了吗?"

"吃了。"顾容目光掠过她那边,半垂下眼,"这两天学习很紧张?"

许念"嗯"了一声,回道:"课比较多,实验室那边还有一个项目要收尾,这周末得去学校写报告。"

其实她一直挺忙的,要读书要做家教还得兼顾实验项目,表面清闲从容不过是会合理分配时间罢了。

"注意休息。"顾容说,倒没多的话。

许念忽而想起桌上蛋糕,不好意思一个人吃,于是问:"要不要吃这个?"

"在沁园买的?"

沁园是G大食堂门口的一家连锁蛋糕店的名字。许念没多想,实话实说:"实验组的师兄给的,晚上没时间吃饭。"边说,边打开包装盒,问道,"吃吗?"

"不吃。"

许念"哦"了一声。

顾容起身走向厨房,快到门口时回头看了眼,见许念随手将包装盒扔进了垃圾桶,停下半晌,随后径直进门。

G市的四月气温变化无常,忽冷忽热。今儿白天温度还算适宜,可以穿单衣也可以穿短袖。到了晚上稍微凉快些,因家里仍盖着厚被子,上半夜睡觉会让人觉得有点燥热,顾容起来下楼接水喝,一开门,见到隔壁门缝里透着亮光。

此时已近十一点半,看样子许念还在学习。

她驻足片刻,盯着门前地上的光影发了会儿呆,便转身下楼,上来的

043

时候端了两个杯子，一杯白开水一杯热牛奶，白开水是给自己的。

小房间的门没关。

"许念……"她叫了声，等里面应答再推门进去。许念果真在看书，桌子中央亮着一盏绿色的老式台灯，桌上摆了一大堆资料。

简单扫一眼，顾容便将热牛奶放桌子空处。

"在写什么？"

"处理实验数据，还有明早的上课内容。"许念放下笔，看了眼牛奶，心头一动，说道，"谢谢。"

顾容没说话，瞧见纸上的字，不免多看了两眼，她没要走的意思，就那么站在许念背后。许念不大自在，挺直脊背坐定，一时间不知道该做些什么。

就这样沉默了大概半分钟，许念扭头瞧了瞧，就在她准备开口之际，顾容微弯腰拿起面前的实验册。

拉开一张凳子坐下，顾容简略地读了一遍册子。

许念有些迷茫。

"你做你的。"顾容说。

夜风轻拂进窗，吹得书角翻动，许念低低应声，听话地继续忙自己的事。大约半个小时后，顾容起身离开，走的时候不忘叮嘱道："早些睡觉。"

许念用余光目送她出去……许久，端起牛奶喝了一小半，热牛奶已经冷了。

周六的天气依然明媚，碧空如洗，大团大团的白云堆聚在上面，形状千奇百怪。院里的玉兰已完全凋谢，只剩下光秃秃的土黄树干孤零零地直立着。黄桷树和冬青继续生长着。顾容一早起来跑步，许念吃了饭去西区城河街尾家教，中午不回家直接去了学校。

高瘦师兄老早就在等了，并且报告已写了一小半。两人做事效率高，半个下午就整理得差不多了，到七点多就完成了大部分任务。许念周日还有家教，两人便约定明天继续，届时顺便修正检查。

周日下午张教授来了实验楼，顾容与他同行。

许念正在写报告，不知道她来了。

高瘦师兄话有点多，许念不爱闲聊，基本只听不讲。

"快期中考试了，你找到卷子没有，我以前找的还留着，要不要发一份给你？"他说，笑意吟吟。

许念心不在焉，竟点点头应下："那谢谢师兄，发我ＱＱ上吧。"

说完，忽然想起对方昨儿下午帮自己带饭的事，又问："昨天的晚饭多少钱？我转你。"

"不用，没几个钱。"师兄大方，坚决推辞，推着推着竟又改口道，"大不了过会儿一起去吃饭，你帮我付饭钱，正好抵消。"

只要不是去西餐厅和特色区，食堂的饭菜价格差别一般不大，反正写完报告临近饭点，许念也打算在学校吃了再回去，故而应道："行，那赶快做，早点过去。"

没想到她这么干脆就答应了，师兄还愣了一下，耳根子一热，反倒有些无措，嗫嚅须臾，想找话聊，刚张开嘴就瞧见张教授和顾容出现在后面，立即礼貌站起来。

"教授好，您来检查？"

张教授摆手，说："就过来转转，实验做得怎么样了？"

"还有一点，明天就能交报告。"师兄说。

许念闻声抬头，一眼瞧见顾容，也规矩站起来，道："教授。"

张教授看了眼报告，满意地说："你们俩先忙，不用管我，明天放学之前来我办公室就行。"

顾容面无表情，淡淡地与她对视一眼，许念感觉怪怪的，可又说不出哪里怪，有外人在场，也不好单独说什么。张教授带着顾容去其他地方参观了。

黄昏时候的天变了色，有些昏沉，不过没有乌云，看样子应该不会下雨。写完报告，许念和师兄去吃饭，本来她想喊顾容一起，可转念想到顾容应该会跟张教授一块儿吃，便就作罢。

实验楼门口是三角区，风呜啦呜啦地朝这里灌，许念裹紧衣服往前走，师兄机灵，就稍微走前面一点挡着。

他这时候话少，但一直顾及着后方。

走出实验楼群，两人恰巧遇到张教授和顾容两个人，师兄向来尊敬师长，傻傻地客套问道："教授，学姐，要一起去食堂吗？"

按往常的情况，应该会被婉拒，毕竟人家只是来参观，怎么会和两个学生去吃食堂呢？让人意外的是顾容竟应下了，张教授乐呵呵地说："行啊，你们学姐也是回来看看，正好去食堂重温一下过去。"他转向顾容，继续说，"学校新开了许多吃饭的地儿，不过一食堂没变过，还是老样子，就去那儿吧。"

老师发话拍板，那就只能去一食堂。师兄偷瞄了一下许念，许念没意见，他有点后悔多嘴，刚一扭头，看见顾容站在那里，态度丝毫不温和，一看就不好相处，顿时更加懊恼。

一食堂就在机械专业的男寝对面，主要是打菜窗口，六块钱两荤一素，实惠又经济。这个时间点吃饭的人挺多，排队排到了大门口。许念排在顾容前面，队伍拥挤，快到她们时，前面打完饭菜的同学无心推了许念一把，她没防备身子向后一倒，就被顾容稳稳接住。

　　顾容托住她的后背，将人护着。

　　同学歉然，连连说"对不起"。

　　感受到腰间的手，许念站稳，说："没事。"

　　同学觉得不好意思，又再三道歉了两句才走。此时轮到许念打饭，她赶紧上前点菜，打完饭回头看了看顾容。

　　两人打的菜都很清淡。吃饭期间张教授唠叨不停，时不时回忆往昔，聊聊当年。师兄偶尔会插上一两句话，也不方便聊其他的，只能讲一些有关学习方面的话。吃完饭，四人在学校溜达散步，一直到晚上九点左右，张教授因家里有事先行离开，师兄知道许念要回家，自觉告别回了寝室。

　　车就停在校门后面，离这里有一段距离，许念默默与顾容并肩走着。这段路灯光亮，沿路木椅多，情侣们喜欢晚上来这儿散步，有时碰见那么一两对抱在一块儿，许念觉得尴尬，而顾容神色如常。

　　许念想问她怎么会来学校，可又觉得多余，之前顾容忙，每年只捐钱，现在正好休息有时间，加上前几天校庆，抽空回来看看也是正常的，哪来那么多缘由。

　　"实验做完没有？"顾容先说道，瞧见前方有牵手的小情侣，眼里闪过不屑，这一路上，起码遇见五对了，她读书那会儿学生谈恋爱的热情不高，不像现在，到处成双成对。学生嘛，还是要以学习为重才好。她思想有点顽固守旧，认为这样的风气不好。

　　许念回答："做完了，之后准备期中考试，时间还早，接下来可能会比较空闲。"

　　"刚刚那个人就是你实验组的师兄？"

　　"嗯，怎么了？"许念问。

　　顾容不接话。一段路不长，几分钟就走到校门口，开车到家十点左右，不知道什么原因，今夜巷子里的灯光尤其昏暗，沉闷压抑得很，快走到家门口时，顾容轻声喊："许念……"

　　许念回头。

　　"用心读书。"顾容只说。

天气升温

[第4章]

这话说得莫名其妙，可又在理，愣神片刻，即便不明白个中深层含义，许念仍点了点头。

四月中旬温度蹿到20℃往上，每天阳光灿烂，这是适宜植物生长的季节，也是晒被子的好时候。等早上的水汽散了，九点来钟，许念把家里的被子、毯子全都搬出来晒。

不止她家，周围的邻居们皆在晒被子，清洗衣物，对面那家的婶子见到许念，笑着大声说："阿念，中午的时候记得出来翻面，两面都晒晒！"

许念莞尔一笑，应声："哎，知道。"

婶子弯身抖被角，看到她旁边的顾容，又问："你家亲戚？"

两家就隔着一道巷子，顾容平时出来活动大家肯定都见过，可许念没向邻居们介绍过，大家都以为她是许念家的亲戚。许念回身看了看坐在屋檐底下庇荫处的顾容，有些不好否认，直说租客好像太生疏了点，但又不大愿意喊小姨，憋了半天，干脆不正面回答，而是问："婶子今天不上班？"

"调休呢，明天再上。"

听见两人的对话，顾容抬了抬眼，而后低头继续做自己的事。她在画油画，上一次这么安静画东西还是大学的时候，那会儿时间宽裕，随时可以做自己想做的事，不像如今这么忙碌，要是忙起来连喝水的工夫都没有。

"画的楼下的三角梅？"许念晾完被子过来，好奇地问道。油画布下方火红一片，中间是抽象的黄褐色枝干，应该是黄桷树，她不大会欣赏这种艺术作品，看个稀奇罢了。

顾容说："花开得很好，一直挺茂盛。"

搬进来至今，门口这株三角梅便保持着红艳如火的状态，惹眼得很。

"三角梅花期长，能持续四五个月，最近天热，20多度是最适合开花的时候。"许念说，这一带都喜欢在家里种三角梅，每年春季伊始，花就会陆陆续续盛开，一些凋谢一些绽放，因此才能持续这么长的花期。

顾容俯视楼下，实诚地说："很好看……"

许念难得脸上眼里都是笑意，说："我来这儿的第一年和外婆一起种的，十三年前了，她说门口秃秃的太冷清，显得死气沉沉，应该种点红色的花，看着就欢喜。"

听到她说起外婆，顾容沉默了一会儿。

"黄桷树是她嫁到这里的时候外公种的，早些年没有空调，夏天温度虽然没有现在这么高，但还是热，外公就想着多在院里种几棵树，等树长大了就会凉快些，本来种了两棵，院左院右各一棵，后来左面的枯了，他便把右面的移到了院子中央。"

许念说："黄桷树树根扎得深，树根又长，都蔓延到房子后面的墙壁上了。"

提起这栋红砖老房，她的话明显变多，顾容也笑笑，轻言细语问道："玉兰、冬青是外公栽的，还是外婆栽的？"

"整修房子的时候工人帮忙栽的。"许念说，时间久远，整修房子那会儿她还没出生，这是外婆告诉她的，当初之所以把房子留给她，就是想着这里是老一辈的见证，汇聚了这个家三代的记忆，必须保留下来。

如若给许妈，保不准哪天会被卖掉。

顾容抿唇，低头在画布上添了一笔，轻声说："两位老人家感情真好。"

许念默认，双手撑在阳台上远眺。

大中午的太阳非常晒，热得只能穿单衣。简单吃了顿清淡的午饭，许念上楼换白色短袖，单薄的衣服更显身段，长腿惹眼，腰也细，脊背挺直如窗外的高树，青春朝气有活力。

她人勤快，收拾屋子，楼上楼下都打扫一遍，在杂物房里翻出了个老款佳能相机，相机上布满灰尘，看起来放了至少一两年了。

顾容见她在擦拭、摆弄相机，随意说："喜欢摄影？"

家里除了基本的家电外，鲜少有游戏机之类的娱乐性设备，毕竟经济条件就摆在那儿，若非喜欢，怎么会花钱去买这款价格不低的相机。

"不是。"许念说，语气感慨，低头看着相机，"外婆给的生日礼物，在二手市场买的，不过没用几个月就坏了，之前怎么也找不到，原来落在这儿了。"

大概东西本来就是坏的，外婆不懂相机的门道，不知道好的相机其实很贵，白花了六七百。六七百，对于老一辈来说算得上大数目了，那时许念不过提了句班里有同学喜欢拍照，无心的一句话，老人家竟记下了，以为她是因为喜欢而羡慕呢。

顾容走近，瞧了两眼，说："能给我看看不？"

许念把相机递过去。

"我有朋友会修相机。"顾容说,尝试启动,可相机屏幕毫无反应,"可以给他试一试,这款相机应该有一定年头了,很多配件市场上已经找不到了。"

许念倒没想过能修好,刚坏那会儿她拿去市场修,店主一开口就是上千块,能修成什么样未知,便就放弃了。

"正好过两天我要去新区一趟,到时候可以去找他。"顾容没等她回话,兀自讲道。

许念嗫嚅半响,没拒绝,上楼去把被子翻了面。

天气预报说接下来的几天都会是晴天,温度可能会逐步上升,慢慢进入夏季。最近天儿热容易上火,傍晚时候许念特地熬了锅绿豆汤,楼上的被子还晾着,可以吃了晚饭再收。

可惜天公不作美,预报不准,半分钟的时间天忽然乌云笼罩,霎时陷入昏暗中。许念警觉,赶紧撂下沸腾的汤锅上楼收被子,无奈还是晚了一步,只收了一床,其余全被突如其来的瓢泼大雨打湿了。

大雨噼里啪啦下个不停,连出门都困难。

下半夜阴冷,总不能不盖被子,这样铁定得感冒,可现在只有一床被子能用,两人连选择的余地都没有,只得暂时将就睡一晚。

许念整个人身子僵直,手脚都不知道该怎么放了。

两人都沉默不语,直挺挺躺着,外面电闪雷鸣,大雨哗啦啦像倒水似的。因为大雨没开窗,屋里有点闷。许念觉得热,稍微推开被子露出手脚,可还是觉得热,又将小腿一齐伸出被子。

没一会儿,又觉得有点冷飕飕的,再把小腿缩进被子,如此反复几回,旁边传来压抑低沉的声音:"别着凉了……"

她安生不再乱动。

"有点热,睡不着。"

下雨天就是这样,关门闭窗又闷又热,室内室外简直两个温度,可雨那么大,哪能开门窗,想明早起来收拾扫水吗?

况且她自个儿也穿得严实。

顾容没言语,翻身背对着,屋里落针可闻。下半夜,温度终于降了下来,凉快不少,许念侧身朝向应该已睡着的顾容,凭借窗户外透进的微弱的光,依稀能瞧见对方的身形轮廓,以及白皙的后颈和宽大领口下露了小半截的肩。

外面的雨不知何时停了，嘀嗒嘀嗒沿屋檐滴落，许念在这一声声落雨声中困意上头。

第二日是个好天气，七点多太阳出现，天空一片清明，当第一缕阳光投进窗户，许念渐渐醒了。

一开始她还有点迷糊，困倦地动了动，抬了下手抬不动，惊觉不对，睁开眼，悄悄退后些抽出手。

好在顾容还没醒。

手臂又麻又痛，她赶紧平躺着，安静盯着又黄又旧的天花板。

时间快到七点半，平复心情后，许念轻手轻脚起床，穿鞋出门，回房换衣服，穿内衣睡了一晚，着实勒得慌，且睡觉的时候不老实，左侧都勒出了红印，换好衣服，在房间里待了十分钟才去浴室洗漱。此时七点四十多点，大房间的门紧闭。

洗漱完毕下楼，门依旧关着。

昨晚下过大雨，院子里积了不少水，许念先把锅煮上粥，然后清扫院子。清晨的风柔和，吹在身上舒爽，扫到一半，她觉得嗓子干，还有点痛，于是进屋喝了杯水继续干活。

今天的温度依旧20℃以上，她只穿了件单薄的短袖，安静清扫院坝，树叶沾了水粘在地上，清理起来十分费力，扫一个小小的院坝就耗费了十几分钟。

楼上窗户后，身材高挑的顾容倚着墙观看下面。

许念下午就病了。

忽冷忽热的天气最容易感冒，加之昨晚睡觉图凉快露手脚，今早穿得也少，下午三四点钟，许念觉得脑袋昏沉沉有些难受，年轻人爱逞能硬扛，就没当回事儿。黄昏时候，病情来势汹汹，她烧得脸颊绯红，鼻间出的气都是热的。

顾容看出不对劲儿，用手背挨挨她的额头，眉头紧蹙。

"是不是不舒服？"

许念摇摇头："还好，就是有点头晕脑涨。"

一说话，嗓音都是哑的，有气无力，浑身都乏。

顾容脸色凝重，虽脸上没表露出任何焦急的样子，但还是想立马送人去医院。许念不想去，让去药店拿点药就行，顾容自然没依。到医院时天

051

儿都黑了，不过依然人多，挂号处排了老长的队。

老城区医院效率不如新区那边高，挂号队伍行进速度犹如龟速，许念觉得头痛，陪顾容排了一会儿就有些站不住，顾容扶住她，低声问："很难受吗？"

这种时候，许念倒不像平时那么在乎距离，闭了闭眼睛，靠着对方乏力地说："感觉累，想睡觉了……"

她呼出的气是烫的，脸也是烫的，看样子确实烧得厉害。

"先去那边坐着，我来排队。"顾容语气平缓地说，用手又碰了碰她的额头，比先前还烫。

许念有些迷糊，轻轻"嗯"了一声，到座椅那边等。

看着前面的长龙，顾容脸上闪过不耐烦，回头看了眼，许念坐在椅子最后一排，一个人孤零零的，虽然生病了，可脊背依旧挺直。

半个小时后，挂到号，看病。

许念高烧，39.2℃，当夜就留在医院打吊针，顾容没回去，租了张陪护床照顾她。相对于其他人，她这只是小毛病，医生叮嘱了一些注意事项，让去拿药。这家医院条件差，连接水的杯子都没有，需要到斜对面的小超市里买。

小超市的中年胖老板精明，卖纸杯的同时推销自家的水果吃食，顾容拎了一大袋东西上去。

"把药吃了再睡。"她低声说，将水和药递给许念。

许念蔫蔫的，吃了药就躺床上合眼休息，不一会儿便睡了过去。狭小的病房里有三张病床，最左侧是许念，最右侧空着，中间是个八九岁的小姑娘，怯生生的，可爱乖巧，眼也不眨地偷偷盯着顾容给许念掖被子。

顾容察觉，扭头看去，小姑娘害羞别开脸，装作没事一般，等顾容回头，又悄悄打量这边。

因为要守着许念输液，顾容没敢睡觉，三瓶点滴输到凌晨，之后打热水帮许念擦洗，下半夜才得空休息。

病房里的灯亮到下半夜，隔壁床的小姑娘输液结束，她家大人出去接热水。许念退了烧，听见声响迷迷糊糊醒了，睁眼便看到睡在旁边陪护床上的顾容，一瞬间还有点转不过弯儿来。

她四下看了看，与隔壁床的小姑娘对视。

小姑娘不好意思闪躲开，局促盯着被子。

吃食全放在床头柜上,许念拿了包干果,问她:"要吃吗?"

小姑娘懂事地摇摇头,许念将干果稳稳甩到她床上,她讷讷片刻,小声说:"谢谢姐姐。"

许念颔首。小姑娘瞧瞧熟睡的顾容,再望向她,悄悄说道:"大姐姐一直在照顾你……"

许念愣了愣,而后垂眸看着床边。

高烧的后果就是连续两天不舒服,嗓子哑,略疼,还咳嗽,天气变化反复无常,许念没敢穿得太少,每天都是一件内衬一件薄外套。

另外,被子打湿不容易干,晒了两天都还是有点湿,许念想过再买一床先将就着用,但终归没有,一来浪费,二来没时间搞这个。

顾容也没提这事儿,二人就这么凑合着平安无事睡了两晚。

这天回家的时候,桌上放着冰糖雪梨,是顾容在北巷口买的。北巷口那边有几家小店,卖早餐,卖水果,也卖各种汤汤水水。

卖冰糖雪梨的是家老铺子,老板六十多了,为人实诚,五块钱就给装了大半个保温桶的,许念喝不完,剩下的放冰箱保存。

顾容这两天颇为沉默,比以前还话少,整日大门不出二门不迈,许念邀她出去散步,被婉拒了。晚饭过后,许念上楼洗澡,先前因为感冒没敢洗,眼下忍了这么久,终于可以痛痛快快洗一回。

水温有点高,反复搓了两遍,又冲了几分钟,她才穿了热裤短袖出来。彼时顾容亦开门出来,厅中灯光亮堂,由于洗了澡就要上床歇息,许念只穿了一件宽松的短袖出来,她白细的长腿微红,小腿肚上挂着没擦干净的水珠,锁骨下方也有点红,搓澡搓红的。

顾容轻声说:"多穿点衣服,别又感冒了。"

许念与沈晚同岁,可在她眼中却完全不同的,她看着沈晚长大,是亲人,沈晚再怎么露胳膊露腿露腰都无所谓,因为对方是小孩子,可许念不一样,哪怕叫她一声小姨,但终究没有血缘关系。

许念不自觉,执起毛巾擦了擦湿漉漉的头发,随意说:"今天23℃,还有点闷热。"

顾容抿唇,没言语。

"吃水果吗?我下午买了葡萄,挺甜的,很新鲜。"许念说,头发上的水珠往胸口落,她条件反射般抹了一把,但胸口上方的衣服还是被水沾湿,灰色加深,紧贴着白皙的皮肤。

顾容敷衍应下:"感冒药吃了吗?"

"吃了。"许念搭着毛巾走开,"那我下去洗水果。"

浴室地面大半都是水,还有余温,一脚踩进去热意从脚底蔓延到头顶,反锁门,顾容先站了会儿,接着再拧开水冲洗。

水淋到背上,热流包裹全身,白色的水汽萦绕不散。

楼下厨房,许念拧开水龙头接了满满一盆水,将葡萄放进去,水霎时溢出,直往槽口里流,她低头一颗一颗不急不躁地慢慢洗,葡萄多汁,稍微用力一掐,鲜嫩的皮儿就破了,红紫色的甜腻汁水顺着修长的手指流。

除了葡萄,她还洗了小番茄、水蜜桃,都是些多汁的水果。她在楼下看电视等着,腿上盖了块小的薄毯子,电视里在放爱情剧。

导演颇有想象力,极力给观众呈现出爱情剧美好的一面。

顾容下楼,远远就瞧见了这一幕。

许念全神贯注看着,咬破一颗葡萄,嘴角有汁水,她擦了下,浓睫半垂,看不清在想什么。

察觉到后面有人,许念往后看来,恰巧电视插播广告,她往左边腾位置,给顾容让出块地儿。

门没关,舒适的夜风往里吹,顾容过去坐下,牵了牵毯子,许念下意识看去,她的指尖圆滑,白白净净,很好看。

"晚晚下午打电话问,明天下午要不要一起出去玩一趟,北区城郊那边新开了一家游乐园。"顾容说,不着痕迹收回手,摘了颗葡萄送进嘴。

"她跟我说过了。"许念看向电视机,"你去吗?"

沈晚爱稀奇热闹,哪里有新鲜事物往哪里凑,今天去小吃街,明天去新开的清吧,要么就是去哪家新开的餐馆,以前她就喜欢约许念一起,但顾容鲜少出现,她有自己的工作要忙,偶尔一个月都见不到一次。

"你呢?"顾容反问。

许念沉思,应道:"去吧,好久没出去过了,你去吗?还是有工作要忙?"

顾容说:"没有。"

那就是要去。

许念"嗯"一声,专心看电视。十点多,两人上楼睡觉,被子没干,念及今晚不太冷,她拿了薄毯子想回自己房间睡,连着三天穿内衣睡觉,真憋得慌,躺床上气儿都喘不上了。顾容没让,感冒刚刚有所好转,现在的天就是这样,白天和上半夜热,下半夜冷,这块薄毯子还没腿长,就这么盖着指不定要加重病情。

然而躺在一张床上,真心热,没开风扇没开空调,如今还没到铺凉席的时候,年轻人不怕冷,只觉得动一下都快要出汗。许念不大安分,小幅度动动,偷偷屈起长腿,身子没有全部贴着床至少好受些。

屈腿不费力,这么坚持了不知道多久,迷迷蒙蒙地,快要睡着时,腿向旁边一倒碰了一下顾容。

时间还早,顾容多半没睡着。

觉得局促,许念轻轻张口:"小姨……"

顾容没应。窗户是开着的,不时凉风阵阵,许念翻了翻身,背朝窗外面对顾容,快到农历十五号,圆盘投下柔柔的月光,满屋银白,月光照射下,能看清顾容的侧脸轮廓,线条流畅。

她抬了抬小腿,风从被子一角钻进,里面的热气暂时消散。

顾容闭眼躺着。

许念推开被子,双手搭在外面,偶尔能听见叶子被吹落的声音。

"你睡了吗?"许念低声问,将手伸进被子,抖了抖,这样凉快舒爽些。

顾容被她搅得不安宁,睁开眼,看向这毛毛躁躁的小姑娘,瞧了半晌,到底没说什么,只把被子稍稍往下拉了些。

然后背过身睡觉。

许念不再乱动,老实了许多。

当温度明显下降的时候,这人早歪着头睡熟了,呼吸匀称,胸口随着呼吸而轻微起伏。

许久,夜风都变得冷飕飕的,顾容动了一下,平躺着,扭头看了看这边,翻身面朝许念。

兴许是感冒影响了呼吸,感觉不顺畅,许念微张着唇。

白玉银盘出现在窗框中,斜斜投入月光。

第二日清晨,顾容早早便醒了,她一般都会睡到七点半自然醒来,窗口的光晃眼,她掀被起床,光脚过去拉上窗帘,房间内霎时变得昏暗起来,很适合睡觉。

许念上午第二大节有课,她八点半醒的,床铺另一边早已凉了。昨夜睡得晚，起来仍觉得困，因为着急去学校，许念没敢赖床或慢吞吞洗漱，她本不打算在家里吃早饭，但顾容给她准备了一份。

土黄色的食物纸袋里装着三明治，旁边有酸奶和绿豆汤，很奇怪的组合，纸袋上贴了便条，上面写着"早餐"。

顾容有事先走了，也不知道出去忙什么了。

许念收好东西，背包，拿上早餐赶公交。今儿天阴，温度降到十几度，凉风飒爽，适宜出游。上课的时候专业课老师特意叮嘱："同学们记得好好复习，多看书，打好基础，这次期中考试题会比较难，题型相较往年改动会很大。"

不同于以前，现在的专业课都要进行工程认证，即工程教育专业认证，说白了就是交一份卷子上去应付检查，而这份卷子没有纯粹的判断题和选择题，不能靠蒙，不会相关知识点就只能干看着。

班上一片哀号声，沈晚像霜打的茄子，蔫了吧唧的，幽怨望着许念："完了，一张卷子全是大题，怕是得要我的老命……"

离期中考试还有二十天，四门专业课，她的书还是全新的，一个字都没有。

"好好复习就是了。"许念说，全然不担心，二十天，加把劲儿复习一遍都来得及。

沈晚绝望趴在桌上，装死。

不过中午的时候又活了过来，因为顾容来了。威严的大家长一到，沈晚立马装模作样抱起两本书，一副努力学习的样子。

顾容开车来接她们，顺道来这边吃午饭，宁周怡没来，她约了其他朋友在游乐园那边等，三人去学校的西餐厅吃饭。

相对于普通的中餐窗口，西餐厅价格贵许多，许念没去过，沈晚觉得这种开在学校的西餐厅一般比较低端，也没去过，学校只能刷校园卡，不能用现金，进去之前顾容转了一千块钱给沈晚让她充卡。

许念对西餐的印象就是牛排加红酒，顾容并没有点牛排，点的是芦笋浓汤、水果芝士焗玉米、意面以及提拉米苏，外加几个她不认识的甜品和虾。这里并没有沈晚想象中那么差，相反，性价比高，食材非常新鲜，沈晚喜欢虾，连带着用叉子剥了两只芝士焗大虾给许念，她有些聒噪，问东问西的，吃饭都堵不住嘴。

在她剥第三只虾给许念的时候，顾容沉声说："安静吃饭。"

沈晚乖乖闭嘴，扭头朝许念做了个无辜的表情。开车去游乐园时，她拉着许念一块儿坐后面，偷偷吐槽道："我小姨真严肃，比我妈还爱管人，代沟这么大……"

边说，她还边比画，生怕顾容看不见。

许念无话，习惯性看了眼前面。

游乐园刚开业不久，门票折扣力度大，各种优惠杂七杂八，三十块钱可以玩六个项目，实惠是实惠，就是人多。一到门口，票贩子就缠住她们推销，说自己这儿有更便宜的票，还不用排队，沈晚早在网上买好了票，便没要。票贩子逮着许念不放，喋喋不休地推荐，许念刚要开口拒绝，顾容出手抵开了票贩子，语气冷淡道："我们已经买票了。"

票贩子讪讪的，没再继续，转身寻找其他目标。

宁周怡她们路上堵车，要晚一些过来，打电话让她们任先进去。沈晚带着许念进去撒欢儿似的疯，过山车海盗船大摆锤，哪样刺激玩哪样，疯了一圈下来脸都白了。

最后非要去鬼屋，她胆儿小，硬要两人陪着，进去了吓得哇哇直叫，抱着许念不肯松手，快出鬼屋时，角落里钻出一个僵尸，直接把她吓蒙了。这次好歹安分下来，什么也不玩了。

宁周怡一行人四点半才过来，她们像是掐点来的，就这么巧，就在三人出了游乐园后十分钟到的，沈晚埋怨道："宁姨你就是故意的，打了好几次电话都不接，非得等到我们出来才到。"

宁周怡笑笑，其他几个女人也笑。

许念瞥了眼顾容，这人在她们出来时曾拿手机发过消息，给谁发，眼下很明显了。

她们一群人没二十岁的小姑娘这么有活力，不想玩这些。为表歉意，宁周怡请大家看电影吃饭，商量之后再去打桌球，简单聚一聚。

沈晚想看一部卡通电影，这部电影最近非常火，小孩子看就是冒险片，大人看就是爱情片，兔朱迪狐尼克斩获了一大波粉丝，同学们都在谈论，这是一部好片。

可这部电影早下映了，4月新上映的电影都不怎么样，便随便选了部爱情片看。电影院临近游乐园，这里人也多，手挽手的情侣，或者一大家子齐上阵，她们买不到一处的票，只能分散坐，沈晚一定要跟宁周怡一起，

057

其实就是有意避开顾容这冷脸冰坨子。

宁周怡买了许多吃的,特意分了一大份给许念,彼时顾容在前台买东西,不经意瞥见这边,回来时只端了一杯热饮。

许念和顾容坐在一块儿,位置比较偏角落,她们前面是一对你侬我侬的小情侣。

电影是文艺片,有些无聊,男主是大叔,女主还挺漂亮,全片不断地回忆与切换视角,内心独白贯穿始终。许念看得直打瞌睡,前方的情侣却深受感动,看着看着就抱一起了,电影里在煽情,他们在接吻,还挺深情。电影院光线暗,可周围的人看得见,工作人员在监控里也能看得一清二楚,许念尴尬万分,真怕他们做出更越界的举动,佯装什么都没看到,埋头吃爆米花。

爆米花是巧克力味的,齁甜,吃多了口干,许念想拿冰可乐喝,一摸杯身,发现是温热的,愣了愣,低头,原来是顾容买的那杯热饮,至于冰可乐,不知什么时候被换走了。

"你感冒刚好,不能喝冰的。"

许念心头一热,用只有两人能听见的声音说:"谢谢。"

顾容一言未发,看着电影。电影的最后,男女主见面,幸福美好地在一起了。出电影院时天都黑了,沈晚感慨道:"那男的太老了,白瞎了这么年轻漂亮的女主。"

她关注点有点奇怪,一点不被剧情感动。

宁周怡斜她一眼,说:"男主才三十岁,只是走成熟路线而已。"

"女主二十,新人。"沈晚反驳,"差十岁呢,看着一点儿都不配,像老爸带女儿。"

宁周怡一愣,随即乐了,说:"那你觉得差几岁合适?"

沈晚认真思考,正经回道:"五岁以内吧,三岁都有代沟了,年龄差太大没法儿交流,也就电视电影里能演,现实中肯定存在超多问题,哪有那么美好。"

宁周怡笑而不语,同行的红裙子女人打趣说:"你还小,不懂,年轻爱浪漫,太理想化,过几年就会明白了。"

这话说得非常委婉,大家都懂其中真正的含义——两个人是否合得来要看很多方面,三观、阅历、经济条件与实力,有时候还包括别的方面。年龄只是一方面,且是否能交流不仅仅看年龄,还要看性格,有人青春活力四射,有人安静早熟,有眼缘的同时还要讲求配不配。

"反正还早,可以慢慢挑。"沈晚说,全然不在乎这些。

说者无意听者有心,沈晚不在乎,可有人在乎,许念明白那话的深层意思,她有些沉默。

"那可得挑个好的,到时候带回来,阿姨们帮你把关啊。"另一人笑道,故意逗趣。

大伙儿都笑,沈晚莫名感到害羞,脸都红了。

宁周怡回头望着许念,还没看到人,顾容却先走了过来,朋友拉着她俩聊天,一路有说有笑走向附近的火锅店。

火锅辛辣,许念辣得额头直冒细汗,宁周怡拿了瓶冰镇饮料放面前,对面的顾容抬眼,到底没说什么。

"谢谢宁姨。"许念说,嗓音仍微哑。

宁周怡这才注意到,问:"感冒了?"

许念点点头,宁周怡重新倒了杯热的荞麦茶给她,说:"喝点热的,别吃红锅,涮清汤锅。"

许念自觉拉开些距离,兀自应声吃菜,沈晚关切地夹了两颗肉丸给她,宁周怡笑道:"你们两姐妹感情不错哪,晚晚就只给阿念夹菜,也不见你夹给你小姨吃。"

沈晚瞧瞧面无表情的顾容,夹了一筷子豆芽给宁周怡,说:"宁姨你吃,多吃蔬菜对皮肤好。"

旁边人都笑了,沈晚嘀咕:"阿念还得在期中考试中救我呢……"

吃到一半,有人叫了半打啤酒,几个要开车的没喝,许念倒喝了小半瓶,以前她几乎不喝酒,但这次红裙子女人非得让两个小姑娘喝点,桌上的女人大多豪迈爽利,不会觉得女孩子就应该乖乖的,开心了来两杯也没什么,她们有分寸,点到即止。

吃完饭,大家开车去桌球室,在新区那片儿。

红裙子女人与老板相熟,直接包场。

许念喝了点啤酒,她的脸慢慢变红,但又不是特别红。桌球室光线有些暗,左边墙壁边是一排椅子,她不会玩球,便坐在椅子上休息。

坐了一会儿,许念觉得有些不舒服,去了趟厕所,出来时碰到宁周怡和两个女人在聊天,其中就有那个红裙子,红裙子看她脸红红的,侧头问:"喝醉了?"

许念摇头，说："没，还好。"

"要不要去休息一会儿？"红裙子女人爱贫嘴，可心肠不错，见她这样有点担心，她指了指楼道尽头，说，"拐角那儿有房间，要是觉得不舒服就过去睡，走的时候我们叫你。"

"没事，谢谢。"许念真心实意说。

宁周怡再问她几句，两人聊了会儿。有小姑娘在场，不好继续聊，红裙了和另外一个人往楼道深处走了。宁周怡没去，抖了抖烟灰，女士香烟没普通香烟那么刺鼻，闻着不会很难受，是香的，许念好奇看了看，这烟还挺漂亮的，通体细长，烟头处绘有娇艳的红玫瑰。

"吃糖吗？"宁周怡问，长眼眯了眯，不等许念点头，直接从口袋里摸出一根棒棒糖拆了包装递过去。

许念傻愣愣接下，竟不拒绝，宁周怡眼里堆笑，嘴角扬了扬，然后示意她吃棒棒糖。

许念接过，吃着棒棒糖。

她嘴唇红润，近似红玫瑰的颜色。

而此时，桌球室的门被打开，顾容从里面出来，一眼便瞧见了这边的光景。

许念背对着一点没察觉，她抿了抿唇。宁周怡看见了顾容，但没半点要出声的意思，反倒拆了一根棒棒糖自顾自地含着。

顾容在后面背光站着，朝着这边，看不清面上的表情。

"算了。"许念拿掉口中的棒棒糖，稍微后退半步拉开距离。

宁周怡挑挑眉，倒没逼她，笑了笑。

宁周怡眉眼弯弯，琥珀色的眸子里映着空寂的楼道，也映着面前的许念。

然后她将糖棍从嘴里抽出，将其扔进脚边的垃圾桶，完全无视那方门口的顾容，靠近了些，问许念："谈过朋友没有？"

她知道许念单身，所以问的是谈过没有。

许念搪塞道："没，暂时不考虑这些。"

宁周怡认真审视着她，酝酿一会儿说："那喜欢的人呢？不会连这个都没有吧，二十岁了，这么循规蹈矩的吗？"

许念敷衍地笑，不知道该回答什么，找话随便聊了两句，借口出去站会儿。她也是心大，压根就没回过头，没发现后面有人看着，路过盥洗台洗手时,蓦地发现顾容在旁边,这人静静拧开水龙头冲手,水流缓缓流动,裹着她细白的指尖。

许念正欲开口,顾容却看了她一眼,眸光沉沉,没说话,走了。她有点蒙,立马就跟了上去。

顾容走得慢,楼道里,宁周怡已经离开,应该是进了桌球室。走到拐角处,许念一把抓住顾容。对方的手有些冰凉,滑溜溜的,皮肤很好。

张张嘴,许念想说什么,可一时卡壳,红唇微张,直直望着顾容。前面有人过来,是红裙子女人她们,她赶紧放手。

红裙子女人招呼道:"阿九,怎么在外面干站着,进去玩球啊。"她一脸和善,又对许念说,"阿九桌球打得很好,进去让她教教你,你会打吗?"

许念跟在她旁边,摇头说:"不会,只见过别人玩。"

"那正好,阿九你可以教她。"

另一个女人附和道:"教会了咱们二对二玩两局,反正无聊得紧。"

许念当真不会玩桌球,先试着打了两次,次次都是白球进袋,沈晚着急地在一旁指挥,可她不得要领,第三次还是这样。

顾容在左边站着,红裙子女人看不下去,欲上前指导指导,可被抢先一步。

"腰别弯得太低,要用手臂发力击打。"

许念失神片刻,她侧了侧头,耳畔又传来:"看球……"

散场的时候将近十一点,宁周怡送沈晚回学校,其余人各回各家,许念自然和顾容一起。

车里安静,两个人都不说话,沿路一片光明,直到驶进老城区才暗沉下来,这个时间点是夜市的兴旺时刻,街道两边都被摊贩占据,马路中间行人拥挤,车只能缓慢通行。

进入南巷口后,许念下车买水果,水果贩子是熟识的人,他家离许念家不远,两人聊了会儿,找零钱时,水果贩子突然想起什么,赶紧提醒道:"阿念哪,你家晒的被子好像没收,傍晚的时候下了阵毛毛雨,可别受潮了啊。"

许念霎时反应过来,她还真把这事儿给忘了!提着水果回车上,她催促道:"快回去,被子还没收呢。"

巷子空寂,一路畅通无阻,许念飞快上楼收被子,可惜还是没用——

被子潮的，G市四月的天晚上水汽重，本该太阳下山前就把东西收了，何况还下了雨，下雨那会儿她们正在看电影，故一点没发觉。

她赶快把这些东西抱到楼下空房里，顾容停好车来帮忙。

"忘了还晒着被子，应该打电话让你收的。"早上走得急，匆匆晾好就跑了，之后在上课，玩着玩着早将这事抛诸脑后，哪里还会记得。本来今天就可以不晒了，这下还得继续，要是过两天天气不好，不知道什么时候能干。

顾容抖被角，不回答，两三分钟后关心她，问道："感冒药吃了吗？"

许念一心都在被子上，说："已经好了，医生只开了两天的药。"

顾容进厨房，倒了杯热水搁在桌上。等许念忙完，水就变温了，她也没喊许念喝水，只放这儿，其实许念都瞧在眼里，待人一上楼就出来把水咕咚喝光。

出去了一天，肯定是要洗澡再睡觉，顾容上楼先洗，许念后洗，洗完擦干身子马上要穿衣服，浴室中央的灯忽地闪了闪。

不止浴室，大房间也是。

未来得及反应，整个房子登时陷入黑暗之中，许念傻眼了，光着身子不敢乱走动，今晚无星无月，里面伸手不见五指，更别说拿衣服了。

而且她没带手机进来。

在浴室里待了几分钟，最后是顾容主动来敲门，将手机递了进来，许念尴尬得要命，麻利穿上宽松的睡衣，找到干帕子擦头发。没电不能用吹风机，只能尽量把头发擦干些，她发量多，一时半会儿自然干不了，发梢不断流水滴到背后，将睡衣濡湿。

睡衣是白色薄款的，一旦变湿便紧贴着背。

顾容站在后面，无意瞥见许念背后潮湿的白衣。

"应该是电缆又出问题了，以前都不会停电，现在这么晚了肯定不会有人来修，多半明天才会有电。"许念兀自说，感觉背后凉凉的，伸手摸了摸，湿了一块，头发多就是这样，擦着再干都要滴水。

顾容别开眼，说："先去换件衣服。"

"头发干一点再去，不然又湿了。"许念边说，边再擦了一遍，一会儿抬一下手臂，大概是累了，停歇了半分钟。

"我明天要出去一趟。"顾容说，走开，拉开抽屉放东西，"去柳河镇，应该会很晚才回来，你别等我。"

许念愣愣,说:"我也要出去。"

顾容回身。她说:"明天去做志愿活动,院里举办的。"

许念每学期都会参加至少三次志愿服务,一来做贡献,高校学生嘛,享受国家的补贴和教育,除了好好学习,应该适当做点力所能及的事回报社会;二来学校评各种奖项时,大部分都对志愿服务时长这一块有要求,一学年十五个小时或者三十个小时以上,她一般会在新学年的前半学期完成要求,之后视空闲时间而定。

大二这一学年的指标早就完成了,这次是自己想去,总归没什么事情做。

"去做什么?"

"去敬老院慰问老人,帮忙打扫这些,就在附近,城南西明桥对面。"

顾容知道那儿,应了一声。等头发半干,许念回小房间换衣服,她只有两套睡衣,一套穿着一套洗了,现在只能穿舒适点的短裤上衣睡觉。

因为头发还没干,她没立即上床,而是坐在凳子上玩手机。时间早已到凌晨,顾容也没睡,靠在床头看平板,上面是一个报表,隔得远看不清楚,当然,就算看清楚了也不懂。玩了半个小时,许念爬上床休息,由于一天没充电,手机显示低电模式,明天可以去学校充电,但必须得留一点电备用,便关掉手机靠床头坐着,考虑到隐私问题亦没多瞧平板屏幕,而是望了一会儿窗外,合眼养神酝酿睡意。

玩了一天真的累,闭着眼睛不多时便困意上头,迷糊困倦间,有什么搭在了肩上,许念半睁开眼,见胸前搭着一件顾容的薄款外套。

她实在困顿,看了一下立马合眼,昏沉沉睡过去。

不知道何时,有人推她,轻声说:"头发干了就躺着睡,别又凉到了。"

坐着睡太久脖子酸涩,许念脑袋迷糊,慢慢缩进被子里,躺了一会儿,脑子稍微清醒点,带着浓浓的倦意,用略微沙哑的声音低低说:"小姨,你谈过朋友没有?"

真睡蒙了,拿别人问过的话来乱说。

顾容不回答,侧身躺着。

许久传来一声"没有"。

许念顿时清醒不少,可没睁开眼,一动不动。

"为什么？"

顾容合上眼皮，懒散如实回道："没时间。"

没时间，这理由不够充分，但乍一想确实没毛病，经常天南海北到处跑秀场，哪来空闲顾及这些。许念往前挪了些，心里生出种异样的感觉，前任不前任其实不重要，毕竟顾容大她七岁，奔三的人了，有过那么一两个前任实属正常，哪怕再多点都没什么，可占有欲作祟，心里就是觉得满足。

"我也没谈过。"她说。

顾容不再回答。

许念拢紧被子，平躺着睡觉。

翌日小雨，天色灰蒙蒙的，顾容醒时发现腰间搭着一只蜷曲的手，指尖圆滑，指节白皙修长。许念还睡着，身子朝向这边。

六点多就来电了。

早饭煮面吃，因为都不着急出门，许念还特意做了小半碗油辣子，油辣子并不辛辣，香气扑鼻，拌面特别诱人，她做吃的很专心，不慢不紧地调味。顾容换好衣服下来，在旁边看着拌面，忽然喊她的名字。

"嗯？"许念疑惑抬头。

顾容说："别抽烟，对身体不好。"

潮湿的夜

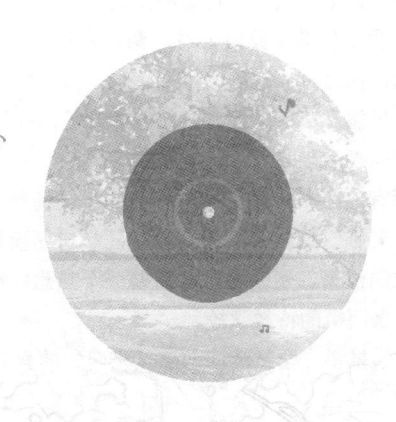

[第5章]

她还记挂着昨晚的事。许念当这是长辈的叮嘱告诫，回道："知道，不会的。"

不能吃辣，她只放了一小勺油辣子，再加醋、香油等，再简单烧了两碗紫菜蛋花汤。顾容今天穿得比较用心，像特意搭配过的，看样子要去做正事。

"柳河镇的工作很要紧？"许念随口问。

"残联邀请我去特教学校做公益，帮忙宣传。"顾容说，她平时会定期从事公益活动，加之有一定的名气和背景，所以才会被残联邀请。

许念莞尔，虽然不在一个地方，但做的却是同样性质的事情。

还有让她更高兴的事——

九点半，所有志愿服务人员在一教前的小操场集合，刚领到志愿牌，活动部部长忽然要临时调换人，问有没有同学自愿换到残联志愿队去，原来是领队今天生病没来，残联志愿队需要一个熟悉路线的当地人顶上，正巧，这一队是去柳河镇的特教学校。

有熟识的同学推举许念，活动部部长来问她的意见。

许念自然没意见。

特教学校在山上，坐车到山脚一小时，上山一小时，每天只有三班车，分别是八点、十一点和下午五点。山脚有绵延的长河，山上有葱郁的竹林，山顶笼罩着薄薄的雾气，风景秀丽，清新怡人。许念负责带着十五个同学准时到达学校，学校那边有工作人员出来接应，进去之前，工作人员给大家讲了一大堆注意事项。

这次的活动主题是关怀特殊群体，因为临时调换，许念并不清楚具体要做什么，副领队包揽了除带路外的所有工作。志愿活动分为两类，一类是协助残联，一类是参与活动，活动十分简单，做手工、包饺子。许念被分配去包饺子，因为要先忙活动，她没时间去找顾容，思忖要不要发条短信问问，兴许晚上可以一起回家，不过还没来得及发，就遇见了顾容，两人就在一间屋子里撞见。

洗干净手，她缓步走到顾容旁边，搬了条凳子坐下。

顾容习惯性看了这边一眼，顿了顿。许念埋头熟练包饺子，暂且不招呼。

小屋里热闹温馨，大多一对一互助，随行的记者做采访、拍照，完成本职工作，眼看活动差不多快结束，他拿出一张名片递给顾容，说："顾小姐您好，我是小陈，之前新空杂志拍外景咱俩见过，您还记得吗？上次太匆忙,都没来得及跟您说句话,今儿倒是巧,又遇见了。"

他笑呵呵的,一席搭讪的话说得漂亮。可顾容理都不理,兀自做事,耐性十足地教对面的学生。记者满不在乎,时不时就说两句,相机咔嚓咔嚓,他有自知之明,绝不是对顾容有意思。

这叫变相巴结。

可惜许念阅历不够,不明白,只觉得这人刺眼又讨嫌,像只聒噪的鹦鹉,她站起身不动声色地挪凳子换位置,挡在前面。

记者怔了一下,这般挡着,不仅不好和顾容搭话,还不好拍摄,他盯着许念,大概是想让她让开些,但还没开口,许念就先语气生硬道:"你挡着别人了。"

一个矮瘦的学生有些局促地站在记者后面,怯生生不敢喊。许念抬抬眼,柔声叫那学生过来坐,记者赶紧让开。

午饭时间,工作人员进来帮忙把饺子全部抬去食堂煮,这是她们的午饭之一。记者厚着脸皮问顾容:"顾小姐要不要一起过去?"

顾容冷淡拒绝道:"不了。"

连多余的话都没有,一贯清冷孤傲的作风。记者悻悻与朋友先走,许念瞧见,垂了垂眼皮。

志愿队的同学喊她帮忙,收拾做手工留下的垃圾,出去了十几分钟,回来时顾容已经不见了。再遇到是在食堂,顾容跟一群西装革履的人站一起聊天,她左手边的那人长得高大,神情威严不苟言笑。

有人悄声说:"那个就是副市长,校庆的时候来过我们学校。"

大家觉得稀奇,纷纷凑在一起你一言我一语地讨论,说着说着,一女同学感叹道:"副市长旁边的人可真好看,长得高有气质,感觉有点眼熟,好像在哪儿见过。"

"是挺有名的模特,人家主要在国外走大秀,不在国内发展,你不关注,肯定不认识。"

模特不像明星那样有知名度,绝大多数名模都是业内名气大,业外籍籍无名,不为大众所知,且顾容不走秀的时候就如同隐居,无比低调。

许念闻言望向那边,没再关注同学们的八卦。

人群中的顾容淡定从容,矜傲中带着贵气,一举一动无不得体成熟、游刃有余,即便跟一堆大人物站一块儿也丝毫不逊色,大抵是这段日子习惯了她的随性洒脱,突然见到这样的场景,许念心里蓦地生出股距离感,意识到两人之间的悬殊。

但她具体描述不出来这种感觉。顾家富裕,按正常的轨迹,顾容应当成为一位阔绰的大小姐,享受名牌、豪车与美酒,过着普通人无法想象的生活,而不是像现在这样,脱离了原本的圈子,住进她的红砖房,融入世俗,沾染烟火气息,过上平凡寡淡的日子。

可另一方面,就是因为这样,这人才显得真实,有血有肉,并非高不可攀。

开饭时许念单独一人坐着,她与其他同学不熟,顾容他们在不远处。出来做公益,没人搞特殊化,不搞应酬那一套。

顾容吃饭向来慢条斯理,不挑。

虽然中间隔了两排桌子,但两人是面对面坐着的,许念抬头偷看对面,发现她也在看这边。

副市长侃侃而谈,把饭桌整得如同会议桌,过于严肃。顾容小口吃菜,从头到尾没说两句话。

下午四点活动结束,可以下山了。许念知会了副领队一声,坐顾容的车回家,临走时特教学校的学生送了她们小礼物,巧的是,她俩收到的都是仙人球盆栽,连陶瓷小花盆都一模一样。

许念将盆栽小心放下。

待她放稳,顾容发车,问道:"不是要去敬老院吗?怎么来这儿了?"

许念说:"临时换的,队里都是外地人,不识路,这边比较偏僻,让一个本地的帮忙带路。"

"队里没认识的?怎么一直一个人?"顾容问,注意到她今天都是单独行动。

许念抿抿唇,说:"不是一个年级,他们都是大一的。"

其实她性子就这般,独来独往惯了,不熟只是借口,若真想合群,两句话就能和其他人打成一片。经历过这个年龄段,顾容一听便能辨别出话的真假,但没说什么,只道:"要多跟同龄人交流。"

许念不像沈晚那般充满朝气和活力,太早熟了。好,也不好。

山路弯绕,必须缓慢行驶,进入城区将近六点,彼时天空西边遍布云霞,一半湛蓝一半火红,夕阳下的老城区四处金黄,连墙壁都镀上一层金色。院墙上的三角梅绮丽鲜活,开得旺盛,许念把两盆仙人球并排摆在了厅里的小桌子上。

今晚应该是挤一张床的最后一晚,早早地,两人吃了晚饭,窝沙发上看电视,电视剧颇无聊,尽是些家长里短,鸡毛蒜皮的小事能演两三集。

在外奔波了一天,顾容有些乏累,看了半个小时便抵着沙发靠背小憩。今天凉快,她穿着热裤、深红长T恤,衣长裤短,一双笔直细长的腿展露无遗,她的腿并不是那种干瘦型的,可没一丝多余的赘肉,紧实有力,偶尔抬腿的时候都能看见隐约的肌肉线条,有种野性美,很性感。

可能是今天走了不少路导致腿酸,坐了一会儿,顾容脱掉拖鞋把腿缩到沙发上斜着,轻轻捶着纤细的腿肚。

沙发太短,一不小心难免会碰到对方。许念也穿着短裤,感受到抵在大腿外侧光滑微凉的脚背,她不动声色地扭头看了看,只见顾容乜斜倦眼,身子软绵绵倚着,宽大的衣服领口松垮垮的,露出分明的锁骨。大概是手累,顾容捶一会儿歇一会儿,长眼困倦略无神。

外面忽然起了大风,往屋里直灌,乍然有些冷,她屈了屈腿,半蜷在沙发间,完全合眼。

电视开始插播广告,许念将音量调小,屋里霎时静了许多。

顾容迷迷蒙蒙睡了过去,她本想先上楼的,可着实太困,于是打算眯一会儿,身上什么都没盖,这般睡着肯定会有点冷,没两分钟就又醒了,睁开眼,发现许念正面向自己。

"几点了?"她问,半撑起身子。

顾容刚动了动,肩膀却被一股力按住。

顾容条件反射般想挣脱,刚要说什么,许念却先缓缓解释道:"我帮你捏一下。"

屋里没开灯,只有电视微弱的光照着,从这个角度只能看清那紧抿的薄唇,她没出言拒绝,外面的夜风渐小,不时能听见黄桷树叶子在地上盘旋摩擦的声音,屋里屋外静得过分。

许念这回按摩力道掌握得不错,轻重合适,就是手太凉,顾容不动了,懒散靠着沙发靠背。

广告结束,冗长无聊的电视剧播放下一集。顾容摸出手机看了看,已经快凌晨,微信界面有消息,朋友们发的,大多无关紧要,基本都是一些闲聊的话,她不爱闲聊浪费时间,便都没回。

许念中途喝了半杯水,然后继续。

过了十几分钟,顾容趁她再次喝水的间隙坐起身,叮嘱道:"不按了,上楼睡觉,你明天还要上课。"

说话的时候,她没看对方,径直关掉电视,屋里一片漆黑。许念手里还端着水,下意识站起来,说:"明天课少,不过张教授让去实验室,可能晚上才回来。"

大二大三专业课多,张教授平时尽量兼顾到她的学习,但实验还是得做,空闲的时候多半都会待在实验室。

夜黑,顾容才住进来不久,不习惯在屋里摸黑,放下遥控器,拿着手机要去开灯,可刚一抬脚,向前就碰到了茶几,一个趔趄摇晃了一下,好在马上稳住了,但同时手一扬打翻了许念手中的杯子。幸亏杯子是塑料的,咚咚两声,一骨碌滚得老远。

衣料湿答答贴着皮肤,水流向下滑落,热裤都没能幸免。

许念吓了一跳,摸了摸她衣服,湿漉漉的,摸完又觉得自己的反应有点夸张,立马收回手,说:"快上楼换件衣服。"

之后啪地打开灯,屋里瞬间亮堂。

窗外的玉兰树枝丫晃荡,落下斑驳的树影。

许念躺在床上,大房间的门敞开着,房子隔音差,这里能听见浴室的哗哗水声。顾容换衣服的时间有点长,去了差不多半个小时,回来时她已睡意蒙眬。

顾容帮这人掖被角,躺在旁边。

翌日天晴,下午上课,许念上午便待在家,顾容也没出去。两人头一回一起出去跑步,她们跑到了河边,彼时在这儿散步的人不少。河边有早点摊,跑完步,许念买了包子稀饭回家,早饭就这么凑合了。

昨天没空晒被子,趁今儿天好,她想起这事,赶紧去空房,这一进去,就闻到了淡淡的霉臭味。

——被子上生了霉斑。

家里不宽裕,外婆一向节俭,许念也学到了这点,被子被淋湿严重没及时晾干一般就报废了,寻常家里多半会把湿被子扔掉或者做床垫用,可她没舍得,想着晒干还能用,结果这天儿时晴时雨,十分适合长霉。她有些懊恼,之前就应该注意收的,几床被子全毁了,重新买可全都是钱。

"怎么了?"顾容问。

"没,就收拾收拾。"许念回道,想着这人之前买了许多厨房用具,要是说了实话指不定她又会掏腰包。涉及钱,人总会不自觉把它与自尊心挂钩,想平等,想处在同一位置上,所以不愿对方掏腰包。

中午去学校的途中,她去嘉禾批发市场订了两床普普通通的新被子,六百多,是半个多月的补课费,毕竟是要盖在身上的东西,没敢买太便宜的,店家送了床单枕头等赠品,贴心地送货上门。

被子是顾容签收的,彼时许念还在学校上课。

四五点钟,朋友打电话过来,让去新区取相机,顾容反正没事,便开车去了。

朋友是个三十多岁的中等身材男子,叫严旭,名字挺有绅士风度,但脾气却不大温和,说话直来直去的。这个年纪的单身男人都有点不爱干净的臭毛病,两百多平方米的房子里堆满了杂七杂八的物件,桌上桌旁全是易拉罐啤酒瓶,连个下脚的地方都没有。

顾容强忍不适进去,严旭不好意思挠挠头,他知道顾容有轻微洁癖,但确实忙,没时间打扫。

"相机勉强算修好了。"他说,将东西递给对方,"拍照应该没问题,可是能坚持多久不敢保证。这款相机早已经停产,配件不容易找,若是再坏也别修了,直接买个新的吧,太老了,拍也拍不出好照片来。"

顾容"嗯"了一声,顿了顿,不客气张口说:"有镜头没?拿两个好的给我。"

严旭在这方面藏货颇多,定然是有的,两人之间关系铁,不讲究客套那一套。他边找合适的镜头,边说:"最近怎么对拍照感兴趣了?"

他以为相机是顾容的,这么烂的玩意儿还执意要修,除了对自己有重要意义外,能有什么原因。

顾容没否认,只说:"没事做,闲得无聊。"

严旭笑笑说:"无聊你还搬去老城区,我们都在这边,就这么跟你爸合不来吗,都老大不小了,还当十八岁呢,回家和老爷子好好谈谈,一家人哪有隔夜仇,再说,伯母还在呢,你这样她多为难。"

顾容不吭声,家家有本难念的经,他这是站着说话不腰疼,嘴上的说教一套一套,总归自个儿不是当事人,鞭子打到别人身上自己不疼。

"说起来,前两天我遇到伯母了。"严旭抬起头,回忆了一会儿,"她正和几个姐妹在逛街,大包小包的,整得珠光宝气富贵逼人。"

说着,他自己都忍俊不禁,感叹道:"你们俩母女性格差别真大。"
顾容话少,闻言动了动嘴唇,到底没说话。
顾母是标准的贵太太,原生家境本就优渥,从来没吃过苦,作风都往所谓有钱人做派上靠,爱享受爱面子,比顾老爷子还歧视模特这个职业。现实社会中,不得不承认,总有那么一部分人觉得模特就是卖弄自己的身材。顾老爷子以前也不是清心寡欲的老实货色,顾母一路过五关斩六将才得以险胜,她瞧不起那些与顾老爷子交往过的明星,更是厌恶需要抛头露面的任何行业,对于顾容当模特,早年极力反对过,不管用,后面便不再管了。
反正她不止这一个女儿。
不过也不能因此说顾母如何如何不好,人都是有思想的动物,一个有原则,一个有追求,谁都没错。
"你要找多久?"顾容不想听这些,催促道。
"马上马上……"严旭说,埋头翻了翻,终于找到想要的东西,将其包装严实,忽然想起了什么,他又多嘴问道,"对了,阿雅的事你知道不?"
阿雅,就是红裙子女人。
"怎么?"
"被甩了。"
顾容怔了怔。
严旭说:"我以前就告诫过她,别把心思全部放在那人身上,非不听,这下好了,供吃供住供穿供读书,人家在国外学有所成,一回来就把她踹了,还带了个年轻的妞儿回来,说是同学,真当大家眼瞎呢。阿雅也是,三十多岁的人了,拎不清,当初人家才多大,十八,十八岁连社会都没见过,哪里抵得住外面的花花世界。小年轻没个定性,别说十八了,十九二十也一样,都是学生,没经历过现实,说喜欢就喜欢,说爱就爱,张口就来,丁点儿负担都没有。"
他一张嘴就不消停,连珠炮似的。
顾容更加沉默,捏紧手袋看着。严旭没在意,宽慰道:"你别担心阿雅,多大点事儿,过一阵儿就好了。"
男人大多都没眼色,他也是。
黄昏时候到家,许念早回来了。
"不是说晚上才回来吗?"顾容说,暂且没提相机的事。

许念回答:"教授临时有事,让周一再去。"

她了然。

当晚,两人分开睡。

如此过了两天。第三天清晨整理房间时,许念蓦地想起自己的短裤还放在隔壁,她跟顾容打了声招呼就直接进大房间找。

她的本意是拿了短裤就走,孰料却不经意看见了垃圾桶里的东西。

许念往垃圾桶里看了一眼,然后站了一会儿。脸上没有太多的表情,只垂了垂眼睫。

楼梯那边传来声音,她这才回过神来,赶紧拿着短裤出去,飞快回自己屋,听到隔壁的关门声响起,高悬的心落地。

风从窗户外吹进来,墙下落了一地的三角梅,艳丽如灼人的野火。

春天最后的时节,黄桷树开始冒新芽,墙角潮湿的地方长出不少生命力顽强的杂草。临近中午,太阳红火,天儿晒得不行,不知名的鸟雀飞到树上停歇,叽叽喳喳叫个不停。现今环境污染厉害,鸟雀蝉虫都鲜少见到了,可能是宽北巷这片树木多,每年这时候到夏天总会有许多鸟儿过来。

午饭前整理院坝时,许念发现墙角有燕子窝,站在二楼窗户恰能看见窝中的样子。旧俗说燕子筑巢代表风水好,是吉兆,她抬头瞧了瞧,窝里的燕子在枝干间跳跃,腾地飞进了屋里。

楼上,顾容正跪趴在垫子上做瑜伽,天儿热,穿得少,衣服又贴身,每一个简单的动作都能显现出姣好的身材曲线,腰细臀翘,比例完美。

许念站在楼梯口,恰巧对着这边。突如其来的念头控制着她,说不出来什么感受,就是不想动,就那么静静地看着。

顾容直起了腰,有些乏累地坐着,燕子扑棱着翅膀落到瑜伽垫的一角,不怕人地啄了啄垫子,还飞到跑步机上跳动。

不一会儿,另一只燕子也飞进来,双燕缠缠绵绵,嬉戏半分钟齐齐飞出窗口,回窝了。

顾容稀奇地打量枝丫间的燕子窝,甫一回身,发现楼梯口处的许念。

"干站那儿干吗?"她随意问。

许念回神,掩饰道:"没……"一出口声音就有点怪,悄悄清了清嗓子,说道,"刚刚才上来。"

她进浴室洗手,顾容在外面说:"晚上周怡她们要过来,会买吃的,今晚不做饭。"

许念开门出来，说："嗯，好。"

"现在什么时间？"顾容起身，收拾好瑜伽垫，弯弯腰活动一下。

许念别开视线，说："该吃饭了，我炖了山药排骨汤，还有两个青菜。"

"我换身衣服就下来。"

青菜新鲜，炒的时候只放了油和盐，清淡又好吃。顾容要保持身材，喝了小半碗汤，吃了几筷子菜就没再动过，一粒米都没吃，不过她吃得非常慢，好似故意在等许念。

"快要考试了，准备得怎么样？"顾容说，她一般吃饭不说话，这次竟破例了。

许念回道："还行，没什么大问题。"

"晚晚说你在帮她复习。"

"对，她自己看肯定来不及，反正最近也没什么事情要忙。"

顾容没再说话。沈晚跟宁周怡一个德行，次次考试抱佛脚，这阵子玩命复习，天天骚扰许念，在学校就拉着人一起看书，分开就微信轰炸，毕竟四门专业课，压力确实大。

吃过饭，许念收拾书本去学校，沈晚见到她就跟见到救命恩人似的，两人去图书馆看书。黄昏，离开图书馆时，沈晚耷拉着脸，说："我感觉复习不完了，专业课贼难，看都看不懂，一大堆要背的。"

她到现在就复习了一科多，时间越来越少，确实紧迫，无奈想快都快不了，一本书干干净净，哪个知识点都不会，复习难度巨大。

许念淡定说："来得及，不慌。"

沈晚接连叹气，说："你晚上要回去？要不留在宿舍帮我补习吧，太多了我真的看不过来。"

许念想也没想就拒绝说："明天再来，劳逸结合，一直看书会适得其反。"

"这种关键时刻还讲求什么劳逸结合啊，能看一点算一点，说不定考试就考到了。"

许念不搭理她，兀自背包走人，沈晚灵机一动，跟上去道："要不我去你家，正好方便问问题，这样你也不用天天跑过来。"

"不行。"许念绝情回答。

"哎呀，不管，就这么说定了，我明天就过来。"沈晚说，有点死缠烂打的意思。

许念自然不同意，驻足，认真开口道："我家只有两张床，沙发那么短，哪有你睡的地方?"

沈晚满不在乎,说:"我和我小姨睡。"

许念皱眉,更加坚定说:"就在学校复习,我之后有时间,那么多书搬来搬去麻烦。"

晚上,宁周怡一行人如约而至,许念还没进门就听到了笑闹声,朋友几个在聊天,声音还挺大。

许念敏锐地捕捉到某些字眼,听见有人说:"都快半年没有对象了,憋得慌,上网看见人家秀恩爱自己……"

其余朋友皆好笑,有人揶揄道:"羡慕就找一个呗,这么清心寡欲,对皮肤不好。"

又是一阵笑。说话人不经意看见她回来了,立马打住,大家都默契不谈先前的话题,纷纷招呼她。顾容在人群中间站着,回头望了一眼,手里捏着朋友硬给的烟,可没抽,之前她让许念别抽,自己也以身作则。

朋友们真拿她当小朋友,还给买了一堆吃的,都是些小姑娘爱吃的甜食。这一顿饭大家伙儿都开心,虽然有许念在,但该喝还是要喝,只不过喝得少,一桌人开了一瓶原本放在冰箱里的红酒。

宁周怡不知从哪儿搞来可食用的冰块,调了一杯酒给许念,即便是兑过冰水的,酒味依然冲得很,度数应该不低。

许念只喝了一小口。

"这酒贵得很。"朋友逗她,"你不喝就浪费了几千块啊,挺好喝的,多喝两口就习惯了,要慢慢品。"

没想到顾容随便放冰箱里的两瓶酒竟然这么值钱,以为顶多两三千呢,许念端起杯子,刚要喝,却被顾容拦住。

"她开玩笑的。"

朋友弯弯嘴角,倒了杯饮料过来,说:"来,小孩儿,喝果汁。"

其他人都偷偷乐。

吃完饭,收拾干净屋子,在这里玩到半夜,所有人才各回各家。顾容小酌了两杯,酒后劲儿大,她倦怠地倚着沙发休息,脸颊潮红。

"上楼睡,别凉到了。"许念想伸手探探她的额头,但生生制止。

"没事,我歇会儿就行。"顾容怠懒地说。

许念给她倒了杯水搁在茶几上,陪着坐,无聊打开电视,晚饭的菜辛辣,她都没怎么吃,眼下有点饿,于是开了盒顾容朋友送的提拉米苏。

电视剧还是昨晚看的那个，依旧无聊，吃了一半蛋糕，许念发觉顾容正在看着自己，这人酒气微醺，眼神有些恍惚，薄唇又红又润。

与许念对视了，竟也不闪开，直直看着。

许念用小叉子切了一小块蛋糕，问："你要吃吗？"

顾容恐怕真醉了，竟凑过去全吃了。

可能是脑袋昏沉，吃完，顾容倒回去重新倚靠沙发上，长腿交叠，没长骨头一样。

许念半晌收回手，垂眸望了一会儿，默默吃完剩下的。提拉米苏香滑甜腻，柔和中带有质感，细细品尝，还有一点苦涩。

许念吃完蛋糕老实坐在沙发边上。沙发短，顾容睡了一半，她的腿抵在许念背后，大概是没力气，一会儿便躺了下去，双眼紧闭。

电视剧里的场景不停变换，屋中的光线忽明忽暗，外面的黑夜寂寂无声，许念端起方才倒的那杯水，仰头喝了一口，水早凉了，扭头看了看后方，顾容背抵沙发侧躺着，不知过了多久，她呼吸变得平稳匀称，应当已经睡着。

纠结要不要叫醒她，但最终没叫，又看了几分钟电视剧，许念将音量调小，又喝了一口冷水，她拿薄毯子给顾容盖上，对方压根察觉不到，动也不动。

"小姨……"她低声喊。

顾容没反应，好似全然察觉不到。

不是像之前那样醉得不省人事，而是睡熟了。

酒气很重，不大好闻，许念垂眸沉思半晌，将薄毯牵了牵，给对方盖好。

凌晨，两人上楼睡觉，临睡前许念送了杯水进大房间。

顾容昏沉沉接下，说："早些睡觉。"

"嗯，你也是。"许念说，恰巧，站的地方能一眼看见垃圾桶，里面早已空荡荡，不知什么时候被收拾干净的。

待这人离开，顾容将门关上，隔壁房间传来关门声响时，她才上床歇息，喝了酒浑身发热，她躺在床上，半边身子都露在外面，好一会儿，脱掉外衣散热。酒气在身体里汹汹涌动，窗外的月异常白亮，照得人眼睛花。

隔壁屋窸窸窣窣一阵，没多久安静下来。

顾容平躺蹬掉被子，出神望着天花板，这么躺了许久，她抬手将胳膊覆在眼前，深吸了两口气，平坦的小腹收紧，腰部抵着软和的床动了动。

小房间，许念拢紧被子抱在胸口，双腿屈着，本该睡觉的时候却精神得很，屋里有些黑，她屈了屈指节，有一搭没一搭地敲着床。

第二日是个好天气，太阳早早就出来了，许念洗漱照镜子时发现自己嘴巴特别红，喉咙还有些干涩有些痛，连呼出的气都有点烫。

这是上火了。

为了降火，中午特意吃得清淡，还煲了一锅下火的绿豆汤。下午去学校，沈晚看她一副肝火旺盛过头的样子，关切道："最近吃辣吃多了吧？这嘴唇烧的，都快和我的口红一样红了。"

"真有这么严重？"许念疑惑。

沈晚拿了面小镜子给她，说："你自己看看，注意下火，不然铁定要长痘，多吃蔬菜多喝汤。"

许念一看，还真是，比早上还红，且嘴唇干干的。

沈晚买了罐凉茶给她，叮嘱道："最近别吃辣，气温本来就在升高，过阵子热起来了更恼火。"

许念"嗯"了一声。两人去凉亭看了一下午的书，那边离宿舍楼区远，一般没什么人，方便讲题。沈晚脾气急躁，学了两个单元就学不下去了，转了会儿笔，问道："五一要不要一起出去玩？"

"要做家教，去不了。"许念想也不想地回答。

"那小孩儿一家肯定也要出去，周末就会通知你五一不补课。"沈晚笃定说，五一小长假谁不想出去走一趟，这种全国性的假期就适合一家人出去游玩。

确实有这种可能，不过还是得等人家明确通知了再说，许念搪塞说到时候再看。

周末去杨家，果然如沈晚所说，杨妈妈多给了一百块，许念执意没收，上回才白得了钱，这回说什么都不好意思再要。她不收钱，杨妈妈便给了一只盐水鸭让带走，这是杨爸爸出差带回来的特产，许念再三推辞，但最终还是收了。

"谢谢阿姨。"

"不谢不谢。"杨妈妈笑道，眼角的法令纹明显，她摸了摸自家儿子的脑袋，一脸欣慰，"上次月考成绩出来了，令浩年级第五，班上第一，老师还打电话来夸他，顺便通知五一过后开家长会。"

这么优异的成绩，届时参加家长会家长定然脸上有光。孩子优秀当妈的倍感光荣，杨妈妈深知成绩进步也与补课有关，故而特别感激许念。

许念朝杨令浩满意笑笑，小孩儿腼腆低头，知道这是无声的夸赞。

五一过后就是期中考试，沈晚为此愁得头快秃了，然而她还是想出去玩，学习越发卖劲儿。

许念刚进家门，就听到了她大大咧咧的声音，一口一个"小姨"喊得欢。客厅茶几上摆满了教材和试卷，这妮子随性光脚坐地板上，听见声响，抬头招呼道："阿念，咋回来得这么早？"

许念一怔，走过去放包。

厨房在煲汤，香味弥漫满屋。沈晚说："我让我小姨给你煲了冬瓜薏米排骨汤，下火的，待会儿多喝点。"

无事献殷勤，非奸即盗，许念斜了一眼，不想拆穿她，只问："复习到哪儿了？"

"三单元，还有一科，专业课好难啊，看都看不懂。"沈晚幽怨，看书看得都快两眼一抹黑了。

许念勾出几道典型例题，说："有些知识点太偏根本不会考，你把这几个看了，晚上我再给你找新的题做。"

意思就是同意她留下来。沈晚眉眼弯弯，撒娇说："阿念你最好了……"

许念受不了，立马躲开，倏尔想到什么，补充道："晚上跟我一屋睡吧，这样方便讲题。"

沈晚摇头说："我可能要学习到凌晨两三点，我和我小姨说了，你俩睡一屋我一屋，免得打扰你们休息，吃了饭你帮我讲讲知识点，明儿早起来再帮忙看题就行，成不？"

硬是样样都安排妥当了的。

许念欲言又止，最后不咸不淡应了声，再进厨房帮忙。

察觉到她进来，顾容一面看着沸腾的汤，一面问："五一有空没？"

许念将盐水鸭挂在案板上，迟疑道："应该有……"

"我们打算到时候去江淮镇转转，要一起吗？"

五一出游

[第6章]

毕竟是如今大火的旅游景点，江淮镇五一节假日期间肯定游客爆满，不适合清静出游，但那边景色着实美，不失为一个好去处。许念想了想，问："要待几天？"

"三天。"顾容说，"如果你临时有事，我们可以提前回来，反正也不远。"

"行，总归没什么要紧的事。"

许念自律，老早就复习得差不多了，加之不家教，便更没事情做。往年这时候她一般会选择做兼职，法定假日工资非常高，三天就能挣一个月的生活费，可这回她也想出去放松放松。

顾容瞧见盐水鸭，盖上锅盖问："买的？"

"家教的杨妈妈送的，N市的特产。"许念说，把盐水鸭又取下来，打算切好装盘。

顾容了然点头，径自捣鼓汤锅，两人分工明确各干各的，分外和谐，切完鸭子再洗菜，许念负责炒，考虑到顾容要保持身材，炒的时候尽量少盐少油。

端汤上桌后，顾容特地单独盛了一碗汤放旁边，沈晚赶紧收了书本兴冲冲跑过来，俯身嗅了嗅，感叹道："好香啊，小姨你厨艺越来越好了，辛苦辛苦，来，我来盛饭。"

她还挺有自觉性的，麻利拿了碗就动手，直接盛了满满当当一碗，兴许觉得不够诚意，又用饭勺压了压，然后放顾容面前，顾容觉得好笑，拦住她道："行了，你自己吃，我喝点汤不吃饭。"

"那哪行，你真的好瘦了，反正现在不走秀，多吃点也没什么。"沈晚殷勤，一口气盛了三大碗冒尖的饭。

许念低头笑笑，主动端走一碗饭，安静地坐顾容旁边。三人开始吃饭，沈晚话多，时不时就要聊上两句，这回顾容倒没阻止她，吃到一半，许念想喝汤，刚想起身去盛，却发现手边不知何时已经放了一碗。

确定这碗汤真的是给自己的，但没注意到是谁盛的，许念默默扒了口饭，端起碗喝汤。

"对了。"沈晚抬头，"阿念要一起去江淮镇吗？五一还要补课不？"

许念说："不补，要一起去。"

"我就说不会补课，出去玩一趟多好，届时宁姨她们都会来，好多人都要去，行程已经安排好了。去了那边我带你到处看看，老家那儿特好玩，还有温泉山庄，到时候咱玩累了就去泡温泉。"

顾容抬了抬眼，夹了筷子青菜，不过碗里的饭原封未动，纠结片刻，象征性吃了一口。许念看到，默不作声吃饭，两三下就将碗里的饭解决掉，之后把碗推到顾容面前，说："给我一些吧，别浪费了。"

沈晚闻声看来，瞧见自家小姨还真是不怎么吃饭，嘟囔道："这样饿都要饿出毛病了，小姨你要注意饮食健康。"可还是把自己的碗也推过去，说，"也给我点。"

顾容将她的碗推开，分一大半给许念，说："我知道。"

沈晚不在意，拿回碗自顾自盛了大半碗继续吃。许念一直不多话，吃完饭洗好碗送了个苹果进大房间，彼时顾容正在收拾东西，装衣物进行李箱。

"要出门吗？"许念好奇，以为是有事。

"提前收拾，反正没事做。"

"离五一还有六天。还早得很。"

"过两天有事，可能要出去几天。"

"做什么？"许念问，问完自觉多嘴，放下苹果。

"赶一个拍摄工作，之前约好了的，对方是朋友，就当帮个忙，不好拒绝。"顾容解释，语毕也顿了顿，感觉自己似乎说得有点多，没必要说得这么清楚。

屋子里有些闷，许念过去打开窗户，回身时，望见她正在放比基尼，挺性感漂亮的一个款式。顾容这人在某些方面特别保守，比如人际交往，但在穿衣打扮上一向放得很开，丝毫不吝啬展示自己的身材，不会觉得某些穿法有什么问题。

许念长这么大还没泡过温泉，不知道到时候该穿些什么，现在大概清楚了。

"有泳衣吗？"顾容同时想到这个，问。

许念顿了一下，不自在道："有……"

"到时候记得带。"

"嗯，知道。"许念见对方背着自己在忙，不好干站着，"我去隔壁看看晚晚，帮她画重点。"说完立马出去。

顾容瞧了眼门口，只望见她匆匆的背影。

下午的时间过得飞快，沈晚做完两套卷子就到了黄昏。这片儿树木多空气清新，沈晚望着天边火红的云霞，心想怪不得自家小姨愿意留在这儿，清净舒适,短期生活不比新区那边差。G市多数人对老城区的印象都是杂乱贫穷,经济发展跟不上是事实,但慢也有慢的好处,这里的生活气息浓重,更自在更真实,如果自身经济条件不错,在这儿生活就叫体验市井生活,享受平淡日子。

树上的燕子飞到窗台上,她稀奇瞧着,忽听背后传来声音:"许念呢?"

顾容正站在门口,手里端着两杯果汁。

"买菜去了,刚走两分钟。"沈晚接下杯子,欢喜地瞧了眼跳动的燕子,叹道,"老城区绿化就是比我们那边好,新区都见不到鸟雀,这边空气真不错,虽然交通有些不方便,但安静,适合学习。"

顾容"嗯"了一声,帮忙整理了下乱糟糟的桌面。

"我打算考研,等下半年小姨你走了,我就继续把这里租下,到时候和阿念一块儿学习,让她带带我。"她说,四下瞧了瞧,越发满意,感觉这想法简直不要太好。

顾容拧眉,说:"别想东想西的,净添麻烦。"

"哪有,这房子本就租不出去,届时你走了,阿念铁定很难找到合适的租客。"沈晚反驳,喝了一口果汁,"阿念还想读博的,虽然有奖学金这些,但还是需要准备一定的资金,她成绩那么好,多读书总不会差,以后可以从事科研工作。"

她和许念关系好,相互之间非常了解,所以对许念未来的计划还是大概知道的。顾容默然半响,把整理好的卷子搁在她面前,说:"先把期中考试过了再看,考研的事回去跟姐夫商量,看他们怎么说。"

一听到自己老爸,沈晚立马耷拉下脸,说:"还用问吗?他肯定想我出国留学。"

顾容不搭理这妮子,收拾完转身出门,走到书架处,随意一瞥忽然瞧见了最上层的杂志,感觉有些眼熟,于是取下来翻了翻,翻到第十二页时,刹那间顿住。

泛黄的"照片"平整夹在书页间,处处透露着时光久远,且第十二页,有关于她的一些简介和照片,那是去年拍的,职业生涯中的第二本国内时尚杂志。

看了下埋头学习的沈晚,顾容将东西原路放回去。

买菜不费时间,许念出去半个小时就拎了一大袋子菜回来,考虑到沈晚的口味,她还特地买了两斤虾,这个时间点水产品会降价处理,不算太贵。

顾容瞅见那虾,兴许是想到了什么,又皱起了眉头,当看见许念的小腿时,眉头拧得更深了。许念还以为她心情不好,倒没多在意,不一会儿,就听这人喊自己出去。

她不解,放下东西进客厅。

"坐这儿。"顾容坐到沙发一角,"把鞋子脱了。"

许念没明白,可还是照做,茶几上放着棉签和酒精,顾容忽然抓住她的右脚脚踝,她惊讶,不自觉想缩回。

"别动。"

小腿左侧一阵冰凉,伴随着些微刺痛,这出门一趟,不知道怎么擦伤了,好在只有一小块,不过这么小的伤口,其实没必要处理,许念动动嘴皮,想说什么可还是没说。

因着这事,她一晚上都有点心神不宁,人就是这样,稍微被在乎一下心境变化翻天覆地,哪怕只是小小的举动。

躺下了,翻来覆去睡不着,她往中间挪了些,一会儿,再翻身侧躺。多半是被弄得不安宁,顾容出声,说:"许念,安生睡觉……"

同睡一床,两人的心境各不一样,小房间里灯火通明,这边寂寂无声,皎白的月光钻进窗户投落到被褥上,许念动动脚,不小心碰到脚踝的擦伤,忍不住轻轻吸了口气。

她看着顾容的后背,顾容的头发顺直,发丝比较粗,发质挺不错,手臂特别紧实,线条有致,两侧的蝴蝶美人骨因侧躺而微微凸起。

顾容动了动,蝴蝶骨也动了动。

发呆半晌,再抬眼时对方却转了过来朝着自己。

四目相对,谁都不说话。

隔壁忽地传来声响,紧接着小房间的门被打开,厅里响起轻微的脚步声——沈晚进了浴室,再之后是哗哗的水声。

"在想什么?"顾容忽而开口,并抬手掖被角。

许念连忙说:"没,什么都没想。"

顾容明显不相信,但没拆穿。

"睡觉,明天早些起来。"顾容低声开口,可却保持不动。

许念不敢轻易动作,盯着对方。大概是一个姿势躺久了胳膊会麻,顾容转为平躺。

"晚安。"

顾容没回答,牵牵被角,合上眼睛酝酿睡意。

许念转身对着窗外,不经意间瞧见桌旁的垃圾桶,那桶上没套垃圾袋,应该是顾容忘了套。

晚上睡得晚,第二天起得也晚,醒的时候太阳都升到半空中了,身边的人早起了。许念惺忪着眼撑坐起来,一时间没反应过来是在顾容的房间,迷迷糊糊拉开抽屉欲拿耳机。

然耳机没摸到,却摸到了一个纸盒子,许念清醒过来,佯装若无其事关上抽屉。

隔壁小房间的门紧闭,沈晚还在睡觉,许念洗漱一番下楼准备做早饭。显然,顾容早在厨房了。

她在煮青菜瘦肉粥,味道很香。

"早。"她过去帮忙。

顾容颔首,关火,问:"下午有课?"

"嗯。"

相处一阵,顾容现在基本能记住她的课表。

"我下午要出去一趟,你回来的时候去菜市场买条鱼,再买点水果。"

"行!"许念点头,"正好顺路。"

"记得让商家把鱼处理干净。"顾容叮嘱。

许念应声。

午饭过后,她和沈晚坐车去学校,中途看了眼手机,微信上有顾容大清早发的消息,一笔三百元的转账,并备注:"买菜钱。"

顾容有心,做事迂回且顾及对方的感受,这是变相给钱呢,昨儿许念买的那些菜,即便加起来才百余块,可对于没固定收入的学生来说还是不少了。三百块,这个数目正合适,刚好够昨天和今天要买的东西。

许念倒不矫情,确认收款:"谢谢。"

对方很快回复:"到学校了?"

她点动屏幕:"还没,还有两个站。"

顾容许久没动静,应当在忙,下站的时候发来消息:"注意安全,走路别看手机。"

许念笑了笑,回复:"知道了。"

沈晚疑惑:"阿念你笑什么?"

"没什么。"许念当即收起笑容,摁灭屏幕,把手机丢进包里,说,"快走吧,别迟到了。"

下午两大节课,课程结束两人立即坐车回宽北巷,路过菜市场时许念让沈晚在外面等着,自己进去买,温度回升,菜市场里腥臭味儿大,卖鱼的老板娘动作麻利,三下五除二就处理好鱼。

走到北巷口,许念记起快到交水电费的时间了,于是转去代理点缴费。其他地方都普及了智能水电表,可以在网上充值缴费,但宽北巷这边还没有,仍然需要定期交钱。

代理点的人说:"已经交过了。"

许念不解,除了她还有谁会来?

"一个挺漂亮的高瘦美女交的。"那人说,他与许念熟识,"说是你家的租客,让以后都记着,她会来交钱。"

"肯定是我小姨。"沈晚一猜就准。

那人乐和道:"阿念你家这租客人还不错,以后多带出来转转啊,不然我们都不认识。"

许念搪塞两句。回去的路上,沈晚笑道:"我小姨肯定好,虽然表面看起来冷漠不好相与,但人其实不坏,你知道吗,她在家都不做饭的,不喜欢干这些,都是阿姨做,可昨天我让帮忙炖汤,她同意了,你说,是不是挺好的?"

许念身形一顿,默默不言语。

沈晚滔滔不绝。

日子过得飞快,转眼间到4月30号,也就是五一小长假的第一天,一行人浩浩荡荡在新区集合出发前往江淮镇。

五一路堵,特别是快进入江淮镇那段路,足足堵了一个小时之久,到目的地时都快三点多了。顾家的老房子面积大,三层的大别墅,一看就是近几年重新修建的,许念一开始还以为会是那种古香古色的老建筑呢,G市有钱的家庭都喜欢整点有文化底蕴的东西,吃的穿的住的,都流行以前的老派风格。

沈晚指着不远处的一栋小洋房说:"那儿,我小姨的房子。"

许念震惊道:"你们家不一起住吗?"

"不啊,逢年过节回来吃饭在这里,但不住一起,我们都有房子的。"沈晚解释,指着对面的房子,"门前有棵桃树的就是我妈的房。"

江淮镇以前没开发成风景旅游区时属于偏远乡镇，风俗就是这样，家里人丁兴旺的一般分房不分家，不过房子都会聚在一处，不会隔太远。

"那我们怎么住？"许念问。

"就住这儿啰。"沈晚说，"我们几个住二楼，其他人住三楼。"

这次共来了十五个人，情侣住一间，单身的住一间，许念的房间在顾容隔壁，她旁边是沈晚，再过去才是宁周怡，其他的许念都不认识。

"晚上去泡温泉，山庄离这儿不远，开车几分钟就到了。"沈晚提议。

许念没什么意见，说："我先去收拾行李。"

"记得带泳衣，多穿点，晚上可能有些冷。"

她带的东西少，一个行李箱都没装满，在拿泳衣的时候，突然有人说话："你穿这个泡温泉？"

许念惊诧，抬眼瞧见是顾容，堪堪止住藏连体泳衣的手。

而顾容手里拿着她的相机，外带两个镜头，这人穿的黑色长纱裙，裙子设计独特，腰两侧镂空，隐约能瞧见纤细的腰肢。

许念垂下眸光，兀自拉上行李箱拉链，边背过身放行李，边问："怎么了？"

泡温泉穿太紧身的衣物不利于血液循环，而且届时男女分开，有些放得开的朋友可能什么都不会穿。

因为相互之间太熟，她们这群人一向放得非常开。

顾容打量半晌，到底没讲实话，而是说："准备浴巾了吗？"

温泉山庄都会提供这些的，但毕竟是小地方，不比她们平常去的那种高级会所，准备的东西质量不太好，最好还是自带。

许念不懂泡温泉的流程，只带了这么一件泳衣。

"待会儿去我那边拿一套新的。"顾容说，看这样子就知道她什么都没带，"我房子里有，过年的时候买的。"

许念点头，回道："好。"

"你的相机。"顾容将相机递过去，"试试看如何，应该没大问题了。"

本来修好就该给的，她特意拖了几天，无奈严旭办事效率太高，比预计的时间快得多。

许念接下，尝试开机，没想到还真成功了，她难得开心笑笑，薄唇扬了扬："谢谢……"

"五点下来吃饭,我先去找她们,吃完饭再去拿浴巾这些。"

"好。"许念说。

因着要泡温泉,晚饭大家都吃得少,宁周怡她们高兴,提议所有人都喝两杯红酒。吃饭喝酒过后不能立即泡温泉,至少得歇一到两个小时,但时间还早不着急,大家都多多少少喝了些,许念只尝了小半杯,干红辣喉咙,吞进肚里登时滚烫,浑身都十分舒爽。

"这酒好好喝。"沈晚望向宁周怡,"宁姨你买的?"

宁周摇头,说:"你小姨的存货,平时连看都不给我们看,这回竟舍得拿出来喝。"

朋友们皆打趣插嘴——

"一下开三瓶,确实少见这么大方的时候。"

"是呢,阿九宝贝这些红酒得很。"

"晚晚记得多喝两杯,下回可没这么好的事。"

············

许念不懂红酒,只觉得还行,好像是比家里冰箱里的味道好些,可具体说不出差别。她瞧了瞧坐对面的顾容,这人正在细细品酒,一副悠闲慵懒的模样,看得出是真的喜欢。

受此影响,她又抿了一小口,甫一抬眼,却发现对方在看自己。

五一江淮镇要放烟花,七点准时开始,沈晚爱热闹,非得拉着大家去瞅瞅,顾容和许念要去拿浴巾,便让她们先走。

江淮镇的夜晚灯火璀璨,处处都亮堂如白昼,路上夜游的旅客不少,许念带了相机出门。小洋房那儿比较清净,人不多,顾容掏钥匙开门领她进去,房外是高院墙,房内的装潢偏冷色调,是简约风,一水儿的黑白灰。

拿东西就两三分钟的工夫,两人默契不离开,都不想出去看烟花,留在这里等。

顾容去了趟后院,回来时手上拿着一瓶红酒,也不问许念喝不喝,直接就给倒上。

这瓶是甜的,微涩,符合许念这种不怎么喝酒的人的口味。

"去年西班牙走秀带回来的,这个不醉人。"顾容径自倒了一杯,细长的手捏着高脚杯晃了晃。

坐近了仔细一看,许念才发现裙子不止腰侧镂空这一个独特设计点,拉链不在后背,而在袖子和腰身两侧,胸口的蕾丝花纹繁复,穿上显得性感妩媚不失优雅大气。

"有点甜,很好喝。"许念再喝了小口,笑笑,抿抿唇,嘴角都是甜丝丝的,忍不住偷偷舔了下。

顾容瞧见这个小动作,不由自主用指节叩叩桌面,她不言语,帮对方倒了大半杯,许念全喝了。

加之先前喝的干红,酒意慢慢上头,顾容还好,许念真有些醉,脱了鞋靠着沙发歇息,沙发又长又宽,而且软和。客厅的灯光较为昏暗,橘黄色显得分外柔和,许念躺了一会儿便感觉精神不济,蔫蔫地斜倚着靠背。

"醉了?"顾容挨着坐下,好笑地轻声问道。

"有些乏而已。"许念坐正身子,想表现出自己没喝醉,可目光却是涣散的,她凝望对方,摇摇昏沉的脑袋,说:"好像是有点晕。"

第一回醉酒,感觉还挺奇妙的,意识非常清醒,就是反应变得慢半拍,她凑到顾容旁边挤着,抵着对方的肩。这种程度的醉算微醺,歇个把小时就没事了。

房子空置太久,没醒酒的东西,顾容任由她,两人就这么挨着坐了十几分钟。

"小姨……"许念倏尔扭头,嗓音低沉,好似呢喃。

"嗯?"顾容应。

许念不说话,默然半晌,心里有话想问,但终究憋住了,还没到时候,她动动腿,侧身用后背贴着对方,继续沉默寡言。

"躺一会儿吧,休息休息。"顾容说。

许念"嗯"声,还真躺了下去,不多时竟睡着了,但不至于睡得特别沉,迷糊间,她感到旁边的沙发沉陷下去,可睁不开眼,看不见,只闻到了一股熟悉的淡淡香水味。

——顾容躺到了她旁边。

沙发虽宽,但不比床那般,两个人躺着便显得比较窄。

不知何时,她终于清醒了许多,感受也越发清晰,睁眼,瞧见顾容正靠着自己,由于散酒热,两人身上都比平常暖和。

许久,两人分开。

许念坐起来,拿着相机随便乱翻,问道:"什么时候去山庄?"

"等晚晚她们发了消息再过去。"

"哦。"不知道该说什么。

顾容看了眼相机，起身去拉窗帘，关门。

"要不要在这儿试试？"顾容忽然提议。

许念迟钝，不明所以。

"拍照，试试相机怎么样。"顾容解释。

客厅里就沙发桌椅，空荡荡的，毫无特别之处，她没明白，脱口反问："拍什么？"

顾容背对着她，直接用行动代替回答。

许念僵直在原地。

外面偶尔会响起路人的喧哗声，远处的烟火噼噼啪啪爆裂，可关了窗，在里面看不到。她整个人像是被定住了一般，眼睛都没眨一下。

朝院子的一面有窗户没关，夜风吹拂，窗帘小幅度地飘动，黑色的轻纱裙摆晃动，周身的暖意瞬间散去不少，顾容抬手理了理头发。

许念捏紧手心，手指缩起又舒开，没说一个字来阻止，而是直直看着，视线落到对方身上又别开，一时不知道到底该往哪里看才好。

顾容侧身扭头回望，问："可以吗？"

即便灯光昏暗，但也能瞧见对方站在那里，何况顾容还侧了身，许念慌忙垂下眼，轻轻"嗯"了一声。

屋子里的光线太差，手里就一个老相机，要拍出好照片不容易，而且她太业余，没经过专门的学习，拍照技术不是很好，比之专业的摄影师差太远了。她不敢胡乱走动，立在原地找了好几个角度也没按下快门，总觉得哪儿不对，感觉总是差点什么，似乎是少了点该有的味道，每个角度都不是理想中想要的样子。

顾容不急不躁，耐心等着，背对着这边，目光低垂瞧着暗沉沉的周遭，片刻，突然小声喊道："阿念……"

许念抬眼，这回倒是不再继续闪躲，而是装作淡定的样子，问："怎么了？"

"为什么会留在G市读书？"

按她的成绩，足够报考T大，但却没有离开这个城市，而现在又打算过去读研，外婆去世是在高考之前，那时家庭的羁绊已经没了，为什么还要留下来呢？

没料到顾容会这么问,许念有一瞬间出神,但脸上神情丝毫未变,如实地说:"因为当时不想离开这儿。"

外婆走了,可是房子还在,命没了,死物不会动,且那时还有一大堆后续事情需要处理,心烦意乱之下只有跟着感觉走,没想过那么多。她的感觉是对的,假使真的离开了,后来就不会遇到沈晚,更不会遇到顾容,人生中许多事情自己确实无法左右,但冥冥之中自有定数。

顾容颔首,背过身去。

"你呢,为什么选择当模特?"许念问,不论是她,还是顾容的那群朋友,大家都不懂为何顾容会走上这条路,家里人都在做生意,攻读机械专业,最后却当了模特,与原本既定的人生轨迹大不相同。

顾容默然,思索该怎么讲。

许念摆弄相机,趁她稍微低头的时候拍了一张照片,不过由于角度没选对,拍到了不该入镜的地方,好看是好看,可还是毫不犹豫地按下删除键。

再抬头时,听见对方娓娓道来:"那时有一个朋友在新空工作,他那会儿初入职场,偶然得到了拍摄机会,我本来是去帮忙打下手的,结果中途休息期间他问我要不要拍一张试试,然后我就试了,再之后照片被新空有偿征用了。"

这个朋友就是严旭,当年两人都年轻,一个十八,一个二十三,都处于敢想敢做的年纪,至于照片,则是许念夹在杂志里的那张。

"后来走上T台,在国内走了两年,第三年又跟他到国外打拼。"顾容简短说,回身看了眼许念,"就这样。"

她语气轻松,寥寥数语就讲完,关于怎么走上T台、如何打拼,一概不提。许念思量半晌,放下相机,坐在沙发靠背上,顾容转身。

"租约到期后又要走吗?"许念问。

"不知道,还不确定。"

她一愣,以为这人会给出肯定的回答,毕竟模特的黄金年龄段那么短,耽搁太久自然对职业生涯有冲击,这个行业从来不乏新星和黑马,竞争异常激烈,很容易被淘汰。

外面有些吵嚷,有一队看夜景的游客走过,许念回神,重新拿起相机,当看到对方披散的头发时,忽地想起了什么,又放下相机,起身过去,顾容下意识转身看来。

"把头发扎起来。"许念说,"这样拍出来好看些。"

白细的天鹅颈被头发遮住，拍出来的照片总少了两分韵味，一定要露出来才完美。

顾容放下手，静静站定。

大概是喝了同样的酒的缘故，许念并没闻到特别重的酒气，反倒是那香水味，一丝丝直往鼻子里钻。

扎头发的动作很慢，不慌不忙，她用修长的手指在乌发间反复穿了几次，终于把左耳后的一小缕发丝理起来归到手里。

顾容不由自主偏了偏脑袋。

"你耳垂上有颗痣……"许念低低说。

顾容没言语，过了一会儿才吭声："我知道。"

许念再帮她整理一下裙子，挺细心体贴。

外面的风忽而变大，倏地吹起窗帘一角。

这期间，两个人都没再说话，而是一前一后站定。许念只是静静地立在后面，像一块没有生气的石头。而顾容，她也没动，知道身后的人在做什么，不用看都知道，但也不催促许念，同样一声不吭地等着。

许念又帮顾容撩开额前的碎发。

顾容眼睫颤了颤。

许念松开手，将拉链拉高一点，并蹲下身顺带整理前后的布料。

"好了。"许念规矩站起，背过身。

顾容时不时说两句话，也不催促，尽量找些轻松的话题聊，两人聊到电影，聊到爱情经典电影，聊到那艘永恒的巨轮。

"电影在美国上映，一年后传到中国。"许念说，按下相机快门，停顿须臾，笑了笑，"那时候我才两岁大，根本没有机会去看。"

当年的《泰坦尼克号》席卷了整个电影行业，连带着在中国刮起了一股观看热潮，在普遍工资几百块、买东西按毛算的年代，电影上映初期票价就高达 50 块一张，且一票难求，可见它有多受欢迎。

顾容也笑道："我和周怡她们去看的，当时年纪小，看不太懂，只是图个稀奇。"

许念趁机拍照。

"3D 版重映时我又看了一次，应该是 4 月份，就在老城区这边的华府影城。"

华府影城，D 市最老的电影院，离宽北巷仅有两百米远。

"一个人？"

"嗯。"顾容说，"她们都不愿意过来。"

第一个十年新区初建，老城区没落，政府集全市之力发展建设新区，随着时间的推移，四个区的分化越来越大；到第二个十年时，老城区已彻底变成外来打工者的聚集地，之前曾有传言称宽北巷要拆迁，街坊邻居们着实高兴了好一阵，纷纷讨论这事，真以为要发达了，但传言只是传言。

"我也去华府看了，和同学一起去的。"许念说，端起相机不停抓拍，"很唯美，可惜最后杰克沉海了，她们都哭得气都喘不过来。"

经典永流传，不论是什么时候，杰克和露丝带给人们的美好从未改变，大家都向往这种至死不渝的理想化的爱情，卡梅隆确实抓住了观众的心。

"你呢？没哭？"顾容好笑。

"我不喜欢那一段，太伤感了。"许念说，生离死别的结局无疑会让人铭记，可也让人惋惜。这种惊天动地的真爱固然美好，但她比较庸俗现实，觉得真实的爱情应该平稳些，两个人都要活着才行，相濡以沫，白首到老，这样的才令她艳羡。

"那你喜欢哪段？"

许念认真想了想，说："杰克给露丝画像那段。"

意料之外的回答，顾容愣了片刻，这个年纪的女孩子大多腼腆害羞，不会坦坦荡荡地说这个，即便这也是经典桥段之一。

"这段现在都删掉了。"

许念"嗯"声，她看向顾容微扬的白细脖颈，视线往下停在腰间，而后拍下最后一张照片。

然后，她抓紧相机，一步步走近，转移话题："要不要看看照片？"

顾容点头。

照片拍得不错，特别是最后一张，有几分杂志照的味道，许念不懂构图，照片中惹眼的美背占了大半，好似她的镜头里只有顾容这个人一般。

"还不错。"顾容夸道。

"回去了发给你。"许念轻声说，"晚晚她们应该看完烟花了。"

顾容领会，径自收拾。许念就在一旁看着。

袖子上的拉链不好拉，顾容试了两回才拉好一边，正要拉另一边时，一只手伸过来："我来吧……"

许念帮顾容拉拉链。正巧沈晚来电，她们不回来了，说明天再去泡温泉。

挂断电话，顾容问："你想不想去？"

"我们两个？"

"嗯，如果不想去可以明天再去，届时人多热闹。"

许念想也未想，肯定道："要去！"

两人驱车前往温泉山庄，沿路观光的游客尤其多，车速缓慢，开了十几分钟才到。山庄的风格偏古朴，四处都是仿古建筑，因提前打过电话，门口有工作人员等待接应，工作人员服务态度特别好，首先介绍了山庄的大体情况，然后和善地问了一些问题。

一进女性区，许念震惊不已，里面尽是懒洋洋坐在池子里的身体，搞得她都不知道看哪儿了，只能尽量无视掉。

好在顾容订的是包间，避免了集体泡温泉的尴尬。

包间不算大，但一应俱全，池子正处房间中央，换衣间在左侧，面积很小，正对温泉池，换衣间的门就是一块短短的黑青色厚布，只能遮住上方，约莫有半米。

工作人员简单介绍一番，端来一盘泡温泉需要用到的物品，贴心叮嘱几句，微笑着说："有什么需要可以随时叫我们，走廊里一直都有服务生的。"

许念点头道："谢谢。"

"不用谢，祝您体验愉快。"语罢，退出包间，并小心带上门。

包间里充斥着氤氲的白色热气，暖烘烘的，房间布置精简不花哨，正对门的那边设有供休息的小榻，小榻前面是低矮的长形木桌，木桌上放着茶水。

许念先进去换泳衣，她动作飞快，整个过程不到两分钟，将衣裤整理齐整后，掀开布帘出来，说："可以了，你去换吧。"

顾容不像她这么赶，习惯慢慢来。

许念倒了两杯茶水放着，甫一回身，瞧见布帘后黑纱堆落在地，她连忙回头，顺势端茶喝。

茶水苦涩，还烫。

"在那儿坐着干什么？"顾容换好比基尼出来，疑惑。

"没，口渴喝水。"许念应道，转身，登时怔住，耳根止不住发烫，幸亏没脸红，之前看的时候她就觉得这套泳衣太性感，未承想穿出来的效果更突出。顾容身材也太好了，又高挑又苗条。

顾容没管她，径直下水，池水温热，泡在其中有助于缓解疲劳感，今天走来走去的，确实有点累。许念慢腾腾进去，泡了一会儿，却感觉有些热，穿连体泳衣泡温泉的弊端就是这样，不透气，不利于血液循环，衣料紧巴巴贴着身子，特别不舒服。

她看了看顾容，她倚着池壁闭眼养神，惬意得很。

养神两三分钟，顾容睁眼，瞧见她因热而微红的脸颊，说："我不看你。"

这话说得没头没脑，许念一瞬间没明白什么意思，细细琢磨一番，懂了，登时局促不已，她再怎么都不敢这样做，多难为情，宁愿不舒服泡着。

"明天有什么安排？"她转移话题问，往胸口掬了捧水，又抹了把脸，她头发长，唯一的头绳又给了顾容，只能任由头发被水打湿。

"早上休息，下午看她们想去哪里，晚上来这儿。"顾容抬眼，瞧见她头发泡在水里，皱了皱眉，解下头绳，说，"过来。"

简短两个字，语气却比平常温柔许多，许念过去，顾容帮她把头发拧干，绑作一团。两人坐一块儿，肩挨肩腿挨腿，这样也好，不至于看见对方而不好意思，许念蜷缩了下脚趾，问道："明晚在外面大池子里泡？"

外面的场景真够壮观的，她们人那么多，兴许会在外面。

"不是，还是单独的包间，不过更大些。"

意思就是大家一起泡，许念沉默，不自觉扯了扯紧贴着身体的连体泳衣。

"不舒服？"

许念别扭，点点头，说："有点儿。"

"山庄旁边有专卖店，待会儿重新去买一套。"

她"嗯"了一声，再掬水朝胸口处泼了泼。

温泉一次不能泡太久，时间过长会觉得胸闷不适，许念先出池子，递晾好的茶水给顾容。顾容接下，也起身出来，一站起来，水顺着肌肤直落，湿答答的，她到许念对面盘腿坐下。

木桌本就小，许念低头盯着茶水，默默喝茶，一杯接一杯。

"再泡一轮就走，晚晚她们十一点半回去。"顾容说，顺道帮忙斟茶。

许念应下。

歇了十分钟左右，再次下水，下水前，顾容把包间的柔白灯光换成暗沉的橘黄灯光，房间里的氛围瞬时大变，更为舒适些，橘黄灯光有放松的作用，泡了半分钟许念觉得困顿，迷迷糊糊眯了小会儿。

顾容担心她睡熟了倒进水里，把她叫醒。

两人有一搭没一搭地聊天打发时间。从温泉山庄出来，顾容真带她去买新泳衣了，买得很快，许念全程干站着，耳根红了一路。

天上的月亮暗淡，星星繁多且亮，晚上十一点，路上的行人稀稀疏疏，多是牵手散步的情侣，几分钟后车抵达顾家，两人进门回房间各自收拾。

换好衣服吹干头发，许念想起给顾容发照片，她今晚有些晕乎，四处找了半天相机，才反应过来相机在顾容那儿，于是过去敲门。顾容正在换睡袍，让她等了两分钟。

两间房的布置非常相似，许念进去时还有种进错了房间的感觉。

大抵太匆忙，顾容还没来得及收换下的衣物，全搭在架子上。瞧见衣物堆里的各种东西，许念大概猜到这人进门后干的第一件事是干什么，微微惊讶，她以为按对方的性格，一定会进厕所换呢。

"我忘了拿相机，好像在你这边。"她收回视线。

"后面桌上，你自己拿一下。"顾容边擦头发边说。

许念顺势望去，欲过去拿，结果刚走到这人旁边，原本白亮的灯忽而闪了闪，她顿住，看了看灯的位置，就那么几秒钟的时间，整个房间陷入黑暗之中，老房子不常住人，多半是跳闸了。

这边的房间背光，没了灯瞬间就伸手不见五指，两人手上都没有手机，顾容想摸黑拿桌上的手机，可刚刚走了一步，不知被什么绊了一下，便一个趔趄险些跌倒。

得亏前面有人，许念下意识抬手把她接住，还未将对方扶稳，门猛地被敲响。

沈晚一面敲一面喊："小姨，你在里面没有？"

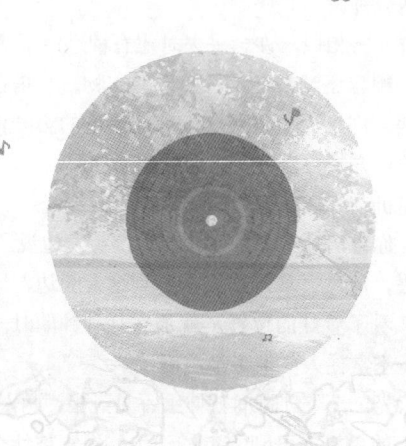

多加关照

[第7章]

外面陆陆续续传来汽车鸣笛声,一行人看完烟花回来了,沈晚这妮子和宁周怡一车,两人先到家,宁周怡在底下停车,她提着东西上楼,刚走到顾容房间门口就停电了,适才看见顾容屋里亮着灯,知道应该是自家小姨在里面,便习惯性问问。

可里面没人应答,走廊里漆黑一片,她又敲了敲门,问:"小姨?"

房间内,许念抿紧唇,用力把人扶稳,待顾容站定了,默默松开手。

顾容也没动半步,理理睡袍再扭头望向门口,小声应了一下,声音清清冷冷一如平常,连丝毫起伏都不曾有,十分淡定。

门外的沈晚闻声放下手里重重的袋子,说:"小姨,今晚阿念是不是跟你一起的,她回来了吗?"

听到这话,许念神色不太自然,不知为何,她潜意识里就是不想让别人知道自己在这儿。

顾容不紧不慢回外边:"嗯,她在楼下。"

沈晚"哦"了两声,说:"我们在果园那边买了很多水果,待会儿下来吃。"她摸出手机照明,又说,"我马上去看看电表箱,多半跳闸了。"

顾容应答:"行。"

沈晚提起袋子离开。

房间内黑,相互看不见,但能感受到对方就在自己面前。

"等来电了再出去。"顾容说,毕竟沈晚还在外面,出去指不定就撞上了,届时不好解释。

"嗯。"

两人心思想到了一处。许念没想到她会这么应付,一时之间还不知道该说些什么,顾容摸到桌上的手机,欲打开手电筒,当借着屏幕微亮的光瞥见对方时,还是算了。

"你头发还是湿的。"许念说,动作比想法快,凭感觉走过去,"我帮你擦吧。"

顾容嗯了一声,将毛巾塞到她手里。手机再次被摁亮放回去,顾容背对她坐到椅子上,许念上前帮她擦头发。

她们在温泉山庄是吹干了头发才走的,顾容应当刚洗了澡,许念轻轻擦着,其间理了理她耳旁的头发。

擦得差不多的时候,来电了,房间里忽地亮堂,她将毛巾搭架子上,却没打算离开,而是问:"吹风机在哪儿?"

顾容一愣,嗫嚅半晌,小声开口:"浴室里。"

许念拿吹风机帮吹头发,吹完才悄悄出去,走廊里安静,大家都在楼下,简单收拾一番下去,沈晚见到她忙招呼道:"过来吃水果,在果园附近的小商贩那里买的,樱桃特别甜,你尝尝。"

茶几上摆了四大袋水果,荔枝、芒果、樱桃,还有香蕉之类的,许念吃了几颗樱桃,然后剥荔枝吃。

"少吃点荔枝,容易上火。"沈晚提醒。

她点头,随口说:"烟花好看不?"

说起这个沈晚立马来劲儿,一脸兴奋,现今城区内管控严格,连鞭炮都不准放,这边山高水远,一年会放一两回烟花,这次恰巧就赶上了。

"好看,很震撼,咻咻咻的,满天都是,那边挤满了人,可惜你和小姨没来看,下一次再放多半得过年的时候了。"

旁边的女人笑道:"这是最后一次,你没听负责人说嘛,以后不准再放了,否则要罚款。"

"你该和我们去的。"沈晚惋惜,"晚上就在家,没出去走走?"

许念搪塞道:"一直在房间里看剧。"

"什么剧?"沈晚随口问,剥了颗荔枝进嘴。

许念顿了顿,敷衍说:"美剧,探案的,没注意名字,随便找的一部。"

沈晚倒没追问,转而给她讲今晚的趣闻,旁边的女人不时一起聊两句,一会儿起身去找宁周怡她们。

慢慢地,茶几这边只剩许念和沈晚,其他人都分散在客厅各处闲聊,许念扫视一圈,发现红裙子女人不在,心下奇怪,之前只要是聚会,这人都会来,她问沈晚,沈晚满不在乎回:"你说季雅阿姨啊,她出国散心去了,没说什么时候回来,可能要下半年才能见到,怎么,找她有事?"

"没有,我就问问。"许念说,望望门边,恰巧与宁周怡对视。

宁周怡朝她笑笑,而后转身与其他人说话。

顾容站在那群人中,指间夹着朋友给的烟,仍旧一口不抽,表情淡漠,只听别人讲,自己一句话都不说。

住一块儿有一段日子,单独相处久了,许念发现顾容其实并不是一个高高在上、不苟言笑的人,脾性还算温和,但奇怪的是这人在外面就一副清冷凉薄的样,哪怕面对老朋友也是这般。

像是感应到有人在看,顾容扭头瞧向这边,看见许念,夹烟的手指收紧,直到旁边人拍了自己一下才收回目光。

许念也收回视线，剥颗荔枝给沈晚，斟酎须臾，问："你小姨抽过烟吗？"

沈晚接过荔枝，点点头，说："以前抽，我妈说了无数回都不管用，不过现在已经戒了，我妈还高兴了好一阵。"

她拿手机翻翻，老妈子似的叮嘱："阿念你可别抽烟啊，对身体不好，抽多了咳嗽，还牙黄。"

许念笑笑，说："我知道。"

沈晚兀自玩手机。

凌晨一点上楼休息，二三楼的灯一个接一个熄灭，许念早关了灯躺在床上，躺了半个多小时都没睡着，都说重复做同一件事二十一天才会养成一个习惯，可她的习惯养成期似乎比较短，床的另一边空荡荡，少了熟悉的香水味，分外不习惯。

翻来覆去许久，直到窗外的月亮都隐进了云朵后，她摸到手机摁亮，反复翻看今晚拍的那些照片。

侧躺对着窗外，许念放下手机，夜色静谧，月亮从云翳里出来，星光点点布满整片天空。江淮镇环境清雅，不时还能听见虫鸣鸟叫，许是由于宁静的夜，那些声音听起来格外悠远。

瞧外面十几分钟，她合眼养神，最后掀被起床，想出去走走。

这是失眠了。

楼道里全黑，其他房间也都熄灯，但楼下的客厅里亮着灯，她疑惑，一步一步下楼，以为会是顾容的哪个朋友，不承想拐弯出去迎面就碰到了本人。

顾容也怔愣。

"睡不着？"

"白天睡太多，还不困。"她小声说，瞧见这人手里还端着酒，"怎么半夜喝酒？"

顾容放下杯子，说："喝一点助眠。"

许念道："老是喝酒不健康。"

顾容没说话，但弯身将茶几上的东西都收了，看样子是认同她的话。许念帮忙收拾，放好红酒，问："要不要出去走走？"

说完又补充："晚上出去不安全，可以就在院子里转一转。"

顾容勾了下耳边的头发，难得笑笑："外面24小时都有保安车巡逻的，还有监控。"

意思就是出去，许念不由得扬扬唇角，等她收拾好一块儿出门，两人没走太远，就在顾家附近百米左右的地方转悠。

外面人还不少，道路两旁都有亮着黄光的灯笼式路灯，显得温情又静谧，夜游的人都不怎么说话，安静感受江淮镇的夜晚。

许念与顾容并肩走着，夜里风一阵一阵吹，两人都穿得单薄，特别是顾容，只穿了睡袍，走着走着，许念有意无意挨近些，好几次碰到对方。

顾容的手很凉。

"冷吗？"许念走前面点挡风，效果甚微，夜风还是直往身上吹。

"还好，没什么感觉。"她说，知道这人走前面是在干什么，心头一动，张张嘴，刚想说话，却被拉住手臂往马路边上带。

许念将她严严实实护在身后。

顾容不解，刚要询问，这人忽地把双手分别放在她的脸两侧，不过没有挨到，以一种遮挡的方式护住她，并且示意她不要出声。

有两个人从许念身后走过，其中一人是她的朋友，就是晚上和许念聊天的那个，另外还有一个身材矮小的女人。

顾容抬眼看向许念，目光中带着探究的意味儿，许念别开视线，望向她身后的路灯柱子，有点躲避的意思。

夜里风大，待那两人走远，许念放下手，就这么站着。好一会儿，许念抬手伸向顾容，她还是不动，很是沉得住气。

"别冷到了。"许念说，替她拢紧睡袍领口，望见远处有卖东西的小摊，借此转移注意力，"要不要去那边看看？"

顾容颔首。小摊上卖的都是些手工产品，手链、耳环之类的东西，再就是茶具、瓜果，没有适合两人买的。卖手工编织帽的大姐认得顾容，热情招呼："阿九，什么时候回来的？"

"婶子。"顾容说，"昨天下午到的，陈叔呢，没跟你一起吗？"

陈婶满脸堆笑："今儿他守白天我守晚上，回去睡觉了，我就听他们说你家下午来了一群人，还以为是你爸妈回乡了，五一大家都回来玩，有空到我那儿坐坐啊。"

因为处于旅游景区内，这里的人大都以卖纪念品营生，像这种小摊一般都是夫妻档，夫妻二人轮流守摊，凌晨三点左右收摊。顾容与陈婶寒暄一番，聊了些家常话，陈婶忽而问到许念。

她顿了一下，介绍："我的……朋友。"

许念客气喊："婶子好。"

陈婶笑着，直言："看起来真年轻，多大了？"

许念说："二十多。"

虚岁二十一，说二十多也没错，倒是顾容神色出现变化，但很快恢复如常，面上仍旧毫无波澜。陈婶健谈，与许念聊了好一会儿，还送了两人手工编织帽，许念不好意思白要，连连推辞，最后顾容让她收下，并自掏腰包多买了几顶，说是给沈晚她们的，陈婶登时眉开眼笑，赶紧把东西打包给她们。

人家还要做生意，不便多打扰，两人提着东西回顾家，整栋房子都静悄悄的，只一楼客厅亮着灯。

"早点睡觉。"顾容说，进屋轻轻带上门。

进浴室洗把脸，躺床上酝酿睡意，迷蒙之际，正想关门，敲门声响起，顿时清醒不少，这个时间点还能有谁来敲门，她犹豫了下，起床稍微整理一番再去开门。

门外，许念端着杯热牛奶，顾容让她进来。

"喝点这个，助眠的。"许念把杯子放桌上，她刚刚没回房间，而是直接下楼开火热牛奶。

顾容哑然，没想到她是为这个来的，抿抿唇，说："谢谢。"

"还是睡不着？"

她敷衍说是，其实刚才就要睡着了，只不过突然又被吵醒，这人也是一片好心，不好说实话。

"那我帮你按一下。"对方倏尔说。

顾容又是一愣，兴许是大半夜没睡脑子糊涂，沉默片刻，竟同意了。

这回轮到许念无措，适才不过随口说一句不经脑子的话，谁知对方会同意，纠结半晌，她脱掉鞋上床，低声开口："你把牛奶喝了再上来，按完你再睡。"

顾容真先喝牛奶再上床趴着，许念上移目光，尽量只看她的背部，规规矩矩捶背按摩。

外面不时有车跑过，摊贩们开始收摊回家，江淮镇真正静谧下来，从窗户放眼望去，马路上都没几道人影，只余路灯直直立着，投下昏黄的灯光。

"明天要不要单独订个池子？"顾容问，到时候那些朋友要是放开了闹，许念铁定会不好意思，沈晚倒没什么，她玩得开，性格外向。

"不用。"许念当即回道，出来玩一趟吃喝住行都是顾容全包的，不好再搞特殊，出来玩不就是要大家一起才热闹吗，单独行动，那些人即便不在乎，但始终还是会问两句，"就和大家一起，人多热闹些。"

顾容动动身子，脑袋枕在手臂上，她是真有些困了，背上的力道轻重适中，舒服得很，不一会儿睡意上头，迷迷糊糊睡了过去，半梦半醒之间，背后的手移到了脖颈后，轻轻按着，越发舒适。

许念俯身说了句什么，她没听清。不知道过了多久，她听见许念说："平躺睡觉，不然起来会浑身酸痛。"

她也没应，进入睡眠状态眼睛根本都睁不开，感觉迟缓，朦朦胧胧的。许念无奈，扶住人翻过来，慢慢把她放下去。

"我走了……"许念低低说。

顾容呼吸匀称，睡得正熟，今儿又是开车又是熬夜，怕是真累到了。

许念好笑，掖好被角，轻手轻脚关门离开。

第二天红火大太阳，碧空如洗，天上蓝湛湛，都没两朵云，江淮镇树木多，空气清新，八九点钟的水汽重，连窗户玻璃上都是水珠儿，大家都起得晚，许念起床的时候楼下一个人都没有，顾容少见地没准时起来。

她出门走了两圈，回来时房子里仍旧安安静静，众人恐怕没有要吃早饭的打算，思忖两秒，她给顾容发消息："起了吗？"

而后进厨房做早饭，约莫三分钟，手机屏幕亮起："刚醒。"

她望了眼门外，飞快打字："吃不吃早饭？"

发送出去又立马补充道："煎鸡蛋和牛奶，或者你想吃什么？"

顾容："都可以。"

她回复："做好给你端上来。"

发送完毕，放下手机马上开干，煎蛋不费时间，两份早饭五分钟就搞定，刚要端盘子上楼，对方发来消息："我下楼吃。"

顾容不习惯在房间吃饭。许念转而将吃的端上桌，正在倒牛奶，对方就下来了。

"早。"她说。

"早。"

顾容今儿穿的深蓝亚麻连衣裙，打扮素净，巧的是许念身上的短袖也是深蓝色的，今儿大太阳一看就热，她特意穿的短袖短裤，衬得一双白腿笔直修长。顾容不由得多看两眼,端起牛奶喝了口。

"什么时候起来的?"她问。

"八点多。"许念说,也喝了口牛奶,"睡不着就起来了,在外面转了两圈。"

"出去的时候记得带件长袖,晚上比较冷。"顾容提醒,"天气预报说今天26℃,白天可以穿少点。"

许念应下,吃饭时两人皆话少,都只默默吃着。许念的手特别好看,手指长,骨节匀称,她不喜欢留指甲,经常修剪打磨,故而指端圆滑颜色粉嫩,手比顾容的大些,但不粗糙,相反非常白皙。

见顾容牛奶差不多要喝完,她想也未想就又倒了半杯,顾容还没来得及做出反应,身后就传来声音:"小姨,阿念,在吃早饭呢,好香啊!"

沈晚一屁股坐下,顺手拿了个空杯子,接过许念手里的牛奶给自己倒了满满一杯,转头见许念杯里只剩小半,便问:"再来点?"

许念摇头,说:"饱了,你要吃早饭不?"

"不吃,要吃早起来了。"沈晚打了个哈欠,兀自捶了捶肩膀,"昨晚打游戏到半夜三更,累得我腰酸背痛,要睡的时候班长他们问我要卷子,结果一摸手机又打了两把。"

许念笑笑,顾容皱眉,沉声问:"你几点睡的?"

沈晚背后一紧,赶忙解释说:"两点,两点就睡了,队友太菜输得快,没打多久。"

语罢,心虚"嘿嘿"笑两声,机灵地转移话题说:"宁姨她们叫你下午打牌,南观那边在整修,这个星期都不对外开放。"

南观,江淮镇的一处古建筑风景区,是除泡温泉外第二受欢迎的地方,那片儿卖特产的商铺多,有关部门每年都会派人定期修缮,以保护古建筑。这回正巧赶上五一小长假,除了南观和温泉山庄,江淮镇还有许多值得游玩的地方,但大家都懒,说好出来玩儿,还没正式开始就没那心情了,一合计,干脆打牌得了。

周围山清水秀,房子里凉快,她们人又多,打牌正合适,十五人凑了两桌麻将一桌扑克,许念和沈晚没参与。

顾容与宁周怡、昨晚那女人,以及一高瘦的斯文男人一桌玩麻将,大家都叫那女人万姐。

刚玩了两把,许念瞥见矮小女人进来,矮小女人四处望了望,大概是不好意思这么唐突就进别人家,她脸颊绯红。万姐瞧见,笑着招招手,直接站了起来,介绍道:"我朋友,唐敏之。"

所有人都看过来,唐敏之不是跟她们一路来的,以前也没见过。

许念看向顾容,对方神情淡淡,好似昨晚没见过一样。

沈晚关注点比较奇特,看看顾容,再看看许念,忍不住悄声讲:"阿念你今天打扮跟我小姨还挺一致的,都穿深蓝色,她穿裙子你穿短袖,你俩还差不多高,跟姐妹花似的,觉不觉得?"

许念一时无话可回,只得闭紧嘴巴,以免说多错多。

沈晚还挺来劲儿,又问:"你跟我小姨比,谁高?"

"没比过不清楚,你自己看吧。"许念敷衍。

"我小姨穿低跟鞋,你穿平底鞋,光看比不出来。"她以前没注意这个,一直觉得两人差不多高,现下心血来潮,乍一看竟比较不出究竟谁高点。

沈晚好奇心重,一开始就没个停歇,问东问西的,她没遗传到顾家的高个儿基因,一米六三,要和许念说悄悄话就得踮脚拉着对方,整个人像贴上去了一般。许念倒不介意,不在乎这种小细节,贴心弯身方便听她讲话。

在其他人看来,两个小女生单独聊得开心,关系要好得很。牌桌上的顾容表情冷淡,连输了好几把。

万姐笑眯眯说:"我选的位置就好,紫气东来,今天肯定大赢特赢,阿九,你这筹码就快不够了,要不要借点?"

一桌四人,只有顾容一个输。

宁周怡笑道:"怕是太久没摸牌手生,多打两把就好了。"

斯文男人专心看牌,万姐小声问唐敏之:"无不无聊,要不和晚晚她们组一桌玩?"

顾容半抬起眼,看了她俩一下。唐敏之摇摇头,有些放不开,偷偷耳语了两句,万姐让出大半的位置,拉她坐正,说:"那来帮我打。"

唐敏之倒不推辞,很快上手。

宁周怡开了句玩笑,故意逗万姐。

大家都是熟得不能再熟的朋友,万姐边摸牌边对宁周怡说:"你倒是浪子回头了,什么时候找一个呗,带回来给姐妹们瞧瞧。"

一屋人都笑了。只有沈晚疑惑不解,好奇地问:"什么浪子回头?"

她一点不知道宁周怡的往事,且平时也没见这人和谁亲密过,全然不了解。但这都是大家伙儿都知道的事,不算什么隐私,况且按宁周怡的脾性根本不会在乎,万姐斟酌了半晌,打趣道:"你宁姨当年在学校可受欢迎得很,收情书都能收一书桌,光跟她告白过的人就能组一支足球队。大二那会儿,有个男的在寝室楼下摆蜡烛告白,阵势搞得很大,你宁姨那叫一个直接,甩下一句'我不喜欢你'就走,那小男生当场就崩溃到大哭,真的惨,咋就这么想不通呢?"

沈晚愣了愣,大家都觉得好笑,当年的事她们都知道或者亲眼见证过,如今提起倍觉欢乐。

"我小姨也有很多人追吗?"

万姐憋不住笑,其余人全都忍着,没人回答她的问题。许念望向顾容,对方安静摸牌,虽然一言不发,但嘴角明显扬了扬。

大家各自玩牌。

沈晚无聊,邀许念打游戏,刚拿出手机,就听顾容说:"晚晚,去厨房给我倒杯白开水。"

"顺便带罐汽水过来。"宁周怡随即道。

其他人你一言我一语纷纷叫帮忙拿喝的,沈晚好脾气,放下手机就去拿,许念想一块儿帮忙,她阻止道:"没事,我端个盘子就行,你先等会儿。"

许念独独坐着。桌上一把打完,顾容又输了,仅剩三个筹码,万姐和宁周怡出言调侃,她不急不躁,码好牌,叫埋头看手机的许念,许念立马抬头。

"过来帮我看一把,我去一趟洗手间。"她淡然开口,说完起身。

万姐立马招呼道:"来来来,帮阿九守两把。"

许念局促,她纠结着说:"我牌技差……"

"还怕阿九输了不成?"万姐直笑,示意她赶快过来坐,"快来快来,反正她都一直输,正好帮着顺顺手气。"

顾容让开,径直去洗手间。宁周怡一面摸牌一面道:"没事,玩两把而已。"

许念迟疑了会儿,还是过去坐下,万姐想借点筹码给她,她赶忙摆手说:"不用不用,谢谢,就打两把,应该够了。"

宁周怡挑挑眉,出牌:"二筒。"

万姐一喜:"碰!"

斯文男人全程不怎么说话,手气也一般般,目前来看是只赢了一点。许念很久没打过麻将,第一把打得勉勉强强,输了一个筹码,还未来得及自责,第二把轮了一圈牌直接自摸清一色,手气还不错。

顾容在第二把结束的时候与沈晚一起进来,帮忙分发饮品。待她过来,许念想让座,结果万姐拦住,说:"这不成,这把码都码好了,刚刚自摸可赢了我不少,再打两把。"

许念不好意思起身,便再打了两把。顾容端着白开水和凳子挨她坐下,在一旁看牌,许念无故紧张,险些出错牌,不过最后还是险胜,两把结束,她想起身让位置,结果顾容按住她的肩膀,柔声说:"我手气不行,你帮我打。"

万姐说:"阿九你这是请'人形外挂',犯规了啊。"

唐敏之笑了笑,斯文男人仍不怎么开口。顾容喝水,慢悠悠回道:"她牌技比我好。"

这是承认了。

许念不知该不该继续摸牌,宁周怡打圆场说:"阿九手气差,刚刚全输给你了,现在让她赢一点也没关系吧?"她转向许念,"要是再赢,回头就让阿九请你吃饭犒劳你,不然白忙活了。"

万姐适才也就是在开玩笑,接话:"来,继续继续,这把我一定要赢,连输三四把了。"

重新码牌。

许念定定心神,认真打牌,她聪明,脑子动得快,越打越顺畅,赢多输少,面前的筹码也越摆越多。顾容只看不帮腔,连喝了几次水,喝完习惯性把杯子放桌角。

许念大部分心思都在麻将上,她有些紧张,一连喝了好几次水,都快喝完了才察觉不对劲,顿时尴尬万分,但不好言明,于是硬着头皮装没察觉。

接下来输赢对半。

宁周怡手气渐佳,她不喜欢在牌桌上让人,该怎么打就怎么打。万姐从许念一坐下就陆续输,好位置似乎不管用了,不管输赢,她都挺乐和,边摸牌边和唐敏之聊天,不时交换一下让对方来打,免得对方感到无聊。

沈晚在顾容后面候着,等了一个小时也不见许念下桌,便催促了两句,许念正好想借口离开,打完手里这把就让位。

顾容没留她,转到她坐过的凳子上,数了数筹码,恰恰四十个,然后亲自上阵。

万姐欢喜,就等着许念走呢,她笑着出了张牌,宁周怡紧跟一张,顾容神情清冷,散漫说道:"胡了。"

　　许念与沈晚坐一块儿玩游戏,玩了三局,就听万姐揶揄道:"阿九你这牌风大转,就没怎么输过,我一堆筹码全到你那儿去了,好歹让我们赢两把哪。"

　　她抬头看对面,顾容埋头整理牌,不一会儿,又赢了一把,接下的时间,这人只输了两把,其他时候都是赢。万姐和斯文男人手气不佳,老本都输光了,宁周怡打得还勉强。

　　看手机久了眼睛不舒服,许念中途在院子里转了转,时间过得飞快,现下太阳已落到西边,凉风习习,周围高山绿树,景色秀丽,别有一番与城市喧闹大不相同的风味。院子的大门敞开,不时有成队的游客路过,她站在门口看了许久才回去。

　　再进客厅时,牌局差不多快结束,只顾容她们那桌还在进行最后一把,沈晚不知道哪儿去了,许念帮忙收拾桌子,路过顾容旁边,叫住了她:"帮我倒杯水。"

　　许念放好东西,拿杯子去厨房洗洗。

　　透明的杯壁上有浅浅的口红印子,那是顾容留下的。洗干净杯子接好水,宁周怡她们说笑着进厨房,要做晚饭了,早点吃完去温泉山庄,许念端杯子出去,客厅里已没几个人,大家都在院子里走动聊天。

　　顾容独独站在房间一角,似乎在等她。

　　许念过去。

　　"吃完饭就去山庄,泳衣干了没有?"顾容接过水杯。

　　新泳衣昨晚洗的,之后用吹风机吹干,现在正晾在房间里,许念应道:"干了,晚晚呢?没看到她在哪儿。"

　　"在外面买特产,明天带回G市。"

　　难怪突然就不见了。

　　客厅里很快就只剩下她俩,其他人要么去厨房帮忙要么在外面闲聊,许念想找点话题聊,可搜肠刮肚半天,竟不知道该怎么开口,冥思片刻,轻声说:"去楼上吹吹风吧,这边的风景不错,可以看一看,不然明天走了就看不到了。"

　　如今到处都是环境污染,像江淮镇这种民风淳朴、山清水秀的地方,在G市确实找不到第二处,这也是江淮镇成为近年来大火的旅游胜地的原因。

顾容放下杯子，从头到尾没喝一口水。两人上楼，三楼有大阳台，面朝南观那方，站在这里依稀可以望见南观的古建筑、高高的雁塔、坐落在雁塔周围的凉亭和假山，虽然还没到傍晚时分，但天上鸟雀盘旋。

许念望望天，说："今晚可能要下雨。"

顾容顺势看去，问："为什么？"

"有点闷热，鸟雀低飞，这种时候一般要下雨。"她说，想想，又补允道，"我小时候就是这样。"

语罢，凉风骤起，许念忍不住笑了笑，风有些大，把头发都吹乱了，她低低头，正要理一理，对方却忽而伸过手来，先一步帮她把额前散乱的头发别到耳后。

许念抬头，看了看。

顾容收回手，面上毫无异色，好似方才只是做了件再寻常不过的事。

"出门前多带件衣服，冷的时候就加上。"

许念转而面朝远方，微不可闻地"嗯"了一声。

楼下热闹楼上安静，对比鲜明，两人在阳台上站到吃饭时间。五点四十分，一行人开车去温泉山庄，许念、沈晚与顾容一车。

"这帽子是陈婶家的吧？"沈晚一面摆弄手工编织帽一面说，附近卖这个的仅此一家，"小姨你什么时候出去买的？"

许念看向开车的顾容，对方一脸淡然，回道："晚上你们不在的时候。"

"哦哦。"沈晚了然。

许念扭头向着窗外，一言不发。下车时，沈晚让她俩把帽子一齐戴上，这下穿搭更相近了，其他人不由得注目，万姐调侃道："你们俩都高，衣服颜色差不多，惹眼得很。"

许念不言，顾容领大家进去。

今天泡温泉的包间比昨晚那个大许多，一进去，有八人就单独重新开了包间。万姐带着唐敏之去了她们旁边的房间。

想到昨晚的场景，许念有些不自在，换好泳衣下水坐在顾容对面，今天对方穿的泳衣比昨天要保守许多，两人都穿的黑色泳衣。

沈晚第三个下水，看着身旁两个大长腿，不由自主感慨："阿念你腿真长。"

说着，还凑过去用自己的腿比比，知道自家小姨一向不喜欢她说这种话，她没敢挨着顾容，全程老老实实。泡了两轮，许念出池子披着浴巾到外面透气，外面比较吵闹，没待多久她又回去，刚进入走廊迎面遇上同样出来透气的顾容。

她叫了声对方，顾容说："给你发了个红包，当是下午赢牌答应请你吃饭的钱，刚刚转你微信上了。"

许念没想过真要她请吃饭，但转都转了不好还回去，便只有道谢。走廊里来来往往都是人，二人一齐回去，可能是因为昨晚泡过，她俩都没心思泡太久。

泡完温泉，她们先出来，那些单独包间的还在里面。许念有些口渴，中途去买了瓶水喝，回来时，隔得老远她就看见顾容站在人群之外，孤零零一个人不知道在看些什么，有些寂寥，从认识顾容到现在，她好像一直如此，不论在哪儿、做什么，总是独自行动，哪怕和朋友们待在一处，也常常显得格格不入。

晚上睡觉前，她特意热了杯牛奶送到顾容房里，彼时大部分人都已睡下，顾容没想到这个时间点会来人，先将门开了条缝，见到是她，有点意外开门让进来。

"喝一点好睡觉。"许念将热牛奶递过去，随意扫视屋内，看到床头搁着一张画纸，好奇多看了一眼，画只画了轮廓，大致能看出是一个人，可具体画的是谁认不出，别开视线，她轻声说："早些休息，别熬得太晚。"

顾容接了牛奶放桌上，不着痕迹将画纸倒扣在床头，说："记得待会儿把钱收了。"

许念还没确认收款，准确来说是还没看微信，她点点头："知道。"

"明天下午两点回G市，记得把东西都收拾好。"顾容提醒。

许念干站着没有要离开的意思，顾容倒不催促，兀自收拾铅笔这些，可收拾完并没有把东西拿开，显然晚一点还要继续画。

"素描？"许念问。

"嗯。"

她想问画的是谁，纠结半晌，还是把话咽下，继而道："感觉你会的东西很多，上次画油画，这次画素描，晚晚说你以前还拿过许多音乐比赛的奖。"

顾容回身看着她，解释道："只是以前家里要求学罢了，学得不精。"

真够谦虚的。许念又说:"我七八岁时学过画画,不过后来没再继续,现在全忘完了,怎么拿画笔都不记得了。"

　　顾容挑了挑眉,之前压根不知道这些事,一点不了解。许念鲜少和外人说自己小时候的经历,只有面对她时,偶尔会提一两句,她知道不多问,找了些别的话聊。

　　她俩都不多话,可凑一块儿很少冷场,许念故意逗留不走,赖到凌晨终于回自己房间,此时整栋房子就她俩没睡。

　　回房以后,许念确认收款,顾容竟转了二千四百元过来,这顿饭真够贵的。许念蛮震惊,又不收了。还是第二天沈晚知道了,拿她手机给收的。若是打牌前早清楚这个,她肯定就不帮忙了,这个数目太吓人了。

　　到G市后,一行人一起吃晚饭,十一点,开车回宽北巷。这一天都阴雨绵绵,到了晚上仍是毛毛雨不断,巷子寂静。假期的最后一个晚上街坊邻居们歇得尤其早,忙了半天,沈晚精神蔫蔫的,洗完澡就先进小房间休息。许念不急,等顾容先洗漱好再进浴室。

　　凌晨冷飕飕,热水温度不够,她随便冲了两分钟草草结束。

　　大房间里,顾容正在整理东西,顺便把画板夹搁到书架上。窗户没关,毛毛雨顺风飘进来,将窗前的书桌打湿大半,她赶忙过去关窗,再找干帕子擦桌面。

　　像这种阴雨天,一旦关门闭户房间里就会非常闷,如今二十多度的气温,又没到铺凉席的时候,睡觉时便格外燥热。

　　许念一贯怕热,难受得紧。

　　顾容被搅得睡不着,有些无奈,低声说:"热就开空调,温度调高一点。"

　　许念歉然,躺了会儿,起床找遥控器,上一次开空调还是夏天,她记得遥控器就放在书架上,但找来找去都没找到。

　　突然的亮光让顾容不太适应,她眯了眯眼,坐起身,见许念快要翻到画板夹,出声阻止道:"那儿没有,你看看抽屉里。"

　　许念收回手,快走到左面床头柜前时,忽而想起里面的盒子,不动声色转向右边,弯身拉开抽屉,空调遥控器果然在里面。

　　空调一开,不多时凉快起来,但经过这么一番折腾,睡意也少了许多。

　　关灯,酝酿睡意。

　　空调正对床,慢慢又有点冷,许念拉被子盖上,两人面对面睡觉。

顾容睡觉时一贯安分，静静合着眼。

见她头发有点乱，不知怎么了，许念想也未想就要动手理理，可刚要碰到，这人睁开了眼。

外头的毛毛雨有要停的趋势，天上乌云退散，房间里比先前稍微亮些，许念没注意到顾容的动静，等看见时手已经挨到对方，怔了怔，两人四目相对。

她还是将乱发理开，然后收回手，空调吹出的凉风习习，盖着被子十分舒服，她掩饰性地动动腿，不想再碰到对方的脚背。顾容的皮肤确实好，别人27岁皮肤状态开始走下坡路，她却保养得当，肤质不亚于这些二十出头的青春靓丽的小姑娘。

"你很冷吗？"许念挪开腿，小声问。

顾容的表情依旧淡淡的，看不出任何情绪变化，说："不冷。"

许念将被子往上拉了拉，这样暖和些。屋里光线差，看不清对方脸上的神情，一会儿，顾容改为平躺，房间里除了空调运行的声音再听不到其他声响，许念也平躺着。

这下便相互看不见对方。这么两分钟的工夫，外面的毛毛细雨已经停了。树叶上挂着水珠儿不断往下落，天空变得比适才还亮，但无星无月，现在处于农历下旬，即使有也不会亮到哪儿去。

许念望着天花板，忽而歪头看看顾容，这人早已合眼，也不知道到底睡没睡，沉默许久，她终于忍不住开口轻喊："小姨……"

顾容不应声。

她继续说："我睡不着。"

仍旧没得到回应，窗外刮起了大风，呜啦呜啦的。

许念侧躺向着她。

"最近老这样，本来困得很，一躺下就精神得很。"许念道，"小姨，你睡了吗？"

肯定是听到了的，可顾容仍旧不应答。

下半夜四五点，天空一方出现若隐若现的弯钩月亮，树上的水珠滴得差不多，院坝里湿漉漉一片，薄薄的积水映着微弱的光，不时一闪一闪。

五一小长假后的第一天是周二，考试周正式开始，机械学院的所有考试分布在周三周四，目前还有一天的复习时间，许念和沈晚回学校学习，当晚也在宿舍睡觉，这样方便第二天考试。

今年的题目较往年来说确实难了许多，一张卷子就七八道大题，平时成绩和卷面成绩二八开，超过三道不会做基本就处在了挂科边缘，一连两天，众学生的心都是吊着的。开考前都还在翻书复习，特别是沈晚，出去玩了几天后，之前复习过的内容都不大记得了，做题时很是拿不准，她有些焦躁，不过好在所有题都做了。

许念宽慰她别着急，并再次勾画最后一门考试的重点和典型例题，让她一定要背过和理解。翌日考试，考了许念给她的三道同类型的题和一道简答题原题，出考场的时候沈晚脸上的笑意藏都藏不住，就差抱着许念欢呼。

走出教学楼，她乐道："这一科肯定没问题，前面的虽然比较悬，但肯定不至于太差。"

心态好得不行。

许念笑笑，边走边聊，回寝室收拾东西。

室友见到她俩回来，随口问："又是三天小长假，你们有什么安排没？"

周五其他学院还在考试，故明天就是放假，加上周末正好三天，简直不要太爽。沈晚拉出桌底的行李箱，说道："我得回家，在外面待了这么久，昨晚我爸妈发消息问呢，再不回去得把我皮扒了。"

言讫，她转向许念，说："阿念，我今晚就不跟你一起回去了，你跟我小姨说一声，过几天再来你家。"

"行，路上注意安全。"许念点头，她没什么好拿的，只找了两本教材。因为长期不住这儿，书桌角都积灰了，便在离开之前擦拭打扫了一遍。

沈晚先走，走之前还特意换了条碎花小裙子。许念抓紧时间清扫，室友爬上床拿东西，下来时说："阿念，下半学期课少，我们寝室好久没聚餐了，要不挑时间聚一次吧。"

许念真的很少在寝室，一般就考试或者有事回来，且不与寝室另外两个妹子同班，相互之间交流甚少，所以寝室四人的关系非常普通。寝室上一次聚会还是大一刚搬进来时，算来都有一年多了，她想了想，说："行，你们挑时间，我最近都有空。"

室友掏出手机在寝室群发消息，询问其他两人的意见。

打扫完，同室友说了一声，许念背包离开。今儿天气凉爽，天空蓝湛湛一片澄明，端午假期过后的第一天，整个G市仿佛都安静了下来，一路上都是匆匆的行人和疾驰而过的车辆，空气中仿佛都是沉默的气息。

刚进南巷口，许念碰见对门家婶子，婶子招呼道："这么早就放学啦？"

许念回："今天考试，四点就结束了，您今天不上班？"

"怎么可能呢？"婶子说，"今天夜班，这就去呢，好了不说了，我先走了，正好去厂里吃晚饭。"

她准备走，就在许念转身时，忽地记起什么，又说："你家那个亲戚姓顾，是吧？"

许念停步，疑惑问："怎么了？"

"嗨，也没什么，就是刚刚我去你家借晾衣竿，碰见她在炖汤，真是勤快得很，香得哟，你今晚有口福咯。"

许念愣愣，还以为她要讲的是重要的事。走到自家房子附近，远远就闻到了一股鲜香的味儿，家里确实在煲汤，她放下背包进厨房，顾容正在处理青菜，灶台的锅里浓汤翻滚。

杞子煲生鱼，一道安神补脑的汤。

"洗两个盘子给我，炒两个菜就开饭。"顾容淡淡道，好似料到她会这时候到家。

许念照做，帮忙打下手，炒青菜很快，不多时两人就转到桌上吃饭。奶白的鱼汤鲜美可口，鱼肉软烂入味，还不错。顾容不爱做饭，可厨艺挺好。

"考得怎么样？"她问。

一连两天多不见，许念颇有些不适应，说："还行，差不多都会。"

面对沈晚她不会这么说，毕竟对方考得不怎么好，得照顾人家的感受。面对顾容时许念可以实话实说，题少，更容易得高分，基本没大问题，这次的成绩说不定会比以往都高。

"明天放假？"

"嗯。"

"可以歇一歇，或者约同学出去玩。"顾容说，颇有家长的做派。

许念敷衍说："看吧，你呢，这几天都在家？"

"应该是。"

许念兀自喝汤，嘴角弯弯。

接下来的两天，天气明媚晴朗，除了买菜，二人一直窝在家里，白天各做各的事，晚上一块儿看电视，过得十分惬意。

五月的第二个星期日是母亲节，周六晚上，顾容接到一个电话后开车回顾家。明天的日子特殊，顾家的小辈们都得回去。

周日许念一个人待在家，忽然少了顾容，她还不大适应，中午吃饭习惯性端了两个饭碗出来，望着对面空荡荡的座位，难免心里怪复杂的。吃完饭，她摸出手机想问问顾容，乍一翻到朋友圈，看见沈晚发的温馨全家照，一瞬间打消了这个念头。

这种一家团聚的时刻，还是不要去打搅。她收了手机，直挺挺躺沙发上，一会儿打开电视，看了不到半集电视剧，许母打来电话。

手机静音，许念最开始还没发现。许母打第二遍时才看见，许念犹豫许久，最终没接。

许母没再打第三遍，她十分有自知之明，知道这时候许念应当得空，连打两遍都不接，便是真的不想和自己交谈。这么一看，她还是有点好的，不会总是来恶心人。

许念不打算跟她过节，毫无负担继续看剧，晚些时候出去买了卤味回家边吃边看，晚上不用重新做饭，将就热一下就行。

对面婶子家今晚格外热闹，他们一家和睦，儿子女儿孝顺，夫妻恩恩爱爱。一到饭点，对面婶子的女儿还特意来邀请许念过去吃饭，彼时许念刚热好饭菜，委婉拒绝。

傍晚时分顾容发消息，说要明天回来。

晚上依旧无聊，许念裹着薄毯看电视，她这一天都在看电视，看得脑子都快麻木了，十一二点，实在撑不住，直接歪在沙发上睡着了。

半梦半醒间，外面传来声响，她一个激灵惊醒，掀开薄毯起身，还没走出房门，就见到熟悉的白色奔驰上下来一人，登时愣在原地。

顾容关好车门，提着一堆零食进来，见她一身背心热裤，穿得清凉得很，眉头微微皱起："大半夜穿成这样，小心又着凉。"

许念回神，有些局促。

"不是说明天回来吗？"

顾容把零食放茶几上，将薄毯递给她，说："在那边也没什么事情做，干脆就回来了。"

茶几上有空薯片袋、空易拉罐，到处乱糟糟，颓废了一天，还没来得及收拾，本来打算明天一早打扫的。许念有些局促，接过薄毯裹上，想把东西都收拾干净，顾容先一步行动，收拾完还仔细擦了一遍，脸上带着一如既往的淡然，反正没有嫌弃或者不悦的意思。

许念帮忙放零食，里面有提拉米苏，顾容几乎不吃甜食，是专门买给她的。她拿了两个出来，剩下的全部放冰箱。

顾容看起来有些乏累，但没有马上休息的打算，而是脱掉高跟鞋窝在沙发里，她脚趾被鞋子磨得有点发红，看样子今天没少到处跑。

许念瞥见，坐到旁边，问："吃这个吗？"

顾容"嗯"了一声，可全然没有要自己动手的意思。

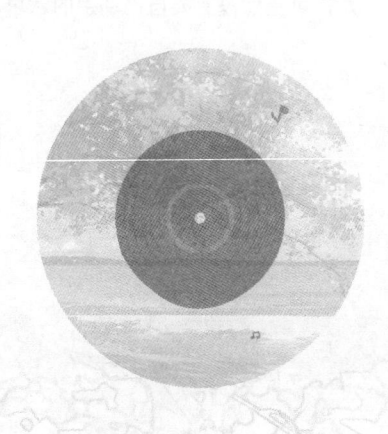

闷 热 仲 夏

[第 8 章]

许念将包装打开，拿了个小叉子放她面前。电视剧还是之前看的那个，已经快播到大结局了，家长里短适合打发时间，但真要细究好像也没什么内容，千篇一律的爱情家庭剧，虽没特别出彩吸睛的地方，可又说不出哪里不好。

顾容没有看剧的心情，从头到尾不碰提拉米苏，闭眼小憩一会儿，穿鞋上楼，没几分钟再下来，脚踝上沾着水，拖鞋鞋底是湿的，应当是上去洗漱了一番。

她重新窝沙发上倚着。

许念随口问她今天做了些什么。

"吃饭，聊天，下午在西区逛了两圈。"

听起来就三件事，其实忙得很，顾家一大家子聚一堆，光是应付亲戚都够让人心力交瘁，更别说下午陪七大姑八大姨们一起血拼式购物，出钱出力，着实累。

吃完提拉米苏，许念将装蛋糕的盒子扔掉，脱掉鞋子挨着她坐着，顾容看着电视。其实她今晚大可不用急急赶回来，兄长姐姐们都让今晚留在家里，顾母一改以往冷淡的态度，缓和亲切了不少，就连死板固执的顾老爷子都发话了，和和气气地叫她在家里多待两天，一切顺利，可她还是驱车回来了。

至于原因，她自己都说不清楚，大抵就是了解许念的家庭，觉得这种日子不该留对方一个人在家，别家和睦友爱，这里冷冷清清，对比太过于鲜明。

"累不累？"许念转向顾容。

顾容说："还好。"

许念目光柔柔的，说："我帮你捏一下，这样舒服点，明天才不会脚痛。"

脚趾都快磨出泡了，今天定然累得很，她虽然没怎么穿过高跟鞋，可也知道穿久了难受，何况穿着逛了一下午街。

顾容同意了。

"今天都待在家？"她随口问。

"嗯，没什么事情做。"许念如实说道，按了按脚掌心，垂了垂眼，又问，"按着酸痛？"

顾容没缩脚，说："有一点。"

"多按两下明天才不会那么痛，还要按按腿肚，不然也会痛。"

三天前立夏，气温在逐渐升高。

许念大概忘了自己只穿了一件背心，光顾着殷勤地揉按，连身上的薄毯什么时候掉落了都不晓得。她先是低下头，没多久又抬手勾了下自己的头发。

今晚许念睡得不大安稳，梦境反反复复地折磨着她。

梦里皆是虚幻，朦朦胧胧间，许念整个人就像是生锈的机器，完全都转不动了。

那人喊了声"阿念"，许念顿时梦中惊醒，后背完全被汗水濡湿。

窗外，天边泛出鱼肚白，已经天亮了。

掀开被子，许念屈起腿，她抿紧薄唇，摸到手机一看，七点不到。

歇了许久，收拾衣裤进浴室洗澡。

周一课少，晚上七点开班会，两个班一起开，班上换了新的班导，原来的班导家里突发变故，向学校申请了长假，具体什么原因未知，新班导是新调来的，许念和沈晚都认识，正是唐敏之。

见到人时，沈晚惊讶瞪大眼，就差出声打招呼。

唐敏之在面对学生时很严肃，不苟言笑，全然没有那天的娇羞模样，特别是她介绍自己已经三十九岁，许念都震惊了，真的一点都看不出来，瞧着就二十五六岁的样子。

九点多回到家，许念和顾容说起这事儿，顺道问了问万姐的年纪。

万姐与顾容一样大，二十七。

年龄差让她吃惊，于是不免感慨几句。

听到"差距""年纪大"这些字眼，顾容皱眉，潜意识里就不大认同，可能是太惊讶了。许念今晚话有点多，叨叨个没完，顾容沉默寡言，等她说完，问道："你很在乎年龄差？"

说话的时候她冷着脸，语气有些生硬，隐隐约约带着点莫名怒气。

许念第一次见她这样，乍然被唬住，磕磕巴巴回道："我只是觉得唐老师看起来显年轻，不像快四十的人。"

顾容的脸色这才缓和些，不过没说话。

许念意识到万姐是她的好朋友，自己车轱辘话来回说，确实有些不对，张张嘴，故作解释道："万姐挺好的。"

顾容不搭理，整个人显得很莫名其妙，不过两分钟工夫又恢复如常，好像刚刚什么都没发生过一般。

炎热的夏天伊始，高温还没降临，烦躁先来，都有些沉不住气了。

结束四门专业课考试后，下半学期学院给大二新加了一门选修课，接下的拢共三门课，仅剩一门专业课，其他两门都是开卷考试，十分轻松。

张教授怕耽搁许念学习，课多时安排的任务便相对较少，如今空闲时间多，他又重新排了组，让许念跟着手下的研究生一起做课题，如此，就和高瘦师兄分开了。

许念倒不在乎与谁一起，反正都是研究学习。

高瘦师兄明里暗里向张教授表示想调组，老头儿不同意，他特意这么安排就是为了省点心，再者高瘦师兄下半年要面临保研等问题，届时许念大三，学习任务会更加繁重，组一队不是相互耽搁吗？肯定不行。

这事儿就此定下，总之不会再有变动。

其间高瘦师兄找过许念两回，可能是想拉近彼此距离，许念态度不冷不热，真只当普通师兄对待。

连连碰壁，对方再迟钝也懂了——没戏。小男生面皮薄，知难而退，没有第三回。

许念的世界清净了许多，舒心不少。

但清净没有保持多久，周五傍晚坐车回家，她在公交车上遇到了这位师兄。

高瘦师兄近来不太好过，还没从暗恋的阴影中走出来就遇到了暗恋对象，许念对他无感，可还是礼貌地问他要去哪儿。

正巧，他要去宽北巷附近找亲戚，不得不顺路一块儿走。

两人从南巷口进，自许念家门口过，分别时高瘦师兄潇洒地摆摆手，没敢回头看她，大声说了句："走了啊！"

许念站在门口目送他，她其实都明白，这么大的人了，哪里会看不懂诸多明显的暗示呢，但现实远比理想更复杂，抬头不见低头见的，不好明说，现在这样算是彻底解决了。

待人走远，她进院子，甫一回身就望见顾容，这人看着自己，状似不经意地问："他送你回来的？"

许念否认，说："顺路，他去找一个远房亲戚，就在附近。"

"以前没见到过。"顾容说。

许念语塞，心想你才住进这边多久，怎么可能见过，不过她没这么说，而是说："我也是才知道。"

顾容抬抬眼，转身进屋。

五月栀子花早早盛开，浓郁的花香气弥漫整条宽北巷，伴随着热与汗的夏天将要降临。

近两天温度回升飞快，天天直逼 32℃。

火红的大太阳将地面晒得滚烫，新区那边绿植少，室外温度比较高，老城区这片树木多，倒较为凉爽。因为政府大力整顿过环境卫生问题，故而今年的老城区比往年好了许多。往年这时候宽北巷南巷口处都是臭烘烘的，到处弥漫着一股下水沟的酸臭味，现今四处干净，几乎闻不到异味，巷道里花香味浓重，绿树成荫，早已不同于往日。

许念下课回来，路过缴水电费代理点时，听到街坊邻居们兴冲冲在谈论美食街相关的事，大意就是有消息称西区的"天合美食街"将被勒令拆迁，似乎要向他们这边搬迁，宽北巷被选中的概率特别大。

大伙儿你一言我一语激烈聊着，好像这事儿已经板上敲定了一样。

许念不关注这个，听几句就走了。不管美食街会不会迁到这里，跟她关系都不大，就算真迁过来，也不会往巷道里迁，肯定要迁到南巷口左侧的街道去，毕竟巷道太窄，不合适，到时候顶多就是房子更容易出租一些。

家里没人，顾容一早就开车去了新区的健身房。完美身材的保持不能仅靠自己，还需要专门的教练和营养师。这阵子她都会去那边，一般晚上八九点才回来。

许久没彻底清扫过房子了，趁着今天有空，许念便将楼上楼下都打扫了一遍。进顾容房间前，她特意打电话征求了对方的意见，顾容没意见，并说："晚上别做饭，我买回来一起吃。"

她俩已经四天没一起吃过饭了，一个要上课一个要训练，只有晚上才能凑到一块儿，要是遇到许念忙实验，连晚上都见不着。

"行，那我等你。"

顾容应该在跑步，气喘吁吁的。

大房间里非常整洁，平时应该经常被整理，其实没什么好打扫的。许念打了盆水来擦各处角落，窗沿、床头柜底以及书架等地方。画板夹还在书架上，看起来似乎就没被移动过，不知道是顾容忘了收拾还是故意这么放的。由于要擦拭板面，许念只得先把东西拿开，当无意间看到素描纸上的画像时，她不由自主呆住。

素描是半成品,至今只有轮廓,但细节方面比她第一次见到那会儿更为完善,只一眼,许念便认出来画的是谁。

许念对画画虽然不太懂,但知道有些人喜欢拿身边的熟悉的风景或人物当素材,不一定真有什么含义,思索之后,便把画板夹放了回去,装作没看见。

打扫完卫生,天早黑了。

顾容回来前打了电话告知,许念边看书边等,听到楼下有声响,她探出半个身子望,白色奔驰缓缓进院子停好。

下楼。顾容提着一袋吃食进门,都是些不辣的菜,有粥有饭还挺丰盛。

"买这么多,怎么吃得完?"许念帮忙提袋子。

"吃不完就放冰箱,明天热一热就行了。"顾容说,将手里的零食放茶几上,她最近老买零食回来,自己不吃,都给许念,跟哄小孩子似的。

一开始许念还高兴得很,觉得这是关心,多两次便心思复杂起来,家长才喜欢给小孩儿买零食,顾容不过大七岁而已,真拿她当小孩儿看了。

她摆好饭菜说:"明天别买这些,之前的我都没吃。"

顾容点点头,训练了一天她有些累,吃饭期间话尤其少。

"吃了饭早点上去休息。"许念接话。

顾容与她说了几句话,聊的都是些无关紧要的,学习啊最近的安排啊之类。

吃完饭,许念洗碗,顾容上楼洗澡。

两人在二楼厅里相遇,彼时顾容从浴室开门出来,许念刚出楼梯。

顾容没有穿睡袍,而是像许念平时那样,一件宽松T恤一条超短热裤,热裤被T恤遮住了,在许念看来就像没穿裤子一样,两条笔直大长腿外露。

顾容拿着毛巾擦了擦头发,提醒说:"今晚的水有点烫,洗的时候注意些。"

右侧的窗户大开,凉丝丝的晚风吹来,分外舒爽,瑜伽垫掉在了地上,她过去弯身捡起来。

浴室的水果然很烫,大抵是天热了,感受不一样,冬天这个水温觉得舒服,夏天便热得很,洗着洗着额头就开始冒细汗。

洗完穿衣服,她摸到裤子要穿,倏尔看见顾容的衣服没取,两人的衣裤直接混一块儿了,怔然片刻,才穿好衣服她把两人的衣裤全部都洗了。

翌日，顾容想起浴室里的衣裤，进来找了半天没找到，最后还是在阳台上找到的。

许念这次真体贴过了头。

两人谁都没提这事儿，顾容也没再犯这种错误。

毕业季，月初那会儿，在外实习或在学校的大四学生们纷纷忙毕业设计和答辩。实验室那几个大四的学长学姐许久不见踪影。约莫下旬时，有个学姐过来看人家，说晚上请吃饭。

许念与这位学姐不算太熟，但实验室的众人都高兴要去，她总不能拒绝，于是给顾容发了条微信就和大家一起出去，吃饭时免不了喝两杯聊聊天，这一折腾就嗨到下半夜。

因为太晚，许念回宿舍睡的觉，第二天早上才坐车回家。

到宽北巷刚好九点，今天顾容没出去训练，她似乎起得格外早，短袖短裤，窝在沙发上，脸色略阴郁。

听见声响，朝门口望了眼，看到许念背着包出现，神情变得莫测，眉头紧蹙。

"今天不训练吗？"许念随口问，转身放包，全然没察觉到对方的情绪变化，以为是最近训练太累导致的，毫不在意。

顾容一言不发，良久，慢慢起身，问："昨晚做什么去了？"

许念一愣，疑惑回答："实验室聚会呀，不是发了微信给你的吗？大四学姐请客，走不开。"

这人许久不作答，看着她，过了一会儿，上楼去了。

这么明显的情绪，就差把"不高兴"三个字写脸上，许念哪还看不懂这人在生气，但又没明白到底生哪门子的气，她跟上去。

"你怎么了？"

顾容面无表情，不像刚刚那样把情绪摆在脸上，淡淡说："没怎么。"

"生气了？"

顾容没讲话，径自走着。

这种态度让许念心急，她一把将人拉住，可嘴笨不知道该怎么讲。

顾容淡定非常，倒是许念，表现得十分明显，很是在意对方的样子，她劲儿大，眼下又没分寸，用力抓着。

到底是年纪大的更镇定，轻飘飘一句话就把人抚平，顾容嗫嚅，一会儿才张了张唇："吃早饭没有？"

方才还在生气,这会儿竟一副没事的样子。许念意识到自己好像太过了,松开手,说:"还没……"

她着急回来,起床洗漱就走了。

"换身衣服下来吃饭。"顾容皱了皱眉,离得近,都能闻到这人一身酒气。

许念讪讪点头,回房间换好衣服,她翻出手机,想看看昨晚顾容回的什么,怎么会生气,这一看,结果发现昨儿根本没把消息发出去,手机处于欠费停机状态,界面显示有十几个未接来电。

她一怔,缴费之后一联网,微信消息立马一条接一条地弹出来,点开,顾容发了两条,还打了一个视频电话,其余都是沈晚发的。

昨晚喝了酒,她睡得很沉,手机又处于静音模式,所以完全不知道顾容联系过沈晚找她,而沈晚不在寝室,只有联系室友,好在室友告知沈晚她在寝室睡着,她们才放了心。

突然找不到人,肯定着急,难怪顾容会生气。

看着一连串的消息和未接来电,许念心里五味杂陈,她放下手机想去隔壁房间找顾容解释,但对方早已下楼,正在厨房里忙活。

她进去帮忙,站近了刚要说话,顾容先开口说:"拿两个碗给我。"

应声照做,冲了下水再把碗递过去。

"昨天……我手机停机了……"她说。

这话讲得毫无底气,现在的学生哪个不是手机不离手,再怎么自觉睡觉前总得看一次,偏生她例外,昨晚真玩"疯"了,师兄师姐们劝一劝,聊聊感情,气氛一热,自然就融入群体当中,忘了家里还有一个人。

清早着急回来,怕打扰顾容休息,也没查看手机,结果成了这样。

顾容寡言少语,看起来是不想继续这个话题,她刚刚表现得太急躁了些,不像平时处变不惊的自己,眼下明显平复淡定下来,不慢不紧地做饭。

许念还想解释,顾容抢先淡然表示:"知道了。"

听不出是生气还是不生气,捉摸不定。

早饭吃皮蛋瘦肉粥,之前就煮好了的,热一下就能吃。许念自知理亏,故意找话头聊,顾容不时说两句,这般不声不响的,搞得许念心里莫名发虚。

小时候她不听话,外婆就会叨叨不停,罚她扫地刷碗,末了,问一句"知道错了没有",她会乖乖回"知道",事情基本就可以翻篇。现在却不一样,怪唬人的,许念都不知道该做些什么了。

"几点出去?"她关切问,工作日应该要去新区训练,马上都快九点半。

顾容慢条斯理喝粥:"吃了午饭再走。"

现在过去也训练不了多久,反正都耽搁了,不如下午再去,她昨晚就打了电话告知教练,一切安排妥当,故而现下一点不着急。

许念识趣不提夜不归宿的事,默默吃菜喝粥,早饭结束主动洗碗,顾容上楼晒衣服。干完活儿,她想洗盘水果送上去,打开冰箱,发现里面放着三个一点没动过的菜,菜比较清淡,全都符合自己的口味。离开家之前冰箱冷藏室里只有水果和饮料,这肯定是顾容在外面买的。

顾容最近要严格控制饮食,不吃这些,因为她没回家,这些菜便完好放着。

既不沾亲又不带故,谁会对一个侄女的朋友这么好呢?谁都知道顾容绝不是一个热心的人,连沈晚都说,她哪儿都好,就是太冷淡了,好像对什么都漠不关心,生活千篇一律,少了普通人所该具有的生气和情绪。

人有时会在乎,也会掩饰。

许念洗了水果端上楼,顾容正在给两盆仙人球浇水,见到她没任何反应,许念厚脸皮开口主动说话,让她吃葡萄。顾容勉为其难摘了两颗,不像先前那样冷冷的,眼神都柔和了许多。

"中午就煮饭,菜热冰箱里的吧。"许念故意说。

顾容圆滑,绝口不提那是专门给她买的。

中午,许念还是炒了个少盐少油的时令青菜,顾容只吃了这一个菜,连一口饭都没碰。若不是陪她吃这一顿饭,顾容应该根据营养师的搭配吃,许念不懂这些,以为保持身材就该吃这些。

早已过小满,如今正处于降雨多、雨量大的时候,俗话"立夏小满,江河易满",反映的正是这个气候特征,除了大量降雨,气温还陡然上升,30℃左右已经够燥热,这两天更是飙升到37℃。这种高温高湿的环境下,人难免会异常烦躁,许念属于易上火体质,短短两天,嘴里都热出了小泡。

她难受得紧,天气燥,人也躁,只有待在空调底下才好受些,然而一连吹了两天空调后,不知道是感冒了还是怎么的,脑袋不舒服得很。

医生说这是没休息好,加之心情郁结所致,说白了就是要多休息多运动,保持心情舒畅,不要过于烦躁。

许念不觉得自己心情郁结，她烦，只是因为天气太热。顾容不管她，听从医生的话带她运动，清早凉快的时候一起晨跑。

老城区喜欢晨跑的大多是些老大爷老大娘，年轻人们忙工作都没时间，恨不得一有空就倒在床上大睡，哪来的精力跑步。

许念怕热，跑步时穿得十分清凉，露脐高腰黑色背心，同色短裤，但没跑多久就汗水涔涔，胸前背后濡湿一大片。不过她耐力非常好，比顾容这个经常健身的还厉害，虽然在流汗，但完全没气喘吁吁。

跑到河边，两人渐渐慢下来稍做歇息，因为昨夜下过大雨，这里非常凉爽，风一阵一阵吹拂，湍急的河水向前流，水的颜色黄浊，卷着泥沙滚滚。许念扒着石桥朝下望，半个身子都探了出去。

顾容把她拉回来，并将自己的毛巾搭她脸上。

许念感觉热，直接拿开，说："没事，不用。"

她没带擦汗的毛巾，不好意思用顾容的，任由汗水流，大概是觉得湿漉漉不舒服，她随意用手抹了下脖颈，掌心里便湿了。顾容好笑，抓着毛巾给这人擦汗。

"毛巾是新的，我还没用过。"她解释说，怕许念介意这是用过的毛巾。

许念没敢动，脊背僵直让她擦拭。顾容帮她擦着，这人一直傻愣愣等着，手把住栏杆，小腹收紧，大气都没敢喘一口。

擦了会儿，顾容屈了屈指节，垂下眼眸，改了主意，说："拿着，自己擦。"

许念忙应了一声，赶忙去抓毛巾。

河风轻拂，柔柔吹着。

即便下过雨，临近中午温度依旧直逼37℃，后两天，也差不多仍是这个温度。

因为之前的事，只要不忙实验和上课，许念回家都特别早，不过顾容却还是八九点钟才到家，吃完饭两人就看看电视打发时间，偶尔会去河边散步。周一中午，寝室聚餐，本来打算晚上聚餐的，可沈家有事，沈晚晚上必须得回去，于是改到中午。

四个小姑娘一块儿吃饭，相对于顾容她们，就显得规矩老实多了，吃韩式烤肉喝果汁，聊聊天，再逛逛街买点小玩意儿就差不多了。

她们进店子买了些日用品，趁其他两个室友去结账，沈晚说："五月初四我小姨生日，你记得一起去我外公家。"

农历五月初四，即6月5号，这一天正值节气芒种，寓意仲夏的开端,既是播种也是收获的时节,又迎来梅雨季节,届时依然多雨湿润,气候湿热交加。许念一直算着这天的到来,点点头,回道:"嗯,好,知道了。"

"不用买礼物,别乱花钱,"沈晚特意说,"我小姨不喜欢整这些花里胡哨的,简单吃个饭就行。"

许念点头,只听进去了一半的话,吃饭肯定要去,礼物肯定要买,之前给她发的那二千四的红包恰好能派上用场,她这人没啥浪漫细胞,思来想去终于整出个自我感觉很有心意的方式,买个铂金坠子,自己编手绳,做一条手链。

至于买哪样的坠子,反复思量,各大金店都跑了一趟,最后买了个小巧的蛇形坠子,顾容属蛇,正合适。

坠子挺好看的,花了将近两千块,就是她手艺不行,手绳难编,要配上这么好看的坠子更是难上加难,耗费了约莫一个星期,勉勉强强完工。

顾容疑惑她最近老把自己关在房间里,于是问了两句。

许念支支吾吾,转移话题反问:"等几天你生日,准备怎么过?"

"应该要回家。"顾容说,与沈晚讲的一样。

说到底,她与顾母顾老爷子只是暂时存在不可调和的矛盾,哪有仇恨一说,生日必须要回去过,前天晚上顾母还打了电话,让她提前一天回家,届时要宴请亲戚朋友。

"晚上回来吗?"

顾容应了一声,说:"那天正好周日,家教结束后我让晚晚过来接你。"

"别,我自己坐车过去。"许念说,她去过顾家两次,每次去都是顾家办酒席,她家亲戚委实多,一口气都叫不过来,届时沈晚忙着应付叔叔婶婶们,哪来的时间。

顾容不应答,没说同不同意。

翌日天晴,七八点钟太阳高升,这个时间点水汽重,窗户玻璃上尽是水珠,院子地面亦是湿的,呈青黑色。两人没出去跑步,就在家里的跑步机上轮流跑,顾容先用,运动了半个小时让许念来。

许念还是第一回用跑步机,又新奇又不习惯。

顾容在旁边守着,见速度有些快,教她:"调慢些,不然跟不上会很累。"

许念照做,不过这回调得太慢了,又再加快些,跑步机上运动不像在马路边跑,调来调去,忽快忽慢便累得快。

她今天穿的还是之前那套露脐背心，细瘦的腰露在外面，虽然没有马甲线，但胜在平坦紧实，没有一丝赘肉，称不上性感，可格外地吸睛。

顾容不由得多看了好几眼。

许念速度没控制好，导致耗力快，顾容继续提醒她："别张嘴吸气，尽量规律呼吸。"

她边跑边应声，都听顾容的。知道自己不如对方有运动方面的经验，所以还是挺听话。

顾容在旁边守了一会儿，下楼喝水，顺道给她带了一杯。

即便很累，不多时就不太行了，整个人都快撑不住了，许念也坚持跑了挺久，意志力很强。

小女生在这方面就是比整天爱躺着的那些中年人厉害，很能自控。

八点半以后，温度逐渐升高，强烈的太阳光照进窗户，刺眼得很，温度一高，水珠蒸发、凝结得更迅速，高大茂盛的黄桷树叶子上不时就落下一滴水，许念身上也在不停滴汗。

真累了，下跑步机歇息，厅里四处走了走，然后到顾容那儿坐下。

两人都坐在瑜伽垫上。她大咧咧伸直双腿，手反撑在后面，身子微微后仰着，由于又累又热，汗水顺着流。顾容扭头看了下，这人颈间全是湿的，腰腹上挂着的汗珠湿漉漉地流，看起来这次的运动效果还不错。

"擦一下。"顾容递毛巾给她，又说，"这么爱出汗。"

许念接过："不是爱出汗，是天太热了，三十七八度走路都能热出汗。"

顾容不争辩，又将水拿给她。

水是温水，特意凉过的。许念顿了一下，用余光偷瞧对方，毕竟这开水是她昨晚亲自烧的，不可能一晚上就变温，她小口小口喝了半杯，把杯子直接搁在身旁，习惯性重新将手撑在身后。

太阳愈升愈高，水汽消散得飞快，当阳光逐渐斜射到两人面前时，许念这才直起身。由于反撑了太久，手臂有些僵硬有些酸，她暗暗小幅度地活动了两下，然后埋头喝水。

阳光有些刺眼，她眯了眯眼睛，抬手遮挡，问："现在要不要洗澡？"

运动完浑身都是汗，必须洗澡换衣服。

"你先洗，我再歇一会儿。"顾容说道。

许念没立马起身，而是陪着坐了十几分钟，回房间又待了许久才找换

127

洗衣服进浴室。

顾容还在瑜伽垫上歇息，她扭头看向浴室那边，耳中只听到花洒淋水的声音。早晨的太阳升得快，不到半个小时的工夫，先前落到面前的阳光已经慢慢移到窗户那儿去了，她拿着水杯站起来，将瑜伽垫放回原位，又收拾了下厅里，下楼。

天气预报显示今天的温度最高可达38℃，洗完澡出来，先凉快了一阵，之后就渐渐变得燥热。许念把楼上的窗户都打开通风，突然发现燕子窝里多了四只小家伙，毛少得可怜，丑萌丑萌的，仰着脑袋啾啾啾地叫，给寂静的院子增添了许多生气。

许念告诉顾容这事，略吃惊："都不知道什么时候产的蛋，应该是今天才孵出来的，昨天都没动静。"

她高兴得很，毕竟现今少见燕子筑巢孵蛋，觉得十分新奇，也有点激动。顾容笑笑，说："之前我就见到了燕子蛋，都有十几天了。"

"我看书上说，燕子是雌雄鸟共同孵卵，半个月左右幼鸟出壳。"

顾容微笑着，没想到她还知道这些。这人似乎很喜欢那窝雏鸟，兴许是成年人天生就对幼崽有着怜惜疼爱之情，再联想到她的态度，假意随口问："你喜欢小孩子吗？"

这次轮到许念一头雾水，一时半会儿没转过弯，上下嘴皮子碰了碰，吞吐说："还好吧……"

顾容跟她聊了会儿，都是些有的没的。

一连几日高温，6月1日儿童节那天终于下雨，雨势虽不大不小，但凉风阵阵，让人舒适至极。这天班上的男同学们特地给两位女同学准备了额外的小礼物——每人都有零食吃，许念和沈晚要多一罐水果糖，机械男女比例着实夸张，女生都是宝。

她俩买了些小零食回赠给全班男生，一群成年人过儿童节过得比小学生们都开心。许念抱着糖罐子回家，顾容不在。晚上回来才看见桌上摆着一个装着糖果的大玻璃罐子，于是问了句："你买的？"

许念如实地说："今天儿童节，班上买的。"

顾容哑然。

许念抓了把糖递过去，问："吃糖吗？"

顾容拒绝："不吃。"

许念哪管她怎么回答，直接将糖塞这人手里。大概是摸准了顾容的脾性，她变得有点放肆，以前不敢做的事现在都敢做了。

顾容收下糖，真不吃，最后放进了床头柜抽屉里。

夜里阴雨绵绵，翌日依旧下雨，顾容上午就回顾家了，许念今天有课有实验，忙到晚上九点多才到家。她有些饿，打开冰箱准备弄点吃的，门一开却看见冷藏室最上层放着两个芝士小蛋糕。昨天冰箱里可没有蛋糕，定然是顾容今天买的，蛋糕包装盒上印有蛋糕店的名字，店子位于西区，没有分店，全城仅此一家，许念去家教时常看见这家店，不过没进去买过东西。

她把小蛋糕拿出来，一顿晚饭就这么将就了。

约莫十点，顾容打电话通知今晚不回来，顾家那边有事要忙，她没提冰箱里的蛋糕，好像笃定了许念会发现一样，一通电话没超过两分钟，那边有人在叫，她匆匆挂断电话。

对于许念来说，生日就是吃顿丰盛的饭，但对顾容来说不是，宴请亲朋好友都是其次，主要是要请到那些与顾家有生意往来的老板和当地的名流，说白了就是借个由头搞交际，即便她不喜欢搞这些，但顾老爷子坚持。

三四号两天，顾容只有一天晚上回来过，许念知道她忙，故而不打扰。转眼到6月5日，这天天阴，凉风飒爽，手机显示晚上有雷阵雨。

这天儿阴沉沉怪吓人，怕突然落雨，许念出门家教前特意带了一把伞。

家教结束已是十一点钟，天色一如既往，随时大雨将至的样子。许念走出小区，考虑是打车过去还是坐公交，打车十几块钱，坐公交半个多小时，怕来不及，想了想，决定打车。

下一刻，手机屏幕忽而亮起，顾容来电。她疑惑，接通，对方先开口："在哪儿？"

她一时之间脑子卡壳，"啊"了一声。

顾容说："我来接你。"

许念立马报地址，想再说什么，对方已经挂断电话，两三分钟后，白色奔驰出现，她之前与顾容说过自己在这条街家教，对方应当记住了，只不过不知道具体的地址。

上了车，她有些不好意思，轻声道："我认识路，可以自己过去的。"

顾容发动车，掌着方向盘说："回来拿点东西，正好赶上这个时间。"

许念愣了一下，没吭声。

从西区到新区有一段路尤其堵，耽搁了二十多分钟才得以穿过，这期间顾容的手机不停响动，她只拿起来看了下，而后掐断，当再次响起时，直接开启静音模式。

许念看在眼里，大致能猜到来电者的身份，无非就是顾容那几个兄长和姐姐，犹豫片刻，斟酌道："今天很忙？"

顾容一面打方向盘一面淡淡说："还好，都是些无关紧要的事，轮不到我去做。"

许念摸不准这话是真是假，觉得还是不要继续谈这些，于是把话头引开。过了堵车的那段路，接下来十分顺畅，不多时便到了顾家门口，下车前她再次问："晚上回去吗？"

前几天就问过这话。

顾容点头："走之前给你打电话。"

许念下意识摸了摸短裤的口袋，纠结一会儿，到底忍住了现在就把礼物送出去的冲动。

两人一下车，顾容她姐也就是沈晚的老妈顾秋就走了过来，她先客气地招呼许念，然后喊来沈晚，再将顾容带走，边走边低斥："爸到处找你，一声不吭就走了，要不是大哥挡着，铁定又要闹。"

顾容沉默寡言，清清冷冷走着，看起来不大想参与顾家这场交际宴会。

许念不由得注视她们，直到沈晚过来拍她肩膀。

"刚刚我还在跟宁姨她们说你呢，想着你应该在家教，本来想去接你的，结果小姨说她有东西落下了要过去拿，我就让她顺道去接你。"

许念"嗯"了一声，两人朝里面走。

顾家的大客厅里满是宾客，后花园中也有许多人，大家都穿得比较正式。许念忽然感觉局促，有些格格不入，好在沈晚也穿着随意，勉强没有那么尴尬。

宁周怡主动叫她，季雅、万姐几个纷纷打招呼，大伙儿都挺照顾许念，做什么都带着俩小女生一起。

许念从头到尾跟着沈晚，除了吃就是听大家聊天，别人聊正事时她会识趣走开。

晚些时候，她遇到了顾母。

顾母并非那种苛刻板着脸的人，相反，说话和和气气的，处事大方得体，见了许念还会主动问两句。

许念觉得她像港剧里的贵太太，有涵养，会待人处事。

沈晚搂着顾母的胳膊撒娇，一口一个外婆喊得又甜又亲密，哄得顾母喜笑颜开，高兴得很，末了，还带着她俩去见自己的老姐妹们。

顾母思想比较守旧，且读书不多，在她的观念里，大学生就是知识分子，知识分子就是好的，值得骄傲值得尊敬，故而她特意乐呵呵地向自己的老姐妹们介绍许念："我家晚晚的朋友，许念，G大的学生，这孩子读书特别厉害。"

因着这事，许念一晚上都在想顾母和顾容之间的事，以及母女俩的关系为什么会搞得那么僵。

顾容喝了不少酒，不能开车，大约凌晨，她打电话给许念，让她到顾家门口等着。

顾老爷子的秘书将两人送回宽北巷。

刚进家门，天上下起了小雨，沙沙沙地响。

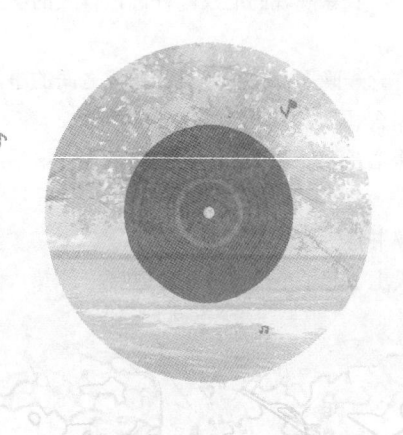

生日快乐

[第 9 章]

凉风往屋里刮，乍然有些冷，许念将楼上楼下的窗户基本都关了，只留楼下客厅的不关。两人轮流洗澡，顾容喝了那么多，身上一股子酒味，她进浴室待了大半个小时，许念担心她醉倒，便一直守在外面，等这人快洗好了才悄悄走开。

今晚似乎供电不太足，灯光较往常更暗些，顾容换了身丝质薄款睡袍，吹干头发，到一楼客厅的沙发上窝着，打开电视等。

许念动作迅速，她还记挂着送礼物的事，怕对方先睡了，随随便便冲两三分钟就结束。两人默契地一前一后到楼下，现在是6月6号的凌晨，早已过了顾容的生日，但她还是坐到沙发上，轻声说了句："生日快乐……"

在顾家时，顾容走哪儿都被一群人围着，根本没机会接触到她，眼下回了家，终于可以独处。外面沙沙的小雨渐渐变大，不一会儿哗啦啦直落，凉爽的风穿过窗户朝这儿灌，舒适得很。顾容的脸颊有点红，酒意微醺，但意识还是清醒的，她扭头看了看许念，大概知道对方要做什么。

"要不要喝点水？"许念关切问，顺手倒了杯水递给她。

顾容接了，但没喝，而是将其放回茶几上。

"不渴，歇一会儿就行了。"

许念好笑，说："你一晚上都在喝酒，晚点我煮点醒酒汤，你喝了再去休息。"

顾容没应答，不知道在想些什么，许久，端起杯子喝水，说："没喝多少，我有分寸。"

许念不信这话，想也没想就凑到她面前闻了闻，说："洗了澡都还这么重的酒气，这还没喝多少？"

言讫，许念忽而意识到自己可能过于放肆，同样怔了一下，慢慢退开。

电视里正在播放新剧，演员都是些生面孔，剧情节奏紧凑，主角之间互动进展明快，暧昧又欢快，顾容转头盯着电视，不言不语。许念心头有许多要说的话，可不知从何说起，生日礼物就在短裤口袋里，想拿出来却不晓得该怎么拿，纠结半晌，还是没有，她挪了挪位置，挪到与对方胳膊挨着胳膊。

"小姨。"她喊了一声。

顾容不解，"嗯"了一声应答。

许念嗫嚅，张张嘴，改口说："你今晚许愿没有？"

她们是切了蛋糕再回来的。顾家给顾容准备的蛋糕足足有三层，很大，也很精致,她昨天去蛋糕店看过,这种三层大蛋糕,起码得五位数起。切蛋糕时人多热闹,顾容闭眼不到十秒就睁开了,兴许没许愿。

果不其然,这人说:"最近没有愿望。"

两人谁都不出声,屋子里只有电视机里传出的声音和外面下雨声,凉风一阵一阵地吹,倏尔又停歇,即便开了门窗,客厅中也有点闷闷的。

很久。

"小姨。"许念柔声说,"生日快乐。"

外面的雨更加大了,雨点打在瓦片上汇聚成一股股水流,顺着青瓦组成的沟直直滑落,流到院坝地面上,大门院墙后的三角梅在风雨里显得无比柔弱,没有遮挡,只能被浸湿摧残,枝条随风摇曳。

水浸着花儿,再缓缓滴落。

许念声音微哑:"等我一下……"

而后起身去了厨房,不多时端着蛋糕红酒出来,客厅里没开灯,仅电视机的亮光照着,她将蛋糕红酒放在茶几上,然后从短裤口袋里摸出礼物。

这礼物实在寒碜,连个礼品盒子都没有,被这人捂在兜里捂了一天,拿出来时坠子都是热乎的,她蹲下身,给顾容戴上。

"生日礼物。"她有些没底气,顾容今天收了那么多礼物,随便哪一样都比她这个更贵更好看。

虽然说心意最重要,但摆到一起时难免会有比较。

顾容看着手上的链子,再看看茶几上的慕斯蛋糕,包装盒上的商家是她熟悉的,前几天刚在那里买过芝士小蛋糕,眨了眨眼,问:"什么时候买的蛋糕?"

"昨晚下的单,今早八点半店家开车送过来的。"许念如实说,蛋糕不大,只有八寸,不过已经足够她们吃了,她俩肯定连三分之一都吃不完。

她将蜡烛点上,然后抬头盯向对方,顾容笑了笑,俯身过去将蜡烛吹灭,两人都不按庆祝生日正确的顺序来,一个不唱生日歌,一个吹蜡烛前不许愿。

顾容将红酒开了,给许念倒了小半杯,静静喝酒。

"吃了蛋糕早点睡,明天还不要上课。"

许念愣愣,神色略复杂,明白这是什么意思,垂了垂眼皮,一声不吭,好一会儿回道:"明天没课。"

原本周一有课,但考试后就结课了,明儿空闲。

顾容没说话，切了块蛋糕给她，顿了一下，又给自己切了一小块，慕斯蛋糕软甜，入口即化。

雨没有丁点儿要停歇的架势，反而越来越大，啪嗒啪嗒滴落，像用盆倒似的，阵势骇人，好在没闪电打雷。吃完蛋糕，恰恰凌晨一点四十，红酒只剩小半瓶，许念小口小口地喝着，不慢不紧，酒流进喉咙里，热意向四肢百骸蔓延。

顾容就这么放任她。

凌晨两点，关了电视上楼睡觉。

顾容起身要走，却发现许念坐着不动，以为这是喝醉了，便想拉拉对方，不料却先被拉住。

夜黑，看不太清楚周围，但她能清晰地感受到对方。顾容沉声说："许念，你喝多了。"

许念不承认："没有……"

持续不断的大雨倾盆而下，院坝里积了不少水。

现今正处下半夜，整条宽北巷都是静悄悄的，只听得到哗啦啦的雨声，离这儿不远处的路灯不知道什么时候坏了，黑魆魆一片，红砖房里也四处漆黑，沙发上的两人为空寂的屋子增添了两分温度。

凉风裹着雨往大开的门窗里吹，许念挣扎了片刻，最终还是倒在对方肩头。

两人四目相对，因着夜黑看得不是太清楚。

许念斟酌了好半天，似乎有话要讲，但又说不出口。憋了半晌，像是下定决心了，可一张嘴却吞吞吐吐的，还是不行。她压着声音，脸上的表情都拘束得很，双唇翕动："我……"

说到一半没了下文。

顾容反问："你什么？"

许念顿了半晌，怎么也开不了口。

顾容又一次笑了笑，被这个傻人逗乐。

翌日天晴，大雨清晨时分停歇，整个G市都水蒙蒙的，红砖房经过雨水的冲刷，颜色显得更红更深，院坝里掉了一地的树叶，靠近大门这边的三角梅掉落不少，全都粘在湿漉漉的地面上。

日上三竿时，水汽逐渐散去，房子上的水缓慢变干，许念先睡醒睁眼，动了动："小姨……"

顾容说："该起床了。"

许念赖床不起。

顾容又说："我下午得出去，再不起来就要迟到了。"

许念扭头看了看挂钟，说："还没到十二点，不急。"

等收拾好　切下楼吃饭，将近下午一点。顾容真有事要做，两点多招呼一声开车出门。

许念没事干，收拾昨晚制造的垃圾，并将没吃完的蛋糕放进冰箱，考虑到她俩吃不完那么多，又送了一半给对面的婶子家。

顾容是去找严旭的，有点工作上的事要处理。

她戴着许念送的生日礼物，手链做工实在粗糙，与自身的穿搭非常不配，严旭看到，随口问："昨儿别人送的礼物？"

"嗯。"

"看起来像自个儿做的。"严旭不怀好意笑道，"谁啊？我认识不？"

顾容不愿多回答，于是敷衍说："以后你就知道了。"

严旭啧啧两声，说："藏得还挺深，说了我们还能欺负她不成？"

顾容懒得搭理他。

严旭也不再多问，突然想起了什么，问道："上回那个相机现在怎么样了？还能用吗？"

"能用，没什么大问题。"

"那就行，"他点点头，绕过桌子打开抽屉拿出一个全新的相机和镜头，"这个你拿走，前几天专程让朋友带过来的，要是你那个坏了正好可以拿来将就用用。"

也是佳能相机，但比许念那个二手相机好得多。

顾容没要，说："有一个就够了，你自己留着。"

不要就是不要，不是矫情，严旭了解这人的脾性，倒不多劝，把相机收走，镜头扔给她："那把这个拿着。"

顾容也不客气地收下，在乱糟糟的房子里转了两圈，严旭没管她，兀自忙自己的事。她故意挨到天黑才离开，像是有意避开许念。

到底没经验，如此相互装作若无其事了两天后，许念先沉不住气，第三天顾容出去的时候，她一面收拾东西一面问道："出去做什么？"

顾容仍是那个回答："有事。"

许念眼神沉了沉，差点没绷住脸色，生硬说："早点回来。"

顾容打开车门弯身坐进去。

"我等你。"许念继续说。

顾容愣了一下，发动车子。

这一天她确实比前两天更早回来，不过不是自己开的车，而是严旭开车送回来的。严旭没进来，只将她送到门口，但许念在二楼看得清清楚楚，车窗没关，下车前顾容还熟络地与严旭聊了几句，两人看起来关系匪浅。

许念等到顾容进门了，有些拧巴问："他是谁？"

顾容淡定得很，轻飘飘回道："一个朋友。"

许念的表情这才缓和些，又问："怎么是他送你回来？"

顾容看向她，解释道："车送去保养了，正好他来这边办事。"

这话说得坦坦荡荡，像真有那么一回事一样，许念没言语，倒被她看得有些心虚，不着痕迹地别开了眼。

周三，实验室的大四学长学姐请许念帮忙拍照片，本就无事做，她就去了，送个顺水人情。这一忙就忙到快五点半，巧的是，快走到家门时，远远地，她就看见了严旭的车，且顾容和严旭正站在门口聊天。

许念微微皱眉，下意识担心这个男人和顾容有什么关系，莫名警惕，怕他把人带走，到时这儿又只剩下自己。

那边，严旭第一次遇到许念，看见对方眼神不友好，还疑惑了下，忽而又瞧见对方手里的相机，顿时什么都想明白了。

他笑了笑，了然，说："我就说你最近怎么老往我那儿跑。"

顾容默然，用余光看了眼正向这边走来的许念。

严旭这人就是爱凑热闹，故意离她近点，揶揄了两句。

"个儿长得倒挺高的，这张脸就年轻得很，肯定没二十，比你那个侄女还小。"

顾容暗暗睨他一眼，这厚脸皮嘿嘿笑着。

他俩清清白白，但在许念的眼里却不是这回事。她瞧见严旭主动靠近，一向不喜欢别人离自己太近的顾容竟没丁点儿排斥，反倒耐心听着。那男人一脸堆笑，长得没有她高，可胜在生得周正，衣着打扮不凡，头发两边剃短中间扎起，看起来有些雅痞，许念与他对视，对方朝她笑。

她冷脸不回应，瞥了瞥不为所动的顾容，心里登时憋得慌。

见她走近了,严旭故意问:"阿九,这是?"

许念站顾容旁边,反正不开口。

顾容瞧了下她,清冷简短道:"许念。"

严旭连忙"哦哦"两声,伸出手自我介绍说:"小同学你好,我是阿九的……朋友,严旭,严格的严,旭日东升的旭。"

许念脸色变得更奇怪,总觉得这人一张脸哪儿哪儿都不顺眼得很,但隐忍不发,面无表情地抬手,冷冷淡淡回:"你好。"

严旭这厚脸皮的货乐呵呵与她握手,搞得像正式面谈似的:"之前一直在忙,没时间来这边看看,正好这几天得空,以后一定常来。"

顾容看他一眼,严旭咧嘴乐,许念见这两人眼神互动,觉得分外碍眼,不咸不淡"嗯"了一声,想转身就走,可不愿给他俩单独相处的机会,便不动声色将半边身子横挡在中间。

严旭有眼色,懂得适可而止,自顾自说了几句,直接将车开进了院子里,这是要蹭一顿晚饭再走。

许念连眼神都不愿分给他,然而严旭着实讨人厌,她们在厨房洗菜时他就跟进来帮忙,时不时就问两句。

"小同学多大了?"

许念埋头做活,冷淡说:"二十。"

"二十,也挺小的。"严旭拧了拧眉,思忖,"阿九二十八,我三十二,再过两个月就三十三了。"

严旭说话的时候难免会带有主观性和自己的考量,即便当时没任何恶意,但说者无心听者有意,另外两个皆默然不语。他自己也察觉到不对,识趣打住,改口说:"年轻有活力有朝气,不错的。"

一顿饭吃得尤其怪异,严旭吃饱喝足还不打算走,跟大爷一样坐沙发上玩手机,真自来熟得很。

经过一顿饭的时间,许念渐渐也察觉到不对劲儿,这人的种种表现未免太刻意了点,真对顾容有意思的话,饭桌上连菜都不帮忙夹一筷子,这算什么?

趁顾容在洗碗,她坐到严旭旁边。

严某人话不停,但绝对时刻保持距离,他面对顾容时也一样,站得再近,可一定不会碰到挨到。

嘴里贫,行动上老实得很。

许念倒了杯水给他，态度有些软化，他简直受宠若惊，急忙言谢，还特意说："我自己来就行，别客气别客气。"

说是别客气，手上端起水就喝。

许念给自己也倒了一杯，说："没事。"

喝了一口，继续说："以后可以常来这边坐坐。"

严旭脸上的表情僵了僵，都快绷不住了，眼神复杂地望向厨房那边。

"严先生住新区哪条街？"许念状似不经意地问。

"兴合街，靠近会堂那儿，有空可以来玩儿。"严旭说，"你跟晚晚是大学同学？"

"嗯。"

"我这两年都在国外待着，难怪没见过，阿九倒是经常回来，哎，你俩什么时候认识的？"

"去年九月。"许念如实回道。

严旭挑挑眉，看起来有些惊讶，似乎在思索什么。

两人再聊了会儿，严旭基本只问许念的情况，即便聊到顾容也会带上她，聊着聊着就被许念牵着走，他自己慢慢反应过来，明白许念这是在试探，登时了然笑道："你倒是机灵。"

许念只看了一眼洗完碗出来的顾容，没回话，严旭住嘴，朝顾容使了使眼色。时间不早，他喝完水打声招呼就走，顾容还没动作，许念先开口："我送他。"

顾容愣了愣，她其实没打算送严旭，车就在院坝里停着，有什么好送的。

许念真走到院里，等严旭开车出去再回来，临走时，严旭应该和她说了几句话，隔得远，顾容自然不知道说的什么，等许念进屋，随口问："你们聊了些什么？"

"随便聊，没什么。"许念说，确实是随便聊，没说任何要紧的话。

顾容将他俩用过的杯子收拾进厨房洗，刚拧开水龙头，许念走了进来。顾容懒得搭理这人，继续洗杯子。

"普通朋友？"许念问。

顾容十分实诚，说："好朋友。"

她跟严旭这么多年交情了，要能发生点什么早发生了，哪可能是许念想的那样。

许念站在一旁，视线直勾勾的，不知道在想些什么。顾容没管她，低头做自己的事情,佯装淡然地继续清洗。洗完再放旁边,谁知刚放稳,这人又靠了过来。

"许念……"她无奈说,提醒某人快让开些,别在这儿挡着,"你过去点,挡着我了。"

可惜许念厚脸皮跟听不见一般,非但没走开,反而凑近要帮忙。

"我来洗。"许念柔声说,抬眼转头看她一下,拿过水杯,有些过分殷勤,本来人家都快洗干净了,非得过来捣乱,洗个杯子而已,还得争来争去的。

顾容没和她争,让开点收拾其他地方。

厨房里干净齐整,每天都打扫,其实也没啥好收拾的。外面的天逐渐变暗,太阳隐进了另一边,天空蓝湛湛一片。

望了望外面,打开灯,厨房里登时亮堂不少,许念帮着收拾,边干活边有意说:"你和严先生认识多久了?"

问话的语气略生硬。

顾容想了想,如实说:"差不多十年,十八岁就认识了。"

许念别扭地"哦"了一声。

不了解对方的圈子,会产生这种心理很正常,毕竟认识顾容也有那么久了,结果今天才知道有严旭这么一个人,不止严旭,还有许多其他的人。

顾容没多解释,不在这些不必要的事情上浪费工夫,拧开水龙头洗手,问:"这几天在忙什么?"

许念沉默了半晌,回道:"学习,做实验,今天去帮学长学姐他们拍了毕业照。"

顾容点点头。

看她风轻云淡的样子,想起之前的事,许念一时无话,欲开口问问,可不知从何说起,纠结许久,才闷声说:"那个事……"

话刚出口,又打住。

顾容没甚反应,倏尔望着她,问道:"哪个?"

如此直接,许念一时之间愣了愣,而后还是开不了口。

顾容有心逗她玩儿,又问:"什么事?"

许念憋了半晌,开不了口。

许念最后还是没有说出来,当了哑巴。

顾容看她一眼,说:"傻样。"

许念不好意思地摸摸鼻头,俨然是没那个脸再继续这个话题了。

顾容也不逼她,后面就不调侃这人了,只又笑了笑,有些无可奈何。

到底是小孩儿,对方说什么都会往心里去,随便一句话都会上心。

许念放下手机躺床上,柔白的灯光此时显得非常刺眼,她抬手遮住眼睛,隔壁大房间的门忽然打开,而后响起轻微的走路声,顾容进了浴室,不多时,传来哗哗的水流声。

浴室的水流声响了约莫十分钟,顾容洗完出来,很快进了大房间,之后吹风机呜呜响。

许念侧身朝着那边,烦躁得很,干脆关了灯安心躺着。

不知道什么时候,吹风机声音停了,窸窸窣窣一阵,大房间再没有任何动静——顾容应当睡了。

许念清醒得很,好几次,她都有想起身过去敲门的冲动,但硬生生忍住,反反复复翻身,下半夜里,兴许是乏了,这才蓦地想起,她那天要说的话还没说完呢。

这一晚上,许念的心境跨度之大,一会儿想这里,一会儿想那里,迷迷蒙蒙之际,她又记起之前的一次。

周四,五月初五,端午节,又是三天小长假。

不过这次大伙儿没约一块儿玩,端午还是得一家人一块儿过,故而顾容回了顾家,她本想带许念的,但许念不想去,于是临走提醒说:"冰箱里有粽子,记得热热再吃。"

许念送她进车,快关车门时问:"晚上回来吗?"

"你可以跟我一起。"顾容不正面回答,"过去待两天,反正他们都认识你。"

意思就是可能要在家留两天。许念愣了愣,把紧车门,顾容要离开这么久,心情顿时有点复杂,可犹豫片刻,还是松开手轻轻关上车门。总不能每次过节都往别人家跑,虽然顾容对她来说不算别人,但总归不太好。

"路上注意安全。"她说,尽量不表现出自己的情绪,"我就不去了,最近都没怎么看书学习,需要巩固一下,放假回学校实验室那边还有比赛要忙,得提前做准备。"

顾容扭头看了一眼,嗫嚅半晌,最终还是默然开车走了。

许念站在门口目送她离开。

端午节这天，宽北巷依然空寂安静，车一走远，整条巷道便空荡荡的。太阳光强烈，绿油油的树叶都快能泛光了，天气变得燥热。对面房子门户大开，婶子正在清扫院子，见了许念，热情送上两个粽子，笑吟吟说："我昨晚上包的，咸肉蛋黄粽，正好你和顾小姐一人一个。"

许念言谢，没说顾容回家了。

婶子拉着她聊了会儿家常，直到屋里有人喊，婶子歉然说："记得煮米吃，我先回屋了啊。"

一个人过节无聊且寂寞，其他家热热闹闹，自家冷冷清清，许念午饭就吃了个粽子，躺床上看了一下午的剧。粽子难消化，晚饭的时候她并不饿，打算看看书吃点水果就睡觉。

这时手机屏幕亮起，微信消息弹出，宁周怡发来的："端午节安康。"

刚划开屏锁，第二条消息传来，是一张可爱的小猪表情包，小猪笑得特别傻气。

许念思索片刻，回复："端午节安康。"

也配了一张带笑的图过去，算起来这是两人第二次聊天，宁周怡最近好像特别忙，都没怎么见过她。听沈晚说是公司有事抽不开身，大家出来聚会，她基本都缺席了，顾容生日那天也只待了半天多，晚上匆匆告别，现在这是忙过了？

正想着，宁周怡问："吃粽子没有？"

许念恰好得空，闲得无聊，干脆脱了鞋坐到床上打字："吃了，你呢？"

宁周怡："肯定的，今儿一天都在吃，腻得慌。"

许念笑了笑，G市这边一般吃咸粽子，包的是鲜肉咸肉蛋黄这些，吃一个两个还好，多了就会腻，她想了想，低头打字，刚打了一排，消息蓦地弹出："在做什么？"

宁周怡知道主动找话聊，不想冷场，聊天一冷场就离结束不远了。

许念："准备看书。"

那头，宁周怡坐在车里摇下车窗，四周寂静，弥漫着浓郁的栀子花香。她瞧见"看书"两个字，挑挑眉，回道："这么努力，端午不出去走走？"

许念实话回复："不想出去。"

宁周怡知道顾容回了顾家，心里门儿清，再问："一个人？"

聊天界面好一会儿没动静，许久许念发来消息："嗯。"

巷道里有车驶出，司机按了下喇叭，示意挪一下，她就将车转到左边角落里停着。

与此同时,许念家的大门紧闭,只二楼的窗户开着,不多时窗内闪过一个人影——许念下楼接水喝,边走边翻朋友圈。沈晚发了许多家庭合照,其中有一张顾容的独照,不过只有背影,这人一身鲜红吊带短裙,头发随意扎成一团,懒散又性感。

顾容的朋友圈空无一物,什么都没有,头像仍旧是大写字母"R",她俩的聊天内容少得可怜,就之前那些寻常的问话。许念想问问她在做什么,斟酌一会儿,打了一长串内容,迟疑了下,还是删了,本来不跟着过去就是不想打扰顾家团聚,这个时间点应该在聊天叙旧、准备吃晚饭,晚一点再说吧。

她退出朋友圈,宁周怡没有回消息。

上楼,在窗户边站了两分钟,这里能看到南巷口那儿,可许念没左右望,只远眺对面,喝完水进房间看书。

约莫七点半,她有点饿,准备下楼煮面将就吃。正要起身时手机铃响,宁周怡来电,她不解,疑惑片刻接通,对方先开口:"还在看书?"

许念"嗯"了一声。

"吃饭没有?"宁周怡问。

此时太阳早已下山,但天还没黑下来,天空呈现出灰白色,凉风阵阵,或许是地势和房子布局的原因,巷道里的风特别大,许念感觉风直往脸上吹,便赶紧拿东西压住书桌上的纸张。

电话那头呼啦呼啦的,应该也是起风了。

"没,正准备煮呢。"许念随口说,听到电话里的风声,有种这人就在附近的错觉,不过立马又觉得不可能,今天顾容都回家了,宁周怡怎么会出来。

"我也没吃。"宁周怡笑道。

许念一怔,不知道该怎么回。

"要不要一起吃个饭?"对方继续说,怕她不同意,又解释一番,"家里人都出去旅游了,今天在公司加了一天班,正好路过宽北巷。"

许念有些为难,张张嘴,一时半会儿找不出拒绝的话,思忖须臾,委婉转移话题:"公司怎么了?"

"底下有份合同没处理好,不过问题不算太严重。"宁周怡说,"我现在就在南巷口这里,周围都在支摊儿了,应该有挺多吃的,对面有家大排档,看起来还不错。"

因为上头有规定,这些夜市小摊都必须遵守相关规定出摊,有特定的位置,卫生条件得符合要求,故而这一大片看起来还算干净,不至于臭烘烘、乱糟糟的。

话都说到这份儿上,许念再拒绝就显得太故意了,她收拾一番出门,出门前沈晚给她发节日问候,并顺道问了两句。

虽然天还没黑尽,但南巷口已经亮起了灯,她穿得比较随意,脚下趿拉着拖鞋,背心短裤,反正只是出一趟家门,宁周怡算是熟人,没必要整得那么正式。

最近天热,她瘦了点,显得身形越发高挑,只一双细白的长腿便十分吸引人眼球。到南巷口就两三分钟,由于车停靠在角落里,她一开始还没寻到人,甫一转身,差点撞上宁周怡。

宁周怡没说谎,真从公司过来的,身上还穿着正装,天儿热,她把外套脱了,白衬衫很显身材。许念和她一起进大排档的店里,外面吃更有氛围,但店里有空调凉快。

这个时候的顾家正准备吃饭,沈晚这妮子玩手机玩得起劲儿,顾容叩了叩她面前的桌子,她当即乖乖收手机,悻悻道:"在和阿念说事儿。"

沈晚讪讪笑,特意解释说:"正在说,但是她要出去吃饭了,只能晚点再聊。"

出去吃饭,顾容顿住,神情微动,问:"去哪儿吃?"

沈晚下意识回道:"应该是巷口那儿吧,宁姨也在,请她吃饭呢。"

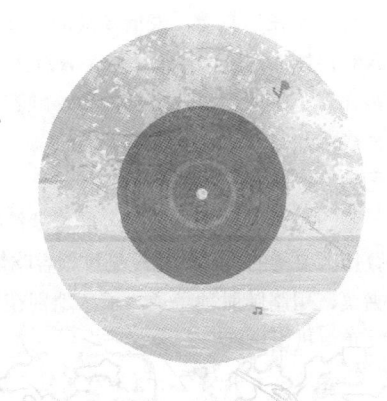

相 互 取 暖

[第10章]

宁周怡向来对身边的人都比较上心，重情重义。但这次有些过于热情了，顾容皱了皱眉。

沈晚还以为是自己"扯谎"惹到她了，立时噤声，拿筷子拿碗，等大伙儿入座了安静吃菜。

一大家子齐聚，气氛有点凝重，长辈们表面有说有笑，实则都在顾及着顾老爷子的脸色。顾老爷子一直严肃板着脸，很少说话，一开口桌子周围马上落针可闻。顾母坐在他左边，表情淡淡的，显得不亲近也不疏离，每一个动作都透露着得体，又做作得很，像是有意而为之。

兄长姐姐都在谈论生意、事业之类的事，顾容吃到一半，拿出手机发微信给许念："在哪儿？"

聊天界面毫无动静，对方应当没看手机。

沈晚偷偷瞥了眼，可没看到具体的内容屏幕就被摁灭，她好奇看向顾容，迷惑这是在做什么要紧的事，她还没见过顾容吃饭时玩手机。

沈妈妈给她夹菜，用胳膊肘顶了顶，示意她别在饭桌上搞小动作，沈晚朝沈妈妈笑笑，兀自扒饭。

不到两分钟，顾容摸出手机又看，还是没回复，顾老爷子问了一句话，她根本没注意，自然不知道问的什么。全桌人都望了过来。沈晚假借埋头的机会，悄悄讲："问你最近在忙些什么。"

顾容处变不惊，淡然道："没忙，在休息。"

对于这个态度，顾老爷子非常不满意，脸色登时变得冰冷，顾大哥打圆场："阿九这不专门回国休整半年吗，本来就是为了休息，是该歇一歇。"

沈妈妈机敏，马上附和："阿九经常来我那儿，有时候会帮我理理公司的任务。"

顾老爷子的脸色这才缓和了点，不过仍旧难看，顾容没有要辩解或是讨好他的意思，顾母亦一旁观，全然不关心饭桌上的暗涌。本来今天大家都过得挺融洽，这么一搅和，顿时不对劲得很，兄弟姐妹几个尽量聊些轻松的话，免得起争执。

沈晚大气都没敢出一声，鹌鹑似的埋头吃着，等吃完饭，她想找顾容说说话，路过书房时，听到里面传来"砰"的一声响，顾老爷子气急败坏骂道："我管不到你，你有能力了，想做什么就做什么，本事大得很！"

她吓了一跳，手足无措站在门外走也不是，不走也不是，这不是第一回听到顾老爷子骂人了，但心里免不了胆战心惊。

顾老爷子就是家里的权威，大家都怕他。

除了顾容。

大概是真拿顾容没辙，顾老爷子声音越来越大，整栋别墅都能听见，但始终听不到另一个声音。

站了许久，沈晚有点担心，犹豫要不要进去，抬手刚想敲门，门开了，顾容从里面出来，瞧见她傻愣愣站着，关门，低声说："别进去惹他，早点睡觉。"

语气平静，没有一丝一毫的起伏，像是已经习惯了这样的争吵。

沈晚张了张嘴，顾容绕过她下楼，径直往门外走，她以为这是在置气，追上去悄声问："大半夜的，去哪儿呢？"

"回去。"顾容头也不回地说。

沈晚一怔，半晌才明白回去是回哪里，书房的门再次打开，顾老爷子冷着脸走出，他望了眼呆呆的沈晚，脸色变了又变，看样子确实气到了，憋了半晌，语气生硬道："她要去哪里？"

沈晚机灵，圆滑地说："就出去走走。"

怕顾老爷子多问，赶忙上去，说："您要不要到花园里走一下？今晚上星星多，可以看一看。"

顾老爷子望着顾容走出家门，哪能看不懂，冷声道："让她明天回来，整日朝外面跑，成什么样子！"

沈晚不敢多话，乖巧应下。

天上星空璀璨，地下也灯火辉煌。过了十点半，宽北巷渐渐热闹起来，虽然比不上美食街那边人多，但每家小吃摊的桌子都坐满了人。工作了一天，附近的居民们来这儿喝点小酒吃点东西权当放松，大家相互之间基本都认识，好些熟人纷纷和许念打招呼，顺道问一句宁周怡是谁。

许念不时同他们聊两句，宁周怡只在一旁看着。她俩点的都是一些稍微清淡点的菜，其中有一道清蒸海虾，宁周怡剥了一个放她面前，许念不习惯，委婉说自己来就行。

宁周怡识趣不再剥。

空调温度开得很低，正对她们这儿，许念穿得少，吹久了感觉冷，宁周怡瞧见，起身调整了下温度。

由于平时相处不多，许念不知道该说些什么，多数时候都是宁周怡在讲话，约莫十一点，许念摸出手机看了看，发现微信有顾容发的消息，一时之间怔了怔,悄悄回复:"在南巷口吃饭。"

"有事?"宁周怡眼尖问。

她收好手机,不好意思地说:"不是。"

宁周怡不深问,两人面前的菜还没吃多少,只有虾和粉丝吃得比较多,其他的基本没动过,她不慌不忙,一点不着急回新区。其间许念悄悄瞥了眼手机,没任何动静,过了一会儿铃声响起,宁周怡疑惑看来,她歉然起身接电话。

屏幕上是一串数字,没有备注,是许母打来的。许念走到店外的一处角落里接,母女俩相互无话可说,许母自觉没脸面对女儿,讲了不到一分钟就把电话给了她那妹妹。

小女孩怯生生喊了声"姐姐",软软糯糯说了两句话,接着电话里响起了一声洪亮的中气十足的男人喊声,小女孩立时回应。

许念有些烦躁,生疏冷淡地说:"挂了,我在外面有事。"

言讫,立马掐断电话。别人家端午再如何热闹,她能做到平常心对待,但对他们不行,可能对许母来说,节假日给大女儿打个电话问候,这是弥补,这是在乎,然而许念不需要,更不想看到他们一家在自己面前其乐融融。那边的欢声笑语,对比这边的冷冷清清,这跟给颗糖再给个巴掌有区别吗?许母活了大半辈子,还是拎不清。

好在许念习惯了这样,挂断电话就没事了,正巧,顾容发来消息:"跟谁一起?"

看着这四个字,许念觉得奇怪,隔着那么远,顾容怎么知道她跟别人出来吃饭了?乍一想,她出门前好像和沈晚提了下,兴许是那妮子说的。只是这语气看着就不大对劲儿,莫名有种被质问的感觉,也不知道是不是自己想多了,许念犹豫半晌,实诚回复:"宁姨,她正好路过这边,你在干吗?"

聊天界面一直显示对方正在输入中,可久久不见消息,许念在原地站了会儿,考虑到不好老是当着宁周怡的面看手机,打算等聊完再进去。

约莫一两分钟后,顾容:"哦。"

许念没来由心里一紧。

顾容:"在洗漱。"

站在这里看不见自家的情况,许念不由自主瞥了眼巷道方向,昏黄的路灯静静矗立,空气中弥散着花香和烤肉的香气,街坊邻居们边吃边小酌聊天，倒没人大声喧哗闹腾。

许念："刚刚在外面接电话，那我先进去吃了，吃完早点回家。"

顾容马上回复，不过就一个字："嗯。"

疑惑归疑惑，许念没多想，收好手机进去。宁周怡在等着，脸上丝毫没有一点不耐烦的神色，见她进来，问道："朋友打的？"

"嗯，是。"许念接道，不讲实话，她不想和外人聊这些。

宁周怡有眼力见儿，转移话题说："明天有空没有？"

许念剥了个虾，说："要看书，为比赛做准备。"

"什么比赛？"

"机器人大赛。"

宁周怡眼一亮，说："全国大学生机器人大赛吗？我知道这个。"

许念摇头，说："不是，只是一个市内的高校联合比赛，规模没有那么大。"

"那也很厉害。"宁周怡说，"我读书的时候什么都不会，整天就窝在寝室打游戏，要么就出去玩儿，学业全荒废了。"

她这话说得很诚恳，不是自得或是炫耀自己不读书也混得好，而是真心实意的感叹，她确实会说话，完全不会令人不舒服。

渐渐地，许念话匣子打开，两人一面吃一面聊，宁周怡没再说私人的话题，也不做任何邀请，尽量聊些有关学习、学校方面的内容。约莫十一点半，吃完离开大排档，宁周怡付钱，许念有点不好意思，对方佯作不经意地说："下回你可以请我。"

许念只笑笑。

"我送你过去。"宁周怡又说。

"不用，又不远，就几步路。"许念说，"你早点回去吧。"

宁周怡很会做事，一听就明白，上车离开。

许念等她开出南巷口才转身回去，巷道里寂静，偶尔会有人过路，一抬头，许念忽地瞧见家里二楼开着灯，霎时还以为进贼了，等走到院门口，发现大门的锁是开着的，一颗心才落了地。

顾容回来了。

进院子，关上大门，许念看了看手机再上楼，二楼静悄悄的，大房间的门敞开，顾容倚在床头坐着看杂志，许念过去敲了敲门，她扭头望过来，可一言不发，神情淡淡的。

"什么时候回来的？"许念进去。

"没多久。"顾容说，翻了一页杂志。

许念倒了杯水递给她，借机坐在床边："我还以为你后天才会回来，今天过得怎么样？"

顾容顿了顿，说："还行。"

"喝水。"许念小幅度晃晃水杯。

顾容接过。

"周怡什么时候来找你的？"

讲完，低头喝水不与许念对视，走之前水壶里的水早喝光了，现在的肯定是这人重新烧的。

"好像是七八点。"许念说，"刚打算煮面吃宁姨就来了，她那时候正好路过这边。"

顾容将水杯搁床头柜上，一声不吭，面色虽然没什么变化，但明显有些不一样。许念机敏，察觉到她情绪有变，即便不知道哪儿不对，可还是当即结束这个话题，说："我中午煮的你留的粽子吃，味道还不错，对面婶子今天上午给了两个咸肉蛋黄粽，说有一个给你，我都留着等你回来再吃。"边说边往床上站，继续说，"要不要现在煮，正好当夜宵？"

大半夜吃粽子，亏她想得出来。顾容睨了她一眼，清冷回道："不吃。"

皱了皱眉，又说："身上一股味儿。"

在大排档待了半个晚上，一身油烟烤肉味，顾容不喜欢这味道得很，许念自个儿闻不到，她赧然，立即起身，说："那我先去洗漱。"然后飞快出去，收拾睡衣裤进浴室，一点说话的机会都不留。

顾容朝外边看了看，半抬起眼皮，把杂志放旁边，静静靠着床头。

浴室的水流声哗哗哗，许念飞速洗着搓着，不到十分钟就搞定，她今儿除了晚上，其余时间一直待在家里，身上根本就没怎么出汗，不用洗得那么彻底。洗完吹干头发，赶忙去隔壁，大房间已经关了灯，可门开着，厅里白亮的光斜进去投在被子一角，床上耸起一团，顾容背对门口躺着。

"现在还早，就睡了吗？"许念站在床边说，由于厅里的光照着，勉强能看见房间内的情况。

许念忽而想起了什么，于是轻声问道："怎么突然回来了？"

早上还表示不回来，结果晚上就回来了，她猜不出缘由，以为可能是和家里闹翻了，毕竟顾容与顾老爷子的关系一向不和。

顾容忍不住往被子里缩了点，假装镇定自若，说："有东西忘了拿，明天早上要用。"

"拿什么？"许念问。

顾容往边上挪了点，说："工作要用的东西。"

正值端午假期，工作……许念刹那间蒙了一下，想不明白哪样工作非得节假日赶，何况顾容最近就在休息，好像没接拍摄工作吧，犹豫片刻，憋住没多问。

"下次可以打电话跟我讲，我给你送过来就是，反正有空。"她说。

顾容淡淡"嗯"了一声，合上眼。

外边的天空星星繁多，天幕泛着昏黄的圆晕，偶尔凉风阵阵，吹得树叶沙沙响，窗户紧闭，空调的冷风呜呜吹着。许念感觉有点冷，想把温度调高些，空调遥控器在右边床头柜，要拿就得跨过顾容，她撑坐起来去拿。

"你怎么了？"许念凑近问。

有些不舒服，顾容扭头，偏生这人没丁点儿自觉性，顾容偏一点就靠近一点，她本来还有些气的，现今都快被这傻愣磨没了。

"没怎么。"她说。

"感觉你心情不太好。"许念低头，"跟家里闹翻了？"

又不是没被顾老爷子训过，这次还算小阵势，顾容懒得解释，不想说太多，她的性格就这样，不会过于直白地表达自己的情绪，情愿不声不响的，沉闷无趣得很。

许念和她性格相近但又有所不同，许念更主动些，她斟酌半晌说："我妈今晚也给我打电话了……不过我跟她没什么好说的，就聊了一会儿。"

她有一搭没一搭地分享近况，说："今天真有够无聊的，我什么都没做，本来想学习，结果连书都没翻一下。"

顾容挑了下眉，感觉得出她现在心情也不咋样。

这人惯来自律有安排，哪怕真觉得无聊，也不会对别人说，这是第一次。

心头一动，顾容紧抿薄唇，喏嚅道："你妈……"她纠结片刻，停了停，又继续，"说了些什么？"

对于许念来讲，家庭一向是非常非常私人的话题，她不愿多提，但面对顾容却不一样，大抵是因为家庭的不完整与亲情的缺失，许念对待朋友一向真诚认真，自知交流无比重要，面对顾容，她愿意敞开心扉，故而想了想，轻声说："今天端午节，就问了两句，然后让……秦可欣接电话，其实也没说两句着边的话。"

秦可欣,那个同母异父的"便宜"妹妹,许念接受不了这一家子,都没怎么相处过的人,完全不熟悉,她不想用对亲人的称呼来叫他们。

许念不伤心不难过,但肯定会有情绪,失落说不上,就是不太舒服,过不去心里那关。对家妯子都还知道送粽子呢,亲妈却只打电话做做样子,逢年过节都这般,以前外婆在的时候是这样,不在的时候还是这样,长期如此,她都疲于应付了。

顾容拧眉,转开话题,说:"明天有安排没?"

"没。"许念薄唇微动,"明天就看书,你后天上午还是下午回来?"

"晚上,下午要去找严旭他们。"顾容说,不隐瞒地告知自己的安排。

听到严旭的名字,许念不大乐意,她和严旭只见过两次,有这种心态实属正常。

"有拍摄工作?"她问。

"朋友聚会……"顾容说,"晚上……不用等我吃饭……"

顾容的手有点冷,许念问:"你的手好凉,觉得冷吗?"

"还好。"顾容说。

之后又聊了一会儿,都是些无关紧要的话。

许念心里是欢喜的,顾容今天本不该出现在这里,说过不回来,可偏偏回来了。端午节这种重要的日子,回家里过是应该的,她虽不舍,可不觉得有什么。不过一个人待在家的日子难挨,过得分外漫长。

"小姨……"她低声喊,眉眼间掩不住笑意,喊了人,却没后话。

顾容斜了下身子,朝向这儿,等她继续说。

夜色浓郁,相互看不见对方,不过挨在一起,能感受到对方时刻在身边。

话在肚子里走了两圈,许念最终还是什么都没说,倒不是不想说,只是一时半会儿想不起来要讲些啥了。顾容不在的时候,总觉得空落落的,今晚见到人在家里那会儿,千言万语不足以表达内心,可真当要说些什么,又不知从何说起,从哪一句开始。

好像不论讲什么,都不够,有时候语言太过苍白,无法展示出真正想表达的。她顿了顿,最后还是沉默着,一个字都没讲。

一个人孤独久了,当遇到另一个相似的人时,便会忍不住去关注对方,想要相互取暖。

性子互补或者相近的两个人是最容易互相吸引的,互补能给对方带来不一样的感受,不一样的生趣;相近能更懂更理解对方,多数时候都可以做到感同身受。

气氛倏尔温情起来,外面偶尔夜风拂过,吹得树叶沙沙响。

顾容一动不动,静静等待。

"那天的话我还没讲完……"许念说。

顾容一时没转过弯儿,下意识反问:"哪天?"

"你生日那天。"

这几天她一直在寻机会说,现下正是好时机。

其实不用她明说顾容都明白,又不是十几岁的小孩子,什么事都像理线团一样,非要一根一根地理顺。

"嗯。"她语气平静非常,即使看不见可也知晓对方一定在看着自己,默了片刻,说:"那你说。"

许念怔了怔,眼里的浪潮涌动,顾容这么淡定,她竟一瞬间有些发怵,不知道该怎么说好,久久默然。

外面吹起了夜风,窗前的黄桷树枝丫小幅度晃动,厅里的窗户没闩,被吹得"啪嗒"一声响。许念不由得抬手,挪开,不过没有要起开的意思,两人对视,空调的冷风吹久了,背后冷飕飕的,许念凑近了悄悄讲。

因为知道顾容会怎么反应,她特地耍了个小心机,接连问话,拒绝只需点点头。

如她所料,顾容不言语。

许念顿了顿,不由自主勾勾唇角。

她小声说:"我今晚想在这边睡,可以吗?"

两人还有话没讲完。

——顾容还有话。

由于都不开口,房间陷入了沉默之中,但不是死寂。一直侧躺着难受,顾容动动身子平躺着。良久,她才开门见山问:"周怡来找你做什么?"

"吃夜宵。"许念斟酌片刻,又解释,"宁姨路过这边,都过来了,正好我也没事做。"

某人的思维过于直,顾容都不知道该做何反应了,这回答可真够愣的,心里不免有些好笑。

沉默了片刻,她说:"好了,早些睡吧。"

一晃就这么晚了。

语罢她牵牵被角，可许念毫无睡意，说："等等——"

她疑惑，还没来得及反应，房间里忽而一亮，灯被打开，旁边的人顺势倒了过来。

黄桷树叶在夜风的吹拂下，打转儿飘飞，忽东忽西，不多时落地，又被吹来吹去，没个停歇。

许念冲她说："晚安。"

她没回，闭上了眼睛。

无边的夜色静谧，远处有暗沉的灯火，老城区正处在无声的时刻，隔壁的西区灯光辉煌，多数地方都是亮堂的，各个商铺通宵营业，与这里大不相同。

南北巷口外，偶有车辆驶过，夜宵摊早收了，外面空旷寂寥，连行人都没有一个。

由于睡得太晚，翌日许念没能早起，约莫八点半才悠悠转醒。此时床的另一边空落落，她惺忪着眼坐起来，以为顾容已经走了，迷迷糊糊摸手机看时间，摸到的却不是自己的手机，登时精神了，立马下床收拾。

她想进浴室洗漱，刚拉住门把手，门从里面打开，顾容刚洗完澡，头发湿漉漉滴着水。

顾容拿毛巾擦擦头发，率先开口："早饭想吃什么？"

许念唔了声："随便。"

顾容侧身出来，走了两步忽而想起了什么，于是说："早点下来，我十一点之前要到那边。"

许念嗯了一声，进浴室。

九点半，顾容开车去新区。

六月的气温一天比一天炎热，沈晚见到自家小姨穿得这么严实，忍不住问："小姨你不热吗？"

沈妈妈担心空调温度太低容易感冒，不许开到24℃以下，现在开的26℃，沈晚怕热，恨不得能穿多少就穿多少。

顾容不搭理她，只说："觉得热就去我房间里待会儿，温度别开太低，早点下来吃饭。"

另一边，考虑到顾容不在家，许念中午随便吃了碗面就收拾东西回学校,端午第一天图书馆闭馆,之后两天正常开放,她白天泡在图书馆,晚上就去实验室。

这期间,之前帮过忙的学长学姐请她吃饭,毕业季来临,应届毕业生纷纷忙碌起来。

其他学生则不忙,譬如沈晚。

在食堂吃饭的时候,沈晚对她说:"我总觉得我小姨最近怪得很,你不知道,前两天她回来,穿得之严实……"边说,还边比画,"这样,衣服扣子扣到最上面,跟不怕热似的,而且这两天都这么穿,大热天的,我们都巴不得少穿点,她就差穿两件了。"

许念:"哦。"

沈晚还挺来劲儿的,念念叨叨没完。

许念吃了口菜,不想听这个了,主动找话:"你家里有没有闹?"

这两天风平浪静,大伙儿连发脾气都没有,沈晚摇头说:"没有,挺融洽的,昨天小姨还陪外婆逛街了。"

那就好,许念还担心顾容会跟两个长辈处不来。

沈晚话多,说完这个又讲了些其他无关紧要的,反正这妮子就是嘴巴不消停,爱叨叨。许念听着,不时回两句。

周六是顾容回来的日子,处理好学校的事情,傍晚时分,许念乘车回宽北巷。天儿热,她下了车之后直接去巷口那儿买绿豆汤,这个时间点正值下班,一路还能遇见几个熟人,迎面看见就相互打个招呼。

买完绿豆汤路过商店,正要拐弯儿时,刚走出一步,却猝不及防被绊住了腿。

她霎时吓了一跳,本能地后退半步,脏兮兮的小家伙儿吐着舌头乖巧地仰起脑袋望着她,是只瘦瘦的小金毛,颈上戴着灰白项圈但没有牌子,它身上的毛都打结了,一撮一撮地粘在一块儿。

见到项圈,许念以为是附近哪家人养的宠物,定了定心神,长腿一迈欲绕开走,不料这小家伙儿聪明得很,飞蹿上来又扒她的腿,然后又乖乖地坐地上看着她。

许念疑惑,担心它咬自己,便没敢跑,只慢慢走着,结果小金毛横在前面挡着,就是不让离开。

商店老板好笑,乐道:"它这是让你买吃的呢。"

许念停下,问:"您养的狗?"

商店老板摆摆手,说:"我这小店养家都难,哪养得起这么金贵的家伙儿,不是咱这附近的人养的,应该是西区那边来的,都在这儿赖了大半个月了。"

许念低头看了小金毛一眼,小家伙儿欢快摇尾巴,拱了拱她的腿,看样子是想推她去商店里。

西区那片养宠物的多,老城区鲜少有人养,整日忙生计都愁呢,哪来的闲钱搞这些,何况这边人多又杂,养狗要是放出去咬了别人,届时还得赔钱,谁敢养。西区的居民爱养宠物,但某些人养猫养狗只是出于无聊养着玩玩儿,厌烦了或是出于工作的原因要搬走了,就会遗弃它们,这些猫狗少部分会被救助,大部分都会流浪,扒拉垃圾过活的,饿死的……不在少数。

"前几天有学生在我这里买了肉肠给它,它机灵哪,逢人就往我店里推。"商店老板笑着说道。

许念惊奇了半晌,而后也笑:"确实机灵。"

"那你要不要买一根?"老板手持夹子问,已经在准备烤肠。

小金毛眼睛都亮了,立起半个身子,爪子向下,兴奋地盯着。许念垂了垂眼,不知道在想什么,迟疑须臾,决绝说:"不了,谢谢。"

商店老板放下夹子,虽然有点惋惜没做成生意,但能理解,换成他,他也不会给这些流浪猫狗买吃的,两块钱都能买把便宜的青菜,多浪费啊,这小金毛逮着路人就讨吃的,然而肯慷慨施舍的一天也遇不到一两个。

它要活下来,可这里的人也要生活,流浪猫狗那么多,施舍不过来,见多了就麻木了。

许念拉了拉背包带子,跨过小金毛头也不回地离开,小家伙儿像是知道她不会给自己买吃的了,不再费力气缠着,耷拉下尾巴,蔫蔫走到树下趴着。现下天气越来越热,它毛多厚实,极易中暑,恐怕很难挨过这个夏天。

家里无人,顾容要很晚才回来。走了两天冰箱里早空了,许念煮白粥吃,准备明儿上完课再去菜市场。这个时间点仍旧闷热,在厨房里待了大半个小时,出了一身细汗。她端粥去客厅,顺手打开空调,客厅的空调老旧,制冷效果特别差,吹了一会儿她干脆坐到迎风口处对着吹。

七点多,天变得灰沉沉的,巷道里的路灯全部亮起,许念没事做,将楼上楼下打扫一遍,又烧热水把凉席擦干净,等凉席干了将其铺床上。

在大房间铺凉席时，不小心踢到了床头柜，生疼，她吸了一口气，赶紧扶住床坐下，缓了半分钟，又整理了一下被子，出房间。

约莫十一点，顾容开车进院子，彼时许念正在看书，听到声响站起来向外看，顾容提着一个大袋子下车。

许念下楼。

顾容正在把大袋子里的东西往冰箱里放，全是食材，各种各样的都有，一些药材类的东西比如党参留下，特地嘱咐："这些放阴凉干燥的地方保存。"

许念接过，放了东西返回，问道："怎么买了这么多东西？"

明明去聚会，结果整了这么一大包东西回来。

"路过商场就买了。"顾容说。

"跟朋友一起逛街了？"

"嗯。"

许念暗自挑眉，勾了勾嘴角。

顾容没瞧见，一边整理冰箱一边问："你那个比赛什么时候开始？"

"暑假，7月18号去郊区的科技基地，19号比赛，应该要在那边待两天。"许念说，学校还未发布期末考试的具体日期，但一定是在7月4号到8号之间，G大放暑假比较早，但理工和其他几个学校普遍十几号才放。

顾容了然，整理完毕洗手，又问："最近学习忙不忙？"

"还好，就是实验室事情有点多。"

"张教授说会给你们发奖励。"

她了解得非常清楚。许念点头说："这次是跟着研究生师兄师姐一起做，每个月会发两百块，不过其实我就帮忙打打下手而已，起不了大作用。"

顾容拧上水龙头问："比赛结束后有安排吗？"

暑假十分清闲，且杨令浩那时候会报班学习，不需要她再去家教，除了实验室的项目和比赛外，基本没啥可做的，她打算就在家学习，有空就找个日结的临时兼职做。

"看书吧，有时间就做兼职。"

"我朋友在新区有家店，最近缺人。"顾容擦干手，接着说，"你要不要去试试？底薪三千，提成另算。"

许念还是拒绝了，说："我没那么多时间。"

一天工作八个小时，肯定会对实验项目带来影响，虽然自己在组里作用不大,但不能不去,挂名不做事,这样不太好。

"晚上工作,每天三四个小时,一般八点换班,十一点半之前就结束。"顾容介绍说,似乎很想她去。

工作时间这么短,待遇还如此高,许念上下嘴皮子碰碰,迟疑问:"做什么的?"

"卖衣服、首饰、鞋子这些,只需要帮忙接待客人,晚上没时间的话,也可以换到早上或者下午去。"顾容说。

许念转过头看她,直勾勾盯着,像是明白了什么,走到这人面前,笑笑,说:"行,就晚上去,晚上有时间。"

顾容有意帮她,许念不会觉得不好意思,忸忸怩怩的,恰恰相反,这表明对方对自己上心,该高兴,顾容嘴上不明说,但态度明显改变了不少,和朋友逛街却只买食材,还帮忙留意暑假工,并且这份暑假工的待遇优厚得过分,明摆着就是专门给她找的。

顾容别开视线,勾了勾散落的耳发,绕开她出去,说:"时间不早了,我先去洗漱。"

许念跟着一起上楼。

今晚的天空漆黑,云朵堆聚,房子里异常闷热。

一个热水澡洗下来,额头上都是细汗,顾容穿好睡袍,先将门打开再准备擦把脸,一开门,望见大房间的灯亮着而小房间的门紧闭,下意识多看了两眼。

大房间里,许念穿着短睡裤走来走去,好像在帮忙收拾房间,房间里东西少,她都帮忙一一摆正摆整齐,忙完,下楼倒了杯温开水上来。

顾容一面护肤一面用余光关注对面,见到许念端水进去时,收回目光。等进房间时,许念巴巴凑上来,说:"我帮你按摩。"

"很晚了。"顾容说,"明天不上课吗?"

"上,第一大节。"许念说,"我中午睡了很久,现在一点都不困。"

讲完,赶紧上手,生怕会被撵走一样。顾容拿枕头垫着,脑袋枕在胳膊上,闭眼享受。

"早点过去休息,明儿一大早就要起来。"

"知道。"

顾容不再多说,她今天走了一下午的路,乏累得很,捏背的力道轻重适中,很是舒服,闭眼两三分钟,她小憩过去。

空调的冷风吹着，担心顾容着凉，按了十来分钟，许念将被子给她盖上，刚掖好被角，顾容醒了，将被子推开大半，转过身朝向她，无奈说："这样热。"

"那把空调温度开低点。"许念准备去拿遥控器。

"不用，就这个温度，合适。"顾容阻止，趴久了不舒服，动了动手臂，有点麻了。

"几点了？"

许念扭头看挂钟，说："马上凌晨。"

该睡了。

知晓她累，自己也有课，许念没打算在这里赖着。

顾容倚在床头，看着她出去。

隔壁房间，由于暂时没睡意，许念先看了会儿书，宽北巷的夜晚一向寂静，此时外面黑魆魆的，柔柔的灯光从窗户投出，落在窗前的枝叶间，时间一分一秒过去，挂钟一圈一圈地走动，她仍一点睡意都没有，反倒越发清醒。

想起近来的一切，怔神须臾，再没了看书的心思。

她望了下隔壁，只能看见洁白一片。

当时针指向两点的时候，小房间的灯熄灭，许念缩进被子里，合上眼，也不知道多久才睡了过去。

翌日高温，37℃，走在路上都能感受到热气，一起风，热浪一阵一阵，整个人犹如处于桑拿室里。下公交走了一小段路，汗水不住地冒出，行人皆往阴凉处走，许念也尽量走树和墙壁投落的影子下。中午的太阳火辣辣的，烫人得很。

这个时间点，外面几乎看不到人，气温太高，热得大家连门都不敢出。

她尽量走快些，这高温确实让人恼火，穿过巷口路过商店，忽然听到了异常的声响，疑惑顺着声音望去，看见昨儿那只小金毛正在扒拉矿泉水瓶子。

矿泉水是别人喝剩下的，里面还有一大半。

小金毛大概是渴得厉害，不住地吐舌头，蔫头耷脑的，很没精气神。

狗哪会开瓶盖，它只会傻乎乎地踩，看着瓶里的水晃来晃去就是喝不到。

"汪汪"，还急眼了，朝瓶子直叫。

159

许念皱眉，站在原地没动。

小金毛用爪子扒拉水瓶，没按稳，瓶子一骨碌滚走，滚到垃圾堆里，它跑过去，站在垃圾上咬瓶子，大概是没力气，咬了会儿，蔫蔫垂下脑袋趴垃圾上，动物哪知道脏不脏，眼睛直直盯着瓶子，眼里只有水。

到底不忍心，许念慢慢走过去，怕小金毛会咬自己没敢立即去拿瓶子，而是找了个空当飞快拿起，拧开，将瓶口对准它。

小金毛聪明，仰起脑袋伸舌头来舔水。

它真渴得厉害，见瓶子空了，赶紧埋头去舔漏在地上的，许念想拦住它，小家伙儿不识好人心，冲她叫了两声。

许念不多管它，起身退开，站了会儿转身就走，然而没走多远，小金毛就跟了上来，绕在周围讨好地摇尾巴，它肚子胀鼓鼓的，应当吃过东西了，许念长腿迈得飞快，就怕它赖上自己。

小金毛毫无自觉性，她快走它就小跑，紧紧跟着。

眼看就要走到自家门口，许念把它引到阴凉处，左闪右闪，然而就是甩不掉。

这傻狗的脸皮比她还厚。

"别跟着我。"许念不管它听不听得懂，挥挥手。

她说话声不大，小金毛歪了歪脑袋，忽然变得很兴奋，冲上去就蹭她的腿，热情万分，生怕她感受不到一样。许念唯恐避之不及，连连躲闪，可惜躲不开，那傻狗黏人得很，这是要赖上她啊。她立时反应过来，当即铆足劲儿往家里跑，拉开大门，啪一下关上，将它拦在外面。

顾容正在客厅里，看见她急匆匆地跑，还以为发生啥事了，出来关切问："你怎么了？"

许念把门别上，回道："没什么。"

话音刚落，身后传来声音——小金毛在用爪子扒门。

收养八斤

[第11章]

小家伙儿闹腾，以为许念在跟它玩呢，亢奋得一跳一跳的，不住地拍打、撞击门。顾容不解地扭头看向大门，因为有遮挡，所以看不见外面的情况。听到声响一直不消停，她望着许念，许念别开脸，脸不红心不跳地扯谎说："是条流浪狗，要咬人。"

"附近的？"顾容问。

"嗯。"许念进去放包，没敢与她对视，"你出门的时候也小心点，周围流浪猫狗越来越多了。"

外面，小金毛冲门里汪汪叫了几声，中午太阳直射，门口没有庇荫的地方，地面、墙壁被晒得很烫，它闹了一小会儿，由于太热而蔫了下来，机灵地跑到左边墙壁后躲着。

顾容一看许念这反应就知道有事儿，但不多问。

每个人内心都有一块留有良善的柔软之地，柔软之地外是现实，现实就是没钱没精力。当然，精力都是其次，主要是穷，许念连自己的生活都过得勉勉强强，哪来的闲钱养狗，何况是养一只中大型犬。养宠物费钱，她们这些人兜里压根就没几个子儿，给狗吃了，自己喝风吗？再者流浪猫狗要是有病，又是一大笔钱，动物的命也是命，养猫养狗需要负责，许念没钱负责，也不能让顾容来负责，她们一个在读书一个有工作，都没有时间养狗。

认清现实，才不会那么纠结。

天太热，中午喝粥吃青菜。这温度越高，客厅空调的制冷效果便显得越差。开着空调吃完一顿饭，整个人都热得烦躁，总感觉冷风不够。

家里就三个地方有空调，客厅和两个房间。客厅的空调是第一个安的，记不得有多少年了，反正以前夏天酷热的时候许念就跟外婆挤在客厅打地铺睡，大抵是用久了坏了，过阵子得请人来看看能不能修。

下午两三点，顾容有事要出门一趟，留许念独自在家。

这个时间点正是一天最热的时候，太阳毒辣得要命，地面温度高得都快能煎鸡蛋了。许念待在房间里看书，全靠空调保命。看了两个单元，许念下楼拿水喝，刚进厨房，忽而听见一声接一声的哀号，她愣了一下，打开厨房左面的侧窗，发现小金毛就在窗下无精打采地吐舌头。

察觉到头顶有动静，小家伙儿歪头看了看，见到是她，立马站起来叫。

许念一愣，"砰"地把窗户关上。

小金毛想扒窗户，可惜没那么高，欢快地摇尾巴，似乎特别喜欢许念。

它应该流浪了有一段时间，很瘦小，身上的毛脏兮兮的，小脑袋上黏着不知名的糊状物，没半点憨憨可爱的样子，十分丑。许念担心它太能蹦跶，会跳起来撞窗户，赶紧拿了水出厨房。

小金毛仰起脑袋盯着厨房里，许久才弱弱叫了一声，趴到有阴凉的地上。

太阳落山时，顾容开车回来，天热没胃口，两人将就凑合了一顿晚饭。

小金毛走了，许念洗完碗望了眼侧窗外，彻底松了一口气。

许念明天上午没课，今晚可以晚点睡，洗完澡，看书，等顾容洗完进了大房间。不一会儿，她来到隔壁门前，这次顾容关了门，听见敲门声，里面隔了几秒才回道："等一下……"

再开门时，顾容穿了件灰色的薄款吊带丝质睡裙，两个月的时间，她的乌发长到了与胳肢窝齐平的地方，床头柜上放着身体乳，香香的，与平时闻到的那个味道一模一样。

睡裙不长，刚到大腿中间，特别显身材。

许念走到床边坐下。

顾容看着她，好笑问："什么事？"

许念支支吾吾的。

"明儿上午没课。"许念又说，兀自光脚上床，"你下午不是出去忙了半天吗，累不累？"

顾容全程旁观，就想看看她到底要做什么，许念坐床上，等她发话。

"不累。"

许念身形一顿，觍着脸说："哦。"

却没要下来的意思。

顾容过去坐下，脱掉拖鞋上去，靠在她旁边，沉着冷静，说："那帮我按一会儿。"

一面说，一面翻身趴着。

"嗯好。"许念简直不要太听话，边捶，边找话聊，免得太尴尬，但一时之间脑子卡壳，没想到聊些什么合适，甫一瞥见床头柜上的身体乳，想也未想就吞吞吐吐地问，"那个……身体乳……你经常用？"

顾容回头瞧她，又闭眼养神几分钟，然后半撑起身子，说："是的。"

许念瞧了瞧那瓶身体乳，冒出了一个念头。

顾容动了动，勾勾额前散乱的头发，将其别在耳后。

房间内，柔白的灯光暗淡了一小会儿，不多时又变亮。许念将手搁在她肩上，垂眼看着，薄唇微动，最终还是老实地捏肩。

顾容一言不发，好一会儿，红唇轻启，小声说："别那么使劲儿……"

声音柔柔的，又带着点一如既往的清冷味儿，许念没言语，默默减小揉捏的力道。

撑久了累，顾容改为趴着。

按了十几分钟，许念停下，说："你侧一下。"

闻声，顾容真稍稍侧了下。

外面起了风，今夜的月亮又圆又大，皎白一片。

顾容转头看了看窗外，瞧着外面的夜色风景，整个人一动不动。

一会儿，许念也看了看外面，和她一样。

两个人一前一后，举动都一样。

与外头的黑暗相反，大房间内的灯光亮堂，两人谁都没说话，顾容脸上神情淡然，她抬了抬眼皮，回头看看许念。

房间里的灯亮到将近凌晨才熄灭，不多时，小房间的灯亮起。

待小房间熄了灯，一场小雨忽至，不多时转为中雨，雨滴啪嗒啪嗒打在窗户上，落在院坝里，将地面润湿。这一场雨的时间并不持久，只下了十几分钟，之后一切归于平静。

翌日天阴，但不凉快，反倒尤其闷热。虽然昨夜下过雨，但早上地面就全干了。许念把院里的落叶打扫干净，准备出门倒垃圾，结果一开门就吓了一跳，小金毛蜷缩在家门口，见大门开了，开心地绕着许念转圈。

怕它用脸蹭自己的腿，许念连连闪躲。

然而小金毛理解不了，哪懂这是在被嫌弃，反倒兴奋地叫，"汪！"

"汪汪汪！"

顾容在楼上窗后站着，瞧见这个场景，难免觉得好笑。

"过来，过来过来……"许念走了两步把它引出来，而后眼疾手快把门关上，将这脸皮比城墙还厚的狗带到商店门口。

商店老板见一人一狗走来，招呼："阿念，起这么早啊。"

说完，他看了眼小金毛。

经历了一个雨夜，小金毛浑身湿漉漉的，不知道在哪儿蹭了一身灰，毛更脏了，它似乎知道许念要干啥，乖乖坐在商店门口等着。

许念进商店，摸出五块钱，说："一根肉肠。"

商店老板笑呵呵收钱，麻利烤了一根给她。

"谢谢。"

"不用。"老板乐道，"大早上的，这是要去哪儿？"

许念望了眼门口，敷衍说："随便走走。"

老板识趣不再问。

拿到烤肠，许念没立即喂，而是将小金毛引到河边，觉得离宽北巷有那么远了，才蹲下身来。小金毛用脑袋拱她的腿，许念的大白腿上登时就是一片湿的污渍，它身上的味道是真的超级臭，十分刺鼻。

许念将肉肠的签子取掉，然后喂它吃。

小金毛凑过来闻了闻，抬起脑袋看她。

"吃吧。"许念柔声说。

小金毛以前肯定受过训练，听到这句话，立马汪一声，咬了口肉肠，它吃东西时劲儿特大，直接就把肉肠拽了过来，按在地上啃。

许念拿纸擦了擦腿，将签子和纸扔进旁边的垃圾桶，悄悄绕路离开。小金毛正埋头啃肉肠，暂时没看她，等吃了半根，许念都走远了，它叼起肉肠，赶快追上去。

许念知道它会追过来，特意在附近绕了两圈，朝离宽北巷更远的方向走，小金毛叼着肉肠紧跟着。一人一狗步行进入西区，等走进一个人多的公园，许念停下来，小金毛也停下来，站在她脚边啃肉肠。

"别跟着我，我没钱。"

小金毛听到声音仰起脑袋，黑溜溜的大眼睛盯着她。

许念别开脸。

吃完，她又给小家伙儿买了根烤肠，趁小金毛埋头吃的时候，随便上了一趟公交车。

这回小金毛追不上来了。

再进入宽北巷，没见到它的身影，许念舒了口气。

顾容明知故问："出去做什么了？"

"倒垃圾。"许念道，佯装无事。

顾容看了她一眼，进厨房做饭。

许念洗干净手过去帮忙。

晌午时分，巷子里家家户户开饭，商店门前，一抹黄色的身影跑过，它叼着肉肠往巷道里去。

　　吃过午饭，天色昏沉沉，一副随时大雨欲来的模样，有时闷热的大风刮过，吹得院子里的黄桷树哗哗响。临近期末考试，虽然闭卷考试只有一门，但这个星期要做的事情多而杂，复习，制订假期计划，以及申请暑假留宿，前两件许念都做得差不多了，只剩最后一件还拖着。

　　唐敏之让班里要申请留宿的同学星期四去她办公室集中办理，申请流程十分简单，填表，辅导员联系家长确认，接下来再交给辅导员盖章之类的。

　　张教授提前给他们组的人打过招呼，暑假期间约莫有一个星期的时间会比较忙，让大家尽量待在学校，一来方便联系，二来节约时间。当然，忙呢，只有白天忙，晚上一般不会让他们留在实验楼那边，毕竟不是正常上课期间，得保障学生的安全。许念考虑一番决定留宿，家里学校来回跑的确费时间，反正就一个星期，只不过家长这关她迟疑了，不想与许母有过多的联系。

　　再过两天就要去找唐敏之，她还在犹豫要不要跟许母打电话。

　　顾容见她愁眉不展，问："在想什么？"

　　许念如实说："暑假留宿的事。"

　　顾容愣了愣，又问："留多久？"

　　"可能一个星期吧，看张教授怎么安排。"申请只是走个流程，留宿多久学校并不会管得太严格。

　　顾容默然，兀自低头忙活。

　　许念给顾容削了个苹果。

　　顾容倚着沙发吃苹果，她在家里一般素面朝天，为了看起来气色好，只薄涂一点点口红，她赤足在沙发一角，穿着粉色热裤，两条腿显得笔直细长。

　　电视机关着，她俩都不打算把它打开。

　　兴许是洞悉了许念的想法，顾容停住动作，靠她近些，问："要吃吗？"

　　许念呆愣愣，没料到这一出，反应慢得可以，听到顾容的话，心里又觉得怪异，又不由自主点点头："嗯。"

　　顾容将苹果转了一面给她，这人只吃了一小口。

　　"不是很甜。"顾容说，再离近点。

　　许念没吃，将苹果放在桌上。

"下下周考试？"顾容与她肩挨肩坐着。

许念垂了垂眼，说："是，具体的考试安排过两天才出。"

"比赛在十几号，考完试可以出去走走。"

许念犹豫片刻，问："你要一起吗？"

顾容抬了抬眼，问："想去哪里玩儿？"

这是要一起的意思，许念脱口问道："就我们两个人去？"

顾容不做回应，只浅浅一笑。

她这两天笑的次数格外多，比之前一两年加起来都多。她其实是个不爱笑的人，生活中没那么多值得高兴的事，但最近不知道怎么回事，每一天的心情都挺不错的。

"问你想去哪儿，是在市内，还是去其他地方？"

许念张张嘴，说："市内吧。"

语罢，又改口："都可以，一样的。"

"那就市内……"顾容说，有点故意逗她的意思。

大白天不比晚上，现在光线好，屋子里亮堂，四周一切都亮堂，许念不由得望了望窗外、门外，外头有院墙，对面婶子家一个人都没有。

顾容帮她理了理衣角，收回手。

许念瞥见放在桌上的苹果，表面已经有点变色了，时间过得真快。

"好好考完试，别分心影响自己。"顾容柔声说。

许念点头："知道。"

顾容："听话。"

下午第二大节有课，现在就得去学校，许念慢吞吞收拾书本背包出门，刚打开大门，原本趴在墙边休息的小金毛警觉地站起来，叼起肉肠就兴冲冲跑来。

它绕着许念转圈，然后将肉肠放在地上，坐下，乖巧地望着。

外面安静了一上午，许念真没想到这厚脸皮狗就在自家墙下等着，一瞬间怔住。她回身望了望客厅，还好顾容不在，于是向前走了两步，小金毛叼起肉肠跟着走，见她停下又将肉肠放下。

许念懂了，皱了皱眉，闷声道："我不吃。"

小金毛听不懂，一脸期待地看着。

许念颇无奈，想想，又说："你吃吧。"

小金毛一动不动。

"我要去上课，你自己吃，别跟着我。"许念不管它听不听得懂，长腿一迈就走。

小金毛叼起肉肠执着地跟上，直到她上公交车，它又往回跑，赖在红房子的院墙下。

黄昏时候，顾容出来扔垃圾，见到这小家伙儿可怜巴巴枕着一根肉肠时，霎时愣了，小金毛见到她，弱弱地叫了一声。

下午的课轻松，临近放学那会儿，许念卡上到账两百块，张教授把做实验的奖励发给了他们，这是她第一回拿到"工资"，全靠沾研究生师兄师姐的光，毕竟G大本科生做实验可没这么好的待遇。

地铁站外一百米处有个花店，她进去买了一束，包装简单不花哨，一共花了188块钱。

这是许念这辈子第一次买花，店员问她卡片上想写些什么，她思忖半晌，说："我自己写，谢谢。"

店员将笔和卡片递给她，笑吟吟问："送谁呢？"

许念说："一个朋友。"

这个时间点的公交拥挤，担心弄坏花束，特地绕近路走。近路并不近，走了半个小时，路过菜市场时，她迟疑片刻，又进去买了十块钱的鸡胸肉。

一手抱花，一手提鸡胸肉，就这么进入宽北巷。小金毛远远就冲过来，兴奋地跑动，死皮赖脸地蹭她的腿，许念好笑，可阻止不了，只能由这小家伙儿闹。

跑到门口，小金毛停下，不再跟着。

流浪动物跑进别人家里，让主人家发现了，运气不好免不了挨一顿打，它应当被打过，长了记性知道不能进去。

顾容出门一趟还没回家，许念先将鸡胸肉切好煮熟，不放油盐直接干炒至金黄色，用一个盆装水一个盆装肉，拿出去放在院墙下，小家伙儿鼻子灵敏，飞跑过来。

许念放下盆就回去，小金毛凑近盆嗅了嗅，低下脑袋开吃。

顾容是天黑以后到家的，客厅里黑魆魆的，厨房里亮着灯，许念正在炖汤。她停好车，摸黑按开关，屋里一亮，第一眼就看到了茶几上的花，一时之间还有点蒙。

下意识看了眼厨房方向，发现许念正抵在门口望着自己。

"你买的？"她问。

许念暂时不说话，示意她赶快看看。

收到朋友送的花，肯定开心，顾容忍住没表现得太明显，弯身拿起卡片，上面写着：

希望你喜欢。

署名是阿念。

她挑挑眉，强忍笑意，说："其实我也给你准备了礼物。"

许念一步步走过来，从后面抱住她，低声问："是什么？"

"车的后备厢里，你自己去看。"顾容道。

院子里的灯光线暗淡，打开后备厢，里面堆满了旅行背包一类的物品，其中包括给许念买的运动鞋等，大部分东西都是双数，颜色相近或者款式相似。

这次旅行并不像之前那样，收拾两件衣物，开车到目的地吃两顿美食就结束。旅行很能检验一段友谊关系，两人是否和谐相处，是否能相互理解包容，只需走一段路就知道了。

顾容话少，一切体现在行动上。她十分看重这件事，所以今天下午都在忙着采购，还买了一些防晒用品，都是给许念准备的。许念没有这些东西，房间里就一瓶百雀羚的保湿水。

望着满满一个后备厢的东西，许念微微惊讶，说："我们就出去几天，怎么买这么多……"

顾容站在她身后，莞尔，轻声说："把后面的车门打开。"

还有东西。

许念一愣，打开后车门，首先见到一束花，花后是乖巧趴在车后座上的小金毛，再后面是一堆狗狗用品。小金毛看见她，立马站起来兴奋地摇尾巴，可能是吓到了，它没敢乱动，瞪大眼睛望向许念，高兴地汪汪叫两声。

顾容在一旁观看，没上前来。

许念抱起花，侧身让开，小金毛似乎有点害怕，站在原地不敢动，好几次想跳下来，可最后都畏惧地后退，她弯身把小家伙儿单手抱出来。

小金毛不适应突然被抱起，吓得使劲儿挣扎，险些掉地上，好在许念抱得稳，它身上仍旧脏得不行，臭气熏天，抱一下身上立马一股味儿。

它害怕不敢在院里到处跑，赖皮地挨着许念。

许念抱着花看向顾容，不知道该怎么开口问。

169

"最近见到过它很多次。"顾容说,"看起来挺乖的,反正我没什么事情做,正好可以带带它。"

离半年假期还有两三个月,确实有空,可之后天南海北到处跑,届时怎么办?谁来照顾它?

许念有诸多顾忌,嗫嚅道:"你九月份不是还要工作吗?"

"到时候就送到我姐家里,我昨天就跟他们联系过了,晚晚也愿意接纳它,她过两天会过来看看。"

她姐,就是沈妈妈。

顾容继续说:"我不在这边的时候,你有空的话可以多去晚晚那里坐坐,帮我照看一下它。"

沈晚家也在新区,离顾家不远,沈爸爸是土生土长的G市人。顾容早把一切都安排妥当了,不过还是非常顾及许念的想法,她今晚把小金毛带进来,就是想探探许念的意思。

这几天许念那么反常,她如何看不出来,家门口忽然多了条瘦不拉几的小狗儿,一深想就知道怎么回事。

许念的担忧她都可以解决,可具体还得看对方怎么想的,舍不舍得把小金毛送走,毕竟是条生命,不能像当死物一样随便处置。

小金毛仰头望着许念,弱弱地叫了声,尾巴一摇一摇的。

许念看看它,再看看顾容,默然许久,最终出声:"嗯,好……"

小金毛像是感应到了什么,用脑袋拱了拱她的腿。

许念略嫌弃地连忙避开,顾容忍俊不禁。

小金毛正式在红砖房里住下,在外面时它会无所顾忌地撒欢儿,但进了房子,它好像有点害怕,一直朝角落里缩,她俩没办法,只得由着它,将狗狗用品给它往角落里搬。小金毛特别乖巧温顺,她们吃饭它就趴着一动不动,鲜少闹腾,许念一开始还挺放心,但慢慢地察觉到不对劲儿,顾容也有所察觉,虽然金毛是出了名的脾性温和,但这也太温顺听话了些,全然不用她们操心,许念都做好了这厚脸皮在屋里四处蹦跶的心理准备,谁承想竟如此安静。

两人皆有了一个猜测。

第二天她俩一起带着小金毛去宠物医院进行洗澡、身体检查等,果不其然,医生告诉她们:"它身上有旧伤,而且不止一处。"

许念拧眉,抿紧唇一言不发。

洗完澡的小金毛终于有了点狗样，它吐着舌头转圈儿，黏人地挨着她。

"如果二位同意，我们这边是建议住院观察两天，顺便给它驱虫打疫苗这些，有必要的话可能要给它剃毛，不过都看你们的意见。虽然它看起来挺健康的，可具体的还需要再检查检查，我们估计它应该两个多月大，这个年龄段的公金毛标准体重应该大于6公斤，但它只有8斤多重，属于营养不良状态。"医生委婉说，尽量迂回地讲明小金毛的情况，就差明说小家伙儿曾经被虐待过。

顾家养狗，顾容在这方面略懂，反正一切听医生的话，她将金毛交给许念，自己去前台排队缴费。

医院护理人员添加了许念的微信，医院这边会不定时将小金毛的状况拍成视频发给她们。

许念少言寡语，摸了摸小金毛的脑袋，小金毛撒娇般叫了声，讨嫌得很。

"丑东西。"许念骂它。

即便身上被清理干净，然而瘦弱成这样，看起来真的有点砢碜。

小金毛听不懂，可劲儿摇尾巴，许念又摸摸它的脑袋。

小金毛住院期间，沈晚来探望了两次，她倒不嫌弃这狗的模样砢碜，全程逗狗玩，问："哎，给它起名儿了吗？"

许念还真没考虑过这个，实诚地说："没有。"

"那取一个，不然以后都不好叫。"

许念这人读书厉害，取名不行，真一点文艺细胞都没有，想了想，给取了个"八斤"的名儿。

沈晚顿时笑到不行，顾容没忍住看了她一眼，倒是小金毛高兴地跳跳，这傻狗不知道这是自己的名字呢，见着许念就开心得很。

处理好小金毛的事，很快就到了星期四。

许念跨不过心里的坎，始终没给许母打电话，班级群里通知，让要申请留宿的人下午集体去办公室找唐敏之签字盖章，签字盖章的时候会联系家长。

看着群里一连串的消息，她半抬起眼皮，有意无意望了望沙发那边，当触及顾容的目光时，又佯作若无其事地别开脸，说："班导说，暑假留宿必须家长同意。"

顾容皱了皱眉，看样子不太乐意。

许念好像不会看脸色一般，犹豫片刻，兀自说："你帮我应付一下，否则她不签字。"

叫一声小姨,也能算半个家长。她一贯不喜欢拿顾容当长辈,可眼下却主动认了,比起联系许母,她宁愿让顾容帮帮忙。

然而顾容没说话。

她以为这是答应。下午,班里要留宿的一行人组队去办公室,唐敏之先一个一个给学生家长打电话,将安全注意事项各方面一一告知,确认家长的意见,全部通过后再签字盖章,她非常负责任。

许念是最后一个签字的,唐敏之看到她,显然有些不自然,但很快恢复如常,先问了下许念学习上的近况。

"还行,没大问题。"许念说。

唐敏之点点头,说:"下周考试,复习得怎么样了?"

"差不多了。"

"不要有太大的压力,尽全力就行。"

许念"嗯"了一声。

唐敏之接过她的申请单,简单浏览一番,让她打电话给父母。

这种情况,一般是要给最亲的人打,在普遍的认知里,最亲的肯定是父母双方。许念不过多解释,直接拨打顾容的号码,她提前把备注改了,免得唐敏之看到。

响铃三声,对面接通,她不自在说:"老师有话跟你讲。"

然后赶快把手机递给唐敏之。

唐敏之总感觉有点奇怪,可不好现在就当面问,拿过手机,细声细语:"你好,请问是许念的家长吗?"

电话那头一阵沉默。

好一会儿:"是。"

"许念家长你好。"唐敏之首先寒暄两句,讲清楚安全事项,以及确认留宿日期,对面一直不吭声,她耐着性子讲完,又问,"那许念同学申请暑假留校,你同意吗?"

对方没动静,唐敏之疑惑地看了看许念,许久后,手机里传来清冷的回答——"不同意。"

许念在旁边候着,见她俩聊的时间这么长,难免有一点紧张。唐敏之神色变得复杂,连连"嗯"了几次,电话那头应该在解释,她脸色渐渐转好,做出了然理解的样子。

"行,那我和许念同学说一下,没什么大问题。"

对面又在说话。

可惜许念听不见,越发不解,周围的老师朝这边看来,外面的同学也还在等着她。

"没事没事。"唐敏之说,"学校主要是担心她们的安全问题,既然这样,那我们就放心了。"

不多时,挂断电话。

她将申请单退回给许念,说:"你家里呢,觉得留宿时间比较短,打算就让你回家住,你家长他们中午商量了一下,说正好也在附近上班,上下班的时候可以顺道来接你。"

许念一时之间拐不过弯儿来,将这话仔细琢磨。

唐敏之又说:"如果家里有人接送的话,其实还比留宿方便些,暑假期间学校只开放一个食堂,而且吃饭时间比较短,你们做实验比较忙,多半赶不上。你的申请单拿回去,届时每天到家后向班长知会一声就行。"

许念欲言又止,最终还是把话咽了下去。

关于接送的事,回家以后她旁敲侧击地问顾容。

对方也不隐瞒,直言:"开车去学校就半个多小时,我可以送你。"

想起唐敏之转达的话,许念问:"你七月份在那边有拍摄工作?"

"没有。"顾容回答得干脆利落。

许念低头收拾茶几,打量这人一眼:"哦。"

六月末的天气多变,一阵子烈日炎炎,一阵子阴雨绵绵,周末天下雨,许念给杨令浩补完最后一节课,家教至此结束,杨妈妈多结了一百块补课费,委婉地表明下学期还想让许念来做家教。毕竟许念是G大的高才生,成绩又那么好,做事认真负责,补课价格又比那些机构低,这种家教难找。

大三的课程安排还不清楚,许念没立即应下,只叮嘱了杨令浩这小萝卜头两句,让他平时有解决不了的学习难题可以微信联系自己,然后同杨妈妈告别,杨妈妈亲自送她出小区。

宽北巷南巷口的老槐树下聚了一堆唠嗑的老辈,天儿还下着毛毛细雨呢,这些老辈一个个的都不急着回家。

不过看这架势,雨肯定下不大。

果不其然,刚进家门几分钟雨就停了,天空虽然灰蒙蒙的,但比回来的时候亮了一些。顾容不在家,去新区那边训练了。许念独自收拾客厅,小金毛,也就是"八斤"小同志还在宠物医院待着,本来计划住两天院观察就完事儿,结果一检查还真查出毛病来了,但好在都是些小毛病,两人一合计,干脆让它多住几天院,一方面治彻底,另一方面家里也没人照顾。

她俩昨天去医院走了一趟,八斤活泼好动,全然没半点伤病的样子,它黏许念,有些小动物就是这样,给它一点好,它就认定你了。

许念嫌弃它丑,只摸狗头不肯抱,八斤热情似火,就差跳起来舔她脸。

周一周二考试完,也就是四五号出发,旅游时间为四天,九号晚上回家,之后许念要回学校开始集训,直到参加完机器人大赛为止。

只有一科闭卷考试,沈晚考得轻松得意,想约许念考完试出去玩儿。

"我爸6号要去B市出差,届时咱俩跟他一块儿走,你不是想去T大读研吗,正好去那儿转转。"沈晚倒是什么都安排妥当了。

无奈许念早已有约,只得婉拒,又不好直说是和顾容出去,搪塞:"要准备比赛,实验室那边项目还没做完,张教授不让走。"

中午许念一个人吃饭,旅程所需要的东西基本都准备齐全了,但还差一样小礼物,前几天许念在网上买了,正巧,刚吃完饭快递就到了。

店家注重顾客的隐私,将东西包装得分外严实,许念淡定地签收,上楼将东西拆了,思索一会儿,又将盒子也拆了,把礼物放进包里藏着。

临近考试,两人都各自忙着,平常相处,一人复习,一人训练。

顾容晚上八点多才到家,提着一口袋小蛋糕进门,全是给她的。天儿热,冰箱里放不下那么多,许念只好送了大半给对门家婶子。

婶子乐得满脸堆笑,赶紧让自家儿子去院里摘了几根新鲜的黄瓜给许念。她家的院子就是菜地,种着各种各样的时令蔬菜。

许念都收下,并请她过两天帮自己看一下房子。

"旅游啊,挺好的,去哪儿玩?"

"郊区那边,去花海、江鸣古镇到处看看。"

婶子点点头,说:"那行,没问题。"

老城区就这点好,周围都是相处多年的老邻居,有事可以相互帮衬。这片的治安不比新区,要出去四天,许念还是担心防盗问题,有婶子一家帮忙照看,肯定放心多了。

顾容正在楼上洗漱,许念上去的时候她刚好洗完,短款睡裙衬得一双长腿越发好看,许念不由得悄悄多看了两眼。

她在厅里待了会儿，站在窗口擦头发，眺望远处。

"婶子送了几根黄瓜，明天可以吃，煮汤凉拌都行。"

"我明天白天不在家。"顾容说。

"晚上呢？"

"晚饭回来吃。"

许念拿着睡衣往浴室走，边走边说："我也回家吃。"

顾容扭头望去，她进浴室关上门。

等洗完出来，顾容还在窗口站着，头发已经吹干了。许念挂着毛巾过去，发现这人将仙人球搬到了窗台上。

许念低头看两颗仙人球，相较于刚拿回家的时候，好像长大了些，她下楼装水上来浇，等再进来时，顾容已进大房间休息，房门没关。

许念慢悠悠浇完水，在外面站了十几分钟。

大房间里漆黑一片，空调在运转着，顾容翻身朝向门口，厅里投进的光亮叫人有些不适，她合上眼睛，许久，光亮没了，伴随着一阵脚步声，隔壁的门关上。

她转为平躺着，夜色浓郁，四周静悄悄的，过了两三分钟，她起来将门关上。

第二天晴朗，温度飙升到39℃，接连两天的考试让人心力交瘁，尤其是沈晚，她以为开卷考试会像以前那样简单，结果翻书都找不到答案，考试期间两眼发黑，叫苦不迭。

许念完成得挺不错，不像其他同学轻视开卷考试，她基本功扎实，复习到位，下笔如飞，一身轻松进考场，一身轻松出考场。

两天的考试时间过得飞快。

一出考场，沈晚就拉着她去学校外面溜达一圈。

"你比赛那天，我回来看，叫上我小姨她们一起。"沈晚乐和说，"一定要拿个奖给大家瞧瞧。"

许念帮沈晚拎了一大袋吃的，问道："你什么时候回来？"

"本来打算10号，你不是不去吗？那就晚点，反正比赛前一天我买机票到。"

"你来了以后给我打电话，我来接你。"

"行。"

许念送她回寝室，顺道收拾自己的铺位，将要用的书和资料全部带走。

沈晚还要在学校待一天,她先跟另外两个室友出去吃饭,许念六点左右才出寝室。

进入宽北巷,太阳已经落进地平线以下,天际被染成金黄,颜色随着时间的推移逐渐淡化,但温度还是很高,微风一吹,热浪扑面,汗水顺着脊背往下流。

顾容今儿一直在家收拾打包,明天一早就要出发,见到人进门,便问:"考得怎么样?"

"还行。"许念放包放东西,抽纸擦擦汗,"难度不算很大。"

客厅空调制冷不行,进门还是热,她拿书用力扇了几下。

"晚晚刚刚给我发消息,让我19号去看你比赛。"

许念顿了顿,兀自倒了杯凉水喝,状似无意地问:"那你去吗?"

顾容弯身打包,没说话。

她穿着纯白吊带、浅灰热裤。

许念坐在沙发靠背上看着顾容,现在都夏天了,大家都开始变黑,这人反倒越来越白,穿吊带衬得锁骨更加性感,腰很细,起身的时候稍微用力点马甲线便隐隐显现。

顾容一面提东西一面说:"你的行李收拾好没有?"

许念搁下水杯,说:"早就收拾好了。"

"这些书不带?"顾容望向她刚刚放下的书本。

"不带,又没时间看。"许念说。

顾容抬眼,见她汗涔涔的样子,说:"拿干帕子擦擦,凉快了就去洗个热水澡。"

许念闻了闻自个儿,感觉是有股汗味,应声道:"待会儿去。"

"别对着空调吹。"顾容又说,全程不看人,兀自做自己的事。

许念笑笑,拿起杯子又喝了口,往沙发另一边去,避免正对着空调吹。

顾容径直进了厨房。

许念望了那边很久,不知道为何,她总觉得顾容对别人爱搭不理,高冷凉薄,在这里虽还是清冷到不行的模样,但却有了点不同。

洗完澡下楼,厨房里还在忙活。

由于热,顾容连围裙都没穿,浓白的鲫鱼汤滚滚沸腾,味道鲜香,她尝了尝味,感觉差不多了关火,刚准备转身拿碗时,许念进来了,忽然靠近,她吓了一跳。

许念穿着黑色的小背心,她早在外面看了一会儿,做足了心理准备才进来。

"热得很……"顾容说。

许念说:"辛苦了。"

汤还在锅里呢,厨房里跟火炉似的,顾容懒得搭理她,只道:"该吃饭了,你拿两个饭碗出去,别在这里待着。"

许念置若罔闻,一手拿东西,一手帮她扇扇风。

其实作用不大,这么干纯属白搭,傻里傻气的,哪会有用处。

然而某人这会儿傻不拉几的,还是不嫌热地在后面使劲用手扇风。

顾容好笑又好气,但也无可奈何。

由于太热,顾容将头发扎作一团绑着,可绑得不够稳,有两缕发丝垂落,贴在了细长的脖颈上。许念扭头,十分自然地帮她顺顺发丝。

再 次 旅 行

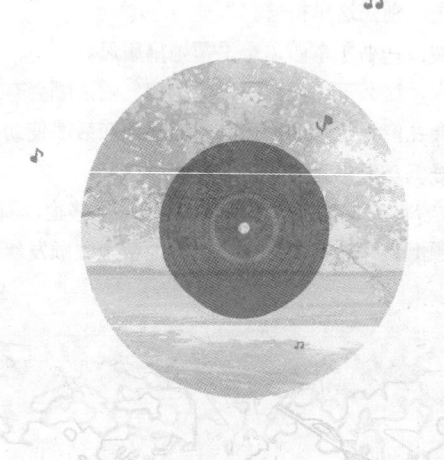

[第12章]

两人凑在一起是真的热,何况锅里还冒着热气。

顾容推推许念,说:"这里好热,快点把菜端出去。"

许念不为所动,站着不动,顾容倒没再继续说,懒得啰唆了。

厨房里闷得不行,偶尔一阵风吹进,勉强凉爽些,不过还是像待在蒸笼里一样,她看了看侧窗方向,那儿肯定不会有人,对面是隔壁家的红砖墙壁。

吊带容易吸汗,后背上不一会儿便被汗水濡湿了一块,没多久,脖颈上也是汗水。

两人聊了会儿天,有一句没一句的。

许念说:"我去拿扇子。"

顾容扭头,回道:"行啊。"

许念却赖皮得很,又改口:"待会儿去。"

顾容说:"少来。"

许念说:"我也热。"

"那就放开,离远一点。"顾容接道,拍她的爪子一下,打了打。

许念仿佛感受不到,反而笑了笑。

再后面,顾容也不催这人出去了,而是让她待在这儿,不管了。

可能是今天的氛围不错,慢慢地,她们心里都软下来,逐渐变得不一样,情绪有了变化。

顾容低了下头,像是有些感慨。

许念问:"怎么了?"

顾容回答:"没。"

"不太像,你似乎有心事。"

"没。"

"真的?"许念问。

顾容顿了下,说:"就是有点……怎么讲,感觉很不真实。"

许念:"为什么?"

顾容挺直白,说:"因为遇到了你。"

对方突然笑了笑。

这世界上女孩子分成多种类型,活泼的,可爱的,温柔的,抑或是小巧的,当然也有英气霸道的等,不是每个女孩子都会成长为风情万种的女人,譬如许念,再过五年十年,她骨子里也不会生出性感妩媚来,只会更加"蛮横"、果断，有魄力。

第一次见面时顾容就看出了许念会成为一个怎样的人，她们太相似了，顾容甚至在她身上看到了自己早几年前的影子。但随着越来越多的接触，慢慢也发现了不同点，这些不同是她所不具有的，也是她接触过的人里所缺乏的，是在泥沼里长大的人都有的一股劲儿，一股足以抵挡一切苦难的劲儿，她就是被这个吸引。

"晚上一起看电影吗？"许念问。

顾容顿了一下，定了定心神："明天一早就要开车走的……"

许念说："我知道。"

窗外又有风往里面吹，霎时舒爽凉快了不少。顾容垂下眼，低声说："今晚好好休息……"

"那现在出去买点东西。"许念说。

等回来菜都快凉了，许念找了张干帕子给顾容擦汗，理理她散乱的头发，殷勤得很。

顾容一脸淡然，站在空调底下，乍然还有点冷。

"上去洗澡换衣服。"许念替她把风挡住，但挡不完全，"我把菜重新热一下。"

顾容"嗯"了一声，抬手勾了勾耳发。

望见她朝楼上走，许念勾唇，直到看不见对方了才进厨房，拿帕子擦了擦身上，拧开水龙头洗手。

许念留在下面热菜，晚一点又上楼重新换了件衣服。

夜里，两人在大房间有一搭没一搭地聊天。

大房间有空调，可比厨房里好受多了，进来之前许念怕身上有汗味，特意在浴室擦了遍身子。

顾容翻身朝向她："东西收拾齐全没？"

虽然是市内自驾游，但届时忘了东西，要回来拿也麻烦得很。

"该带的都带了，放心。"许念保证。

天上星星繁多，些微亮光投进窗户，可房间里仍旧黑，顾容只隐约能看见这人的身形轮廓。

许念比金毛还爱黏人，顾容好笑，无可奈何地说："干吗总是凑上来？不热吗？"

许念摇头说："不热。"

顾容说:"不热才怪。"

许念不再辩解,"嗯"了一声,说:"还是有点热。"

顾容弯弯唇角。

外面一夜闷热,临近天亮时分,忽而大风骤起呼啸不停,天色昏沉沉的,山雨欲来的样子。

两人八点起床,吃了早饭将所有东西搬上车,出发去北郊外的景区八里村。太阳一直没出来,她俩到达目的地时仍旧天色灰蒙蒙。

离八里村二里路远的地方就是花海,那是她们明天要去的地方,今天暂时就在附近走走。八里村是G市开发较早、发展较快的一个旅游景点,交通条件还不错,大型超市、商场这些应有尽有。她俩在这里租了一个民宿,地址在大型超市右边五十米处,十八楼,电梯房,外带地下停车场。

停好车,许念主动将大部分东西往自己身上挂,只留了一个背包给顾容。

看着这二傻愣身上挂一堆东西,顾容好笑:"行李给我一些。"

许念没给,说道:"又不重,走吧,坐电梯就上去了。"

边说,边将背包递给顾容,然后一手提包一手拉行李箱,两人的东西没分开放,直接放在一起。

上楼,进房间。

里面非常闷热,顾容放下包后立马把窗户打开透气。

房间面积不大,大概五十多平方米,房间北侧有一个小阳台,阳台上铺着软垫子,周围是落地窗,两侧挂着窗帘,在这里可以俯瞰窗外的景象。

"先打扫一下,中午我点外卖将就一顿,晚上再做饭,你想吃什么?"顾容问。

"都行,清淡点就可以。"许念素来不挑食。

趁顾容去厕所打水,她将背包里的东西全拿出来放床头柜的抽屉中,再过去帮忙。

打扫完房间,将近十一点半,吃了外卖以后两人一起安生睡了个午觉,四五点钟去超市买食材这些,她俩吃饭口味接近,不用考虑合不合对方口味的问题,这个时间点超市里人比较多,许念主动牵着顾容走,两人皆都又高又漂亮,一路上吸引不少人的目光。

超市里购物车推来推去,许念好几次都被别人撞到,她怕顾容被撞,便默默将人护着。

结账排了很久的队,快到收银台时,顾容到商品架左边偏上方的位置处拿了两盒巧克力放收银台上,她一脸淡定,大大方方的。倒是后面推车的许念有点不好意思,知道巧克力是买给自己的。

顾容还真把她当小姑娘哄了。

收银员麻利地扫码。

"要两个大的购物袋。"顾容划出付款码。

"好的。"收银员回道,"一共385块8毛。"

扫码收钱,收银员望了她俩一眼。

"欢迎下次光临。"

天色越发阴沉,乌云笼罩,还没到六点,昏暗的天空都快入夜了一样。刚进大楼,豆大的雨滴啪嗒啪嗒落下,哗哗哗直响,许念回头望了一眼,地面全湿了,雨水被风卷着往楼里带。

进入地下停车场,回来的不止她俩,还有一家四口。六人一块儿进电梯,那一家的小孩儿闹腾,许念把顾容挡在身侧。

顾容扭头看了看她,不由得扬扬嘴角。

第一天到此为止,她俩相处得非常好,这是之前与其他人一起旅游时所没有的感受。

那一家人在十四楼要出去,当电梯门关上,许念开口:"待会儿我来做饭。"

顾容看向她,说:"嗯,好。"

刚说完,电梯门打开。

她们隔壁有人入住,巧了,四人相互看见,没打招呼,只点头示意。

进屋放下东西。

"这雨下得好大。"许念低低说,替她理理裙子,"早点吃饭,早点休息。"

顾容推开她,把袋子里的东西分类,将今晚要吃的提进厨房。

"我给你打下手,许大厨。"

许念摸了下鼻头,笑笑,跟着进去。

她们买的菜并不多,只够今晚和明天中午,许念手脚麻利,不到一个半小时就弄出三菜一汤,其间几乎不让顾容动手。

外面的雨势丝毫不见小,反而越来越大,窗户玻璃上水流不绝,天地一片黑沉。

幸好,没有闪电打雷,这场雨应该持续不了多久,兴许下半夜就会结束。
——许念的认知里是这样的,下雨不打雷,雨势一般不持久。

客厅里的灯光柔白且温和,两人对坐着吃饭。桌上有一盘基围虾,顾容不饿,全程剥虾给许念吃,以往她在饭桌上从不关照别人,哪怕是最亲近的沈晚。

许念话比较多,不时就说几句,顾容今夜尤其寡言少语,只听着她说。

"你具体什么时候开始工作?"许念问,吃了颗剥好的虾。

"早一点九月初,晚一点十月份,还没定下来。"顾容回答,"怎么?"

许念摇头说:"就是问问而已。"

日子越近,越舍不得对方离开,离开的时间没个准头,总想着这事,她没表现得过于明显,不想让顾容考虑太多。

"我有空就会回国。"顾容像是知道她在想什么,宽慰道。

"感觉你到时候肯定会很忙。"许念端起碗去接她递来的虾尾,"我看电视上那些模特,又是面试,又是试装,还要彩排这些,走一场秀周期那么长。"

顾容抬头望了她一下,问:"看的哪个频道?"

许念语塞,说不出来,因为她根本就不是从电视上看来的,而是自己私底下查的。以前呢,只会买一两本有关于顾容内容的杂志,对于模特这个行业没有过多的了解,一门心思都在读书上,只是与顾容接触多了,才去关注这些与学习无关的东西。

她一贯中规中矩,鲜少把心思用在无关紧要的事情上,除非特别关心。

如今,顾容就是她的特别关心。

"模特的黄金年龄段是 18 至 28 岁,我上个月已经满了 28 岁。"顾容抽餐巾纸擦擦手,平和陈述说,"我打算明年退休。"

所以下次出去,主要是想给职业生涯画上一个圆满的句号。

许念愣住,对此很是吃惊。

顾容继续说道:"之后会一直待在国内,做点自己想做的事,不过目前还没决定好到底要做什么,到时候再看吧。"

人到了一定的年龄就会明白,虽然一辈子只有短短几十年,但鲜少有人会用这个有限的时间只做一件事,不论哪种事。

登上 T 台是 18 岁时的梦想,能够随心所欲是 28 岁时的梦想,没能力的时候需要抗争,有能力的时候只需要跟着心走就好。她现在有随心所欲的能力,可以做自己想做的事,不会受到各种束缚。

许念欲言又止,她阅历不够,还不能理解顾容做出这个决定的原因。沈晚曾说了许多关于顾容当年如何与家里抗争的事,以及打拼出一片天地的艰辛,眼下顾容的事业正如日中天,忽然要退隐,她实在不明白,迟疑了半晌,问道:"什么时候决定的?"

顾容如实说:"半年前有了这个想法,上月决定的。"

接着补充:"兴许届时会去B市发展。"

许念一顿,想了想,想不通,可还是表示无条件支持,故而问道:"那到时候打算做些什么?"

"开一个服装设计工作室,可能会跟朋友合伙开,或者报班学习摄影这些,如果有机会,也许会和你一样,考研,读书。"顾容认真说,一点没有开玩笑的意思。

听到考研读书,许念整个人都是蒙的,蒙了一会儿,蓦地笑了。

顾容真的太特别了。许念向来喜欢且欣赏这种人,有主见,有想法,明白自己要什么,知道该怎么做,她对自己的要求就是如此,而让她惊喜的是顾容也是这样的一个人,或许她们相互了解还不够深入,但目前来看,一切都非常如意。

她忍不住笑道:"那你最想去哪所学校?"

顾容果断说:"T大。"

许念挑挑眉,又问:"不选择留学吗?"

"T大的机械专业不比国外的那些学校差。"

两人对视,许念抿唇,看向她,郑重地说:"如果你要来,那我在T大等你。"

顾容"嗯"了声,不过一切还得看之后的打算,回去继续学业只是其中一个想法,真正实施起来没那么轻松,想是想,做是做,差别很大。

"你以后有什么打算?"她问。

许念思索半晌,一面剥虾一面张口:"读书,读研读博,想从事研究工作,之前张教授给我介绍了一个搞研究的师兄,师兄说将来有意愿的话,可以去他们那儿试试。"

还挺有目标的,顾容认同颔首,又问:"在G市?"

"不是。"许念回,"在B市那边,不过他们近两三年可能会在这边建立分所,等我毕业的时候应该就差不多建成了。"

"还行,届时想在哪边发展都可以,我在那边也有一些从事机械专业的同学。"顾容接话,见对方又要给自己剥虾,有些好笑,这人从头到尾都没吃过两口,尽剥给她了,于是说,"够了,我吃不下那么多。"

许念这次知道及时打住,没继续剥,擦了擦手,忽而想起什么,道:"之前你问我为什么学机械,其实我一开始想报师范,结果这边没有好的学校,那时候也不知道到底学什么,就按照估分随便报的。"

报师范并不是因为兴趣,而是外婆在世的时候常念叨当老师如何如何,在老人家的观念里,教师就是光荣的铁饭碗。那时许念没考虑太多,只是不想离开G市,于是就报了本地的最高学府G大。

如果当时没有选择G大,或许她也遇不到顾容。缘分真是种妙不可言的东西,你做的每一个决定,好像冥冥之中都自有安排一样。

顾容看她一眼,夹了一筷子菜过去。

两人边吃边聊,找话题打发时间,窗外的天暗沉沉的,不时还能听到风声响。

吃完饭许念洗碗,顾容先去洗澡。

水龙头里流出来的水略带温热,洗完碗,许念仔细洗了两遍手。厨房隔壁就是浴室,原地站着都能听见里面哗哗的流水声。

顾容洗得很慢,洗了半个小时都没出来。

许念不催促,进房间拿睡裙和衣裤。刚收拾完出去,浴室门打开,顾容裹着浴巾出来,两人皆不说话,她身上的水都没有擦干净,脖颈和锁骨上还挂着水珠。

许念别开眼,拿着衣物侧身进去,浴室里热气笼罩,温度比外面高多了,地板上湿漉漉的,到处都是水。她将东西挂好,理理头发才拧开开关,水有些烫,许念也洗了差不多半个小时,上上下下都搓了一遍,白皙的皮肤都搓红了,确定洗干净了,她才穿睡裙出去。

关掉客厅的灯,进入房间,房间里只开了一盏小灯,光线昏暗,但同时也充满了温情的味道,顾容站在桌边调酒。

她竟然带了瓶红酒出来,许念完全没发觉。

"要不要喝一杯?"顾容问。

问归问,桌上早摆了两杯酒,显然是想让许念喝一点。

今儿阴天,此刻外面还下着淅淅沥沥的大雨,但房间里仍旧有点闷热,不能开窗,许念只好把空调打开,调到26℃,然后走到顾容旁边端起其中一杯酒，小小抿了口，酒很烈。

两人都不慢不紧地喝着。

外面的雨越发大了，淅淅沥沥接连不断。

雨噼噼啪啪打在玻璃上，水汽氤氲，夜色浓郁，风不时吹打着，微弱的灯光从窗帘缝里投出。下半夜，窗帘一角忽地动了下，雨在这时候彻底停歇，玻璃窗上，一股股水流滑落，在上面留下痕迹，楼下的花坛里积聚了不少雨水，花坛边缘有缺口，当大雨停歇时，积盈的水便不断地往外流，流到地面上，再慢慢与其他水流汇聚。

阳台这边空调吹不到，加之制冷效果不是特别好，这里便有些沉闷。

许念掀了下帘布，借着床头那边传来的微弱的灯光，瞧见玻璃上滑落的水。

这雨像是积攒了多日，来势汹汹。

她抬手隔着玻璃窗轻轻碰了下，恰恰水流滑落，外头的天空阴沉沉，此时外面连一盏亮着的灯都没有，夜色无边无际。

不多时，雨点又袭来，起先是细雨，再逐渐变大，偶尔还有夜风吹拂而过。

第二天，日上三竿两人都没能起来，熬夜的后果就是身体无比疲惫，窗帘拉得严严实实，房间里漆黑一片，压根不知道现在什么时间。

许念是自然醒的，她醒的时候顾容早醒了，对方给了她一份早安礼物。

过了不久，许念说："早安。"

顾容笑了笑，捏这人的耳朵，故意没使劲地拉了下。

此时外面太阳高照，和煦的风柔柔吹着，亮光从窗帘缝里泻入，打在软和的薄被上，略微刺眼，两人都还没起来的打算。

"再睡会儿，晚点我起来做饭。"许念轻声说。

顾容合上眼小憩，两人睡了个回笼觉。

再次醒来时，顾容翻身平躺着，怔神望着木质天花板。

窗帘缝里的光束从被子上转到地上，依然刺眼。顾容支起身，靠着床头把被子拢在胸口醒了会儿神，然后摸索着打开床头的小灯。

小灯的光线昏黄，柔和舒适，她想找睡袍穿上，却没看到在哪儿，四下瞧了瞧，这时门被推开，许念进来。

"我拿到浴室洗了。"许念边说，边打开衣柜，回身问她，"想穿哪件？"

顾容无奈,扫了一眼,轻声说:"随便拿条裙子就行。"

许念挑了条卡其色的大摆长裙给她,另外还有其他小物件,长裙是无袖的,收腰款,十分考验身材,穿着显得腰细腿长,也凸显性感的锁骨和白细的手臂。穿的人稍微胖一点都不行,胖了就看起来很壮,顾容穿刚刚好。

她倒不避讳许念在场,拢住被子接过长裙,抓了抓头发扎起,当着对方的面就开穿,反倒是许念这厚脸皮分外不自在,竟然不太好意思,最后抿紧唇转过头。

"我煮了粥,马上炒两个小菜就可以吃了。"她开口,声音很低,"我先出去,你整理好了再出来。"

拉开窗帘,天上的太阳火辣炙烤着,顾容下意识闭了闭眼睛。

外面,许念在厨房里忙得热火朝天,虽然口头上说煮粥吃小菜,但行动上还是不含糊,汤、肉菜一个不少,食物的香味四处萦绕。

顾容朝厨房望了望,勾勾唇,进浴室洗漱。

盥洗台上方的墙壁上有面方形的大镜子,一抬头,她在镜子里瞧见了自己,嘴唇红润,熬夜那么晚,脸色却还好。

做饭费不了多长时间,许念很快就做好一大桌,饭桌上她不停地给顾容夹菜,自己没吃两口,顾容碗里直接堆成了小山。

"你自己吃,别给我夹菜了。"顾容无奈说,不免有些好笑,"我吃不了这么多。"

许念忙"嗯"了一声,可手下却没停,依旧给对方夹了筷子菜。

晚一点要出门,吃完饭顾容捯饬一番,化了个淡妆。

现在将近下午两点,她俩连中午饭都没赶上,许念心情不错,一个人麻利地炒菜端菜,等菜齐活了叫顾容吃饭。

"要不要歇半天,明天再去?"许念问,不想她太累。

"睡了这么久,正好出去走走,待会儿开车走。"顾容顺便夹了一筷子菜给她。

许念"嗯"声,默默吃菜,过一会儿,也夹菜给对方。

"天气预报说这几天都有雨,趁着有太阳,可以去花海看看。"顾容说,天气预报几个小时一换,她们来之前还显示最近都是晴天无雨,谁知一来就撞上大雨。

幸亏原先考虑到天气炎热,没有制订爬山的计划,接下来的三天可以看天气行事，反正都是出来玩，走哪儿都能放松放松，而且花海本就是她们计划中的打卡第一站。

G市的花海闻名全国，花种类繁多，景区设施设备完备，各种旅游建设、活动之类也非常出名，景色美，地方好玩，每年来此旅游的人络绎不绝。

"那我洗了碗收拾东西。"许念点头，停了下，轻声说，"你坐着歇会儿。"

顾容兀自笑笑，没说话。

吃完饭，真让许念收拾碗筷，自己回房间休息。

等许念进房间的时候，她正倚在床头小憩，床边搁着背包，背包里是出去玩可能会用到的东西，许念了然，倒了杯温水过来。

"喝点水，刚吃了饭确实会困，要不要睡半个小时再走？"

顾容睁开惺忪的眼睛，蔫蔫的，抬手接过杯子喝了两口，再放下杯子，看了看面前这人，说道："你歇一歇，四点再出发。"

许念"哎"了一声。

"好好休息，我们晚一点才回来，晚上要在那边看灯会。"顾容说，将这人按着躺下。

许念这回规矩安生，躺着睡了大半个小时。

顾容一直未合眼，困意早已经没了，思绪渐远，不知在想些什么，她低头看着身旁的某人，帮忙掖好被角。

空调吹着冷风，呜呜运行着。

四点，恰恰过了太阳直晒的时候，两人涂了防晒出门，昨天隔壁那两人也与她们一起进电梯，然后进停车场。

其中矮个儿的女生可能是想和她俩熟悉一下，于是问道："两位出去玩？"

顾容态度不咸不淡，看样子是不想说话，抑或不想理会陌生人，她性格就是这样，对外人高冷得很，跟冰坨子一般。

许念背着包，点点头："对，去花海走走。"

"正好，我们也是去花海。"女生笑道。

电梯很快到负一楼，刚走出去，矮个儿女生热情地问："要不要一起过去？反正顺路。"

她俩也是自驾，许念望了眼顾容，见她没有意见才点头。

车一前一后出去，花海离这儿并不远，慢速行驶也就十来分钟。虽然今儿大太阳，但是路面仍旧有积水。花海人多拥挤，停车位难找，她们在外面转了两圈才找到位置。

下了车，四人往花海里面走。

因为一夜大雨，现在四处都是水，但这阻挡不了游客们的热情，矮个儿女生问她们："组队一起玩吧，这样相互有个照应。"

学生都热情，乐意跟别人分享快乐时光，可许念不愿意，她婉拒了，说还有朋友在里面等着。

对方识趣走了，矮个儿女生特别自来熟，走时让她俩回去了有空相互串串门。

出门在外得有防备心，不管对方好不好，顾容一直无话，她不太喜欢跟陌生人搭话，冷冷淡淡的，见那两人走远了，牵起许念往另一个方向走。

进去走了一段路，遇到卖小东西的商贩，许念选了顶编制的草帽送给顾容。

"你戴着好看。"许念嘴甜地夸道，帮她理了理，"比其他人好看多了。"

周围许多人都戴了帽子，她就是看着心痒，非得给顾容买一顶。草帽很衬裙子，确实不错，顾容眉眼微弯："好看你也买一顶。"

许念只笑了笑。

天气十分凉爽，等八点左右天完全黑下来，届时会有一场灯会，她们就是为了灯会来的。沿着小路走二十几分钟，就是举办灯会的地方，这里人比较多，很是嘈杂吵闹，中途许念只放了下手，被推搡着行了半步，再回头时，顾容就不见了踪影。

天上云朵堆聚，灰蒙蒙一片，白天还晴日当空，眼下又乌云笼罩，但雨没有立马要落下的架势，乌云翻腾了一阵，几分钟工夫又散开，天空恢复晴明的样子。

这个时间点灯会广场人潮拥堵，现在的入场处就像课间操解散过后的操场口，游客们一群一群地挤着走，这里的路本就不宽，许念被推着挤着退到了花坛边上，四下都寻不见顾容的踪影，她皱了皱眉。

人多嘈杂，打电话即便接通了对方肯定也听不清楚，只能发消息问问。

虽然知道可以等这些人进去了再慢慢找，但她还是忍不住有点焦急，明明刚才还牵着的人，突然就走散了，人不在身边心里分外不踏实。

消息界面一直没动静。

许念更焦急了。

眼看入场口的人渐渐少了,她站不住,到处找找,一面走一面打电话。第一次没打通,第二次响铃三次,还没来得及开口,手机里先传来清冷的声音:"转身,看后面……"

许念照做,顾容就在她身后不足一米处的地方。

这人怀里还抱着一个小向日葵扎成的花束以及两瓶冷饮,难怪不回消息,原来是买这些去了。

"我还以为走丢了。"许念过去,赶紧接过她手里的东西,"这里人可真多,刚过来的时候还没多少,一会儿工夫就这样了。"

"里面在举办活动。"顾容说,抬手帮她理了理衣领,"今晚的游客比之前都要多,我们正好赶上了而已。"

许念"哦"了两声,一只手拿着所有的东西,一只手去拉她,一边慢走一边说着:"这么多人,我还真怕又把你给弄丢了。"

她抓紧顾容的胳膊,稍微有点拥挤便停下来等会儿,尽量把顾容护在后面,说道:"可别再走散了,这里吵闹得很,不然不好找。"

顾容抬眼瞧了这人一下,默然不言语,她刚刚其实就在不远处,能看见许念,只是瞧着小摊上的向日葵花束挺适合许念的这身搭配,便掏钱买了,又想着这人可能会口渴,于是顺道买冷饮。

她没走远,就那么两分钟的时间,只不过是许念太心急,这么大的人了,哪可能会走丢呢,何况有手机。

越往里走,地方逐渐开阔,许念终于可以把顾容带到身侧护着。这个时间点灯会的灯已经全部亮起,各式各样的花灯摆满了广场,有的比一间房还大,有的只有巴掌那么小,道路两旁摆着小摊,稀奇热闹。

广场中央搭建了一个临时舞台,里三层外三层地围满了人,主持人拿着话筒在上面高声地讲话,她俩不喜欢凑热闹,便绕开了走。再往里,是一片面积不大的竹林,两人进到亭子里暂歇,亭子里不止她们俩,还有一队学生模样的人,男女都有。

"累不累?"许念问,放下花束,将冷饮插上吸管递过去。

"不累。"顾容接过冷饮,又抬手给她理理被风吹乱的头发,"待会儿再转转,去北边走一圈。"

"嗯。"许念一贯很顺从。

此刻夜色浓郁,灯会的灯不像家里那种,虽然一排排堆聚,但并不亮堂,那边灯火璀璨,这里却比较昏暗。

那些学生在开心地笑谈,仿佛有说不完的话。

其中有个瘦高的眼镜男,长得十分白净,模样还算帅气,他往这边望了好几眼,同行的人发现了,小声揶揄,怂恿他过来要联系方式。

白净眼镜男比较腼腆,兴许是不好意思,但又怕她们走了不甘心,许久,鼓足勇气慢慢走过来,那一堆朋友立马小声起哄。

他看了眼顾容,欲言又止。

许念不用猜都知道这人要干吗,于是用力抓紧顾容的手。

白净眼镜男嗫嚅,似乎羞于开口,正当许念以为他要对顾容说什么时,这人却忽地转了个方向朝着自己,小心翼翼道:"你好……"

平时不是没有被搭讪过,相反,因为专业男女比例差距太大,在学校隔三岔五就能被套近乎,但到底是在外面,她有点蒙,没做反应。

白净眼镜男有些紧张,连话都说不利索了,"你好"过后迟迟不见下文,那些朋友都在笑,也有暗暗给他鼓励的。顾容不动声色斜睨了那边一眼,再正视起面前这个小男生,虽然没有皱起眉头,但神色明显不悦。

"你好,我叫陈琦,可以认识一下吗?"白净眼镜男终于把话说全,并且向许念伸出了手,整得跟会议谈判一样正式。

搭讪是个技术活,并且要有眼力见儿,显然,白净眼镜男没有眼力见儿,许念直接婉拒,然而对方不死心,诚恳说:"就交个朋友,相互认识认识。"

许念想了想,刚要出口拒绝,可顾容快一步,抬眼不咸不淡地望着他,帮忙婉拒了:"不可以。"

在场的两人都愣了愣,眼镜男是疑惑,许念是没料到她会出声。

眼镜男尴尬不已,看了看许念,一时之间语塞,大概是觉得害羞,什么也没再说,走开了。

许念忍不住扬起嘴角,莫名觉得挺有意思的。

约莫九点,她们去了北边转悠。今晚的花海人山人海,走哪儿都挤,许念一路护着顾容,等到了一处人少幽暗的地方,她将顾容拉到隐蔽处。

旁边来来往往的人不少,但因为隐蔽,所以鲜少有人注意到这里。

她们在这里歇了会儿。

"早点回去?"许念低声问。

顾容说:"我想再去看看灯,就来这一回,不多看看可惜了。"

随即走出隐蔽处,许念只得跟上。

回去的时候正好十点半,下车时,她们又遇见了隔壁那俩姑娘,这两人下午出去还好好的,现在却在闹别扭,相互不搭理。

电梯里异常安静,许念瞥了眼顾容。

很快到十五楼,矮个儿女生气鼓鼓地出去,高个儿没追,而是慢吞吞地在后面走着,小女生的心情就像多变的天气,有时阳光明媚,有时阴雨连绵。

许念不喜欢将时间浪费在吵架上,她更愿意多交流,即便顾容不爱讲话。

进了门,她先进厨房烧开水。

顾容的电话响了,沈晚来电,那妮子打电话来问自家小姨有没有想要的东西,她可以从B市带回来,顾容肯定回答没有。沈晚话多,问完,絮絮叨叨聊家里的事,一会儿又扯到沈爸爸怎样怎样,反正话匣子打开了就关不上。

顾容少有这么耐心地听她讲的时候。

许念烧了水出来,见这人还在打电话,便顺口问了句:"谁打的?"

顾容小声说:"晚晚。"

正巧,那头的沈晚听见了许念的声音,很是高兴说:"小姨,你把电话给阿念,我问问她有没有想要的东西,我要给她买礼物。"

现在已经十一点,该睡觉了,沈晚这夜猫子毫无睡意,然而许念一般这时就该睡了。顾容没把手机给许念,而是淡淡开口:"她还要看书,明天再说。"

不让沈晚打扰到许念,直接把沈晚给挡住了。

考虑到许念在准备机器人比赛,沈晚还真信了,单纯得很,硬是一点没怀疑:"那我明天打电话给她。"

顾容没吭声,只安静听着。

沈晚还不挂电话,继续说个不停。

许念过来了,顾容扭头瞧这人一眼。

与白天的天气有关,房子里有点闷热,没开空调,背后有些热。

那边,沈晚问了句话,顾容"嗯"了一声。许念就在一旁安静听着。

长久陪伴

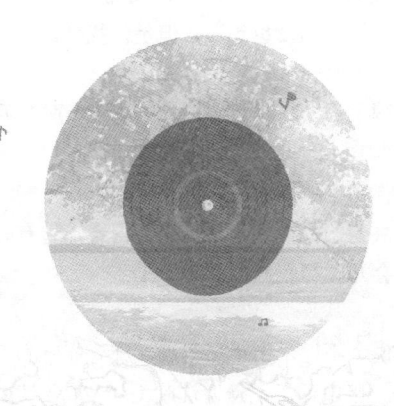

[第13章]

干燥的带着热意的夜风往这里吹,楼下灯火阑珊,远处昏黑一片,这边虽然靠近旅游景区,但这个时间点大部分地方都熄灯了,马路两旁的路灯亮着,十五楼就她们这儿还开着灯。

将窗帘拉上,客厅里有些闷热,许念将空调打开。

顾容想趁机挂断电话,结果沈晚惊乍乍让先等等,拿出一本小册子和一支笔,偏着脑袋夹夹手机:"小姨,我妈让我问问你,上回你给她带的裙子在哪儿买的,她有朋友也想买,但是没找到。"

窗户还开着,不时一阵风吹来卷起一角。

"不是什么牌子……"顾容回答,"请一个朋友手工做的,她不卖货,一般也不接单。"

"那能再请你那个朋友做吗?"沈晚问。

顾容不好做决定,只说:"不清楚,得看那边有时间安排没有。"

"小姨,待会儿你帮我问问。"

"再看。"

沈晚在那边说个不停,由于离得近,许念能听到一些。

顾容不是很想接电话了,搪塞沈晚:"我待会儿打电话问问,明天回你电话。"

这是要挂电话的意思,可惜沈晚脑子反应慢半拍,还傻傻问:"小姨你在干什么?很忙吗?"

顾容半垂下眼皮,不继续搭话了:"先挂了。"

说完立马挂断电话。

窗户外边黑魆魆的,这个夜晚宁静而美好,处处都透露出平和的气氛。轻拂的晚风带着这个季节特有的气味,一阵一阵地往这儿袭来。顾容感受到了窗户缝里吹来的凉意,而后闭上眼睛。

下半夜里,两人都沉沉睡去。

约莫天亮时分,外面下起了毛毛细雨,今儿的温度为27℃,还算舒适,加之有雨的存在,到处都凉丝丝的。

大清早,马路上的车辆渐渐变多,昨夜早睡的旅客们早起,开始为今天的旅行准备。天色一直昏沉,天际乌云一团团堆积,十五楼与众不同,两间房都安静得很,房子里的人都还睡着。

十点左右,顾容被许念唤醒,两人在床上赖了许久,都不想那么早就起来。

一会儿,许念又笑,问道:"今天想怎么安排?"

由于没买菜,中午要么叫外卖要么出去吃,两人选择了收拾东西出去吃,她们今儿要去江鸣古镇,今晚可能会在那边歇一晚,反正得看时间安排。

她俩穿的运动装是之前顾容买的那两套,各自都背了一个包,包里放着会用到的各种各样的东西。

出门的时候,又碰到了隔壁的两个姐妹,昨晚还在闹别扭的两人,现今和好了,矮个儿那个笑吟吟的,两人拉着行李,碰见许念和顾容,矮个儿女生问:"你们也要走了吗?"

许念扫了眼她们的行李箱,说:"出去玩,你们要走了?"

矮个儿女生笑笑:"去市中心看看,只计划了五天时间,打算把G市都逛一遍。"

许念客套跟她聊了两句。

高个儿女生与顾容一样不怎么说话,进了停车场,相互客套告别,而后分道而走。

对于许念刚刚跟矮个儿女生有说有笑的,至少在顾容看来是有说有笑,顾容态度非常冷淡,似乎有些不高兴,脸色不大好看。那两个女生都跟许念差不多大,同龄人交流多,不像她跟许念待在一处,多数时候都没什么话。

许念察觉到她的情绪变化,有意无意开口打破沉默的氛围,尽量说些轻松的话。

顾容打了圈方向盘,等开上直路,用余光瞥了这人一眼。

"明天下午回去,上午可以去江边转一转,或者去山上看日出。"开出一段路后,顾容说,讲话的时候打直身子,视线盯着前方,遇到红灯停下来也不看许念。

时间过得真快,还没出来走两趟,四天旅游行程就过半了,如果要去山上看日出,那今晚肯定就不回民宿,许念犹豫了下,说:"看日出吧,江边没什么看头。"

前方还是红灯。

顾容轻轻敲了敲方向盘,问道:"什么时候去学校训练?"

这次旅游结束,许念就得为比赛做准备了,在这之前他们队早筹备了许久,但赛前肯定得再练练,一起商讨下对策这些。

"10号,一直到比赛为止。"许念想了想说。

唐敏之对这个比赛特别看重,毕竟队伍里有两个人都是他们班上的学生,这是件非常长脸的事,而且如果学生得奖了,对她这个刚进G大不久的新人也有一定的好处,能给她的工作业绩添砖加瓦。

比赛队伍里,除了他俩,其他都是大四的学长,许念是唯一一个女生。

顾容"嗯"了一声。

许念扭头看她,又问:"你会去看我比赛吗?"

没有丝毫犹豫,顾容干脆利落地回道:"会。"

许念瞬间笑了笑,抬手摸摸鼻头。

红灯结束,车继续行驶。

她侧身朝着顾容,有点得寸进尺的意思,轻声说:"如果跟张教授招呼一下,你也可以来看我们训练。"

顾容不作答,认真开车。

江鸣古镇离民宿地大约五十公里,开车四十多分钟就到了,与它的名字一样,这里到处都矗立着古色古香的建筑,保存得十分完好。来这里游玩的人大多与她俩一样,背着包拎着相机,一路走一路拍照。当然,也买了不少特产。

等到六点半,两人开车上山,今晚要在山上野营,江鸣古镇将自身的旅游特色发展到了极致,竟然在山上修建了最佳观看日出的场地,还附带出租帐篷的业务。她俩本来都准备好了在车里过夜,谁知上来了才发现这里应有尽有,顾容二话不说就租了顶帐篷。

可能是正值暑假开端,来这儿看日出的小年轻还不少,一顶顶帐篷密集地落在各处,乍一看挺有特色。

她俩将帐篷搭在车旁边,晚饭吃的山下买的特产。

山顶的夜尤其冷,两人在帐篷里挤在一起。

"被子不怎么暖和,靠近点。"许念说,"明天就要回去了。"

顾容一动不动,应声:"该睡了,明天要早起。"

"我知道。"

"那关灯了。"说着,顾容伸出手关灯。

许念不阻止,等帐篷里黑下来,她低声说:"之后我应该会比较忙,但会尽量回家的。"

这次出来旅游,她知道两个人应该多待在一块儿,有时间才能有更多的交流。在顾容走之前,她会尽量陪着。

这是许念的想法。

顾容想的又不同，迟疑了片刻："先用心读书……"

大学生也是学生，主要任务还是学习。

许念自然清楚，也明白这是关心，顾容只会对她说这些，不会对其他人说，独她一份。

这儿没灯，帐篷里伸手不见五指，刚动了下，顾容感受到许念又翻了个身。

离帐篷不远处有游客在小声聊天，外面偶尔传来低低的说话声，听不清说的什么，只能隐约听见些字眼，帐篷里隐蔽私密，外面的人看不见里面。

这趟旅行显然比两人预想中的要美好许多，出发之前各自都设想过兴许可能会发生的事，但真出发了，实际与预想出入很大，以为会一路走一路玩，看山看水，领略自然的无限风光，然而并没有。

许念斟酌着说："就不该来看日出的……"

黑夜中谁都看不见对方，只能感受到对方的体温。山上的夜偏冷，特别是凌晨过后，不盖被子的话都能把人冷醒，许念拉了拉被子，给顾容盖完全。

她定了定心神，闭眼休息。

现今的社会多么浮躁，像她们这样能一起迎接日出的朋友又有多少呢？看日出是多简单一件事，又是多不简单一件事。

顾容先睡着，许念凌晨两点多才睡。

她俩睡前定了闹钟，但闹钟还没响却先被其他帐篷的人吵醒，天还是黑的，洁白的银钩挂在天边一角，没有一颗星星，山上这时候湿气特别重，顾容回车上拿了两件长袖过来。

"有点冷，赶紧穿上。"她叮嘱许念。

许念睡得太晚，脑子迷迷蒙蒙的，动都不想动一下，缓缓接过衣服穿上。

离日出还有一段时间，她俩暂时先在帐篷里待会儿，等到许念稍微清醒些两人出去。

最佳观看点早被其他游客占据了，她俩不想和这些人挤一堆，便随便找了块大石头爬上去，坐在大石头上等日出。清晨的山风冷飕飕，温度比白天低许多，许念扭头看了眼顾容，对方忽然挨过来靠着她。

这里比较偏，前面有松树挡着视线，所以游客们基本不往这里来。

两人都在享受这一刻的宁静。

不多时，天空变得蓝湛湛，山头的天空显现出亮光，云朵被染成金黄色，那边尤为亮，观看日出的游客们纷纷拿起相机拍照，许念也拍了两张。

太阳一开始升得很慢，先是一点点冒出，然后在咔嚓声中升起，露出一半，一大半……直至整个都露出来，晨光耀眼，遍洒在地上。

许念趁机拍了许多照片，顾容坐在一旁默默看着等着，她抬手理了理耳发，欲扭头瞧瞧许念，恰好许念这时候转过来拍她。

许念怔了下，低头看了眼照片．"很漂亮……"

山间的风轻拂，时不时吹一阵，顾容理理头发，没说话，只是挪过来再靠她近些。

日出很美。

八点半，露水不断地滴落，两人收拾完毕，退帐篷，赶在大部队的前面开车下山。早上的山间风景与黄昏、晚上的大不相同，空气清新宜人，处处都是生机。到山脚时九点多，江鸣古镇从寂静变得喧闹，来来往往的行人，缓慢行驶的车辆，还有街道两旁的各式店铺，许念想到沈晚和对门家婶子，专门下车又买了些特产。

回到民宿，两人先洗漱收拾一番再补觉。

昨晚就没睡几个小时，加上白天又在到处走，确实累，许念一觉睡到两点半，起来时顾容已经把大部分行李整理好，她赶紧过去帮忙。

收拾完毕，吃饭，接着驱车回市里。

回到宽北巷的第一件事就是去接小金毛八斤，第二件事则是去洗照片。

小金毛见到她俩来接自己，兴奋得快要把桌子掀翻，它一直冲许念摇尾巴，似乎很想扑上来抱她，但又克制住了。

医生将一些注意事项告知顾容，并开了些药膏让她带回家。

许念被这烦人的傻狗缠得没办法，蹲下身，伸手摸摸它的脑袋，八斤以为她这是表达爱意的意思，直接就扑了上去，幸亏它现在还小，再有几个月，许念怕是会被扑倒。

顾容望这边瞧了下，八斤乖巧冲她叫了声。

出了宠物医院，顾容开车到附近的宠物店又买些狗狗用品，天黑的时候，两人一狗抵达宽北巷。

担心八斤调皮，在医院的时候许念就给它戴上了牵引绳。她曾经听家里养狗的同学说过，许多狗都不喜欢戴牵引绳，但八斤例外，小家伙儿好像很喜欢这根绳子，它一直盯着许念牵绳的那只手，要是察觉许念放开绳子了,它就会将绳子叼回放在许念手上,十分机灵,生怕她们会不要它了一样。

等红灯的时候,顾容回头看了看这两个,八斤趴在许念旁边,黑黑的眼睛望着她,摇了摇尾巴。

小家伙儿仍旧不敢进门,心有恐惧,她俩耐心地教,慢慢引导,折腾了十几分钟它才放下防备,撒欢儿似的在原地蹦跶。

许念把门关上,将绳子解开,带这傻狗进屋。

八斤进屋后不闹腾,这与其他狗狗有明显区别,医生说它以前应该经过训练,所以知道不能乱跑乱叫,在医院时亦是这般,乖得很,都不需要护理人员操心。

太乖巧有时候并不是好事,才两个多月大的狗就能如此听话,这不正常。根据八斤身上的旧伤,医生猜测所谓训练应该是不听话就打骂那种,被打骂多了,别说小狗,哪怕就是有思想的成年人潜意识里都会留下阴影。

八斤到底是被遗弃的,还是自己跑出来的,谁也不知道。现在许念和顾容决定要养它,便会负责任,好好照顾小家伙儿。

当然,许念依然对它不热情,八斤对她很热情。

放好东西,她将特产给婶子家送去。

婶子笑呵呵道:"咱阿念就是有心,出门一趟还带这么多东西回来。"

收到东西肯定高兴,她拿了两把菜给许念,又说:"还在读书呢,下次可别买了,等你以后工作了再买。"

许念收下菜,说:"没用多少钱。"

这话讲得婶子立马再次喜笑颜开。

城区无雨,天气比较燥热,客厅的空调制冷效果不行,加之担心小家伙儿会拆家,两人合计合计,决定让它暂时住小房间。

至于小房间里的书本资料这些东西,则全搬到大房间去。

许念一点意见都没有,万分支持,上半夜就把自己的房间收拾完毕,住进了大房间。

于是乎,小房间成了八斤的地盘。明天就要开始比赛的训练,许念先给顾容按摩放松,让对方睡一会儿。

顾容有些迷糊,等到对方不动了,闭着眼睛养神,低着声音说:"明天不是要去学校吗?"

许念轻声说:"嗯,明天要去学校。"

顾容说:"早点睡觉。"

许念点头:"知道。"

"养好精神,别到时候犯困。"顾容开口叮嘱。

"现在还有点睡不着。"许念说,停顿了下,又道,"你先睡,我不打扰你。"

顾容"嗯"声,眼皮子很沉,一直睁不开。

良久,许念觉得热,将被子掀开大半。

空调开的28℃,不冷不热正适合,呜呜运行的声音在寂静的夜里显得很清晰,有时还能听到外面夜风骤起吹得树叶哗哗响的声音。

这时候顾容也没睡意了,又问:"它晚上闹腾吗?"

它,自然指的小金毛八斤。

许念:"不闹。"

简直惜字如金,生怕打扰到顾容。

顾容回头看了下:"我不睡了。"

许念问:"我吵到你了?"

"不是,"顾容说,捏了这人的手腕一下,"有些睡不着了。"

许念肯定地开口:"那就是我吵到你了。"

顾容:"还好。"

许念摸到遥控器将空调温度调到24℃,勉强凉快些。

"明早我送你去学校。"顾容说。

隔壁,小金毛八斤悠哉游哉吹着空调,舒适地睡得死沉死沉。

距离小暑已过去三天,气候进入伏旱期,也就是天气炎热的时候,不过G市入夏早,再热也热不到哪里去,顶多就是连续几天的高温。

训练这一周一直高温。G大有个汽车博物馆,地处山上,许念他们的训练便在这里进行。正值暑假期间,这里除了他们和守馆的工作人员,几乎见不到其他人。训练期间,唐敏之每天都过来看看,张教授偶尔也会来,15号那天他还带着几个校领导来了,搞得整个队伍怪紧张的。

顾容有空,上午遛八斤,下午去新区,傍晚回家再带八斤出去转转,然后载着它去学校门口接许念。

比赛在即,夜生活自然没有那么丰富,否则精力不足。

"准备得如何了?"顾容一面开车一面问。

"还行,很顺利。"许念说,放假之前队里就把这些都整得差不多了,现在的任务简单。一切准备就绪，还有两天多就要去科技村，目前最重要的是调整好心态。

"等比赛结束，可以去海边玩一趟。"顾容说，提前许诺奖励。

许念帮八斤梳毛，扬了扬嘴角，"嗯"了一声。

顾容补充道："带上晚晚和……"她顿了一下，"八斤。"

经过将近一个星期的相处，小家伙儿知道这是自己的名字，听到后当即直起身子，汪地叫了一声。

两人一狗的日子，寻常平淡，又温馨得很。

17号，出发的前一天，连续高温天气后的第一场小雨降临。这一天顾容有事要回顾家一趟，故没去接许念，因着明儿就要去科技村，今天可以提前回家。

"你回家没有？"出汽车博物馆前，许念打电话问顾容。

那边的顾容正好忙完事，说道："马上回来。"

想着可以跟顾容多待几个小时，许念特地打车回去，家里有菜，都不用再去菜市场，她在巷口处下车，顺带买了两杯清热解暑的绿豆汤。

她满心欢喜，眼里脸上都是笑意。

然而没等到走进自家，远远地，她脸上的笑意立即荡然无存，面色转为冷淡，漠然。

巷道里空荡荡，自家门口站了四个人，一个是婶子，另外三个则是她最不想见到的人——许母，以及她那两个"便宜"弟弟和妹妹。

婶子望见她回来了，讪讪地笑笑，看样子是十分尴尬，她知晓这一家子的事，但许母来敲门问，又不好拒绝，毕竟熟识一场，别人的家务事，她这个外人不能多说啥。

等许念走近，婶子很有眼色地大声招呼："阿念回来啦！"

许念静静看着许母。

许母有些局促，自己心里有数，知道没脸面对。秦可欣怯生生地牵着她的手，这么久不见，秦天赐猛蹿高了不少，比娘俩都高出半个头，不过仍旧比许念矮，他直直站定在娘俩旁边，一声不吭，看起来没打算开口喊人。

许母只有一米六出头，长得并不高。许念的高个儿基因来自她那老爸。这么多年了，许爸一直没影儿，要不是许家两位老人偶尔会打电话过来问间，不时寄点东西，许念都以为他早入土了。

从这两位对许念的态度上来看，许母许爸真的是什么锅配什么盖，绝配。

许念不知道他们来做什么，总之心里不大舒服。自从上次许母过来哭诉，每个月不再打那五百块之后，她们之间鲜少联系。虽然许念已经成年，但毕竟还在读书，何况当初离婚的时候，许爸可是以净身出户为条件才能将许念丢给许母，许母拿了房子、车子和几十万存款，如今一分钱都不给许念，这真的说不过去。不管许母许爸的感情到底破裂到哪种程度，抚养许念读完书是前提，拿了财产不办事，于情于理都不对。

秦天赐手里提着一大袋子吃食，应当是给许念买的。

可许念并不稀罕。

瞅见许念脸色冰冷，许母不安地搓搓手，声若蚊蝇："我们来看看你。"

气氛尤其凝重，婶子夹在中间难做，很有眼力见儿地打圆场："阿念今天怎么回来得这么早？我听顾小姐说你在准备什么机器比赛，哎哟，可真出息，我家那小子在网上查了，还是高校联合赛呢，说是智能啊科技啊相关的，厉害得很。"

许念不喜欢许母三人，但尊重婶子，知道不让她为难，点点头，说："早点回来准备，明天要去科技村比赛。"

婶子笑了笑，说："那可得好好比，争取拿个奖。"

许念颔首，没有要搭理许母他们的意思。婶子尴尬，寻了个借口走人，让他们自己解决。

"你叔叔病好多了，他俩也刚放暑假，我这两天休假，就过来了。"许母掇酌，讲明来意，兴许是知道许念不愿搭理，又找话问，"你要去哪儿比赛？"

巷口外有车慢慢驶进来，白色奔驰，是顾容。

许念本来是想让他们仨离开的，许母肯定会纠缠一番，她不愿意顾容看见这个场景，每个人心里都有一道底线，有一堵墙，她现在的底线就是不让顾容瞧见自己与许母起争执。

谁会愿意暴露自己不好的一面呢？

她神色冷冷的，紧抿薄唇，最终摸出钥匙开门，不咸不淡说："科技村。"

见到许念开门，许母又吃惊又意外，眼中染上笑意，欣慰地开口说："那挺好的。"

许念不应答。她兀自僵硬地笑笑，又说："挺好的……"

一开门，正在客厅里乖巧趴着的八斤立马兴冲冲跑出来，绕着许念转圈。

"什么时候养狗了？"许母问。

许念未做搭理，看了秦天赐一眼，冷淡说："进去吧。"

秦天赐十分不乐意地挪动，他根本就不愿意来，可许母逼着要姐弟俩一起，许母拉着他进屋，秦可欣怯生生看着欢快蹦跶的八斤，眼带艳羡，秦家现今穷得叮当响，哪有闲钱养宠物，她偷偷看了看许念，进门的时候故意靠八斤近点。

八斤眼里只有许念，可劲儿蹭许念的腿。

刚一进门，奔驰车驶到门口，瞧见院子里站着的三个生面孔，顾容刹那间愣了愣，见到那三位眉眼间与许念有两分相似，随即反应过来，她先停好车，没拿车上的东西，直接下去。

八斤朝她摇尾巴——"汪！"

许母第一眼见到顾容，登时怔了一下，而后想到婶子说的租客"顾小姐"，于是定了定心神，冲顾容点头示意。

顾容也不冷不热地点点头，没招呼这三人。在这种事情上，她充分考虑到许念的感受，不管不问，进了门以后该做什么就做什么，顺道给许母三个倒了三杯白开水。

许母有很多话要讲，可迫于外人在场，到底不方便开口。

许念终归不是小时候那个只会哭闹的小姑娘了，她对许母没有任何关于亲情的期盼，也不愿交谈，更不会有太大的情绪波动。

激动，代表在乎，她做不到完全释怀，但能做到不在乎。外婆还在世的时候，她对许母还是抱着一丁点儿期待的——亲情是个很复杂的东西，常理解释不通，但现在不会了，当对一个人的失望积累到一定程度，就不会再失望了，她拿许母当无关紧要的外人对待。

顾容将八斤带到楼上房间喂食，下楼做饭。

秦家姐弟俩进厨房帮忙，客厅里只剩下许母和许念。

无事不登三宝殿，许念了解许母，此次来肯定不只来看看这么简单。

"你叔叔本来今天也要来的，只是最近身体差，今早又不舒服，就没来。"许母说，说话时眼睛一直看着许念。

许念自顾自倒水喝，"嗯"了一声。她跟秦成义完全不熟，这些年见过的次数一双手都能数过来,来不来都无所谓,不来更好。

这样的冷淡态度叫人无法接话,许母嗫嚅,搜肠刮肚一番,又道:"可欣这次考试拿了年级前三,天赐也考得不错,在家时可欣就老是吵着要来看你,就是没时间,昨天知道要来,都高兴了好久。"

这话说得真好听,然而许念对这位"便宜"妹妹无感,心里门儿清,审视着许母,毫不留情地说:"你对他俩一视同仁,她自然就不会吵了。"

许母脸色一白,脸上闪过一丝哀伤,家家有本难念的经,特别是重组家庭。她嘴唇动了动,大概想辩解,但又找不出合适的话,最后声若蚊蝇道:"可欣很听话,不让我们操心……"

许念都懒得多讲,也不想听,搪塞了两句。许母察觉到她不耐烦,也不再说这些,尽量聊些轻松的话题。

放下水杯,许念状似无意地问:"你去看外婆没有?"

许母不迭点头,说:"看了的看了的,前两天才去了,清明和端午也都去了。"

听到这些,许念的脸色缓和了不少。

外婆很看重家庭,直到去世的前两天都还挂念着许母,到底是自己身上掉下来的一块肉,始终还是放不下,老一辈非常重亲情,否则外婆也不会辛辛苦苦将许念拉扯大。许念之所以平心静气对待许母,很大一部分原因就在于外婆,若外婆还在,她肯定不想看见她们吵架。

"清明那天有点忙,去得比较晚。"许母说,打量了下许念,"没遇上你。"

许念不言不语。

她继续说:"端午想让你过来吃个饭的,又怕你不愿意,本打算让可欣给你送粽子,结果那天你叔叔突然不舒服,在医院住了好几天,回家粽子都坏了。"

"我吃了粽子的。"许念说。

许母尴尬"哦哦"两声。

两人聊天的工夫,厨房里传来饭菜香味,顾容不慢不紧做饭,俩小孩儿默默帮她打下手。

秦天赐矜骄,做事磨磨蹭蹭,洗把青菜都能洗十分钟,秦可欣很勤快,择菜切菜样样都会,她伶俐嘴甜,很会看脸色,摸清顾容的性子后便不再多说话,闷头做事。

顾容搅了搅锅中的浓白的鱼汤,一面忙活一面问:"你们住哪个区?"

秦可欣如实回道:"不住城里,在郊外租房子。"

郊外租房子……顾容顿了顿,瞅了眼不太耐烦的秦天赐,秦天赐时不时就往客厅方向瞥一下,眉眼间满是不悦。

顾容微微皱眉,但没表现出来:"郊外哪儿呢?"

"科技村隔壁。"秦可欣说,把切好的菜装盘递过去,反问,"顾姐姐是这里的租客?"

小孩儿年纪不大,想法倒挺多,顾容心里了然,说:"对。"

"您做什么的?"秦可欣笑问。

"暂时待业,正在找工作。"顾容说,"这边房租便宜,就过来了。"

秦可欣乖巧地继续洗菜。倒是秦天赐,干脆站着不动,这小屁孩儿把什么都写在脸上,不像自家姐姐这么内敛,沉得住气。

顾容对姐弟俩毫无兴趣,原先对秦可欣印象还不错,眼下却觉得秦天赐更顺眼些,小孩子嘛,就应该单纯一点,那么多心思惹人厌,她边调料边喊:"没酱油了……"

秦天赐没有反应,秦可欣立马应:"我知道商店在哪儿,我去买。"

说着,擦干手上的水。

顾容给了她二十块钱,叮嘱道:"买海天酱油,小瓶装。"

等她出去,顾容说:"剥几瓣蒜给我。"

这话是对秦天赐说的。秦天赐满脸写着不愿意,可还是拿蒜来剥。

小雨不停歇,天地间氤氲雾白,墨绿的黄桷树叶子被风吹落,在地上一圈一圈地打转儿,天色变得越发阴沉,大风裹着雨点往屋里吹,沾湿了门前的地。

许母絮絮叨叨说了很多话,拿起杯子喝了口水,终于要步入正题。

许念等着她发话。

许母望了望外面灰蒙蒙的天,神情恍惚了一瞬,她看着面前的大女儿,张了张嘴,到底没将话说出口。

许念没那么多工夫闲聊,开门见山:"有什么话你直说,没有就算了。"

许母一顿,嘴皮抖了抖,半晌,才迟疑说:"你爸爸前两天来找过我……"

许念只瞥了她一眼,不吃惊不关心。

"他想见见你,让我问一下你的意思,电话里不方便谈,我知道你不愿意见他,但是……"许母欲言又止,"他毕竟是你爸爸……"

总有人喜欢讲大道理，站着说话不腰疼，提离婚的是她，将许念丢给外婆的是她，如今来劝和的还是她，许母这大半辈子就是原地转圈，净没事找事做，她要是真了解许念，就不该说出这一番话。

有些人一辈子都活不出"明白"两个字，世界就米粒儿那么大，拿不起放不下，还自以为是。

许念倒不意外她会这么说，抬了抬眼皮子，冷冷看着，脸上无波无澜，说来好笑，当以一个局外人的身份来看这些时，她竟然有那么一丁点儿理解许母的想法。

数十年如一日的生活将眼前这个女人的所有棱角都磨平了，她无趣的生活里大概就只剩下家长里短，儿女、丈夫、家庭里的一切她都要顾及，想要令所有事情都按世俗的看法而变得圆圆满满，却从不顾及别人甚至自己的想法，以为自己伟大，实则又自私又蠢又可怜。

"他给了你什么？"许念漠然问，与之对视，"奶奶前几天打电话给我，说他在S市混得不错，发迹了，要回来做生意，给了你钱，还是帮你或者那个男人安排了工作？"

许母面色苍白，摇头，没底气地辩解："你别这么说，只是他想见你一面而已。"

"那就是帮你找了医生。"许念肯定说，"应该还包医药费了。"

许母没有反驳。

许念给她把水满上，递杯子过去，许母一脸伤感，看着她，似乎想说什么但又说不出口。

"你不用在我面前做出这种低姿态，没必要。"许念冷静沉着，"你俩好歹夫妻一场，一日夫妻百日恩，他愿意帮你也是冲着情分去的。"

"他对你挺不错。"

"可是我跟他真的不熟，我连他长什么样都不记得了，高矮胖瘦，年纪几何，通通都不了解。他要见我，大可自己过来，不必让你来说情。房子就在这儿，搬不走，我肯定就在这儿，一回遇不见可以来第二回，总有一回能见到，就这么简单。"

许念看着她，一字一字说："你们的自我感动，对我来讲没有任何作用，因为我从来感受不到。"

许母的眼泪立马就落了下来，她抬手抹了抹，心里跟针扎似的。

许念抽张纸给她，内心非常平静，不会因为一两滴眼泪就改变，并不是她心若磐石，而是真的无感，假若早两年发生这事，她说不定还会动摇，但人都是会成长的，等自己有了能力，这些就不重要了。

她二十岁了，有了自己的人生，要走自己的路，之前的生活许母许爸未曾参与，所以将来也不会有太多他们的存在，兴许这两位以为见她认她是件大事，可在许念看来也就那样，连机器人大赛都比不上，因为他们在她的世界里占的分量太轻太轻，哪怕现在坐在面前的就是许爸本人，许念都不会动摇半分。

许母不住地抹眼泪，没接那张纸，许念只好把纸放茶几上。

对于这番话，许母显然接受不了，她掩面啜泣，哭诉："你要我怎么做，许念，我也有难处，你到底要我怎么做……"

许念冷眼看着她，从容不迫地说："我从来没有要求过你和他要怎样做，这是你们的事情，不是我的。"

天际乌云滚滚，翻腾如浪潮，秦可欣拿着海天酱油和一把零钱赶在大雨来临前进屋，她刚收伞，豆大的雨滴啪嗒啪嗒地落下。进了屋，沙发上交谈的母女两人已经恢复如常，许母的双眼略微红肿，见她进来也没招呼一声。

秦可欣打量了许念一眼，安静进厨房。

许念收回余光，轻飘飘说："我和秦可欣私底下从来没有单独联系过，和她不熟。"

许母抬起头，神情有些诧异。

许念尽量不把话说得太难听，只道："她才十三岁，这个年纪早该懂事了。"

秦家那些长辈的德行许念可了解得很，许母爱忍受着她管不着，但原生家庭对孩子的成长影响巨大，关爱和教育缺一不可，秦家捧着秦天赐而忽略了另一个女儿，导致秦可欣从骨子里已经开始歪了。

许念本不想管这些，但她不愿跟这个家庭扯上太多关系，这句话既是提醒也是澄清。她端起水杯起身离开，不再与许母多说什么，言尽于此。

淅淅沥沥的雨下了足足一个多小时，几人心平气和地吃了一顿晚饭，之后许母三人离开，许念没有去送他们，洗了碗上楼逗狗。

八斤乖得不行，安生地趴在窝里睡觉，听见门开了，立马噌地一下起来，开心地扭来扭去。这几天都在忙着训练，根本没时间陪它，许念光脚坐地上，招手："过来。"

小家伙儿听话过去。

"坐下。"

它立即坐下。这小机灵聪明着呢，听得懂简单的指令。

许念帮它梳毛按摩。它很享受这样，一会儿将脑袋枕在她腿上，将爪子搭在两边，经过快半个月的调养，小家伙儿长了点肉，皮毛也比原来柔顺了许多，勉强脱离了又瘦又丑的行列。

摸到它圆鼓鼓的肚子，许念忍不住笑了笑。

养宠物确实麻烦，但感觉还行。

进大房间睡觉时才九点多，一进去就看见床中央放着一个新的笔记本电脑，顾容一面护肤一面道："试试看怎么样，严旭说这款电脑适合你用。"

工科专业需要画图，很多作业和设计都需要靠电脑完成。许念的电脑是二手的，配置比较旧，带不动这些软件，有时候会出现卡顿的情况，前两天她画图的时候顾容偶尔瞥见，就留意了一下。

许念有些惊喜，其实她早打算换电脑了，只是不想动用卡里的钱，便想着等下学期奖学金到了再换，没想到顾容直接给自己买了。

她过去拍了下顾容，顾容险些没拿住爽肤水，下意识缩了缩："别闹！"

许念不听，继续瞎闹。

顾容放下爽肤水，说："先去洗漱，明天要早起。"

"我知道。"许念轻声说。

"那还不快去。"

许念直起身，边找睡衣边说："等我一会儿。"

白天基本待在空调底下，没怎么出汗，简单冲冲就行了，再进来时，顾容已经坐在了床上，电脑放在右边床头柜。

关于许母的事，两人得交流一下，不过还是得看许念愿不愿意说。

顾容还没开口问，许念就先上来靠着她，看样子是打算主动讲了，不过她讲的都是些顾容知道的。

"你……"顾容顿了顿，改口说，"那个小姑娘说他们现在住在郊外。他们原本住在西区，她爸早些年在做生意，但是后来受到经济危机波及，欠了一屁股债，只有卖房卖车抵，前两年才勉强还清。"

"那个男人受不了打击，得了抑郁症，这几年一直在治疗。"许念慢慢说，不隐瞒，"现在都是她在养家。"

她，指的许母。当初许母嫁进秦家，以为能当太太享福，谁知天不遂人愿，太太的椅子都还没坐热就遭此一劫。离婚是不可能的，按许母的性子离婚就是要她命，她愣是咬牙坚持跟秦成义风雨同舟。这种风雨同舟的精神要是能用到许念身上，许念保准拿命来对她好，可惜没有，世界上有一种女人就是这样——只为另一半活，常人理解不了这种想法。

顾容看了看许念，替她理理头发。

许念顺势靠着她，继续说："她今天来，是想给……我爸……说情。"

顾容"嗯"了一声，伸手揽住她。

"那个人想见我。"

顾容宽慰："不要做让自己为难的事。"

许念扭头看她："别太担心我。"

顾容"嗯"了一声。

"我其实还好，就是觉得他们这样烦得很，看着都糟心。"许念解释，她真的不难过，再艰难的日子都过来了，这些根本不算什么，读了这么多年书，她学到的最有用的知识之一就是人要向前看，不要浪费太多的精力和时间在不重要的事情上。

她珍视的重视的一切，都在这栋红砖房里，在眼前。

见她这样子不像是故作掩饰，顾容倒也放心了，侧身将电脑拿过来，不再继续聊这些不愉快的事。

"软件我都给你装好了的，顺带配了张网卡，拿到学校用也方便点。"

许念打开电脑，随便点了两个软件试手，然后将东西放一边，回身抱住顾容："谢谢……"

顾容说："我在科技村那边租了民宿，明天准备把八斤带上，不然没人照顾它。"

"比赛结束我就来找你。"许念轻声说，"有空也来找你。"

"晚晚会跟我一起住。"顾容直接做了安排。

"我知道。"

顾容侧身，看了看老式挂钟，还没十点。

时间还挺早的，没到该睡觉的时候。两人都没困意，还能再聊会儿天之类的。

犹豫片刻，顾容还是坐下了，先抓住许念的手，然后说："还有东西没给你，差点忘了。"

许念扭头,一点不知情,疑惑问:"是什么?"
"衣柜里,你自己去拿。"顾容卖关子。
许念放开她,起身打开衣柜,当看到衣柜里的东西时,有点吃惊。

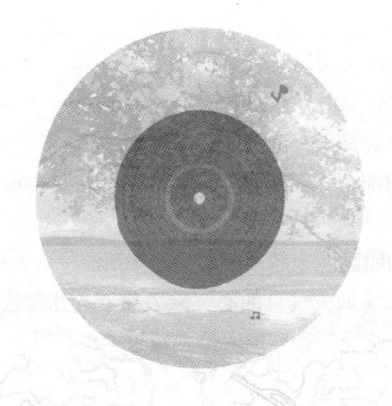

等 你 回 来

[第14章]

那是套贴身的衣物。

自进红砖房的第一天起,顾容就注意到了这个问题。小姑娘没女性长辈教不懂。她平时又不怎么和其他同龄的女生交流,在这些方面知识比较缺乏,之前因为才搬进来,不好明说,如今两人关系亲密,顾容就直接给她买了。

许念忍不住有点脸热,习惯性不自在地移开目光,不过一会儿还是将东西收下了。

顾容好笑,没觉得这有什么。

许念问:"什么时候买的?"

顾容说:"前几天,洗过了的。"

家里的一切都是她在照料,许念之前忙得很,所以没看到这东西晒在阳台上。

顾容对她的照顾越来越周到,买这买那的,这人冷冷淡淡的外表之下,藏着一颗极有人间烟火气息的心。除去那丁点儿别扭的心思,许念心头其实十分暖,她能感受到顾容的柔情,她想了想,说:"等比赛完就轻松了,之后整个假期都会比较空闲。"

"兼职别忘了。"顾容提醒。

许念肯定没忘记这事儿,不过还早呢,兼职起码得排到实验后面去了,但总的来看还是更轻松,这个假期她俩可以多多相处,等过了这段时间,顾容一走,家里指不定会冷清成什么样子。

如此想着,她竟生出股浓浓的不舍来,这一走也不知要走多久,也不知什么时候才能见一面,分别和等待是异常煎熬的事。

她忽然抬手抱住顾容。顾容怔了怔,还以为怎么了,安慰说:"没什么的。"

浓郁的夜色无边,宽北巷就她们房间还亮着灯,院墙经过雨水的冲刷而变得潮湿,窗户玻璃上水滴一道道滑落,积在窗台的低凹处,等积到一定量溢出,再顺着墙壁往下缓缓流。

地板上乱糟糟的,都来不及收拾干净,灯一关,屋里陷入黑暗之中。

夏天天亮得早,由于要先到学校集合,许念六点半就起床了,顾容还在熟睡,她轻手轻脚拿东西出门,走之前还到小房间喂了一次八斤。

小家伙儿十分乖巧,大清早也不吵闹,跟着她蹦到楼下,一直可劲儿摇尾巴,还凑上去蹭她的裤腿,亲热到不行。许念轻轻用脚把这傻狗抵开,不让它挡着自己。小家伙儿还是懂的,知道不能太闹腾,目送她离开,然后上楼回小房间吃狗粮。

约莫七点二十,它去扒大房间的门,顾容被吵醒,睡眼惺忪撑坐起来,胡乱扯了件衣服穿上,开门发现是它在捣乱,房子里静悄悄的,冷清安静。

"汪汪",小家伙儿兴奋地叫,摇摇尾巴,忽地蹿进小房间,窸窸窣窣一阵又叼着牵引绳出来,放她脚下,蹲在门口等,一双黑黑的大眼睛直直盯着。

许念不在家的日子,顾容每天早上吃了饭必做的事就是遛狗,八斤可没啥时间概念,反正每次都是吃完东西后就要遛,而今早喂食比往常早,故才会过来找人。

简单洗漱一番,顾容打算换身衣服再出去遛它,她没休息好,现在感觉还有点点累,身上也酸,没有力气,她换了条宽松的深色长裤穿,毕竟今天还要见沈晚。

上午的时光过得飞快,下午一点,沈晚打电话过来,顾容带上行李和小金毛八斤开车去接这妮子。沈晚喜欢八斤,一上车就抱着狗揉,热情得八斤都开始嫌弃地用爪子抵着她的脸。

"啊,对了!"她突然想起正事儿,将两个纸袋放副驾驶,"这是给你和阿念带的B市特产。"

顾容不冷不热地应了声,不太想说话。

沈晚习以为常,没在意那么多,翻出手机听歌,并给许念发消息说自己正在路上。

许念没回,应当在忙。

中途有人打电话给她,她接了,是沈妈妈打的,叮嘱她们路上注意安全。沈晚无聊,便隔着电话跟自家老妈闲聊。

下车的时候,沈晚问:"小姨啊,你是不是交新朋友了?"

顾容打开后备厢拿行李,没有正面回答,反问:"怎么?"

沈晚答道:"没,问问而已。"

得亏顾容不爱多话,没继续说。

拿好行李,给八斤套好牵引绳,乘电梯上楼,因为要带上八斤,不方便住酒店,民宿也不好找,这一家还是加了钱才让入住的。等进了住的地方,沈晚还在纠结,好几次望见顾容她都想直接问,可是又不知道该怎么开口,顾容没告诉家里这事儿,应该也不会告诉她,问了也是白问。

但她就是好奇，顾老爷子顾母虽然古板，可独独在顾容的婚恋方面看得不是很重，顾老爷子今年已经七十，膝下孙辈数个，他现今唯一的要求就是顾容能回去帮老大打理家族企业。他知道顾容有这能力，且一向看好这个女儿，无奈顾容从来不按他的想法行事。

顾老爷子人老了，可精着呢，不然顾家的生意也不会在他手中越做越大。

另一边，许念他们团队一大早坐校车从学校出发，抵达比赛场馆后便着手准备，时间很紧，要做的工作繁多，大伙儿中午都是在场馆里将就吃的盒饭。

临近赛前，大家都紧张，指导老师事无巨细地交代各种注意事项，比赛中可能会遇到的状况和应对措施，这次赛事对电机驱动和机械臂抓取这两点非常看重，较往年有所不同，G大在电机驱动这一块向来成果突出，若不出大问题，比赛简直如鱼得水。

由于课程安排等原因，许念在这一方面的涉猎并不深入，她主要负责另一块。

准备就绪，指导老师让大家回去好好休息。

队伍里的伙伴叫许念一起吃晚饭，许念婉拒了，先请大家喝水，再借机离开，走之前特地跟指导老师招呼了一声，说是要去超市买东西。

"晚上九点查寝，不要走太远。"老师有些不放心。

许念应好，急匆匆走了。

顾容早把地址发给她了，她跟着地址找到民宿。

彼时顾容和沈晚正在做饭，只差最后一个汤，八斤听见声响，冲到门口可劲儿跳。

"刚说你呢，就来了。"沈晚笑盈盈说，丢了个苹果给她，"马上吃饭，正好赶上，再晚点我都要给你打电话了。"

"比赛要准备的多，今天一直在忙。"许念接了苹果放桌上，打算饭后再吃。

八斤眼馋地望着红彤彤的苹果，大概是想吃了，沈晚立即放一个在它面前，拍拍它的脑袋："吃吧吃吧，望了一下午了，真馋。"

狗可以吃苹果，但不能吃果核，许念怕这傻狗全啃了，只好帮它将苹果削成厚片。可能是由于沈晚在场，许念和顾容都比较内敛，一个在厨房，一个在客厅，不像平时那样亲密。

"你们什么时候到的?"许念边问边喂小家伙吃苹果。

"好像是三点多,路上堵车,耽搁了很久。"沈晚说,挨着她坐下,转头瞧了瞧厨房方向,"我让我小姨给你炖了鸡汤,你待会儿记得多喝点。"

许念笑了笑,说:"该不会一来就在做饭吧?"

"对啊!"沈晚点头,"本来我想去场馆那边找你,我小姨不让,说你多半在忙,我们就没去,反正没事做,就买了菜回来,喏,你看桌上,一大桌子菜全是我们自己烧的。"

许念顺势望去,桌上果然堆满了菜。

朋友两个聊了几句。

"我妈前阵子还在念叨,要不要给我小姨介绍一个对象,这都二十八了,对象一直没影儿,我也不好直接问,我妈那边都在张罗了,昨儿还问我哪个合适。"沈晚忽而说,将沈妈妈的打算抖落得一干二净。

顾容的年龄在顾家并不算大,只比她大哥的儿子长三岁,如今侄儿都传出婚讯了,就她还没任何消息,可把沈妈妈急坏了,现在的年轻人赶时髦爱晚婚,天天喊着婚姻是爱情的坟墓,她真觉得这是害人的理论,生怕顾容深受其荼毒。

沈妈妈看得很开,觉得找对象的标准这事儿个人开心就好,勉强不了,就是给顾容物色合适对象有点难度。

顾容并不知道沈妈妈在做这些,若不是沈晚提起,许念也不会知道。

二十八,家里急也正常。许念顿住,问:"都确定了?"

沈晚大咧咧地回道:"还没呢,正在找,而且还要问我小姨的意见,我妈的意思是改天双方一起吃个饭,撮合撮合。"

许念朝厨房那边看了一眼,到底没说什么,搁下水果刀,不再喂八斤,它晚点还要吃罐头和狗粮,不能让它吃太多水果。八斤跳起来用前爪扒住她的腿,吐着舌头看向沈晚。

其实顾容二十五以后,顾家的长辈们明里暗里都催了许多次,只是顾容不搭理,沈妈妈是真急了,拿出实际行动要把这事儿办妥了才安心。

"那也得看看她的意思。"许念说。

沈晚表示十分认同:"我妈打算过阵子就跟小姨说,保不准今年就能定下来。"

许念用力捏紧手,推开闹腾的八斤小家伙儿,淡淡道:"我去厨房看看。"

八斤又去扒拉沈晚，沈晚可喜欢它得很，立马上手逗它："行，你帮我小姨端端菜，我先给八斤喂食。"

厨房里，顾容刚尝了口鸡汤，冷不防被她吓到了。

厨房在右边角落，虽然门是透明的玻璃门，但只能瞧见客厅里的一点点光景，根本看不到她俩的举动，不过要是沈晚往这边来，肯定立马就能瞧见。

顾容不明所以，迷茫看着许念，不知道她这是怎么了。

外面，沈晚抱着八斤到处找狗粮，下午没来得及收拾，东西全堆在茶几上有点乱，没找到狗粮在哪儿，于是扯开嗓子大声问："小姨，八斤的吃的你放哪儿了？"

厨房里没声儿，顾容像是没听见。

"小姨！"客厅又在喊。

顾容只得应道："沙发左边，角落里。"

外面窸窸窣窣一阵，而后传来声音："看到了看到了！"

许念转身拿碗来洗，水流声哗哗。

顾容刚要说什么，余光瞥到沈晚的身影，于是将话咽了回去。

拿碗盛饭，端菜，吃饭。

一顿晚饭在沈晚叽里呱啦的聒噪声中结束，其间许念给顾容剥了两只虾，沈晚也很会照顾人，她给许念剥虾，给自家小姨夹菜，不时还扔根骨头给八斤啃，愣是整出了一种家庭温馨感。

八斤也活泼好动，一会儿扒拉许念，一会儿蹭蹭顾容，"雨露均沾"，不偏爱任何一个。

因着九点必须归队，吃完饭许念不能久留，由顾容开车送回去，科技村这边不比灯火辉煌的城区，快到酒店那一段路太黑了，顾容将车停在离酒店约莫五十米远的阴暗处，熄火，打算先跟许念聊两句，这人今晚怪怪的，铁定发生了什么，在民宿当着沈晚的面不好谈，只能来外边。

许念在车后座。她解开安全带，过去。

黑夜里，车内没亮灯。

许念像是不打算说话，不知过了多久，才闷声道："你姐姐要给你相亲……"

顾容一时之间愣了愣，定然不知道这事儿，她要早知道，自己早解决了，肯定不会传到许念耳朵里，再一想，又有些好笑，原来就为这个莫须有的相亲,她还以为怎么了。

顾容说:"没有的事。"

沈妈妈安排是一回事,去不去又是另一回事,顾容定然不会去,她有分寸。

许念说:"今天晚晚问你了。"

"问什么?"

许念实诚告知全部。

快八点半,许念该回去了。

她是自己走路过去的。

顾容坐在车里,倒是没下去,但还是目送她进了酒店才离开。

翌日天大晴,阳光明媚,比赛九点开始,大清早顾容和沈晚就出门,先将八斤送到附近的宠物店洗澡托管,再开车去场馆。

场馆今儿不对外开放,进去要门票,她俩的门票是托张教授拿的。沈晚以为来看比赛的人并不多,结果一进去座位都快坐满了,后排座位尽是各个学校的学生和老师,她遇到了好些熟识的同学,不过她俩的座位在前排。

至于许念,则天不见亮就起来开始准备了,指导老师一直在讲比赛要点,反复叮嘱。

按昨儿下午的抽签顺序,G大和理工最后出场对决,而对决之前,惯例解说各方的机器人,G大的代表是许念。

沈晚看到她出场,激动喝彩,巴掌拍得啪啪响。

"小姨快看快看,是阿念!"她推了推顾容,兴奋得很,"我的天,竟然穿正装,超级好看!"

在一众理工男中,许念的出现无疑引起了一股骚动,尤其是她一身正装,细腰大长腿,个儿高,头发干净利落地扎起,英气十足。她很沉稳,从容不迫地解说,引得台下一阵一阵的热烈掌声。

顾容连带着被感染,心头的感觉有些复杂难喻,一时之间还是有些感慨。

台上那个人优秀,出色,在不够幸运的环境里长大,却出落得如此美好。

比赛分上下午进行,采用积分制,G大顺利拔得头筹,而许念因精彩的解说和比赛过程中的突出表现,得了个人奖,最后与张教授、指导老师一起接受当地报社的采访。

　　观众不能到后台去，顾容在外面等，这一等就是两个多小时，且还没接到人，沈晚早一个小时前就跟熟识的同学走了，让许念出来了再打电话给她。

　　许念很忙，先是应付报社，再是应付各个学校老师、专家教授，末了，队里的伙伴们说要一起庆祝，怎么都不让离开，许念也不好一个人走。她本想发个消息告诉顾容自己今晚晚点回去，结果一出场馆就见到了本人。快步跑过去，她问："怎么在这儿？晚晚呢？"

　　顾容望了望那边的G大队伍，心里了然，她也是学生时代过来的，知道这时候该去聚餐了，于是回道："玩去了，托我给你送点东西。"

　　许念疑惑。

　　顾容从车里抱起一束花，是不同种类的花合成的一束，很符合沈晚古灵精怪的性格。许念接了，笑了笑，队长在另一边大声喊她，叫快走了，她抿唇看着顾容，酝酿该怎么说，结果还是顾容先开口："我现在要去接八斤，吃完饭给我打电话，我开车过来接你。"

　　不让她为难，也没说自己在门口等了这么久。

　　那边催得急，许念点点头："那我先走了。"

　　顾容"嗯"了一声，目送他们走远，然后开车去宠物店接八斤。小家伙儿很乖，在店里洗完澡不吵不闹，一直趴在笼子里睡觉，店主都夸它听话可爱。

　　没见到许念的身影，小家伙儿绕着顾容转了两圈，汪汪叫，有些闹腾。

　　另一边，沈晚简直玩疯了，小姑娘们聚一块儿，吃喝买买买，一进步行街商区，人就跟装了马达似的停不下来。等沈晚想起自家小姨的时候，天都漆黑一片，十点多了。

　　沈晚打电话给顾容。

　　"在哪儿？"一接通，对面清冷地问道。

　　沈晚后背发紧，生怕挨训，立马说："正在回来的路上。"

　　"注意安全，早点回来。"

　　她"哎"了一声，刚想卖乖，却被对方告知要去接许念，说完就挂了。沈晚总觉得哪里怪怪的，可具体说不出来，只感觉这不像自家小姨的作风，大晚上出去接人，她妈妈都没这待遇，但一细想，毕竟住在许念家里，去接一下好像也没什么不对劲。

打车回到民宿的时候差不多十一点，洗漱，进房间，趁自家小姨还没回来赶紧打两把游戏再说。

　　沈晚今晚运气爆棚，匹配到的队友都不错，原计划打两把，一兴奋就打到了凌晨，她戴着耳机，亢奋得连另外两人回没回来都不知道。

　　今夜无星无月，天空黑暗，地下停车场的角落里停着一辆白色奔驰，此刻夜深人静，周遭一点动静都没有。许念和顾容坐在里面，在谈心。

　　凌晨一点进民宿，沈晚的房间还亮着灯，这姑娘打游戏打得热火朝天，戴上耳机放一首热血歌，整个世界都是她的了。

　　隔壁房间的灯先亮起，不多时又熄灭。

　　最安静的只有八斤，小家伙儿趴在沙发上睡得死沉，丝毫不受影响。

　　打了大半个晚上游戏的后果就是第二天起不来，当沈晚这妮子睡醒的时候，太阳都升到天中央了，她睡眼惺忪地爬起来，摸到手机看了看时间，登时吓得睡意全无，十二点半了！

　　外面八斤在汪汪汪叫个不停，偶尔能听到窸窸窣窣的声音，沈晚生怕挨骂，赶紧起来，飞快穿衣服收拾，不到两分钟就开门出去。

　　顾容正坐在沙发上逗狗，许念在厨房忙活，见她出来，八斤朝她"汪"了一声，摇摇尾巴。小家伙儿想朝厨房跑，但顾容不让，这傻狗嘴馋，而且有爱翻垃圾的毛病，怕它进去乱捡东西吃。

　　沈晚讪讪笑，厚脸皮招手："小姨，早啊。"

　　这个时间点才起床，她生怕挨训，然而顾容没训她，只淡淡"嗯"了一声，搞得她分外不自在，感觉哪里不对，可又说不上来哪儿有问题。

　　直到对方说了句："以后晚上早点睡，少打点游戏。"

　　沈晚心里瞬间舒坦了，这样才对，而后悻悻进浴室刷牙洗脸。

　　"小姨你们昨晚啥时候回来的？"沈晚一面刷牙一面大声问。

　　顾容理都不理，厨房里的许念顿了顿，也佯作没听见。沈晚麻利洗漱完毕，出来又说："我还以为阿念不回来了，昨晚聚会到很晚吗？"

　　还是没人回答，连八斤都不搭理她。

　　"东西收拾好没有？下午回市里。"顾容说。

　　沈晚觍着脸笑笑，打游戏去了哪还有时间收拾，心虚地摸摸鼻头，赶紧乖乖回房间收拾行李。待她进了房间，顾容走进厨房。

　　下午两点半，三人开车回市里。

　　沈晚话多，一路叨叨不绝。

一会儿问昨天的比赛，一会儿问许念的暑假安排。

许念没瞒着："明天开始泡在实验室里，八月会比较空闲，有一份兼职要做。"

"什么兼职？"

许念老实说了。

沈晚看看前面开车的顾容，想说什么又没说，许念说的这个地方，她叫熟悉得很，毕竟是自家小姨和季雅阿姨共同投资的店铺，开店那会儿她没少厚脸皮去店里捡便宜。

"那挺好的，商业街人流量大，应该能把学费挣够。"她没告诉许念实情。

前面的顾容用手指敲了敲方向盘，从头到尾没插话。

进入市区时，沈晚忽然聊到宁周怡，说起来自打端午见过一次，许念再也没见到她，便好奇多问了两句。

"宁姨在忙公司的事。"沈晚告诉她，斟酌了下语言，又说，"宁爷爷生病了，在医院住了大半个月了，现在宁家乱成一锅粥，前阵儿我见到她，还是在江左国际那边，好像在谈什么合同，反正挺忙的。"

许念暗暗吃惊，但没多问，她素来不爱八卦别人的家事，况且自觉与宁周怡没熟到要事事关心的程度。

沈晚也不多聊这个，宁家比顾家沈家更有钱，上市大公司，如今宁老爷子一病不起，宁家老老小小都在盯着，唯恐少分了块肉，这当家的还没咽气，那些个不安分的已经在期待着分财产了。现在宁家就宁周怡和她哥在撑着，不敢懈怠分毫。

宁家的事顾容她们这群人都知道，只是没人多谈，所以许念才会一丁点儿不了解。

关于有钱人家分财产，许念还是听过的，譬如新闻上说谁谁谁争夺家产失败，只分到了十几个亿。许念活了二十年，上亿的买卖只在卷子上见过。她用余光看了看顾容，莫名有些感慨。

回城后，先将沈晚送到沈家，两人去超市买了一堆食物，再回家。

比赛结束轻松不少，只等实验室那边结束，她们就可以去水上世界或者海边玩，当然，要带上沈晚和八斤。

第二天早上，许念与队友们去西服店退衣服，正装是队里统一租的。接下来的几天就是辛苦的实验，顾容每天开车接送她，有空遛遛小金毛。

在罐头、狗粮以及各种零食的投喂下,毛团子以肉眼可见的速度长大长肉,胖倒算不上,毛皮光亮,讨喜得很。

这期间沈妈妈来了一次,一进门瞧见八斤,顿时心都快化了。

那是周六的晚上,对于她的到来,许念简直手脚无措,沈妈妈没什么架子,还自带了食材和零食瓜果,她人十分亲和,说话细声细气,到了饭点主动进厨房帮忙。

"本来今天晚晚也要过来的,她奶奶打电话让她一起去走走,就没来。"沈妈妈对许念说。

面对长辈,许念有点拘谨,搜肠刮肚都不知道该怎么接话,只会"嗯"或者点头。

还是顾容来帮她解围,把沈妈妈的注意力引开。

姐妹俩要谈话,许念自觉,给她们留空间,牵着八斤小同志出去遛弯,转了半个小时才回来,刚走到客厅门口,就听到沈妈妈略无奈地说:"你就是散漫惯了,管不住。"

"我有分寸,你别担心那么多。"——这是顾容的声音。

"真不愿意?"

许念听懂了在聊什么,拉紧狗绳停下,沈妈妈这次来是为了相亲的事。

"嗯,不去。"顾容态度很坚决。

"你真是……"沈妈妈叹气,可到底没再劝。她比顾容大十几岁,中间隔着好几条代沟,反正摸不清自家妹妹的想法,但也不勉强,不愿意推了就是。

里面没再继续这个话题。许念放开绳子,拍了拍八斤的背,小家伙儿领会,一下子就往房子里跑,屋里的两人知道她们回来了。

进去后,许念先瞧了眼顾容。

沈妈妈不再继续方才的话题,而是逗了会儿八斤,估摸着时间差不多了,开车要走,顾容送她出巷子,再步行回来。

许念站在大门口等着,老旧的路灯投下昏黄的光,在她身上镀了层薄薄的光晕,看起来分外柔和,八斤也挨着她站定,乖巧安静。

这场景太过温暖,顾容刹那间怔了下,随即柔声道:"这么热,别在外面站着。"

"等你回来。"许念说,等人进来将大门关上,这个时间点巷道里空寂,月黑风高的,不安全。

七月的高温持久，虽然已经晚上，但地面还是烫脚，顾容赶紧把八斤带进屋，小家伙儿爱围着她俩转悠，活泼好动。

关于沈妈妈专程为相亲介绍过来的事，虽然听到顾容已明确拒绝，但许念仍说："听晚晚讲，沈伯母为你挑了好久，其中有一个就挺不错，又高又漂亮，还是高学历。"

顾容一顿，扭头看着她，不说话不动，就看她到底想怎么样。

许念抿了抿薄唇，也不说话，最后闷声上楼，八斤跟着她俩蹦来蹦去，兴奋得很。十点左右，小家伙儿自己进小房间睡觉，许念帮它开空调，收拾了一下乱糟糟的房间才出去。

如今小房间真成了狗窝，八斤正处在好动闹腾的时候，前一天晚上收拾齐整，它第二天中午就能把所有东西搞乱，得好好教一教。

不过许念现在没时间，她得先去洗漱，在实验室泡了一天，有点累。

八斤摇着尾巴送她到门口，想跟着一块儿出去，可惜刚走到门边就被许念挡了回去，它只得委屈巴巴坐下。

彼时宽北巷除了路灯，绝大多数灯光都熄灭了，只这间房里还亮着，灯光在夜里是那么晃眼而强烈。

第二天早上差点起不来，好在许念最终还是急匆匆赶到了实验楼。今儿是实验的最后一天，要做一些收尾工作，目测应该不会太忙。

不过收尾不是这个项目结束了的意思，之后还有许多后续事项需要处理，但这些都不关许念的事，以她现在的水平还做不了这些，剩下的需要研究生师兄师姐在张教授的指导下处理。

暑假正式开始。

正式假期的第一天，早上遛狗，下午看剧，晚上就和顾容待在一起。顾容问："打算什么时候去兼职？"

之前的计划是比赛结束后就去，反正工作时间不长，而且又可以晚上去，但真到了做实验的时候才发现根本没时间，现今终于空闲，是该考虑兼职的事了。

前两天许念跟店主季雅联系了，对方告诉她随时都可以入职，工资日结，也就是每天底薪一百块外加提成，工作半天，上午八点到十二点或者下午两点到六点，简直不要太轻松。许念把这一切归功于对方是顾容的好友，是人情，没想过顾容就是老板之一。

顾容好像没有要告诉她实情的打算，兴许是顾及小姑娘的自尊心，这个年纪的小年轻似乎都偏向于自食其力,不想什么都依靠其他人。

当年的她也一样,许多人都会经历这一段别扭期,在最无奈的年纪,一心奋发向上,同时也敏感。她得陪着许念一起成长,等到这人能真正独当一面为止。

"明天,我昨晚给季老板发了消息,早上就要过去。"许念说,扯了扯被角,不让顾容吹太多空调冷风。

顾容正热着呢,将被子推开点,动了动身子:"这几天我都要去新区那边,一起过去呢,结束以后给我打电话,我来接你。"

七月底比较忙,有一些事情需要处理,严旭那边催得紧,让她赶紧准备面试等工作,下次再出去应该就是她职业生涯里的最后一场走秀了,她还没想好该怎么谢幕。安逸闲散的日子过久了,人都变得懒洋洋,不像以前那么拼。她十分满意现在的生活,自由散漫,想做什么就做什么,没那么多顾忌,最重要的是,不会无聊厌烦,与许念在一起的日子,每一天都是新奇的。

"嗯,行。"许念低声说。

翌日,天气晴朗炎热。

兼职面试其实就是走个过场,到了店里以后,季雅让另外一个员工带了许念半天,让她熟悉熟悉。店铺位于新区的佳禾广场,寸土寸金的商业区,店里的生意不温不火,客流量一般般,来这儿的大多都是些一身名牌的年轻人,许念的全部存款连她们手上提的包都买不起。

要做的事情很简单,就是接待顾客,做做登记工作,由于她只是临时员工,季雅并没有安排过多的任务,并叮嘱:"遇到不会的就找小万,或者找我,正常接待顾客就行,不用太刻意。"

小万,带她熟悉店铺的那个员工。言下之意就是虽然做的是服务工作,但不必放低姿态,该怎样就怎样,有问题可以寻求帮忙。这是在特意关照许念。

许念点头:"谢谢老板。"

季雅还有其他事情要做,交代了两句,暂时忙去了。快晌午的时候,顾容过来接人,来了以后,她与季雅单独聊了几分钟,许念离得远,听不见她们在聊什么,但其间季雅朝她这儿看了好几次,她便知道应该是与自己有关。

顾容是个不苟言笑的人,除了在家里,她一贯冷淡疏离,给人一种不好相与的感觉。小万他们这些人对她非常恭敬，就像对季雅一样，许念注意到了这一点。

兼职生活的第二天，沈晚来店里凑热闹，顺带照顾一下许念的业绩，这是她的第一单，提成两个点，一下子就赚了将近两百块，为表示庆祝，许念拿着第一天的工资请顾容和沈晚吃火锅。且到了吃火锅的时候，比赛奖金到账了，一等奖奖金总共三万块，但一层一层分下来，再除去一些比赛期间的开支，到她们手里每人就五百。即便只有五百，也足够让许念高兴了，五百块钱能做的事多了去了，买菜都能买一大堆。

顾容最近频繁外出，严旭也经常来宽北巷这边，有几次还带着一个打扮时髦的微胖中年女人过来，起先许念还以为那是严旭的朋友，后来才知道是顾容的经纪人。顾容原先的经纪人是个妖气的男人，说话细声细气的，也不知道什么时候被换掉了。

转眼到八月初，天气依旧炎热。

日子过得最悠闲舒适的莫过于八斤同志，有人遛有人喂，日常要做的就是吹着空调睡觉玩玩具。

第二悠闲舒适的则是沈晚，这妮子谈恋爱了，与游戏好友网恋，确定关系后她立马和许念分享，恨不得告诉全世界她脱单了，顾容听到她俩的谈话，什么都没管。

按正常的发展顺序，网恋的下一步应该是你侬我侬，再是奔现，然而沈晚不是一般人，火急火燎直奔主题，定下日子订机票，打算赶快投奔真爱的怀抱，天雷勾地火这样那样。可惜这段恋情没持续三天就无疾而终，沈晚想象中的恋爱对象是个骗子，对方坦白，骗她感情纯粹是因为沈晚老是给自己买装备，恩情之重，无以为报，只有以身相许。

为此，沈晚戒了游戏。

没有游戏的日子，沈晚三天两头来宽北巷蹭吃蹭喝。

有一回许念正和顾容在房间里无聊待着，没发现她来了。

自这一次过后，沈晚来的次数少了——顾容给她找了份兼职实习，找之前还特地和沈妈妈商量，沈妈妈一万个同意，于是乎，沈晚进了宁家的公司当跑腿倒茶的小助理。

周五，一份超大的包裹送到家中，里面有各种小物件，多数都是包包一类的东西，十分符合当下年轻小姑娘的审美，许念大概能猜到寄件人是谁，照单全收了。

总不能扔掉,多不理智。

上网查了这些东西的价格,低则三四百,高则七八千,想了想,全挂网上了,倒不是冲动,而是这种装饰性的女士小包压根不符合她和顾容的风格。

周日,立秋,气温依旧不减,秋老虎来临,早晚清凉中午高温暴晒,着实不好受。

许念去宠物店接洗好澡的八斤,再带着八斤绕到巷口买凉茶,慢悠悠边走边遛狗,今儿顾容有事没时间,她自个儿坐的公交。

路过商店时,八斤站定不走,想吃肉肠了。许念没给买,顾容可交代过,不能给它吃太多带盐的东西。

商店老板笑眯眯招呼一声,同她聊了两句,突然想起什么,说:"你家好像来客人了,有两个人,男的,半个小时前来我这儿问你,一个三十多岁,一个中年人,都长得特别高。"

许念一顿。

"那个中年人很瘦,眼睛细长,跟你有点像,问了好多关于你的事,斯斯文文的,特别和气,以前都没见过,是你哪家的亲戚啊?"商店老板问,一面说,一面拿起夹子,"要给它买根肉肠不?"

八斤可劲儿摇尾巴,用脑袋蹭许念的腿。

许念拉紧绳子,神情微动:"不了,谢谢。"

各自为安

[第15章]

商店老板放下夹子，不在乎生意成不成，倒格外在乎八卦，逗了逗乖巧的八斤，没眼色地问："是你家亲戚吗？"

　　许念漠然回答："不知道。"

　　他悻悻笑笑，似乎察觉到自己有点多嘴了，故意转移话题说了句："这狗儿被你养得可真好，才多长时间，肥了不少，看着还挺讨喜。"

　　许念不太想多说什么，敷衍地随便聊了两句，牵着八斤走了。大太阳暴晒之下的地面很烫，小家伙儿飞快地跑动。巷道里人少，等走到拐角处，许念放开了绳子，八斤欢快向红砖房冲去，一会儿又跑回来，朝她大声地叫——

　　"汪！"

　　"汪汪！"

　　砖墙上的青苔被持续的高温晒干，裂成小块儿，院墙后的三角梅不知何时已全部凋落，只剩下枝干和绿叶。秋天既是收获的季节，也是凋谢的季节。今儿才入秋，一路走来，巷道上尽是落叶，黄的，绿的，各种形状都有。那棵黄桷树今年长得尤为茂盛，十分显眼，高大且枝繁叶茂，几乎遮蔽了整个院子。

　　有时间该修剪了，许念想。

　　她不疾不徐走出拐角处，向家里去。

　　红砖房门前，站着两个西装革履的人，正如商店老板所说，是两个高个儿的男人，年长的那个眉眼间与许念有三分像，头发白了大半，很瘦，瘦得都快脱相了，像竹竿一样，连西装都撑不起来。他皮肤也白，面色一看就不正常，一副行将就木的病秧子样。

　　隔得老远，他就瞧见了许念，虽然好些年没见了，但一眼就认出了来人。

　　八斤冲他们龇牙，可没冲上去，大概是害怕，身子紧紧贴着许念。

　　猜都不用猜，许念便知道对方的身份，她淡漠地望了望另外那个男的，看起来确实有三十多了，应当不会是"便宜"大哥。

　　假如生活是电视剧，此刻她应该眼睛微红，情绪激动到说不出话，或者哭着跑开，之后再经过一系列兜兜转转又臭又长的裹脚布似的狗血故事，最终上演重归于好、家庭和睦的剧情。然而不是，刚刚在商店里，她情绪的确有所波动，但这带来的影响微乎其微，走了一段路就没了，现在她看到许爸，真的就是在看一个陌生人。

　　冷淡，疏离，眼里没有一点该有的情绪，悲伤也好，愤怒也罢，总之都没有，平静得不像话，平静到她先开口问："有事？"

问的是另外那个人，而不是许爸，她知道许爸要来做什么。

对方有点尴尬，看了看许爸，客套伸出手，说："许小姐您好，我是齐永明，许总的私人助理。"

许念不喜欢搞这一套，但还是伸出了手，这时八斤忽然闹腾，要往家里跑，她赶紧抓住绳子，齐永明很有眼力见儿地收回手，恭敬退到许爸后面偏左的位置。

许爸站在一旁干站着，好几次似乎想说话，但又不知如何开口。

周日，邻居们都在家，许念不想让大伙儿看热闹，于是摸出钥匙开门，冷声说："进来说。"

院子地面上落了一地的树叶，不过所有东西都收拾得齐整有序，客厅里的场景一如以前，连家具都没怎么变过，许爸四下扫视，眼里有点哀伤。

依照许念方才的态度，他肯定明白她是什么意思，他以为许念一定不会接受自己，兴许见面了，会大吵大闹，抑或是控诉他的种种不是，他会来这儿，自是做好了心理准备，然而都不是，与想象中截然相反。

许念种种冷漠淡定的表现，无不在告诉他，她不在乎这些，更不关心。

他在她的生活里，在她的人生中，什么都不是，所以不在乎不关心，无所谓他要做什么，反正她不在意。

进了屋，许念把八斤带到楼上，再下来。

她没把这两人当客人对待，连一杯白开水都不给倒。许成良站在原地看着她，齐永明跟着一块儿站着。

许念兀自倒了杯水喝，搬凳子坐沙发对面，说："坐吧。"

许成良这才坐下，齐永明还是站在一旁。

许念不管他，放下杯子，问："前几天奶奶给我打了电话，让过去一趟，本来我打算明天去的，她说你七月中旬就回来了，一直在老家待着，Ｓ市的生意怎么样了？"

她用轻松的语气，说出了这番十分家常的话。

许成良嗫嚅，泛白的嘴皮抖了抖，轻声说："还行……"

他抬头望着许念，犹豫了下，又说："之前就想来看看你的，可是没有时间，七月十九那天晚上就到了，一下飞机就去了医院。"

讲完，又看看对面。

许念没问他去医院做什么，好像刚刚说了那么大一段，只是为了打破沉默罢了。他张了张嘴，欲言又止。

这人呢，不能生病，一生病，不但想法会变多，心境也会大不一样。就拿他来说，没病没痛的时候，事业第一，家庭亲情什么都不管，可一旦病了，没救了，就开始多愁善感，回想这一辈子做过的、错过的，想要弥补。可现实就是现实，现实不会像他想的那样发展，和亲人相处不是做生意。

父女俩相对坐着，从头到尾说的话不超过十句，许念是不想说，许成良想说的太多太多，可不知从何说起。

最终，许念给他倒了杯水，也给齐永明倒了一杯。

许成良握着那杯水，久久不能平静，他苍白如纸的脸上出现了一丝许念看不懂的情绪，像是纠结，又像是哀伤。

偶然一低眸，许念瞧见他手背上有淤青，还有许多小小的吊针针眼。

也不知道到底得了什么病。

要不是这身昂贵的西装，这人真连个体面的样子都不会有，瘦得都快只剩一层皮了。

有那么一瞬间，许念觉得他很可怜，如果许成良跟她没关系，她绝对会同情他，可若是真的没有关系，此刻这人也不会坐在自己面前。

一个决绝放弃亲生女儿的人，能好到哪里去？所以许念不同情他。

他放弃了许念，可同时许念也放弃了他。人的一辈子短短几十年，没必要为这些无关紧要的人浪费太多时间。

齐永明一脸为难，大概是想说话打破这种僵局，但明显此时此刻他一个外人不好多嘴。许成良慢慢吞吞喝了小半杯水，情绪平复了些，告诉她："我得了肺癌。"

许念顿了顿，"嗯"了声。

"晚期……"他又说。

晚期，多半没治了，只能靠配合治疗争取多活一天算一天。

难怪会突然转性了一样。

许念不自觉捏了捏指节，大概是震惊到了，好半天，才回过神。她抬起眼皮，看着许成良，一字一句回复道："我不是医生，治不了你。"

许成良喉头一哽，久久说不出话。

许成良二人七点离开，顾容七点半提着一摞打包盒回来，菜都是从餐馆买的，这么热的天进厨房简直遭罪，不如直接买来吃。

许念不想她担心，故而没讲下午的事。兴许是天儿太热，刚放下饭碗，她竟然流鼻血了，顾容吓了一跳，赶紧过来把人扶住。

"别仰头，快坐着……"顾容说，并帮她捏住鼻翼止血。

折腾了两分钟，堪堪止住鼻血。可能是最近天气太干燥，这人又是易上火体质，才会这样，坐了十几分钟，顾容打水来帮她擦脸。

"明天去医院看看，正好下午我要回新区。"顾容叮嘱，毕竟之前都没见这人流过鼻血，以防是身体有问题。

许念满不在乎，接过帕子擦擦脸，说："没事，就是上火了。"

顾容不和她争，反正第二天下午直接去店里接人，先去吃饭，然后去医院检查，去的是G市第一人民医院，本地最大最好的医院。

因为流鼻血看医生，还是头一回。许念觉得有点麻烦，但迫于自家好朋友的威严，只得乖乖排队等号。看病的人从门口排到楼梯，队伍行进犹如龟速。她们排了三个多小时才等到，经过一系列检查，最后得出真的是上火导致流鼻血。

许念觉得好笑，但也感动——顾容很关心她。

医院到处弥漫着一股淡淡的药味儿，许念不喜欢这种感觉，牵着她下楼，医院一楼外面有个小型公园，排了半天队有点累，两人过去，打算歇会儿再走。

公园里人挺多，基本都是几个人陪着一个病人，也有单独坐着的病人。医院是最能体现人生百态的地方，即便是这个挨着医院的小小公园里，亦有诸多冷与暖正在发生。

"周六休假，晚晚也放假，你有空没？"许念问，之前说了好几次要去水上世界，兴许这周就可以。

顾容想了想，点头道："应该都有空。"

"那我晚点给晚晚发消息，约一下时间。"

顾容"嗯"了一声。

天热，风一吹，热浪直往脸上拍，长椅不能坐人，两人只好站在树下，没到五分钟，感觉这样站着实在受罪，还是决定回车上吹空调。

刚走出鹅卵石小路，迎面就碰上了许成良，以及许母一家。

老一辈都爱将期望赋予名字之中，譬如成良二字，期待晚辈成功且保持良善之心，既有望子成龙的心愿，又暗含告诫之意。许成良做到了成功，但没做到良善，一辈子快走到头了，他才幡然醒悟，想要弥补。

他看着许念，苍白的脸上出现了一丝喜悦，可很好地克制住了，不至于表现得太明显。许母站在他身后，亦看着许念两个，张了张嘴，似乎想招呼一声，不过最终还是没说话，只朝顾容友好地点点头，至于另外几个老的小的，都立在原地不动，秦可欣用余光偷瞥顾容，然后看了看许念。

许念谁都没搭理，像是看不到众人一样，直接转到另一条鹅卵石小道上，带着顾容离开，一刻都不想跟这些人多待。

当初许母许爸离婚时闹得那么难看，好似会老死不相往来了一般，未承想现今竟如此和平地聚到了一块儿，连秦可欣他们也在，真叫人难以理解。许念无论如何都接受不了，哪怕自己根本不在乎，但这实在太硌硬人了。

带着老公儿女见前夫，或是见前妻的现任和孩子，连寻常人都无法理解，更别说许念了。

许成良见她们就这么走了，面上的失落藏都藏不住，许母也直直望着两人远去的背影，旁边的秦天赐登时拉下脸，看样子对她的举动很有意见。

至于秦成义，则一直都没任何反应，不表现出丁点儿多余的情绪。由于长期病痛缠身，他面容憔悴，十分显老，肤色也很白，都快赶上许成良了，他对许成良的态度不咸不淡，更像是在面对生意上的合作对象，看起来全然不在意眼前的尴尬局面。

她们上了车，径直开车回家。

顾容始终不多问，虽然刚刚只简单与许成良打了个照面，但她立马就猜到这人与许念的关系。关于许家的事，她早就从沈晚口里听过一些，大概知道怎么回事，故而不会多嘴乱说话。

进入新区后，两人去超市选购了些日用品，然后到宠物店买狗粮和罐头。再次回到车上时，顾容问："明天有什么安排没？"

许念正在车后座整理买的东西，下意识就回道："没，怎么了？"

前面正好红灯，顾容停下车等待，回头望了这人一下，说："我在新区红云街的西餐厅预订了两个位子，明天下午我来接你，晚上一起过去。"

红云街那片儿物美价廉，是这两年G市比较受年轻人欢迎的一条美食购物商业街，离顾家不远，大概十分钟车程。以前沈晚常约许念去那儿逛，去红云街的一般是一些年轻情侣或者学生，像顾容她们就不怎么去，要去都去更为繁华的中心街或者新区东方广场。

许念"嗯"了一声，回了家，主动做饭，并悄悄在网上订了花，让明早送过来。

晚上睡觉前,沈晚发消息让明天一起组个单身联盟,约单身的小伙伴们一起吃饭。然而许念并不想参加,借口要学习婉拒。

这天晚上许念心情不是很好,被子一盖老实睡觉。

顾容低声宽慰道:"别勉强自己做不喜欢的事情。"

那两个长辈确实让人糟心,顾容肯定对这两位不满,更谈不上喜欢,但她不会在许念面前明说这些事,能不提就不提,当作没发生过。可她还是有点担心许念,她都不一定能处理好这些糟心事,何况是才二十岁的女孩子。

许念道:"我知道,别担心那么多。"

顾容便不再多说。

之后关灯,睡觉。

空调呜呜作响,凉风悠悠,天上挂着一弯洁白的月,月光柔和,宽北巷空寂。

翌日凌晨五点多的时候,天幕一如昨晚,只不过弯钩月已经从天的一方走到了另一方,稀疏暗淡的星星全都隐进了云层里消失不见,巷子里有些人家已经亮灯,红砖房里昏沉沉的。

此刻天空由黑色变为幽蓝,天边泛出鱼肚白,G市的秋季早晨水汽特别重,树叶上,窗户玻璃上,尽是水珠儿,到处都湿漉漉的。

睡了一个回笼觉起来,已经九点多了。

刚洗漱完毕,花店送花上门,顾容去签收的,她同样给许念准备了礼物,真正的礼物,一支通体漆黑的钢笔,笔身上刻着一排外文,许念认不得写的什么,也分辨不出来是哪国的文字。

她问顾容:"写的什么?"

顾容不说。

她大可准备更贵的东西,但没有,那些都不实用,钢笔许念可以用上,笔是之前就专门定做的,那排字亦是她设计的,本来要给许念做生日贺礼,但还是决定提前送了。

许念将钢笔放进了包里,随身携带。

过节重要,但没到隆重的地步,吃过午饭,许念还是得去兼职。店里有两个店员请了假去过节,晚些时候,沈晚带着一帮朋友过来扫货,照顾许念的生意。

沈晚临走特意悄声说:"我们晚上在中心街那边唱歌,你要是想来就给我打电话,我先走了啊。"

许念送她出店。

到了下班点,季雅让其他店员加班,独独放许念走。

顾容准时来接人,开车带她去红云街。

红云街熙熙攘攘,人特别多,西餐厅里几乎满座,所有位置都被提前预订,她们一进去,服务员就一人送了一枝玫瑰。

顾容预订的位置靠近街边,位于左侧一角,视线还算开阔。

天还没黑,外面的灯便全亮起了,灯火璀璨,入座的时候,许念下意识望了眼街上,这随便一看,就看见了一个熟人。

那人正往餐厅这边走,是顾母。

由于沈晚的关系,许念对顾母不算陌生。熟,是单方面的熟,因为顾母对她的印象并不深,只知道这个女孩子读书厉害,是沈晚的朋友,所以当顾母走进来的时候,根本没注意到她们这儿,毕竟顾容背对着西餐厅大门那边,只要不转身,便不会被顾母看到,且餐厅各处分布有大大小小装饰物,恰恰做了遮挡。

光线昏暗,周围非常安静,今晚来这儿的大多都是情侣档,鲜少见到像顾母这样一个人进来的,她今天的打扮比平时素净了许多,不像之前那般穿金戴银、雍容华贵。

许念默默喝了口柠檬水,她能看见顾母那儿的情况,也不知道对方会不会注意到这里,看了看对面的顾容,说:"伯母好像在那边。"

闻言,顾容顺势望去,当确定是顾母时,脸上却丝毫不乱,反倒镇静地轻"嗯"一声。

餐厅里没人高声讲话,即便交谈,也会主动把声音放低,这样的环境安静是安静,就是让人不安心,好似一有大一点的举动就会被周围人用异样的眼光关注,许念欲言又止,张了张嘴。

顾容似乎知道她的想法,点完单,说:"她应该约了朋友,不用管。"

顾容扭头瞧了下顾母那儿,再瞥了眼面前的许念,笑了笑,没说什么。

用餐结束后,服务员又送了一人一个纸袋,纸袋里装着糖果。服务员微笑道,送她们到门口,服务特别周到。

许念的担心明显多余了,顾母从头到尾都没看到她俩,直到她们出去。

顾母等的人一直没来，她孤零零坐在那里，脊背挺得很直，木着脸，一副不好相与的冷淡模样，当许念她俩走到门口时，她才转头望了下。

恰巧，与许念目光相接。

那一瞬间，许念心里没来由一慌，想法万千，脑子里突然闪过许多种可能。

记得最初去顾家那会儿，沈晚再三说："我外婆性格有点古怪，你千万别介意。"

进了顾家之后，她才知道，何止有点古怪，简直怪到不行，起先去的两次，顾母愣是没招呼过她一次，连一句话都不讲，当她透明，第三次进顾家门，顾母才勉强喊了一声，喊的什么她忘了，反正没名没姓的那种，疏离而冷淡。顾母就是如此，面对熟的人一个样，面对不熟的人又是另一个样，不过大多数时候都还是大大方方的，很有得体的富太太模样。

那时许念不在意这些。真正对顾母改观的是顾容生日那次，顾母把她介绍给自己的老姐妹们认识。她懂得什么是真心实意，顾母介绍她的那次，就是真心实意，是发自肺腑的认同，不过那是站在沈晚外婆的角度的认同，而非顾容的妈妈。

顾母时时刻刻都注重"得体"二字，许念的家境并不得体，故而她紧张。

顾容拉了她一把，主动握住这人的手，离开。

餐厅里，顾母看见了这一幕，她皱了皱眉，但没有其他表情，沉思了会儿，看看时间，眼见外面天都黑尽了，再坐了几分钟，买单，拎包也走，她等的人没来。

许念一晚上都心神不宁。

"别想太多。"顾容说，看穿这人的心事。

然而许念无法做到不想，想太多的后果就是晚上十一二点都没能睡着，满脑子都是乱七八糟的事，翻来覆去都睡不着。

顾容无奈道："睡了，早点休息。"

节日过后，许念的生活恢复了平静，在接下来的时间里，许母和许成良没再出现过。

按理说，这种事应该没完没了直到解决为止，可就是这么重拿轻放没了声儿。周六轮休，她们白天去水上世界玩，晚上，许念接到许奶奶的电话，知道了这些人不再来的原因——许成良的病情恶化了，无暇顾及其他事。

许奶奶在电话里泣不成声,许成良是她身上掉下来的肉,如今白发人送黑发人,她接受不了,即便这个儿子常年在外不顾家。

许念素来明理,许爷爷许奶奶这些年可没有对不起她,相反,两位老人对她跟对其他晚辈一样好,只不过他们住在县城,所以平时少有见面。她安慰了许奶奶一番,许奶奶亦是明事理的人,没求她去见许成良一面。

第二天下班,许念谁都没告诉,自个儿买水果去医院看望许成良。这个对她有生恩的男人躺在病床上,形同枯槁,病得连话都说不出来,望见她进来了,灰白的脸上有了一丝激动的神情。

病房里还有齐永明在,他朝许念点点头。

床头放着一份打开的文件,上面有遗产等字眼。

许念放下水果,象征性坐了两分钟,起身。

"还有事,我先走了。"一刻都不愿意多待。

许成良说不出话,转头望望齐成明。齐成明送她出去,走到医院大门口,他递来一张名片,委婉说:"过阵子……可能用得上。"

当着他的面,许念收下名片,等走远了,把东西扔进垃圾桶。

要不是许奶奶,她绝对不会来。

人生不如意的事十之八九,要把剩下的一二过好,就别给自己添堵,如此已经仁至义尽,这些人要是还有脸,就不会再来找她。

不知道是这次探望起了作用,还是那两位突然良心发现,之后果然没再来找。

一切变回原样,每天准时上下班,其余时间回家看书学习,遛遛狗,如意得许念都把西餐厅的事抛之脑后了。

翌日下午上班,她迎来了一个出手阔绰的顾客,对方保养得不错,看起来只有四十多岁,其实已经六十多了,姓孙,季雅叫她孙太太,她俩是熟人。孙太太一口气扫了十三件货,结账的时候许念看着那一串数字人都飘忽了,百分之二的提成,这一天的收入都快赶上对门婶子半个月的工资了。

孙太太买这些东西是要送给家里的小辈,她人和善慈祥,结了账便在店里坐着休息,这期间打了个电话。

约莫半个小时,顾母同几个衣着不凡的同龄人进来,孙太太笑着喊她们。

瞧见孙太太旁边的许念，顾母视线在她身上停顿两秒，不动声色地移开，转身与其他人聊天，原本冷清的店铺一下子热闹起来。季雅与她们聊了会儿，叮嘱许念照顾好大家，有事忙去了。

许念站在一旁，不时尽职地端茶送水，毕竟孙太太刚刚才照顾了她那么大一单生意。

太太们在聊家常，一点不避讳有她在。

顾母没怎么开口，暗暗打量了许念好几眼。

许念心里发怵，都没注意大家在聊什么，直到孙太太喊她换一壶热茶。店里给客人准备的都是上好的龙井茶、普洱茶，许念不会泡，请小万帮忙。再回来时，听到有个嘴碎的太太说："哎，秋姐，你跟你家那位怎么回事？你可别觉得我管闲事看笑话，现在大家都在谈论，这一个个的，说得有鼻子有眼的，我担心你，才问问。"

秋姐，就是顾母。

事情呢，则是外界在说一些有的没的，传言顾母顾老爷子要离婚，六七十的人了，离婚算得上大事，何况是有钱的顾家，也不知道哪个嚼舌根的在编派，反正这事就传开了。

顾母自然听过，解释过，可抵不过别人看热闹不嫌事大，没办法堵住众人的嘴。这位嘴碎的太太当着大家的面问，嘴上说着担心，心里指不定怎么想呢。顾母脸色霎时变得不好看，可憋住了没发作。

对方做出抱歉的样子："嗨，我这人就是憋不住话，你要是不想提咱就不说了，别往心里去就成。"

气氛登时凝固。

许念过去，故意绕到这两人中间挡着，不卑不亢说道："茶来了，各位请喝茶。"

然后一一给所有人倒茶，先给顾母，最后给那位太太。

这回轮到那位太太脸色不太好看。

孙太太呵呵笑，说了两句话打破尴尬的氛围。

倒完茶，许念退到边上，顾母抬头望了一眼。

晚上回家，许念将这事原原本本告诉顾容。

顾容皱了皱眉，眉眼间闪过忧虑的神色，许念便知道这件事不简单，但出于是对方的隐私没好多问，她想到了七夕那天顾母独自坐在西餐厅里等人，却一直没等到，兴许与这个有关，兴许顾家真出了什么事。

不过她还是识趣不问。

时间一晃到八月底，炎热的天气终于有转凉的趋势，偶尔有一两天会是二十七八度的阴天。在这短短的半个多月的时间里，八斤又长大不少。中大型犬有一段成长期，在这个过程中体型会渐渐发生变化，等到过年的时候小家伙儿的体型应该就完全定下来了。

九月中旬，顾容就要走了，之后许念没有那么多精力照顾八斤，于是这段时间沈晚常常过来，不时将小家伙儿带回到沈家住两天，以此让它熟悉熟悉环境。八斤很乖，即便换了环境也不吵不闹，好似知道这是要干什么。

小家伙儿越发黏许念，常常是许念走到哪儿它就跟到哪儿。有一回许念骑单车去新区上班，它愣是悄悄跟了一路，之后一被顾容放出家门就往新区跑，要去找许念。它独独对许念不一般，动物的感情人不了解，许念更是不明白自己啥都没做，这小崽子怎么就铁了心地认定自己了。

周六依然阴天，顾容有事要找严旭，开车送许念和八斤到新区沈家，再由许念送八斤进去。

沈家三口就沈晚在，这妮子今儿心情似乎不太好，耷拉着脸，许念出于关心问了两句。

一问，问出了顾家的事，顺带弄清楚了七夕那天的事。

顾老爷子老了身体不中用，自觉随时可能会出事，于是七月底便立好遗嘱。遗嘱内容呢，大概就是财产分割这些。顾家家底厚实，消息一出，七大姑八大姨二舅姥爷们，连带着那些八竿子都打不着的亲戚私底下都蠢蠢欲动，想分一杯羹。遗嘱内容虽然还没公布，但是大家都能猜得八九不离十，家族企业肯定是留给顾家几个顶梁柱，譬如顾家大哥、沈妈妈，至于其他表的堂的亲戚，多多少少能分到点小钱，另外就是顾容和顾母。

顾容会分到什么，大家猜不出来，顾容本人也不在乎，反正不管这些。顾母呢，必定会分到巨额财产，顾老爷子年轻时不安分，如今老了，不安分的心思也没了，两夫妻的感情其实不深，一起风风雨雨这么多年，不过是一场商业联姻罢了，如同许多夫妻，都是相亲看对眼了，就这样一块儿过日子。

老一辈不兴过七夕，顾母前一天原本约了一个老姐妹要出去吃饭，结果当天老姐妹爽约。这事本来很平常，可被某些有心人传着传着，就变成了顾母七夕约顾老爷子吃饭，结果被冷落，再经大众一传，就变成了要婚变，可真是够乱的，顾母没去之前哪知道那是七夕，她压根就不过。

沈晚告诉许念说："那边家里经常就外婆一个人在，我们都不在，她没事只能找老姐妹们出去逛逛，大家都忙，没时间，我妈让我没事多去那边坐坐。"

乍一细算，顾母已经快七十了，在宽北巷，这个年纪的人日常就是喝喝茶打打牌，怎么舒服怎么来，许念愣了愣，随即想到顾容。

顾家的情况与她的定然不同，家里关系再冷淡，都不会像她和许成良、许母那样。

第二天来接八斤，许念又在沈家遇见了顾母。彼时沈家仍旧没其他人，顾母正蹲在地上逗八斤，一会儿梳毛，一会儿喂食，看起来还挺喜欢小家伙儿的，八斤亲昵地蹭她，眼巴巴望着零食，馋得很。

许念在外面绕了一圈再过去，正好顾母已经喂完八斤进了屋。

私下里，沈晚偷偷问："我外婆这两天老来我家，你说，她是不是没人陪太孤独了？"

许念哪里知道顾母心里怎么想的。

之后的两天里，她每次来都能遇见顾母，这期间还在沈家吃过两次饭，且每次沈晚都打电话叫顾容来。顾母态度不冷不热，看不出情绪，许念挨着顾容坐，心里总乱糟糟的。

顾容倒无所谓，吃饭期间不时给她夹两筷子菜，偶尔沈晚那妮子凑热闹，把碗伸过来："小姨，帮我夹颗狮子头，我够不着。"

沈爸爸、沈妈妈觉得这样挺好，顾容那冷淡的性子就应该改改。

"晚晚说小许在这边兼职。"沈爸爸忽然说，"在阿九店里，是吧？"

沈晚一愣，忙朝自家老爸使眼色，许念顿了顿，她可听清楚了，顾容的店……

沈妈妈接话："兼职辛苦，要是下班晚，可以来这儿，家里房间多，晚上一个人回去不安全。"

他们不知道许念的具体工作时间，以为像沈晚一样，有时候会很晚才回家。许念暂时先不管店铺的事，回道："嗯好，谢谢……叔叔阿姨。"

坐对面的顾母瞧了瞧她俩，只吃菜不说话。

沈晚边吃菜边说："今天的狮子头好像更好吃哎，外婆，你要不要尝一个？"

顾母淡淡"嗯"了一声。

"小姨,你快给外婆夹一个。"这妮子惯会使唤人,献殷勤都不会自己站起来夹菜。

顾容夹了颗狮子头给顾母。

"吃水晶虾饺吗?"沈晚又问,不待顾母回答,便朝着许念说,"阿念,帮我夹个虾饺给外婆,谢谢!"

许念下意识看向顾母,对方没任何反应,她犹豫半晌,夹了个虾饺进对方碗里,顾母没拒绝,一言不发,不碰她俩夹的东西,兀自吃其他的菜。

沈爸爸、沈妈妈没注意这些,许念顿觉尴尬,默默吃饭。

沈爸爸健谈,聊到沈晚学习的事,感慨道:"你就是不用心学,要不是多亏了人家小许帮忙,连考试都过不了。"

沈晚讪讪地笑,不辩解不争论,搞得沈爸爸都不好多说她,最后把话题转回到许念身上。

吃完饭放下碗筷,许念忍不住又看了下顾母,发现她碗里干干净净,之前夹的菜都吃了。

沈爸爸、沈妈妈让大家一块儿出去散步,走到公园里,沈晚拉着他俩去买东西,留这三个在原地等着,许念与顾容并肩站定,顾母看了看两人,氛围很是沉默。

好一会儿,顾母才开口,沉声问:"什么时候要走?"

问的顾容。

"12号,去法国。"顾容回道。

"严家那小子说你要退休了。"顾母语气有点生硬。

"嗯。"

"之后打算做些什么?"

"还没想好。"

顾母不出声了,思忖片刻,说:"可以进公司。"

意思是要顾容进顾家的企业。其实进顾家公司工作是一个很明智的选择,毕竟如果将来真到了分割财产那一步,这样肯定能分到更多。

顾容认真想了想,说道:"暂时没这个打算。"

她又不缺钱,该有的都有了,之所以选择退休,就是打算回国安定生活,顾家那边随便分点红就行了,不想去争这些。

顾母没说话,许久,开口道:"既然选择回国了,那就好好做事情。"

还是不认同顾容做模特,觉得做模特不入流。顾容不多说什么。

她们站的地方灯光亮堂，许念甫一扭头，倏地瞧见顾母的白头发，刹那间愣了愣。顾母这人一贯注意形象，在头发上可下了不少功夫，白头发意味着老态，她不喜欢，于是经常染发，但现今不服老也不行了，染发管不了多久。

　　大概是因为意识到了这些，顾母转变了许多，不像以前那样强硬，温和不少。

　　老了，都怕孤独，所以会主动亲近子女晚辈，很多原则不再是原则。

　　回去的路上，许念憋了一肚子话，但一直没说，等躺床上关了灯，才问："那家店是你的吗？"

　　顾容坦诚，说："和阿雅一起合开的，我只是出了点钱，她才是老板。"

　　许念翻身，撑在她上面，说："所以你给我开后门了。"

　　顾容没吭声，一会儿，又开口："还有半个月不到我就要走了……"

　　虽然有空随时都可以飞回来，但匆匆飞来飞去，能见面的时间会少很多。

　　许念身形一僵，准确来说，还有十三天，她都在算着，她闷声回："我四号报到。"

　　顾容说："好好读书，等我回来。"

　　"开学第一周没课，到时候我去机场送你。"

　　"好。"

　　"到了那边记得有空就给我打电话，开学比较空闲，我都有时间。"

　　顾容动了动身子，说："知道。"

　　许念拍了拍她的背。

　　这种时候无须说太多无用的话，没必要。

　　天上繁星遍布，宽北巷寂静如常，八斤在沈家，红砖房里就她们两个，这个时候没有别的人。

我 很 想 你

[第16章]

9月1日,恰恰是农历八月初一,这天是顾母七十大寿,许念被顾容带回顾家吃饭,她给顾母准备了礼物——一个铂金的戒指,款式比较朴实,价值一千多,算不上贵重,但对于还没工作的学生来说已经很不错了,毕竟许念浑身上下穿的东西还没哪件价格过三百。

顾母收了礼物,可不多招呼她。

快开宴的时候,沈晚过来找她和顾容,让去顾母那桌。

"外婆让我叫你们过去,我们几个一桌吃。"

这让许念颇感意外。

不过上了饭桌,顾母并未多搭理她俩,冷冷淡淡的,只是有个老姐妹问起许念时,她回道:"阿九的朋友,还在读书。"

老姐妹略疑惑,都没见过许念,但没好多问,于是故作了然笑笑,跳过这个话题。

许念抿抿唇,望向顾母,顾母全程不搭理她俩,跟老姐妹们聊天的时候只带沈晚不带她,怪得很。晚上离开顾家之前,沈妈妈打包了些吃食让许念带上,并让家里的司机送两人回宽北巷。

进了家门,许念一边洗漱一边问到顾母的事,试探两句。

她自己感觉得出来,顾母其实不愿意接受她成为顾容的朋友,不乐意她进入他们的圈子里,尤其不乐意顾容把她带回去。

顾容让她别多想。

许念莫名局促,原来真是这样,联想到顾母看她的眼神,越来越觉得耐人寻味。

其实顾母对她已经够温和了,若是早些年,她铁定会做点什么,但现在不会,人老了,不爱折腾,就想过点清静日子。如今家里安定,顾老爷子身体差,儿女辈就顾容还单着,她管不了,心有余而力不足,只得随顾容想怎么做就怎么做。再者,顾母对许念还是有好感的,重点大学的学生,在她那个年代,那可是顶体面的。她就这毛病,爱体面,有点小虚荣。

许念确实是个能带来荣光的人,老城区、宽北巷,这样破败的环境遮挡不住她的光芒。

新学期报到当天,G大教学楼区竖起了十余块巨大的公示牌,上一学年的优秀学子全都公布于上,许念的名字和相片频繁出现,横扫各个奖项,小到院级,大到国家级。机械学院大二4班的许念的名气,猛地一下子在学校传开。张教授背着手站在公示牌前笑眯眯地看着,甭提有多满意。

站在公示牌前的还有顾母,听说是听说,亲眼见又是另一回事,真看到许念取得的这些实实在在的成绩时,她心里颇复杂,加之旁边有个不争气的外孙女,形成如此鲜明对比,一时之间竟然不知道该做何反应。

沈晚俨然很高兴,拉着顾母左瞧右看,由衷称赞:"外婆你看我家阿念多厉害,拿好多奖,以后保准是搞研究的高端人才!"

顾母睨她一眼,说:"别人拿这么多奖,你一个都没有。"

沈晚悻悻笑:"我们学校厉害的人多,比不过比不过,阿念拿就行了,她拿我拿都一样,一荣俱荣。"

顾母懒得训这厚脸皮,她今儿没事做,送沈晚过来报到,顺便打发打发时间。大学的报到除了大一那一次,其余时候都非常简单,只需拿着校园卡去机器上网络报到,下午开个班级会议签到就行。

报到完毕,祖孙两人推着行李进寝室,一进门,其他三个都到了,另外还有顾容。

顾容送许念来报到。

瞧见顾母,许念霎时间一怔。

其他两个室友望见顾母,相互对视一眼,这是顾母第一次来学校,沈晚赶紧介绍说:"我外婆,"又朝向顾母,"我室友。"

然后说了室友们的名字,许念肯定不用再介绍。

此情此景真无比尴尬,这么快又见面了。

收拾完行李以后,沈晚叫大家一起吃饭,这妮子请客,去的是以前那家学校的西餐厅,点了一大桌子菜。

许念拘谨,全程没怎么讲话。因着有外人在,顾容也没怎么讲话,顾母一样鲜少开口,只有另外三个小女生一直叽里呱啦说个不停。

回宿舍的路上,顾母问顾容:"该准备的都准备好没有?"

问的是出国的事。顾容点头:"都妥当了。"

正说着,沈晚拉着许念她们仨走开,去买奶茶,等人走远,顾母再问:"你们是什么时候关系这么好的?"

顾容没立即回答,而是望了望奶茶店那边,慢条斯理回答:"六月份。"

顾母不再继续问,兀自提了提提包,往树荫底下站。

母女俩聊不到一处,向来如此,顾母能心平气和地问这些话,其实很能代表个人的态度了,顾容还以为她会说些别的什么,有些惊讶。

下午开完会,两人开车回家,想起和顾母聊的那些话,许念问:"那伯母呢?"

她还记挂着顾母,顾母那架势、那脸色真把这人唬住了,生怕得罪对方,担心哪里做不好。

顾容一时哑然,好一会儿,回道:"不用刻意讨好她,她没那么不好相与,只是脾气就那样。"

许念疑惑,张了张嘴,小声说:"我还以为你们关系不怎么样……"

大家都看得出来,顾容和顾母关系不好,常见的母女关系应该是沈妈妈和沈晚那种,母亲温和慈爱,女儿乖巧爱撒娇,她俩之间太冷淡了,这样不好。

顾容挑挑眉,应道:"确实不怎么样。"

许念微微惊讶她会这么说。

"我们三观不合。"顾容说,顿了片刻,又继续,"她脾气有点古怪,但人不错,她只是对我做事有成见而已。"

人的三观和底线向来不同,顾容改变不了顾母,同样,顾母也改变不了顾容,但说到底,不会闹到断绝关系这种地步,总之吵也好闹也罢,都是各自不愿意退步。顾母是个拎得清的人,不会把这些归咎到许念身上,也不会没事找事做,寻一个小姑娘的麻烦。

许念看看她,看看窗外,忽然笑了笑,心想这两母女其实像得很,脾性简直一模一样。

报到之后,许念偶尔会回学校一次,念着顾容快要走了,她直接向张教授请了一个星期假,留在家里陪顾容。张教授乐呵呵地同意,让她这一周准备准备,接下来会比较累,大三学习任务繁重,专业课尤多,还得做实验搞比赛,能不累嘛。

其间严旭来了好几次,顾容经纪人也来了,每次一来就要待两三个小时,许念会主动给他们留空间。许念给顾容准备了许多小物什,想着出国了兴许能用上,顾容都一一收下。

10号天气凉爽,才25℃,都不用开空调,中午两人都喝了点酒,然后上楼睡午觉,外面的光刺眼,睡前许念特地把窗帘拉严实了。

两人确实睡了个安稳的午觉,一觉醒来都快四点。

今儿沈家没人,沈晚出于无聊,带着八斤出去遛圈,遛了两圈更加无聊,她摸出手机给许念发消息,但对方没回,想了想,考虑到过两天自家小姨就要出国了,于是决定去宽北巷看看。

沈晚摸摸八斤的脑袋,哄道:"小可爱,咱去找阿念玩。"

听到许念的名字,八斤突然变得激动,"汪汪汪"叫了好几声,飞快地摇尾巴。

说走就走,一人一狗叫了个车立马就往老城区去。

此时的宽北巷寂静,沿路铺满落叶,不时一阵风吹过,落叶直往身上卷。红砖房的大门开着,代表家里有人,这种独立的房子不像公寓,成天关门防贼,这里只有家里有人就几乎不会关门,除了晚上。

八斤急匆匆往屋里冲,它没大声叫,而是在一楼到处乱窜,想找到许念。一楼空荡荡无人踪影,沈晚不管这傻狗,径直上二楼。

二楼,小房间的门开着,那里仍旧是八斤的专属房间,而大房间的门紧闭,房子里静悄悄,看起来好像没人在家。沈晚皱眉,记起有一次来也是这样,大门开着,可家里没人,纠结了下,她摸出手机想打电话问问,结果还没按下拨通键,大房间的门开了。

顾容站在那儿。

窗外柔柔的风往屋里吹,楼下响起八斤的叫声,傻狗八斤四处没找着人,猛地往楼上蹿,大房间的床铺上,许念动动腿,见顾容立在门口,正想开口,一抹金色的身影忽地略过顾容,唰地一下扑到床上来,险些扑到她身上。

许念微吃惊,朝门那边望了一眼,可惜看不见门外的人,八斤前爪搭在被子上,欢快地摇尾巴,"汪汪!"

沈晚在门外站了几分钟,同顾容说话,看着八斤笑了笑,让许念快起来了。

等沈晚走进楼梯转角处,八斤扒在床边蹦跶,就差爬上去一块儿躺着。

许念反手理理头发,小声问:"晚晚来了?"

顾容将烦人的八斤拨拉开,说:"正在楼下等着。"

许念抬手把八斤的眼睛蒙住,骂了句:"傻狗,看什么看……"

不一会儿,许念先出来,紧接着顾容出现,两人过来坐她对面,八斤摇尾巴转悠,最后到许念脚边趴着,大黑眼珠儿炯炯有神,好奇地打量她们。

沈晚说:"我过来……是有点事找阿念……"

许念给她倒了杯水,沈晚看了一眼,纠结片刻才伸手去拿,刚握住水杯,就听自家小姨冷淡问:"什么事?"

"也没什么。"沈晚说,喝了口水,偷偷瞅了眼许念,心想自家小姨这架势可真够吓人,许念还一句话没说呢,放下水杯,改口道,"送八斤过来看看,顺道来问选课的事。"

大三的选修课是大二临近期末选的,开课前都可以去教务处申请修改,G 大机械学院大三选修课就两门,一门专业相关三选一,一门"毛概"。

许念抬眼,没拆穿她,而是接话:"晚一点帮你看看。"

沈晚"唔"了一声,权当应话了。

时间不早,许念留她吃晚饭。

这期间顾容出去买菜。

吃完晚饭,顾容开车送沈晚和八斤回沈家。

到了那边,沈妈妈让进去坐坐,顾容下车,带着八斤进去。沈爸爸也在家,他们也刚刚吃完饭。

沈妈妈拿出一大包东西给顾容,说:"走的时候带着,我和妈给你准备的,到了法国那边可能用得上。"

顾容收下。姐妹俩聊了会儿,一旁的沈爸爸乐呵呵说了几句,坐了半个小时,顾容提着东西离开。

沈妈妈惊讶沈晚怎么这么安静,以为她不开心,便关切问了两句。

沈晚回:"没呢,只是晚饭吃得多,不消化,有点撑。"

沈妈妈将信将疑,说:"待会儿让蒋姨拿消食片给你,记得吃。"

沈晚点头,牵着八斤乖乖上楼,快走到楼梯口时,忽而听到自家爸妈在小声讨论什么,顿步,竖着耳朵去听,听到了"介绍""相亲"等字眼,愣了愣,拉紧绳子。

虽然顾容早已明确拒绝,沈妈妈也消停了两天,现在还是在暗暗搞这些有的没的,毕竟是亲妹妹,二十八了,顾容满脸不着急,她可急得很,再过两年小辈们都该成双成对了,绝不能让顾容还单着。在沈妈妈看来,找个伴是必需的,一个人孤单单,将来老了连个相互扶持的人都没有,那可不行。

临睡时,沈妈妈到沈晚房间看她。

母女俩说了会儿贴心话,眼瞅着沈妈妈要走,沈晚忽然劝道:"妈,你别给小姨整相亲这些,她不喜欢。"

沈妈妈没注意到她的情绪变化,不在意说:"我不管,再过两年就晚了,你小姨那性子，不逼一下不行，我要是不催，她怕是四十岁都不着急。"

感情嘛，可以慢慢培养，总之得有个人选。

沈晚张张嘴，嘟囔道："说不定小姨有中意的呢……"

"那敢情好啊，有了就带回来瞧瞧，正好把这事儿解决了，也省得我操心。"

沈晚一时无话可说。

"要是有就好了，可我瞅着阿九那样子也不像有的，这马上又要去法国了，下次回来我和你爸再跟她说道说道，先约一个见见面，要是成了，开年以后可以带回去给你外公外婆他们看看。"沈妈妈说，看样子什么都计划妥当了。

沈晚说："哎呀，反正你别管那么多，小姨忙着呢，法国回来后还有一大堆事要做，你别给她添麻烦。"

沈妈妈不以为意。

事情就到这一步，沈晚自觉不多事，直到顾容走都没再去宽北巷，12号那天上午，大家都到机场去送顾容。

沈家、顾家的人都在，许念也在。

登机之前，大家同顾容告别，许念克制地站在外围。

沈晚一冲动，拉着许念过去，上前抱了抱顾容，扯扯许念的衣角，努努嘴，别扭道："马上就要走了，快告别啊！"

许念愣了愣，其他人都在场，不好表现得太不舍，犹豫了下，上前抱住顾容，凑近在对方耳畔低声说："好好照顾自己。"

顾容说了句话，声音很小，沈晚没听清具体说的什么。

时间差不多，顾容与严旭和经纪人进去，许念站在原地目送他们。

出了机场，沈爸爸送许念和沈晚回学校，今儿星期一，下午有课。一路上，两人都不怎么说话，等下了车，沈晚清了清嗓子，"嗯"了两声。

许念好奇看着她。

沈晚看向别处，一会儿，才说："小姨很快就会回来的，走完秀顶多在那边待一阵，最多这个月下旬就结束。"

许念自然清楚，顾容走前把行程安排都告诉了她的。

想起在机场里顾容冷淡的模样，怕许念会误会什么，想了想，沈晚继续说："我小姨脾性就那样，其实人很好的。"

顾容好不好，许念自是了解，她暗暗笑了笑，不多聊这些。

一个人的日子总是漫长而无聊，每天除了上课就是实验，有空的时候会跟着沈晚回沈家看八斤，每一次去，都能遇到顾母，顾母似乎对八斤格外喜欢，像逗小孩儿一样逗小家伙儿。沈家也给八斤准备了专门的房间，待遇比在红砖房时还要好，八斤的日常变成了吃、玩，以及每天傍晚时分在大门口等待，它在等许念来。

　　开学第二周渐渐变得忙碌，教室、实验室两头跑，不过许念还是尽量有空就去看小家伙儿。周三那天，学校宣传机械制图大赛，这是每年一届的全国性比赛，会先在学校进行选拔。算了算时间，初赛于 28 号举行，恰巧是顾容回国的前一天，许念选择了报名参加。

　　周四是 9 月 15 日，也是农历八月十五中秋节，放三天小长假。沈晚一家去泰国旅游，许念将八斤接回家，一人一狗相依过节。

　　此时执行夏令时，法国与这儿有将近六个小时的时差，中午十二点，也就是法国的早晨六点左右，顾容打来电话。

　　许念正在炒菜，赶忙戴上耳机，边炒菜边接电话："刚刚醒？"

　　电话那头，顾容睡眼蒙眬，刚从床上爬起来，正在换衣服："嗯，马上就要出去，你在做饭？"

　　许念也"嗯"了一声。

　　"听晚晚说，他们去泰国旅游了，今天一个人过的？"

　　"没。"许念说，"还有八斤呢，它就在旁边。"

　　听到许念叫自己的名字，八斤"汪汪"两声回应，乖巧地蹲在门口等着，许念做了自己的饭，也单独给它做了饭。中秋佳节这个阖家团圆的好日子，必须过得比平时更丰盛更隆重，而这丰盛与隆重，在寻常人家便体现在吃食上。

　　顾容将无线耳机连上戴耳朵上，麻利收拾，不疾不徐地问："做的什么菜？"

　　对面一一报菜名："红烧排骨、清蒸鲈鱼，还有炒莴笋，本来想炖汤的，天气有点闷热，就直接去巷口买的绿豆汤。"

　　顾容理了理耳发，说："我给你订了月饼，十二点半送达，注意查收。"

　　许念倒是没想到这个，隔着千山万水，过节她也做不了什么，顶多就打个电话问问，而且考虑到顾容才到那边可能比较忙，她这两天都没怎么打扰过，唯一一次主动打过去，都是经纪人代接的。

　　最后一场走秀，肯定很忙。

"好。"她将火关了,咂嘴半晌,"中秋节快乐。"

手机里传来低低的笑声,再是清冷的声音——"阿念,中秋节快乐。"

听到她这么叫自己,许念紧抿薄唇,犹豫了下,刚想开口说两句温情的话,谁知那边传来其他人的喊声,是经纪人在催促,应当是有什么事要忙。许念立马打住,尽量不给对方添麻烦,想了想,说:"好了,你快去忙吧,我也该吃饭了。"

"晚一点再打给你。"顾容柔声说。

许念应声,虽然有些不舍,但无奈电话还是被对方匆匆挂断。

八斤仰起脑袋瞅她,眼巴巴望着台上的肉,她好笑,端菜盛饭出去,将所有东西都搬到饭桌上,再把给这傻狗准备的吃的拿过来,一人一狗默默吃着这顿饭。

吃到一半时,糕点店送月饼上门,月饼有两份,一份是给许念的,一份是专门给八斤定做的。吃完饭,许念掰碎月饼喂八斤。

下午,睡午觉,看书学习,给八斤洗澡刷毛,再出去转两圈,一个人的日子无聊透顶,将就着过。

以前一个人时,觉得还行,不会感到烦躁难熬,可一旦习惯了有另外一个人的存在,便分外难受,浑身都不得劲儿,哪儿哪儿都不对,做什么都好像缺了点什么。许念一路走一路不时看看手机,顾容说晚点打,可却一直没动静,班群里有人在发红包,班导唐敏之一高兴连发了几个大的,翻了翻朋友圈,唐敏之昨晚发了张钻戒图,评论是一水儿的祝贺。

这是要结婚了。

说起来,许念已经好久没有见到过这些人了,万姐、宁周怡,暑假工结束后连季雅都没再见过,大家都在为各自的事情奔波,不像学生党这么空闲。

忙碌的快节奏生活就像挂钟的秒针,一刻不停歇地转啊转。

南巷口聚集了一堆邻居街坊,大伙儿都在兴致勃勃地大着嗓门聊天,又在说美食街搬迁的事,好像是上面给了确切的文书,年底之前就会迁过来,要迁到比邻宽北巷的那条街上,宽北巷的居民们都比较高兴,期待着能跟着发点小财。

上面要出政策带动,经济才能发展,大家都盼着宽北巷能越来越好。

路过商店时,八斤照常往店门口跑,蹲在那儿不走。

商店老板一如既往地拿起夹子,笑呵呵地说:"阿念哪,出来转转?"

许念应下。

商店老板望望八斤，喷喷两声逗它："要不要来一根？"

"行。"许念摸出五块钱递过去，"谢谢老板。"

商店老板笑眯眯收下钱，客套地说："该我谢你才是。"

言毕，烤根肉肠递给她，八斤吐着舌头兴奋望着，眼馋得不行。许念牵着它打算出去，还没转身，就听商店老板八卦十足地问："上回那个亲戚，是你家哪位？"

许念身形一顿，沉默了片刻，扯谎："老家那边的人，远房亲戚。"

"哦哦，这样啊。"

许念没再久留，牵着八斤走远，回了家再给小家伙儿吃肉肠，一天就这么过去，平平淡淡，宛如一潭没有任何涟漪的水。

她一直在等着顾容打电话过来，孰料电话没等到，八点多的时候，许母过来送月饼，这回就她一个人。

许念让她进屋坐了十来分钟，之后象征性地回赠几个月饼，送她上公交。母女之间少言少语，几乎没聊两句话，许母倒是自觉，自知理亏，没脸多说，只是在公交车来之前，小声问："你去看过你爸爸没有？"

她脸色憔悴，嘴皮子泛白，看样子这阵不好过。

许念大致能猜到她在忙哪些事，无非就是秦成义就医，许成良那儿跑一跑，还要照料秦家老老小小。她自个儿愿意受着，旁人说什么都无济于事，许念不同情她，内心无波无澜，冷声回道："之前去过。"

许母动动嘴唇，神情恍惚了一瞬，看向许念，眼睛里带着难以言喻的哀伤，兴许是想劝劝，可还没来得及开口，车来了，末班车九点，她必须得上去。等车的人群一窝蜂往车上挤，她转头望望许念，出声："那我走了啊……"

许念原地不动，一言未发。

车停了不到一分钟，而后缓慢驶离，驶进黑色的夜幕中。

十五的月亮大而圆，皎白似白玉盘，灼灼月华投落到地面，巷道里树影婆娑，许念开门进院子，八斤跑过来绕着她转悠，机灵地拱她的腿，许念险些没站稳，又好笑又好气，这傻狗心里没点数，不知道自己多大力气。

进屋后，给八斤喂水果，一人一狗赖在沙发上看剧，约莫十点，上楼洗漱休息。

刷牙时八斤非常不配合，哈喇子流了一地，它还挺委屈的，搞得许念在虐待它似的,小声地呜呜叫唤,皱着一张脸,可怜兮兮的。许念心情本来不怎么样,愣是被它逗乐了。

"小东西!"她轻骂,揉揉小家伙儿的脑袋。

八斤忽地跳起来,直接一下就将两只爪子搭她身上,那爪子上全是水,许念还没反应过来,就被这傻狗甩了几爪子,浅灰的睡衣上尽是湿的狗爪印。

许念生怕这傻狗的哈喇子甩到自己身上,连连把它制住:"别动别动,乖一点!"

八斤果然乖乖的,不过还是不怎么配合。

刷完牙,给它收拾一番,送回小房间,许念再拾掇自个儿,时间已经十点半了,顾容可能真的非常忙,她迅速洗漱收拾,末了躺在床上等消息。

时间一点点流逝。

今晚凉快,悠悠的夜风不时吹起,舒适得很,许念翻身朝着外面,看了会儿夜色,再看看手机。

十一点。

十一点半。

…………

还有十分钟到凌晨。手机界面还是没动静,连班群里都没人说话,到处都静悄悄。

许念撑坐起来,打开床头灯,醒了会儿神,马上十二点,法国那边应该快六点,也许顾容就快忙完了。她倚着床头,随便翻翻手机,各个交友软件都看看,她头发乱糟糟,有两缕贴着白皙的脖颈垂落在肩头。

由于睡衣打湿了,她现在穿的宽松的敞口棉质T恤,领口略大,身子稍微歪斜一下,就会露出大半个圆润好看的肩头。

床头灯柔白,打在她身上,她感觉有点热,于是推开被子拢在床的一边,两条大长腿屈在面前,拿着手机安静地等待。

老式的挂钟转动,时针分针秒针重合之际,凌晨正式到来,然而手机屏幕仍旧一片黑。

困意上头,许念有些乏累,拿着手机下楼接水喝,她忍不住想给顾容打电话,但又怕打扰到对方,盯了手机屏幕半分钟,最终还是决定打一个试试,如果真在忙那就挂了。

只有面对顾容的时候她才会如此,要是其他人,早就打了,哪会纠结对方忙不忙的问题。自己挂念着，又怕对方太过于挂念。

许念喝了口凉水，放下杯子，划开屏幕找到那一串号码，刚要按下，心有灵犀似的，对方竟然在这时候打来了，定定心神，这才接起。

许念的语气平静而淡定，问："忙完了？"

对面"嗯"了一声："刚刚出来，正在车上，你睡了？"

她立马回道："没有，睡不着，还在看剧。"

顾容看看手表，心里了然，知道应该是在等电话而不是看剧，没戳破，问："G市今天天气怎么样？"

许念说："挺凉快的，温度降了很多，今天只有二十几度。"

"这边更低，十几度。"顾容望向车窗外安静的街道，异域风情的建筑、微弱的灯火、灰扑扑的天，这些与G市都大不相同，她收回目光，继续道，"需要穿长衣，不然就冷得很。"

许念不由自主勾勾唇角，到床上坐着，亦望了望窗外的天空，柔声说："那你记得多穿点，注意天气变化。"

手机那头的顾容只轻"嗯"一声。

保姆车里坐着七个人，两个高大的金发碧眼的法国人、严旭、经纪人，另外还有两个三十多岁的中国男的。严旭偷偷瞥向顾容，大概能猜到她在给谁打电话。今儿下午事的时候，好几次顾容都在找手机，可惜时间紧，哪有打电话的空闲，经纪人拦着没让。

顾容知道他在看自己，理也未理，低声对着手机说："晚晚讲，你们25号那天会来巴黎。"

许念掀开被子进去，倚在床头，说："嗯，当地时间晚上七点多到，过来看完秀应该就要走。"

这是许念计划定下来以后就决定好的事，她和沈家三口都会去，这么重要的时刻，必须得去。她还没看过顾容走秀，这次是第一次，也可能是最后一次。

G市到巴黎的机票要四五千一张，来回就八九千，沈晚想给她出，她不让，用兼职的工资和存款买的。这趟行程意义重大，她不想靠太多外力。

"签证这些办了吗？"

"早办了，不用担心。"

"到了以后我来接你们。"

许念说："我们找得到，你忙你的，不用来，到时候我直接来找你。"

26号晚上八点就要开场,前一天晚上要做的事情肯定繁杂。

顾容没说什么,应当是默许了。

许念与她聊了会儿家常,无非就是自己这两天做了哪些事,学习,报名参赛……又说到月饼、八斤,但独独没讲许母来过的事,她潜意识里就不想与那些人沾上太多关系,故而不说这些。

虽然两人聊两句停一句,但一来一回这样下去,一晃半个小时就没了,顾容这边抵达酒店,经纪人过来交代一番。

这边许念听到了,知道该挂电话了,顾容出国本就辛苦,要忙事,还得倒时差。等顾容再说话时,她借口要睡觉准备挂电话。

顾容应了两句说:"那晚安。"

她说:"晚安……"

关灯,屋子里陷入黑暗之中,她捏紧手机,赶在电话挂断前,又喊道:"小姨。"

顾容疑惑:"嗯?"

许念说:"我很想你。"

农历十六,小雨淅淅沥沥,整个G市被灰雾笼罩,天空蒙蒙一片。雨从早下到晚,这一天许念哪儿都没去,和八斤一块儿待在家里,除了吃饭就是看书,一直持续到快天黑。

她坐在沙发上削苹果给八斤吃,八斤同志十分不自觉地将脑袋枕她腿上,尾巴一摇一摇的。它在掉毛,许念穿的是黑色五分裤,裤子上尽是淡金色的狗毛。

有人伺候的狗简直十分舒爽。八斤的蜕变很大,已然没了许多做流浪狗时的毛病,不过有时候仍旧有点胆小。苹果吃到一半,沈晚发来消息,问许念要哪些化妆品。

泰国的彩妆不错,沈晚一到那边就开始疯狂扫货,甭管好不好,反正买就完事。许念不客气随便选了两支口红,沈晚给她发了几张旅游照。

许念将桌子收拾干净,再拿起手机时,发现对方给自己发了串数字,紧接着说:"我外婆今天问起你,本来想叫你过去吃个饭的,可是家里突然有点事,你明天有空吗?"

那串数字应该是电话号码。许念斟酌半晌,正要回复,对方又是一条消息:"反正闲着没事,可以过去坐坐,正好我可能要推迟两天回来,到时候你把八斤交给她就是了,我已经跟她说过了。"

电话号码是顾母的联系方式。

晚晚说:"上面是她的号码,你明天到了那边可以直接联系她,我这边有点忙,先不聊了啊。"

发完,真没了动静。

明明沈晚之前还别扭得很,这两天倒是给安排上了,生怕许念不会处理这些事一样。许念看着那串数字,沉思片刻,最终将其加入通讯录。

小雨到下半夜停歇,隔日一早天色灰蒙,九点多时中雨而至,许念尝试着给顾母打了个电话,第一通便被接起,两人在电话里几乎没有任何闲聊,顾母开门见山让她过去吃午饭,并让她把八斤一起带上。

顾家大哥不在,家里就顾老爷子和顾母两个,顾老爷子对许念的态度一般般,相比之下顾母显得稍微热情一点点,不过还是不怎么样。

顾母对八斤还挺好的,八斤对她也十分亲热,看来在沈家没少相处。顾母逗狗时,许念只在一旁候着。晚上,顾家的司机送她们回宽北巷。

有了第一顿饭,很快就有了第二顿饭,翌日仍是在顾家吃的,这回遇上了顾家大哥,还有沈晚的表哥表姐们,一大桌人就许念一个外姓,简直尴尬。

当晚许念将八斤留在顾家,把小家伙儿交给顾母照顾,走时,她特意说:"我有空就过来看它,麻烦您了。"

顾母只点点头,高冷如故。

三天小长假后的课程繁多,原本周四周五的课全部调到周日来补,从早到晚都没空闲。

周一晚上,沈晚抵达学校,正好赶上开班会。唐敏之专程来了一趟,一一告知学校近来对学生们的计划安排,并统计班上有读研意向的学生名单。

许念和沈晚坐在第一排,瞧见了她手上的钻戒,沈晚悄声问:"唐老师是不是好事将近了?"

"她朋友圈你没看吗?应该是。"许念低低说。

沈晚看看唐敏之,凑近了才说:"她和对象上个月分手了你知道吗?突然就分了,听说她对象还到学校来堵过好几次,结果都没音儿。"

许念吃惊,真一点没听说这些事,记忆里唐敏之和她对象好得很,如胶似漆,怎么说分就分了,唐敏之的钻戒,是她对象求复合送的还是……

这件事她是最后一个知道的,顾容她们早知道了,晚上打电话许念才清楚缘由。

唐敏之想结婚,毕竟快四十了,可她对象不想,两人在这件事上产生了分歧,她对象这人呢,性格冲动,脑子一热,就说三年之内绝对没有这个打算。就这么一件事,成了两人之间的导火索,眼看另一方确实没有结婚的打算,唐敏之便头也不回地提出了分手。她对象硬气啊,以为她只是小吵小闹,气急上头口不择言,结果前几天才知道唐敏之要结婚了。

人到了一定年纪,在对待感情上会理智大于冲动。唐敏之或是她前任,谁的做法都无可厚非,都没错,观念不同罢了,强求不得。

年龄差、观念……难免让人唏嘘感慨,若不是因为这些,唐敏之的感情堪称模范,明明那么好的两个人,最后却因为这些事分开。

许念沉思须臾,走到窗台前,接受晚风的吹拂,问:"你打算什么时候结婚?"

电话那头的顾容一怔,周围还有其他人在,不大方便说这些,问:"怎么会问这个?"

许念想了想:"我在想我以后什么时候结婚。"

顾容好笑,说:"你才二十岁。"

"很快就二十一了。"

"二十一也还在读书。"顾容显然有些无奈,某人平时一声不吭的,典型的闷性子,今天竟然会聊这些,结婚,还早得很,她都没想得那么远,"先读了研再说,现在不考虑这些。"

许念转身倚靠着窗台,房间大灯的光有些刺眼,她眯了眯,扬扬白细的脖颈,一字一字再问:"那读完研以后呢?"

此时的巴黎还没天黑,街道上行人稀少,空旷安静,只听那边继续低低问了句话。

顾容一时无话,没有言语回应,

那边叫了声她的名字,声音温和而轻柔,有些低沉,而后电话里再没有其他声音,许念在等待她的回答。

顾容蓦地笑了笑,将散乱的头发别在耳后,远离人群走到一个路灯底下,边走边说:"等过几年再看,现在还早。"

顾容忍俊不禁,眉眼间都染上笑意,脸色不再一副生人勿近的冰冷模样,回头望了望严旭他们,她"嗯"了一声。

结果对面那人故意问:"嗯什么?"
她不说话。
许念在笑,不知道哪点值得乐和,好一会儿,才喊道:"小姨!"
语气又变得认真无比。顾容应道:"嗯。"
"我想快点去你那边了。"
彼时的巴黎凉风悠悠,乍然还有点冷,顾容拢紧长款黑色风衣,甫一低头,乌黑的发丝从耳朵后落了下来,柔柔垂在脸侧。

读书的日子上课实验两头忙,许念干脆回学校住,这样可以节省更多时间,有空的时候就去看看八斤,偶尔会遇到顾母,顾母仍旧老样子。

9月22日那天是秋分,天气已然凉爽不少,气温稳定在20℃左右,正是乱穿衣的时候。早上出门穿短袖短裤,晚上回来换长衣长裤,穿多了热,穿少了冷。实验室那边事情多而杂,当天来了四个新人,张教授把新人们分到不同组,并且重新再分配任务,许念除了要跟着研究生师兄师姐一起做实验,这次还分到了新的任务,需要带两个新人申请实验项目,大二大三实验内容跨度大,留给她的适应时间尤其少。

张教授单独叫人去办公室详谈,说来说去,反正就是要重点培养一些人的意思,让他们好好努力,许念就是其中之一。

在这段时间里,上一学期以及学年的成绩排名已经整理出来,许念第一,上学期绩点更是突破新高,各种奖肯定稳了,奖学金也稳了。沈晚成绩仍然吊车尾,不过好在各门课都险险及格。由于考试改革,上学期挂科的人数较之前来说更多些,学院因此勒令各科老师要加大学习强度,教务处那边脑子一热,差点整出个强制上晚自习的措施来,好在最后没实行。

但是各种规定下达,也足以让正放养了两年的学生们叫苦不迭,大学真没想象中那么美好,有时候不比高中轻松。

机械学院加了门新的软件课,且第四周就会结课,之后第八周又会结一门,第十周考试周,简直逼得学生们喘不过气。许念也觉得时间太紧,可还是提前去唐敏之那儿请假,时间再紧,巴黎也肯定要去。请假的借口五花八门,反正不能说是去看秀,唐敏之倒没为难她,爽快直接签字盖章。

学校的生活就这样,不时有点小波澜,可总的来说平淡无奇。

这段日子里,许念除了忙学习就是守着手机,离25号越来越近,不免有些紧张。

顾容走之前还说有空就回来，真到了那边，哪来的时间回来，每天能打个电话就不错了。听严旭讲，走秀结束后，还有专访活动这些，总之要做的事情还多得很，不是简单走个T台就完事。

不过一切都会在29号那天完结就是了。

所有的事情都十分顺遂，除了一件事。23号那天下午，是一周里唯一一个没课的下午，许念本打算去实验室，可刚吃完午饭，许奶奶打来电话。

许奶奶在电话里泣不成声，哭着说了两个字便没了下文，之后电话里便是喧闹和喊声——许奶奶晕倒了。

许念知道她在哪儿，下意识背着包转身朝校门口走，并打电话给张教授请假。抵达G市第一人民医院时天刚刚黑，医院就诊大楼里人流进进出出，后面是住院部。她快步上到三楼，病房外围了一堆人，都是许家的亲戚。

这些人不像许成良，曾经对许念都还不错，大家都是讲理的人，见她来了，赶紧招呼两声，大伯母拉着她偷偷说："你奶奶在病房里，你爸还在抢救室。"

许念扫视一圈，发现大伯他们都不在，应该在抢救室外边等。病房门关着，暂时不让大家进去，相较于其他人一脸心急如焚的表情，许念显得淡定从容，脸上看不出任何多余的情绪，她离人群有两步远，一个人默默无声地候着，薄唇紧抿。

"哎哟，真是造孽，成良还没出来呢，这边又倒下一个。"一亲戚摇头。

"昨儿就进了一回抢救室，今晚又去，能不急吗？"

"唉，成良那样子，不知道能不能……"话到嘴边，兴许是觉得不吉利，赶紧打住。

…………

亲戚们小声地你一言我一语，皆在担忧。

大伯母瞧瞧病房里，再扭头看了眼许念，暗自叹口气，都这种关头了，争论谁对谁错都不再重要，只盼能挨过今晚，都好好的。

许念自始至终不说一句话，直到病房门打开，护士说："病人已经醒了，你们也别一窝蜂进去打搅她，派两个人看着就可以了。"

亲戚们相互对望，一时半会儿没决定好谁去，大伯母立马发话："阿念，咱进去吧。"

众人自觉让开一条道，护士指挥道："行了行了，你们别堵在这里，里面还有其他病人呢，麻烦都让开点，去凳子上坐着等也行。"

许念紧随大伯母推门进去，病房里药水味浓重，有点刺鼻，许奶奶在最里面那个病床上躺着，闭着眼睛，重重地叹气，听见动静便朝门口望了一眼，瞧见是许念来了，登时满泪盈眶，泪珠子直落。

"别哭。"许念抽了张纸帮她擦擦，安慰说，"没事，奶奶你别哭……"

许奶奶哭得更厉害，抬手抹抹眼泪，可什么都没说。大伯母一脸为难站在后面，面上带着哀伤的神情，抢救室那个生死未卜，许奶奶又这个样子，许家谁会好受呢。

"奶奶对不起你……"许奶奶握着许念的手哭道，满是皱纹的脸此时更加皱巴，嘴皮子都是乌青色的，她似乎还想再说什么，可又说不出来，眼泪珠子不停掉。

许念都懂，还能为什么事，如今这种情况，谁都说不清，怨也好，不喜欢也罢，许奶奶从来没有对不起她的地方，许家其他人也没有，她现在大可一走了之，别人会如何指责她毫不关心，可终究她还是留了下来。

她不是为许成良，而是为其他人。

知道她今晚不会走，许奶奶情绪稳定了不少，等恢复些了，让大伯母扶着自己去抢救室那边，并带着哭腔央求许念说："你就在这儿等，可别走啊……"

许念陪她们一起过去的。

抢救室外鸦雀无声，所有人都在外面候着，许家男男女女眼里都噙着泪光。

生与死是这世间最大的两件事。在大多数人看来，无论一个人生前是怎样的，一旦他要死了，那些事都会一笔勾销，大家更多的是记得这个人的好。

现在就是这样。

可惜小时候的记忆早淡了，犹如一滴墨水融进大海里，再无迹可寻，许念的脑子里连许成良半点好都没有，那些温馨的美好的画面，全部都没有这人的存在。她站在抢救室外，与其他人的心情格外不同，压抑、沉重，但一点不伤心。

换成任何一个陌生人，她的心情都这样，人在面对死亡的时候就是这样。

下半夜两点多，抢救室的大门终于打开，许成良被推出来，亲戚们想要围上去看看，被医生呵斥开。

许成良的眼睛半睁着，应该是看到她了，泪珠立马就顺着眼角滑落，可说不出话。

他被越推越远。

可算救回来了，大家悬着的心暂时落下。大伯母护着许奶奶，安抚说："妈，没事了，你别担心，没事没事……"

许奶奶抬手抹眼泪，扭头望望许念。

许念一言不发，周身萦绕着冷淡疏离。

没人出言怪她，指责、埋怨都没有，亲戚们在这一点上拎得清，该说什么，不该说什么，大家心里明镜似的，眼下许成良最看重的就是许念，谁敢说一句她的不是，要是她置气不来了，怎么办？

许念是天亮以后才回的学校，其间没有见到许成良，那人在重症监护室躺着，医生没敢给个确切的回答，快死了，还是能挨一阵，谁都不能确定。

下午只有第一大节有课，之后许念回宽北巷收拾东西，出国的飞机在明天傍晚时分起飞。走前她去看了八斤，再买袋水果去医院探望，水果是给许奶奶的，许成良还在重症监护室里，不过听说情况已经好转了许多。

得知许念要走，许奶奶略担忧，拉着她的手不放，直问："远吗？要去几天？什么时候回来？"

许念只说："27号就回来。"

许奶奶这才放心了，毕竟兴许那时候许成良还没从重症监护室出来。她抓紧许念的手，郑重地拍了拍，带着祈求的语气说："到时候你可一定要回来……"

许念沉默。

每个人都有每个人的立场，一个是许奶奶的儿子，一个是许奶奶的孙女，许念能理解，但不能接受，即便许成良已经快不行了，大度宽容，只是简简单单的四个字，可真要做起来却是难上加难。

出了医院，回家。

下午三点的时候沈爸爸开车过来接她，四人一同去机场。

临行前，顾容打来电话，叮嘱了几句，许念一一应下："知道，别担心。"

顾容很忙，没两分钟就挂断电话。

因为电话是打到她手机上，一旁的沈爸爸、沈妈妈并不知道是谁来电，夫妻两个正在讨论到了巴黎以后该去哪里转转，买点什么之类的。

沈晚坐到许念旁边，瞥向已摁灭的手机屏幕，故意问："我小姨打的？"

259

许念如实回答:"嗯。"

"哦。"沈晚抬眼瞅瞅许念的表情,忽地又望向别处,但肩膀却靠许念更近,低低道,"说了什么?"

许念觉得好笑。

坐长途飞机不好受,而且许念还是第一次坐飞机。她晕机了,全程都在睡觉,迷迷糊糊被叫醒时,飞机已经降落,四人在机场休息了半个小时才出发。

沈爸爸会法语,出去以后全靠他翻译。法国人似乎不太爱用英语这门国际语言,你用英语询问,他们大部分人会直接忽略掉。到达酒店以后,各自收拾,之后出去吃饭,顾容有事忙,暂时不能过来。

许念给她发过消息了,不过她没回。

脑袋到现在都还是晕乎的,许念根本没怎么吃东西,末了回酒店休息,一挨上枕头,睡意立即上来,再次醒来时是被门铃声吵醒,睡眼惺忪去开门,门外站着酒店服务人员,对方叽里呱啦说了一通她听不懂的话,然后走了。

许念一头雾水,关门,打算洗把脸醒醒神,去找沈晚他们,顺便等顾容。然而刚回身走了两步,敲门声响起,她还以为是沈家三口之一,径直回去开门,一束花映入眼帘,接着一道高挑的身形挤了进来,顾容还穿着高跟鞋和修身的长裙,如此便比她高一些。

"什么时候来的?"

"快半个小时了。"顾容如实说。

许念一顿,说:"怎么不早点过来叫我?"

"先去了姐那里,聊了一会儿,他们说你在休息。"顾容帮她理理头发,"很累?"

许念摇头:"不是,就是飞机坐久了晕,有点难受。"

顾容将花递给她,接了杯水过来,说:"今晚好好休息。"

许念点头,两人到沙发上坐下,顾容凑过来帮她按了会儿太阳穴。

许念整个人都放松下来,瓢声瓢气地问:"今晚还要走吗?"

"嗯。"顾容回,"十一点之前必须过去,本来他们还不让出来的,借口不舒服才能出来。"

也是,明天就要正式开场,主办方得负责。许念有点乏,不想说话,也抱着她,安静地享受这不多的独处时光。

相处的时间总是短暂，还没待多久，顾容的手机铃响，经纪人打电话来催，时间差不多了，不能再久留。许念帮她整理裙子，重新涂口红，要送她离开，快走到门口，这人说："明天见……"

顾容应下。

经纪人一直在酒店门口等，待顾容下来，将车开过来接人，许念站在原地目送车子驶进夜色之中。夜晚的巴黎静谧，酒店这里灯火阑珊，路上的行人稀少，她懒懒散散回房间，快走到自己那间房时，忽地撞见沈妈妈。

沈妈妈不解，问道："怎么了？要做什么吗？"

许念连忙应："没有，只是出来走一走。"

沈晚突然跑出来拍沈妈妈的肩："妈，你在这里干吗呢？"

这冷不丁来个人，沈妈妈吓了一跳，连要做什么都忘了，嗔道："你这丫头，咋咋呼呼的吓人得很，我就出来看看，这么晚了你出来干什么？"

沈晚带着歉意地耸耸肩，卖乖："我这不是听见你们的说话声吗，就出来瞅瞅，顺便想找阿念说会儿话，飞机上睡久了，现在还不困。"

沈妈妈拿她没办法，说了几句，让她俩别熬太晚，然后进房间去了。

巴黎的天气比G市凉爽一些，早上，四人去逛街，为晚上的看秀做准备。

其间许念给顾容发了好几条消息，对方应当很忙，一条都没回复。沈妈妈带着他们去试晚上要穿的服装，毕竟是重要的场合，怎么也得穿正式点，沈晚鬼点子多，想起上回机器人比赛时许念穿正装好看，于是非得让许念整套正装。

还别说，这纯手工的东西一上身，果然不一样，许念长手长脚的优势摆在那儿，一身黑色西装让她穿出了高雅感来，那气势瞬间一变，英气优雅，简直就是衣架子。

"合适合适，就这件了。"沈妈妈笑道，不等许念有任何迟疑，直接刷卡买单。

至于沈晚，则是一袭淡绿的长裙，她平时欢脱得很，裙子高跟鞋一搭，竟有了点温柔淑女的味道。

进场之后，两个小辈一直跟着沈爸爸、沈妈妈走动，等时间快到了，到指定的位置坐下。他们的位置十分靠前，偏右一些，这期间数个外国人小声同沈妈妈打招呼，悄声聊了些。

许念一个都不认识，只能坐着等。

走秀准时开始，这是一个以中国风为主题的服装秀，来宾的名气啊、层次啊那些许念都不懂，只知道是国内某运动品牌举办的，顾容在众多品牌中选择了这个，意寓归根。

她是开场模特，一身红出场，清冷禁欲的面孔一出现，大气而令人惊艳，台步又稳又气势逼人。许念想不出一个恰当的词来形容，T台上的顾容与生活里认识的那个大为不同，冷艳，眉眼间满是淡漠，大气中流露出十足的性感，夺目耀眼。

一场秀的时间不长，品牌方的发布规模并不大，但再见到顾容已近十点，沈爸爸、沈妈妈还在与其他人畅聊，沈晚陪许念等着。

顾容连妆都来不及卸，出来找许念。

明天还有一场秀，许念肯定是看不到了，他们四个马上就要走，拥抱的时候，许念借机说："我在家里等你。"

顾容认真地应了一声。

这一面连十分钟都没有，很快，沈爸爸、沈妈妈过来，回酒店拿行李直接去机场，连夜坐飞机离开。

到达G市时仍是半夜，回不了学校，许念在沈家睡了一晚。

第二天秋高气爽，天气凉快且舒适，回学校的第一件事就是把缺的课和作业补上，一切照常进行。傍晚，许奶奶打电话过来，告诉她许成良气色好转了许多，这两天稍微能吃点东西了，许念没好多要说，听着就是，挂了电话为制图大赛做准备。

28日，制图大赛如期举行，几乎没什么难度。

当晚顾容来电，她马上登机，十几个小时后就能到家。

许念肯定高兴，躺床上愣是没半点睡意。这一次回来以后，两人就不会再像之前那样分别了。她得做点事情，兴许可以订束花，或者做好饭等着，抑或直接去机场接人。思及此，突然懊恼，之前竟然没想到去接机，可以买束花去机场接人，之后再回家吃饭呀！

她翻了个身，这时手机屏幕亮起，来电显示是许奶奶，接起，对面传来大伯母哭泣的声音："阿念，你爸……你爸快不行了……"

岁岁平安

[第17章]

天气应景，刚出门就小雨淅沥，医院一如既往一片忙碌景象，住院部三楼的病房里挤满了人。

许念赶在许成良咽气前见了这人最后一面。

许成良死前张着嘴，连话都说不完整，那句话好像卡在了他喉咙里，就是出不来。人死的时候真的可怕，一口气吊着上不来下不去，他望着许念，眼泪珠子直落，许奶奶扑在床边，哭着喊了一声："成良啊……"

他就咽气了。

孑然一身，到头来空空一场。

许念对他没有太多感情，何谈拿起和放下，只是在许成良咽气的那一刻，她突然觉得这人挺可悲的，活了几十年，却活不出个明白，一辈子兜兜转转，匆匆来匆匆去，活得忙碌，可毫无意义。

许成良想取得她的原谅，究其缘由，兴许是良心发现，兴许是人之将死幡然悔悟，又兴许是其他的由头，可到底不关她的事。

葬礼的事宜许念几乎没参与，象征性请假回了县城一趟，毕竟是名义上的父亲，若是不回去，家里的门槛都要被前来劝说的亲戚们踏平。29号那天顾容到家，陪同许念回县城参加葬礼。

小地方的葬礼简单，骨灰埋进黄土，吃两顿饭就算结束，真正为许成良哭丧的只有几个关系亲近的人，譬如大伯母、许奶奶，其他的那些跟来这儿聚会一样，总之就是这么回事儿。

葬礼过后，齐永明带着一名律师来红砖房，许成良留了笔钱给她，有三十多万，许念没拒绝，得到这笔钱以后直接重新开了个户存进去，打算将来给许家的老人养老用，自己一分不要。许成良在外做生意这么多年，本来赚了不少，可惜一场大病来势汹汹，到头来还没享受就走了，除此之外，他也给许家上上下下都留了钱，许母也有，具体是多少许念不关心。

回宽北巷后的第二天，许母提着瓜果来了家里一趟，没带其他人，无措地在沙发上坐会儿，与顾容聊两句，饭都没吃就走了。

接下来的日子里，许念再没有见过这些人，事情算真正落幕。

趁着国庆的末尾，重逢的两人先去把八斤接回来，再带着小家伙儿一起出去旅游。

自打回国以后，顾容当真将精力放在其他事情上，报摄影班、开办工作室，搞得如火如荼，许念则继续用心读书，带新人做实验项目，学习、比赛样样不落下，一切如从前。

许成良成了平淡生活里的一个过客,并没有给她们的生活带来一丝一毫的后续影响。临近期末时,学院进行认知实习,说白了就是去参观各个专业相关的公司和工厂,机械4班被分配到B市,趁此机会,许念去T大参观了一下,并在这里遇到了百年校庆时认识的那个"研究大佬"师兄。

由于张教授交代过,许念一直与这位师兄保持着联系,师兄带她去见了几个熟识的人,也没说是牵桥搭线,她更不知道那些人的身份,总之就是跟着师兄蹭饭吃。这些人里,有两个成了许念的同事,不过这都是后来的事了,反正对于这时候的许念来说这就是一顿普通的饭而已,饭桌上她都没机会和那些人说上两句话。

认知实习结束,回校的第二个星期就是考试周,第20周是课程设计周,课程设计答辩是1月13日,农历腊月十六,正好是许念的二十一岁生日。

答辩当场出成绩,她是第一场唯一一个优秀,刚出教学楼,天上飘来白絮。

下雪了。

G市一向无雪,只有多年前下了大雪,这是第二场雪。她走在柏油马路上,纷纷扬扬的雪花落到了裸露在外的脖颈上,乍然冷飕飕的,她缩了缩脖子,这时手机铃响,是顾容打来的电话。

她按了接听键,手机里传来清冷的声音:"结束没有?"

雪越下越大,一会儿工夫就像鹅毛那样,她抬手拂了拂额前,边走边说:"刚刚结束,马上就出来,你在哪儿?"

"后门。"

顾容开车来接她回去,后门离宿舍楼更近些。

"我先回寝室收拾东西,你再等等。"她说。

顾容应声。

寝室其他人还没回来,许念麻利收好寒假要用的东西,出门的时候遇上了其中一个室友,然后聊了两句。寝室楼外的植被上全部都铺了一层薄薄的雪,留在外面看雪的人尤其多,许念慢慢走向后门,顾容和八斤在那里等候。

八斤特别兴奋,恨不得立马能冲进去,但学校不允许宠物入内,顾容只得把这傻狗给牢牢牵住,待许念走到跟前,它不停地叫,厚脸皮挨着许念脚边打滚儿。

许念看着顾容笑了笑,将东西放进后备厢,俯身下去摸摸八斤的脑袋,接过牵引绳。

"寒假有什么安排？"顾容问，替她掸去头发上的雪。

许念把八斤送上车，说道："待在家。"

顾容站定原地，柔柔说："阿念，生日快乐。"

生日礼物是一本画册以及一个月的陪伴。

画册里每一页的右下角标有日期，最早的是几年前画的，但没有具体的月份。

许念没有多问，刨根问底不是好习惯。

雪忽下忽停，直到腊月廿三，也就是小年那天才完全停止，连续多日下雪并没有让这个南方城市积雪，雪化得很快，道路两旁都是湿漉漉的。沈晚和季雅她们过来一起过小年，一帮人齐聚一个院子，登时让寂静冷清的宽北巷热闹起来。

大家在院子里烤肉喝酒，迎面吹来的风寒冷，但烤炉周围暖和，在沈晚的闹腾下，大家逐渐打成一片。

宁周怡没来，她去美国了。宁老爷子身体一日不如一日，如今正在美国接受治疗，她得去陪同，当时还走得挺匆忙的，都来不及同朋友们告别。家产之争谁输谁赢未知，据说她赢的胜算很大，许念一概不了解这些，她跟宁周怡已成了两个世界的人。

于许念而言，宁周怡只能算个朋友。

人的一生会遇到成千上万的人，生活不是电视剧，不可能跟谁都有始有终。

沈晚今儿穿得特别喜庆，全身上下都是大红色，一面翻动烤肉一面问许念："阿念，你过年要走吗？"

许念摇头："应该不，会提前回县城那边看看，过年就待在这里。"

沈晚唔了一声，忽而凑近，悄悄说："一个人？"

许念还真没考虑过这个问题，说："到时候看吧。"

到时候全看顾容的意思，顾容应当会回来，打算两人一狗一起过年。

沈晚眉眼弯弯，用胳膊肘顶顶她，说："来我们家过年怎么样？我都跟我爸妈他们说好了，前天还跟外公外婆讲过，大家都让我把你带过去，人多才热闹嘛，来吗？"

敢情什么都准备妥了，许念哪有拒绝的余地。

一旁的万姐听到她们的聊天内容，揶揄道："晚晚怎么不请我们？可太偏心了啊！"

其余人皆笑笑。

小年夜。
八斤同志吃多了，趴在软和的狗窝里小憩，许念和顾容一起跨年。
后一日天晴，阳光明媚。
在不知不觉间，隔壁的美食街已经建成，预计正月初八开业。这事本来与许念关系不大，但街坊邻居们可关心得很，不论走到哪儿都能听见有人在谈论这个，对面婶子家借钱在美食街搞了个位置，打算加盟某品牌卖卤味，像婶子家这样的邻居还有数个，今年腊月的宽北巷格外热闹喜庆，到处都生机勃勃。

廿七那天许念带顾容去了趟县城探望许奶奶，身材高挑容貌姣好的两人一回去就招来了不少打量的目光，她们在大伯母家吃饭，大伯父、大伯母为人不错，热情招待顾容。

吃完饭大家坐在一起闲聊。
许奶奶心疼许念，看看顾容，又一直拉着许念不肯放手。
临走的时候许家一行人送她俩出去，给了两袋腊味让带上。许奶奶似乎有话想讲，但终究没说出口，许念明白要讲什么，无非是关于许成良的，从头到尾装作不知道。

回城的路上，顾容斟酌许久，问道："你怨你……"顿了顿，改口，"怨他吗？"

他，自然指的许成良。
许念摇头，表情自然，说："算不上怨。"
想了想，又说："小时候怨过，现在不了。"
"过年要不要去新区那边？"顾容问，看路开车，平时这条路上车流量不大，大概是要过年了，车的数量倍增。

沈晚之前问过这个，许念应声："嗯，行。"
过年顾容必定要回顾家，如果她不去，那顾容就得两头跑，反正一个人过冷冷清清，过去跟大家一起也不错。现如今顾母的态度她摸到了五六分，虽然对她不冷不热，但还算可以，现在要做的就是多多相处。

廿七廿八过后是五九，至此冬天大约过半，停歇一阵的白雪来袭，纷扬满天，整个 G 市都陷入了白色之中。下雪天阴冷，寒风凛冽犹如刀子，吃过午饭,许念陪顾容去了趟工作室那边,明儿正式放假,今天会有许多工作需要处理。

许念第一回去那里,她不认识那些工作人员,工作人员们也不认识她,唯一稍微熟点的就是严旭。

顾容是工作室的一把手,严旭是二把手,早在九月之前这人就辞了所有工作,如今全身心都放在了这儿,瞧见顾容带着许念进来,他挑眉痞笑,叫小助理把人照顾好。

"今天要忙的事情比较繁杂,只能让你的朋友多等等了。"他打趣道,转向许念,笑着问,"那我先把人带走了?"

许念望了顾容一眼,点点头。

"有什么需要的就找人问,或者打我电话,晚一点再过来找你。"顾容说。

"知道,你先忙去,我在这儿等你。"许念说。

事情多时间紧,顾容和严旭先去忙事,小助理带着许念在工作室四处逛逛。工作室坐落于城边,属西区,两层的极简主义风格小楼,工作区、休息区……一应俱全,工作人员有二十来个,皆分工有序,大家都在处理自己手中的事,无暇顾及她们。

大家都不知道她和顾容的关系,有人还以为是新人模特,毕竟许念的身高身材不错,且顾容平时从不带闲杂人等过来,由于忙,他们都没怎么搭理许念。

小楼外种有冬青,以及一些不知名的树木,许念坐在休息区往下看,玻璃窗将屋内与外面隔开,里头暖洋洋,外头雪纷飞,植被上覆盖了一层薄薄的白色,小助理介绍了许多关于工作室的情况,考虑到许念和顾容的关系,她表现得尤为照顾许念。

四点多,顾容过来了一趟,陪着坐了十几分钟,两人连话都没说几句,一员工就过来把人叫走。许念在休息区干坐了一下午,傍晚时分,与大伙儿一起吃丰盛的外卖,外卖是顾容点的,各种菜都有,口味偏清淡。

工作室的氛围和谐,没有那么多弯弯绕绕,员工们对冷冰冰的顾容比较恭敬,没人敢和她开玩笑,但跟严旭相处得十分融洽,从开饭以后便欢笑声不断。

许念挨着顾容坐,一点都不多话。

这两个都是闷性子,不爱闹不爱说,清冷得很。

有员工悄声问严旭，许念是什么人，哪个公司的。

严旭顿时好笑，直接告诉大家说："那是你们的顾大老板的闺蜜，G大的高才生，不是来工作的。"

员工们皆微微吃惊，特别是问话的那个人。

因为这个，在接下来的时间里，许念一直被其他人暗暗打量。

严旭坐到她们旁边来，边聊边吃。

事情没处理完，部分人还需要加一两个小时的班，但多数人吃完饭以后都赶快收拾东西离开，着急回家过年。

小助理有事要做，许念一个人在休息区等，其间不时有人过来找她聊天，不过都是些无关紧要的话。顾容发消息过来，告诉她顶多八点就能走。

七点半的时候，季雅开车过来。店铺那边早关了，她过来看看这边的进度如何，现今店里卖的东西都是工作室出品，工作室的有些员工原本就是店里的设计师。

外面的雪不知何时停了。

顾容正好忙完工作，还没收拾桌面，外面传来敲门声，季雅推门进来。

两人交谈了十几分钟，离开前，季雅给了顾容一支女士香烟，还是之前那款，从来没变过。

顾容接过，但依旧没抽，季雅径自给自个儿点上，慢吞吞吸了口，笑问："之前瘾比我还大，怎么说不抽就不抽了？"

顾容把着烟不说话，好一会儿才道："花了段日子就戒了。"

季雅看向她，走到垃圾桶旁抖抖烟灰，直言："你姐念了无数回都不听，突然就想开了？"

"嗯。"顾容应，"突然就不想抽了，就戒了。"

至于为何突然就不想抽了，她还是没讲明。季雅好奇，可识趣不多问，把手里这支烟抽完，灭掉火星子，招呼一声直接走了。

出去路过休息区，看见坐在玻璃窗前的许念，季雅些微愣神，这朝气有活力的学生模样，让她记起了某个人，脸上的表情凝固了一瞬，又释然，那些事情早都过去了，湮没于时间长河里，她不自觉捏紧手，出声道："你可以过去了。"

闻声，许念回头，立马站起来。

不等她开口，季雅拎着包下楼，没再多说一个字。

许念略疑惑，走向顾容办公的地方，推门进去，烟味扑鼻而来，顾容正在整理东西,瞧见桌角放的细长的香烟,有些眼熟。

这群人不仅关系要好,连抽的烟的牌子也都一样。

"再等两分钟。"顾容说,"你坐一会儿。"

许念"嗯"了一声,但站在原地没动,而是看了两眼那支香烟,烟头处的玫瑰娇艳欲滴,比普通烟长一截,很好看。

等顾容收拾完,两人并没有立即离开,而是去旁边的阳台上透透气。寒风尤冷,檐上不时嗒嗒滴水,木质栏杆间积着雪,许念忍不住碰了碰,寒意直往骨子里钻,刺激得缩了缩脖子。

天儿冷,哈出的气都是白的,她凑近挨着顾容,从袖口里伸出手去拉对方。

顾容的手一如既往地凉,她赶紧握住,帮着揉了几下,念叨道:"明天记得多穿点,真冷得要命,别感冒了。"

许念应下。

料峭寒风呼啸,浑身乍然感觉冰冷,被风一吹,许念闻到了顾容身上熟悉的香水味。

许念看到顾容指尖夹着烟,没忍住多看了几眼。

顾容察觉到许念的视线,退开半步将手中的烟扔进了垃圾桶,声音略哑地说:"以后别碰烟,对身体不好。"

抽烟不是好习惯,一旦有了烟瘾,要戒便尤其困难。许念对这玩意儿本就不好奇,顾容让不碰肯定就不碰,她也没有要碰的意思。

"知道。"她点头轻声说,走过去挨着顾容,"不会的。"

天上无月,星星繁多,薄薄的积雪反光,放眼望去隐约能看见远处白茫茫的,但终归是夜色更浓郁些,看不到太远的地方的情况。许念拢紧衣领,和顾容在阳台上待了许久,等重新进屋的时候,许念身上冰凉,顾容打开空调,本来八点就可以走的,结果又在这儿多待了半个小时。

她俩只比保安早几分钟离开,由于路上有雪,顾容把车开得很慢,大过年的,一路上的房屋都亮着灯。

今晚在家过,明天除夕,会到顾家待一个星期多,初七以后才能回宽北巷这边,这是沈妈妈要求的,以此让顾容多在家里陪陪两个老人。顾容没拒绝,一方面既顺着自家姐姐的意思,另一方面想让许念多和家里那些人相处。

要去顾家过年,许念还有点紧张,老早就准备了不少东西。

夜里本该睡觉的,可她怎么也睡不着,反倒越来越精神,她说:"我有点担心……"

彼时顾容还没睡,懒懒说:"别想这些有的没的,早点睡觉,明天六七点就要起来。"

许念"嗯"了一声,脑子里乱糟糟。

这是外婆走后的第三个新年,之前许念都是一个人过,今年完全不一样。大清早起来,四处都洋溢着欢喜热闹的氛围,许念拉着顾容赖床,懒散地躺了几分钟,直到隔壁房间的八斤同志来扒门。起床的时候天都还没亮,黑魆魆一片,宽北巷家家户户都亮着灯,相较于平时的冷清,今天截然不同。

隔得老远,都能听到其他房子里传来的喊声。

许念给八斤穿上红艳艳的定制衣服,洗漱一番,带上东西上车,两人一狗朝新区驶去。

不止宽北巷年味浓浓,整个G市都沉浸在喜庆之中,道路两旁的树木挂着红灯笼,各个店铺门前亦到处都是红的。

红红火火,这是人们对新的一年最大最诚挚的期望。红,代表了兴旺与顺遂吉利,这与迷信无关,而是一种文化的积淀。

新区那边也是到处喜气洋洋,这里灯火更加璀璨,亮如白昼。此时天空仍旧灰暗,等她们慢慢开车抵达顾家时,天终于变得透亮。

湿气很重,一下车便感受到凛冽的风,八斤瞧见雪就兴奋,直接原地打滚儿,傻狗毛多厚实,跟感觉不到冷似的。许念又好笑又好气,一身干净衣服还没穿多久就脏了,小声斥道:"起来,别撒欢儿,该进去了。"

八斤只听懂了"起来"两个字,立马站定,仰起脑袋摇尾巴,全然没半点犯错误的自觉,还"汪汪"叫两声。许念拉紧绳子,拍拍它愚笨的狗脑袋,这傻狗高兴地咧嘴,以为这是夸奖呢。

她们比沈家三口来得更早,沈晚他们迟了差不多二十分钟才来,一大家子全都穿红戴红,相比之下她俩显得尤为素雅,全身上下没一件红色的物什。

许念先跟顾容上楼放东西,她被安置到顾容左边的房间,里面东西一应俱全,早就准备好了,家里的阿姨对她说:"许小姐还有什么需要的就告诉我们,千万别拘谨。"

阿姨认识她。

271

许念连连应声,有点不好意思,想了想,说道:"阿姨新年快乐。"

阿姨立时眉开眼笑,心情大好。

放完东西,顾家的老老小小全都到齐,大家一块儿吃汤圆。

其间,有对许念不怎么熟悉的人委婉问起她,许念还未开口,就听上座的顾母答道:"你小姑姑的朋友。"

被提到两个人都怔了怔。

问话的那个是顾家大哥的儿子,长期待在美国,所以对许念的印象不深刻,他了然领首,吃过饭以后,与许念聊了几句,为人毫无架子,脾性一点不像顾家大哥。

许念的到来并没有给顾家带来太大的影响和变化,大家问了几句后便不怎么关注她,反倒是顾容比较受关注。退休可是一件大事,其他人都很关心她未来的动向,比如顾老爷子。

饭后顾老爷子与顾容聊了许久,这一回终于没有争吵,双方都和和气气。

许念无聊,上楼时遇到他们谈完从书房出来,顾老爷子随口一问:"我记得许小姐好像跟晚晚那丫头一个学校,是同班同学?"

"对。"许念点头,"一个班上的。"

顾老爷子"哦哦"两声不再多问,说了几句客套话,他的身体不像以前那样硬朗,现在已经在拄拐杖,顾容扶他下楼出去走走,许念跟着。顾老爷子心里高兴,平日总爱冷着的脸上有了笑意,连语气都温和了两分。

还是那句话,人老了,原则就会变,只求家里和和睦睦,以享天伦之乐。

有钱人家和没钱人家的除夕主题都差不多,看重阖家团圆。

下午顾母她们出去逛街,许念和沈晚带着八斤出去遛弯,晚些时候大家一块儿打牌,顾容打了两三局后,借口有事让许念帮自己看牌。

麻将桌上有顾母顾老爷子,还有顾家大哥,顾母手气不太好,接连输牌。打了两圈以后,许念出牌:"幺鸡!"

顾母一贯高冷的脸爬上笑意,推倒牌,佯作淡定道:"胡了。"

至此,顾母时来运转,赢了好几把,许念呢,时输时赢,顾家大哥输得挺惨,再没有赢过一把。

顾母再看许念,愣是越看越顺眼。

顾容远远看着,过一会儿与沈妈妈他们组局打牌,八斤乖巧地跟着她,往桌下钻,懒洋洋趴在地上。

牌局结束,吃饭,一家人围坐着唠嗑,直到半夜才上楼休息。

许念安顿好八斤以后,装模作样回房间躺了大半个小时,等到外面没什么动静了,偷偷到隔壁房间去。除夕夜守岁不关灯,房间里通亮,顾容刚刚洗漱完毕出来,一面理头发,一面说:"下午赢了输了?"

"赢了一点。"许念说,过去帮她,"你呢?"

顾容小声说:"也赢了。"

两人牌技都不错,许念是故意让着顾母,不然肯定赢得更多。

这间房比红砖房的两个房间面积还大,右侧是落地窗,窗帘没拉,依稀可以见到远处的灯火,到处充满柔白的光,安静又温馨。

躺床上的时候,刺眼的大灯换成了床头小灯,灯光由柔白变成昏黄。两人有一搭没一搭地闲聊,说了许多话,关于年后要做的事,未来的一些打算,以及明天应该做什么。她俩的声音都很低,房子隔音效果特别好,偶尔外面有人经过,但不会有人发觉。

冬夜寒冷,可房间里暖和,被窝里更是暖和。

随着夜色一点一点加深,时间逐渐流逝,迷迷蒙蒙快要睡着之际,许念低低地喊:"小姨……"

身后隔了一会儿才"嗯"了声。

"新年快乐。"她说。

顾容轻声回:"新年快乐。"

休息得好醒得早,大年初一持续小雪,天地白茫茫一片,七点半,所有人不用叫就自觉起床洗漱,下楼一起吃早饭。

之后相互祝福、拜年,最后收红包。

顾家的长辈们视许念与沈晚为同辈,皆给她准备了红包,顾家在这方面并不会给得特别多,意思意思就行了,许念收得也安心。这些钱对于长辈们来说只是九牛一毛,但足够她一年的学杂费了。

顾容给晚辈们包的月月红,钱不多,也给了许念一个。

许念仍然收得心安理得。

G市的习俗是初一不烧菜,得吃三十那天的,意寓年年有余,往年都是回老家过,但今年例外,一大家子都在,不用上坟这些,早饭过后唠嗑,午饭过后继续搓麻将,晚上还是搓麻将。

许念依旧很照顾顾母。

顾母嘴上不说，心里明显开心，谁不喜欢在牌桌上赢呢？

至于八斤，还是一如昨天，缩在顾容脚边趴着打瞌睡。

这麻将一打，就打到了初七，这期间顾家老家那边的亲戚过来拜访，客人来来去去。

初七立春，雪早停了，积雪也化了，下午，两人一狗回到宽北巷。

新年伊始，处处新气象，美食街一开始营业，原本清静的老城区变得喧闹吵嚷。赚来钱的同时烦恼随之而来，仅仅在初八一天，美食街就发生了两起商家与居民的摩擦事件，顾容在忙工作室的事，许念留在家里学习，顺带照看八斤。

她不受外界环境的影响，心思只在书本上，当天边出现耀眼夺目的金色晚霞时，出门遛狗买菜，走到北巷口，发现巷口正在整修，立了块禁止通行的牌子，于是只得绕行回家。

顾容比她先到，大概累了一天特别乏，正仰躺在沙发上合眼养神，听见外头传来声响，拿开小毯子起身，说道："刚想给你打电话，今天工作室比较忙，回来晚了。"

许念先放东西，给八斤解开绳子，说："出去买菜了，北巷口在整修呢。"

八斤吐着舌头奔向顾容，将脑袋放在沙发上，撒娇似的摇尾巴扭身子，它现在已经能完全适应家里的环境，不再像初来那样谨慎。顾容摸摸它的脑袋，坐了两三分钟，进厨房帮忙。

"12号报到？"她撸起袖子，择菜洗菜，水流声哗哗，刚放出来的水带有温度，并不是特别冷。

"嗯，可以在家过元宵节。"许念应道。

11号就是农历正月十五，学校考虑周到，让大家可以在家过完节再上学。

顾容对这一天另有打算，洗好菜，说："元宵节我跟我姐说了，去她那里过。"

许念一时半会儿没反应过来，愣了半晌，对方继续说："你也去，我们一起。"

她勾了下耳发，郑重点点头。

初八到十四，寻常无奇，若要找出点特别之处，那就是北巷口整修完毕，南北巷口都竖起了指路石碑。

石碑一立，宽北巷似乎多了种老旧但充满历史和文化的韵味。每天经过巷口去美食街的行人，越来越多的人开始注意到这一栋栋红砖房，开始朝巷子里走，关注这个破旧的可带有人间烟火与时间印记的地方，一砖一瓦，草木花朵。

院墙的三角梅绿叶舒展，充满了生机，再过一段日子，又是花儿葳蕤盛开的时候。

正月十五，天气大好，阳光和煦春风拂面。

昨晚上，许母打来电话，说想过来看看，许念拒绝了，电话的最后让许母好好过自己的，许母在手机那头泣不成声。大清早刚起床，许奶奶大伯母他们发来视频，许念先和大家聊了会儿，之后许奶奶说想看看顾容。

一切都挺好，朝着顺利的方向发展。

九点多，顾容开车带着她和八斤去沈家，沈妈妈备了丰盛的午餐等她们。

顾母他们出国旅游了，所以今天不回顾家过节。

沈晚吃完饭就带着八斤出去溜达，八斤很乖，不吵不闹跟着走。

沈妈妈带着她们去逛街，正值节日，街上喜气洋洋、热闹非凡。沈妈妈喜欢购物，一连扫了三家大牌店，两人跟在后面提东西，走累了，进一家咖啡店歇息。

顾容和她聊天，慢慢把话题往正事上引，眼见时机合适，顿了下，淡然说："姐，我不想相亲。"

沈妈妈愣了半晌，云里雾里，反问："什么？"

许念蓦地捏紧手，手心里淌着汗，注视着对面的一举一动。

孰料沈妈妈竟半点不吃惊，兀自喝了口咖啡，说："我知道。"

许念惊讶，但没说话。

沈妈妈笑了笑，不太在意这些。

顾老爷子都不说反对的话，其他人更不会说，至于老爷子态度究竟如何，大家不清楚。

沈妈妈很会处事，说完，轻轻松松将话题转移，聊其他的。

当然，许念还是有些糊涂，逛完街回沈家吃完饭，与沈妈妈单独相处的时候，她旁敲侧击委婉问了下原因，沈妈妈一笑，然后有些感慨地说："我对晚晚不会要求太多，对阿九也是，你们有的选择，可以做自己喜欢的事，有自己的交际圈子，不用活得循规蹈矩。"

许念登时一顿。

沈妈妈又说:"我像你这么大的时候,有非常多想做的事情,可惜后来大多都没做成,现在再想做都已经来不及了。"

生在顾家,虽然起点高,但不可能绝对自由,她按照顾老爷子和顾母的期望走了半辈子,其实也还好,过着优渥的生活,一路顺风顺水,只不过不希望沈晚和顾容像自己一样,顺遂,却鲜少有机会做自己真正想做的事。

肆意自在,这是她的期望。

许念嗫嚅,良久,说了句:"谢谢……姐……"

沈妈妈笑笑。

十点多,两人带着八斤回宽北巷。

元宵节之后的天气持续多日大太阳,大三下学期的学习任务很紧张,这是尤为重要的半学期。等这半年一过,保研之类的事情基本上就确定下来了。另外,这也是本科最容易拿各种有含金量奖项的时候,学校的培养重心一向在大三学生身上,唐敏之几乎每个月都会来做一次动员,号召大家努力学习参加大赛之类的,她是一个负责任的好老师。

奖学金拿到手后,许念将钱花在了顾容和狗子身上,送礼物还搞得神神秘秘的,彼时顾容在看电视,还以为这是要做什么,于是没动,只反手向后,摸到了一个冰凉凉的东西。

东西是圆形的。

"店员说这是今年流行的新款,不知道你喜不喜欢。"许念说。

顾容"嗯"了一声:"还行,可以。"

就四个字,但足以让许念高兴,证明没买错。

这人会错了意,自个儿还挺开心的,丝毫没察觉到顾容的情绪变化,送个礼物整得这么迂回,真的呆。

傻狗八斤像她,见主人高兴,自己亦高兴地摇尾巴,撒娇地叫了两声,跑过来凑热闹,硬要往顾容怀里钻。它小一点的时候许念还能一把就将这小崽子提起,如今大了,提不动,傻狗劲儿大,体型几乎跟成年金毛没什么区别,浑身的毛厚实得能当鸡毛掸子。

有几次许念出门遛八斤,遛着遛着就变成了八斤遛她,这么高的个儿,却拽不住一条金毛。

夜里睡觉,两人又熬夜了,直到很晚才睡。

第二天再次起床晚了，闹钟都没把人闹醒，一觉睡死过去，许念直接迟到。

　　机械专业女生少，女生缺勤老师一眼就能看出来，好在老师网开一面，叮嘱下回早点来。

　　沈晚给她占了座，许念拿出书听课。

　　学校的日子就是这样，上课下课，学习吃饭，读书既轻松又不轻松。后半期里，机械学院先是实习，再是做课程设计，之后期末考试、答辩，时间安排十分紧凑，许念简直忙得像个陀螺，除去这些，她还得忙实验项目、比赛等，短短两三个月的时间，人直接瘦了七八斤。

　　她本来就瘦，如此更是瘦削得吓人，其间沈妈妈来宽北巷看她们，见她瘦成这个样子，私底下还说了顾容两句，让好好照顾，多注意休息。

　　毕竟也是从学生时代过来的，顾容知道这么忙是没办法的事，熬过这一阵就好了，她能做的就是尽量推掉一些不必要的工作，回来多陪陪许念。其实顾容挺忙的，工作室越做越大，需要做的也越来越多，何况她不止工作室一个投资点，她抗压能力强，尚且能调节过来。

　　当大三真正结束，许念整个人终于轻松了不少，张教授给她放假，让她回家休息一阵。

　　许念回到家的前两天都是在睡觉中度过的，高度忙累过后，一旦放松下来，人会感到非常疲惫。顾容仍旧忙，常常早上出去天黑才回来，家里只有八斤陪着。

　　大房间里空调呜呜运行，一人一狗睡到天荒地老。起先八斤还规矩趴在地上的狗窝里，后面胆儿肥了就往床上爬，非得和许念挤一块儿。许念真想一脚把这得寸进尺的傻狗踹下去，可生生忍住，若是踹了，某狗会跟顾容告状。

　　昨天许念忘了给它准备食物，这小崽子不声不响的，等顾容一回来就开始各种打滚儿装可怜，搞得像许念故意虐待它一般。它就像块甩不掉的牛皮糖，跟定了许念，许念在哪儿跟到哪儿。

　　养狗就像养小孩儿，利弊都有。

　　顾容先睡了，应该是真的累得很，脑袋一挨枕头就睡死过去。许念没敢把人弄醒，轻手轻脚关门关灯。

　　清早，等顾容起了，许念问："今天什么时候过去？"

　　顾容睡眼惺忪，刚睡醒声音有点沙哑，说："九点钟，昨天的工作还没处理完……"

许念贴心问:"累不累?"

工作室规模扩大,事务繁杂,每每是从早忙到晚,且在不断挖人招人,工作室暂时不招新手,这种时候没有那么多精力培养新鲜血液,有这个成本不如提价招个更有能力的。

许念闲暇之余会带着八斤去工作室那边转转,送饭,嘘寒问暖。工作室的所有人都熟识她,久而久之,就有员工带头叫她"小老板",经常偷偷拿她调侃,许念脾气好,不仅不会说什么,反而和大家打成一片。

一次两次打闹还行,多几次,办公室里的顾容脸色就不大好看了。有一次正巧撞见许念牵着八斤和一年龄较小的女员工有说有笑,而且那女员工还摸了八斤的脑袋,她立时冷脸,周遭的温度直降,其他人不明原因,都跟鹌鹑似的不敢吭声。

许念和八斤傻狗一点不自觉,觍着脸皮贴上去卖乖,结果直接被冷面相对,许念一头雾水,主动撞枪口上问:"怎么了,谁惹你了?"

顾容大概是工作太累脑子有点糊涂,语气不免有些微冷淡,眸光一沉,生硬道:"我能怎么?"

八斤呜咽一声,挣脱绳子往办公桌底下钻。正事当前,许念没训斥它的心思,有些丈二和尚,摸不着头脑,木讷疑惑:"是不是工作不顺,遇上事儿了?"

顾容脸色沉如水,都不愿理会。许念摸摸鼻头,还真以为是工作上的事儿,仔细想了想,觉得分外有道理。顾容不搭理她,她就死皮赖脸坐椅子上等,不时端茶送水,不过一直没明白到底咋回事,直到临近下班,蓦地反应过来。

默不作声许久,这厚脸皮凑到顾容面前,用只有两个人才能听到的声音问:"你生我的气了?"

顾容不言不语,不愿意搭理她。

许念涎皮赖脸告饶,各种讨好,厚脸皮到底。

幼稚得很。

忙碌的时光持续到十月,国庆期间两人带着八斤出去游山玩水,许念格外享受这种闲暇,对顾容说:"等我毕业,可以再出来玩一趟。"

她现在最大的期盼就是游遍全国,不过近一两年肯定不行,多出来走走挺好的,两人一狗的旅途,更能增进感情。

"可以。"顾容说,"反正看你的时间安排,我都行。"

工作室那边基本步上正轨,不再那么忙碌,她没打算继续扩大规模。既然选择退休,肯定得以享受人生为先,许念还在读书,她在等她毕业。

"伯母昨晚打了电话给我。"许念说,"你猜她说什么了?"

顾容一边逗八斤一边回道:"什么?"

"她和伯父过两天要到宽北巷来看看。"

顾容略感意外,顾老爷子和顾母的态度反正就那样,好几次,顾老爷子跟她旁敲侧击说许念的情况,似乎有些微词。因为怕影响许念,顾容都没提过这些,如今他们主动提出要到宽北巷做客……

应该不是坏事,要坏早就坏了,不用等到现在。

许念也不着急,电话里顾母的语气平和,不像是要找事的样子。

十月五日那天,她们自驾回G市,下午顾老爷子顾母来宽北巷,老夫妻低调,由司机开车送过来,带了些礼品。

顾老爷子端着架子,背手踱步东瞅瞅西看看,应当对这里不满意,但没说出来,房子虽然老旧,但内里的一切收拾得干净齐整,里里外外都打理得井井有条。

他和顾母坐在沙发上等着,另外两人在厨房忙活,许念不时会端些茶水瓜果过来,表现得十分礼貌。

头一回瞧见系着围裙的顾容,顾老爷子脸色凝重,看到平日里像块冰坨子似的女儿灶前忙后,动作熟练,他心头滋味万千,总之挺复杂的,神色不大自然,总偷偷往厨房方向看。

相比之下顾母就显得淡定许多,该喝茶就喝茶,该看电视就看电视,八斤跟她还算熟,凑到她面前不停地扭屁股摇尾巴。这小崽子打小脸皮就堪比城墙厚,叼着球眼巴巴地瞅着顾母,还用脑袋拱人。当然,顾母只摸了摸它的脑袋。

这顿饭吃得尤其沉默,四个人话都少,许念还算好的,但是顾老爷子不怎么回话。

吃了饭,收拾完毕,俩长辈全然没有要走的意思,趁顾容带八斤上楼,顾母淡淡开口问:"明年要去T大读书?"

许念如实说:"不出意外应该是。"

顾老爷子望了她一眼。

顾母点点头,又说:"还行。"

许念发怵。

八点多,司机过来把人接走,两个晚辈送他们到巷口,现如今的宽北巷不像以前那样宁静,这个时间点巷道里来来往往的人不断,空气中弥漫着不知名的花香,走着走着,许念挨顾容那边。

"你很怕我妈?"顾容哂道,想起今天她束手束脚的表现,以前都挺大方的,今儿却很不一样。

许念微微用力攥紧她的指节,抿抿薄唇,如实说,"有点。"

顾容挑挑眉,走了两步,说:"之前她跟我聊过你,还有我爸也聊过,聊了不止一次,隔三岔五就问。"

许念惊讶,半信半疑地扭头看她:"问的什么?"

"你的近况,以及明年要去B市读书的事,另外也问我后两年的计划这些。"

如今家里顾容一辈的那几个都在忙着家族企业,顾母是越来越清闲,先前还爱和老姐妹们一起打发时间,然而最近却腻了,有时关心沈晚,有时问她俩,闲得慌。自从退休以后,顾容与家里的联系越发多了,矛盾啊什么的自然而然没了,大家谁都不再提那些。不知道经历了什么,顾母的态度有很大的转变,近来对顾容格外上心。

说到要去B市读书,许念默然片刻,顾容没有要去那边发展的打算。

"明年……"她说道,顿了顿,"我有空就回来看你们。"

顾容应了一声。

某人记性有点差,忘了当初她说过的话。

时间如缓流的水缓缓向前,燕子来了去去了来,一年说长不长说短不短,人还没回过神,毕业季如期而至。离开学校的那天,张教授亲自送许念到校门口,临行时郑重地说道:"未来的路还很长,不要辜负自己的天赋,毕业只是开始。"

他是一个极其负责的老师,德高望重,值得学生尊敬,许念感激他对自己的悉心培养与教导,毕恭毕敬弯了弯身子,诚挚地说:"谢谢教授。"

她的大学完整且有意义,尽了全力,在这个过程中毫无遗憾,以前走过的路虽然曲折,但未来光明且前程远大。

这一年夏天,许念参加了一个高校夏令营,这个活动是在校期间就申请到的,地点位于B市,为期半个多月,她一个人去的。回到G市时,她又去拜访了张教授一次。到家的那天,沈晚来宽北巷蹭饭,她没有选择继续读书,之前她的计划颇多,但临到毕业一个都未实施,最终决定进家里的企业,从基层做起。顾家沈家没有任何人逼迫或者干扰她,这都是个人的选择。

沈晚一向乐观开朗,做什么决定就干什么事,起先许念还担心她会不会想不通,结果后来发现她啥问题没有。

"工作还行,就是累,虽然公司是咱家的,但是明里暗里甩脸子的乱说话的还不少。等将来我混出头了,啪啪啪打他们的脸。"沈晚心里有火气,公司不好混,哪怕是自家开的。

许念安慰她:"别理这些人,他们酸呢,你越在意他们越得劲儿。"

沈晚愤愤地说:"我就是气不过,街上的大婶儿都没他们能编派,一口一个关系户,关系户咋了,我工作完成得挺好的啊,又没拖后腿……"

其实沈晚的学历已经足以进公司,但毕竟有那么一层关系在,即便是从基层做起,也挡不住那些嘴碎的人,沈晚脾气好,再怎么生气都不会跟家里抱怨,否则顾老爷子来个杀鸡儆猴,公司里谁还敢谈这些。

沈晚气愤归气愤,但拎得清,不会给大家添麻烦,她来这儿就是为了吐槽。顾容遛完八斤回来就听到这妮子放开嗓子噼里啪啦地讲个不停,一面扎头发一面好笑地问:"公司里哪个给你找事儿了?"

八斤兴奋得很,冲过去扒许念,呜呜地撒娇。

"没呢。"沈晚赶紧打住,耸耸肩,"我就吐槽两句而已。"

顾容自是不信,问道:"要不要我跟你爸他们说一下?或者来我那里工作?"

"别别别。"沈晚连忙说,"小姨你就甭操心了,我自己能处理妥当。"

去顾容工作室上班,开玩笑,打死她都不会去。自家小姨严苛得要命,她上回去郊区那边,一上楼就遇见顾容在训人,被训的那个员工泪眼婆娑,想哭都不敢掉眼泪,简直了,还是在公司自在点。

一旁的许念了然笑笑。

开学前,许念单独跟顾母见了一面,逛街吃饭打麻将,顾母应当是想开了,带着她去见自己那些老姐妹,其中就包括打暑假工那次见过的孙太太。大家都热情招呼许念,把她当沈晚一样对待。

许念牌技不错,大多数时候都能赢,可在场的都是长辈,于是故意赢两三局就输一两把,太太们打牌都是图个乐子,就喜欢她这样的。

牌局快结束时,孙太太忍不住边摸牌边问:"小姑娘和晚晚的关系是不是挺好的?"

许念斟酌了下,刚要回答,左手边的顾母却先开口:"她跟阿九熟,阿九住在她那儿。"

孙太太大方笑了笑,出了张幺鸡,笑着说:"那挺不错的,这小姑娘好,你家阿九也好。读书这么厉害,以后肯定大有出息,你看我家那浑小子就不爱读书,把他爸气的哟,让人操心得很。"

孙太太只是说客套话而已,不过很受用,顾母脸色柔和许多,眉眼间都带着满意。

晚上回去许念告诉顾容这事儿。

"原本还担心她会不高兴。"许念说,抬手摸摸鼻头,"打电话叫我过去的时候我都有点怕,还以为发生什么事了。"

顾容没多大反应,说:"别担心这些,她不会怎么样。"

入学前两天,顾家几个和沈晚送许念去T大,阵势之大,许念本打算自己去的,结果沈晚那妮子非得嚷着要送她,还特意提前请了假,名曰:"咱是一家人,这是荣耀时刻,必须得去。"

许念总不能拒绝,只是没想到顾老爷子和顾母会一块儿走,顾母仍旧一如既往地高冷,说:"过去旅游,顺便去T大瞅瞅。"

读大学那会儿,她是一个人,这次变成了一行人。

顾老爷子与顾母相敬如宾,相互之间少了寻常夫妻那种恩爱,开始许念还挺不习惯,后面便慢慢适应了,顾容那性子,还真就是这俩长辈的结合体。

坐飞机到B市后,先把学校的事情处理完毕,之后一家子出去吃饭,再到当地的旅游景点玩了一圈,熟悉熟悉风土人情。

两天后,许念去机场送他们,到底还是有些不舍,临出发时她上前抱了抱顾容:"我一放假就回来,你照顾好自己和八斤。"

顾容"嗯"了一声,不像她这般依依不舍。

T大研究生宿舍是二人间,配置比本科生宿舍好很多,研究生的宿舍楼离教学区比较远,她的室友是个法国人,英语水平不怎么样,但中文说得很溜,人还可以。

许念在网上看过一则新闻,说的是法国人特别在意法语与英语的地位问题，所以她跟室友交流的时候，尽量不用英语。入学第一周，学校安排的学习任务较少，主要是让大家先熟悉一下。许念白天一门心思学习，晚上窝在床上和顾容打视频电话，法国室友一般要十点之后才会回来，所以不会打扰到别人。

开视频的时候八斤也会凑过来，这傻狗直接把脸盘子往屏幕上戳，恨不得舔两口以表相思之意。

许念既无奈又好笑。

"我后天要来B市。"顾容说，把八斤拉回来，"之后应该会在你那边待很久，这次会把八斤一起带过去。"

许念一愣，一时之间没转过弯儿，脱口问："来做什么？"

顾容回答："我妈在B市有个朋友，搞设计的，之前就定下来了，我应该会跟他两年。"

之前想过要不要回学校读书，但最终还是没选择这条路，顾母介绍的那个人在时尚界名气很大，这次过去一方面是为了学习，另一方面也是为了拓展关系。

B市八九月份大太阳当空，手机显示34℃，但比G市的三十六七度还热，许念就是在这么热的天气里把顾容和八斤接到了。机场外面的地面烫脚，八斤蔫蔫的，托运的滋味不好受，它简直委屈得不行，在车上一直呜呜嚎不停，脑袋直往许念胳肢窝里钻。

大热天被这么一个大火炉子贴着，许念更难受，好气又无奈。

顾容在T大附近租了房子，电梯公寓，小区环境特别清雅，房东在门口接她们，之后带人上楼。

房子面积大概一百多平方米，不大不小正合适，所有东西都齐全，偏简约风，她们只需要准备八斤的要用的物件就可以了。由于钱到位，房东对养宠物毫无意见，房租具体多少许念不清楚，但肯定不低，毕竟靠近大学，装修还这么好。

这一天她都在这里忙活，晚上也是在这儿睡的，两人到下半夜都还在聊天。

中途许念出门，八斤那傻狗趴在角落里，听见声响，大黑眼珠滴溜儿转转，哼唧两声，它还没适应，许念顿了顿，过去安抚了一会儿，喂它吃东西，顺毛按摩，直到它安心入睡。

莫说八斤不适应,她自己都不适应这边的生活,南北生活习性差异大。上次顾容走后,她在学校食堂连吃饭都不习惯,生活了一个星期以后勉强好些。应该是真累得不行,八斤睡得非常熟,担心空调温度太低,许念特意给它空调调高两度。

再起身时,顾容在靠在门口看着她。

她洗手,接水过去:"八斤不太舒服,所以守了会儿它。"

顾容轻轻关上门,说:"附近有家宠物医院,明天带它去看看。"

许念点头:"到时候我跟你一起去。"

"你没课?"

"有,下午晚些时候有空。"

顾容说:"你回学校,我带它去就行了,应该只是托运有些不适应,晚一点你再过来。"

许念还想再说什么,顾容又道:"先把学校的事情搞定,我这两天不忙,正好有时间照顾它。"

毕竟才开学不久,研究生不比本科那样轻松自在。再者,虽然许念以前的成绩确实厉害,在G大是优秀杰出的代表,可现在来了T大读研,这里的每一个人都是经过层层选拔的,要想脱颖而出,需要付出更多的努力。

"你什么时候过去?"许念突然想起她要跟那个顾母的朋友学习的事。

"过两天把这些事情处理完了,再去登门拜访他,暂时不急。"

顾母的朋友她认识,相互挺熟,按辈分得叫一声叔叔,来之前顾母就和这位叔叔打过招呼,对方很照顾顾容,正巧这两天还有事情要忙,于是让她先做自己的事,不要着急。

许念"嗯"了一声合上眼睛。

B市的夜晚时常无星无月,天空总是灰蒙蒙一片,早晨亦不像G市那样水汽朦胧,气候十分干燥。这种天气容易上火,许念早上起来嘴唇红得很,喉咙干涩,下午上完课她去医务室拿药,回到这边时,顾容早已回来。

"医生说八斤没什么问题,多休息几天就好了。"顾容正在炖下火的汤,汤的香味弥漫满屋,八斤一直蹲在厨房门口,眼巴巴地望着。

许念有些无奈,推了推这傻狗,意思是叫它让开点别挡道,可惜八斤没明白,顺势卖乖地蹭蹭她的手。这小崽子比较热情好动,目前毫无暖心特质,傻不啦唧的,皮是皮了点,不过幸亏它不拆家。

时间一晃到国庆,其间顾容请了个专门照看八斤的护工,价格自是不便宜,可她俩都忙,没办法,之前沈妈妈有提过让八斤寄养到沈家的事,可她拒绝了,八斤对谁都亲,可这小家伙儿心里最喜欢的还是许念,狗狗的感情真挚,一旦认定一个人就无比坚定,把它留在B市,至少晚上和节假日都能见到许念,而且它在这边过得不错,适应得很快。

　　国庆的最后两天,两人回了趟G市,许念带顾容去给外婆扫墓。

　　外婆的墓碑被打理得干干净净,看样子是经常有人来,她自然知道是谁,不过临走时仍旧未与许母联系。

　　许成良去世后,母女俩鲜少再见面,兴许是许念对许成良的态度让许母明白了补偿和懊悔都无济于事,兴许是家里的重担让她无力分心,但不论原因为何,不多联系,这对她和许念都好。

　　之后许念独自去了趟县城探望许奶奶,许奶奶精气神不错,脸上笑容也多了,许念能来看她,她很高兴,知道许念在T大读研,简直笑眯了眼。老人家紧紧握着她的手,念叨:"咱家阿念有出息,真好啊真好……"

　　送许念离开时,许奶奶拄着拐杖望着车站里面,直至看不见人了,才偷偷抹眼泪,不知道是舍不得还是什么原因。

　　大伯母在一旁扶着她,也抬手抹抹眼角,叹气道:"妈,回家吧。"

　　所有事情都顺遂。

　　如今红砖房里长期不住人,许念请婶子帮忙看房子,并把钥匙给了她,每个月给两百块钱,婶子自然不肯要钱,许念执意要给,毕竟以后还得麻烦人家。

　　不远处的美食街生意红火,周围受到带动,居民们或多或少能跟着发一点小财,年前有传言这一带要拆迁,可惜到现在都没有任何确切消息。不过城市要搞老城特色倒是真的,都在建什么建筑啊景区啊这些,宽北巷就被划入其中,但也只是划了个范围而已。

　　最后一天许念去了沈家和顾家,当晚与顾容坐飞机回B市,接着是忙碌的学习生活。

　　许念越来越忙的同时,顾容却越来越清闲,工作室那边一切妥当,有严旭和季雅顶着,现在可以安心当半甩手老板。如今她的日常就是去叔叔那儿待半天,搞搞规划整整设计,不时再飞回G市处理一下事务,偶尔呢做做公益活动,反正很轻松。

　　不过有时候得出国,一走就是大半个月,每到这个时候许念跟八斤就孤苦无依了，过得异常艰辛。

十一月，顾容再次出国，正巧赶上许念特别忙的时候，这可苦了八斤，晚上一人一狗躺一床眼巴巴等视频，可怜至极。

其间许念接到了妯子的电话，G市那边有人要出大价钱买红砖房，可能是真要拆迁了，那价格都能在新区买一套三室一厅了，许念自然不卖，一口回绝。

妯子没劝她，打电话来只是告知一声。

许念纠结了下，问道："妯子，巷子里有人要卖房吗？"

被问的肯定不止她一家。

果然，妯子爽快回道："没有，那些老板到处在问大家肯不肯卖，没人愿意卖，出那么高的价，谁不知道肯定有好处，再说了，都在这边住了那么多年了，咱这独立的房子又宽敞又舒适，不比新区那边差，有几个愿意卖呢。"

那倒是，要卖早就卖了，现今还住在宽北巷的都是些对那里有深厚感情的居民，且现在老城区也在逐步发展，以后铁定会越来越好，搬走了多不划算。

红砖房承载着太多回忆，许念舍不得，更不会卖。

与顾容视频通话时，她想到此事，斟酌了下说道："以后你想在哪儿定居？"

视频里顾容倚在床头，听见这话，想了想，没立即给答案，而是反问："你呢？"

"我看你，你在哪儿我在哪儿，都行。"

顾容不由得扬扬嘴角，说："我也都行，随便。"

许念抿抿唇，揉揉一旁的八斤同志，道："G市怎么样？"

B市的发展绝对比G市好得多，这边资源各方面都远超G市，两人这几年都会待在这里，以后可能也会留在这里。

顾容点头："嗯。"

"老城区还是新区？"她又问。

顾容顿时了然，佯作犹豫不决，说道："新区也可以，各方面都便利，离晚晚她们也近，以后出门方便。"

抬了抬眼皮，又改口："我想住宽北巷。"

那边的许念半低着头笑，八斤汪地叫了声。

读研生活与许念想象中有出入，研一的日常就是上课打基础，学习任务比本科繁重。她的导师与张教授熟识，是同校师兄弟的关系，对她还算照顾，可也并未照顾太多。

许念很珍惜学习的机会，分外努力刻苦，当然，并不是读死书那种刻苦，闲暇之余，她会去做志愿服务或者参加活动，而在这次的志愿服务中，竟然遇到了一个意料之外的人。

——宁周怡。

距离上一次见面已过去太久，久到许念第一眼看见她时还愣了一下，半晌没反应过来。

熙熙攘攘的人堆中，宁周怡也看到了她，主动过来，欢喜笑了笑：“阿念，好巧。”

这人还是老样子，一身休闲打扮，齐肩短发扎在脑后，干净利落，就是瘦了许多，锁骨明显凸显，她身后跟着一群西装革履的人，应当都是公司的员工和合作商。宁周怡是个很能分清场合的人，会过来打招呼，证明公事已经解决了。

果不其然，其中一个中年人低低说了句什么，那些人都四散开。

许念脸上也爬上笑意，客气道：“宁姨，来出差？”

"嗯，过来谈合作，刚刚签了合同出来。"宁周怡见她穿着志愿服务的马甲，心下了然，"在做志愿活动？"

许念点点头。

"听晚晚说你在这边读研，怎么样？在B市生活得习不习惯？"宁周怡问。

"还行，没什么感觉。"许念说。

宁周怡"嗯"了声。许念因为志愿服务队那边还有其他事要做，又聊了两分钟，歉然离开。宁周怡在原地站了会儿，才缓缓走了。

许念跟她是真的没有怎么联系过，对于这两年在对方身上发生的事也一无所知，她对宁周怡的记忆，仅仅停留在顾容的好友这个认知上，来红砖房吃过饭，聊过天，以及那顿烧烤。

如今宁周怡有了自己的事业与责任，以后只会与她越走越远。

志愿活动结束出来坐车，许念在和同学聊天时，再次遇见了宁周怡一行人，不过这回没再叙旧，对方似乎很忙，只朝这边看了一眼。

清点人数，上车，然后大巴车缓慢驶离。

许念望了望车窗外的街道，拿出手机给顾容发消息。

回到公寓，许念无意间提起宁周怡。
顾容没多大反应，只是淡淡地问："你觉得她怎么样？"
许念一根筋转不过弯："可以，挺不错的。"
小区里秋海棠盛开的时节，顾母他们来了，大家一起欢欢喜喜吃饭，出去玩。
B市的雪来得早，立冬没多久便白絮纷飞，天尤其冷，两人窝在家里不敢出门，直到雪停了才出去，彼时天色已昏沉。公寓楼前种有梅树，梅花红艳艳地盛放，教许念想起了自家墙后的三角梅。
两人一步一步走向小区大门，堆积的白雪上脚印一个接一个。
"我记得有一次去找晚晚，结果撞见你在门口，你突然问我叫什么名字。"许念回忆，声音很轻，扭头看了看对方，"可是我没答上来。"
顾容愣了一下，仔细想想，确实有这么一回事。
"嗯。"
"那天晚晚不在家，只有你在，你留我吃了顿饭。"许念又说。
顾容静静听着。
"其实我知道她不在家，我不是去找她的。"许念停下，定定看着她，"而是去找你的。"
顾容说："之前不知道。"
"现在知道了。"
"嗯。"
许念莞尔。
顾容也勾勾唇角，温和且郑重说："我很幸运。"
人的一生会经历许多幸运，而遇见你，就是可遇而不可求的幸运。

漫 长 岁 月

[第 18 章]

G市这年的夏天格外热，气温高达40℃，炎热的阳光似火，炙烤着棕黑色的柏油马路，树木的叶子在大太阳的照射下泛出油光。

　　顾容没在这时候回国，而是借着走秀的机会去国外避暑，回国时正值十月，G市仍旧处于炎热之中。

　　沈晚来机场接她，一路絮絮叨叨说个不停，她刚入大学不久，兴奋劲儿还没过。

　　"上个月我和室友一起参加了数学建模比赛，你不知道我室友多厉害，我啥事不用做，直接'躺赢'。"

　　顾容对这些漠不关心，只安静听着，沈晚的话匣子打开就关不了，噼里啪啦跟放鞭炮似的。刚下长途飞机，她有些累，于是合上眼睡觉，那些话都没怎么听，只听到一句——"小姨，我打算生日请她来家里。"

　　生日地点在南山别墅，主题是泳衣派对。

　　沈晚生日的前一晚，她出去跟宁周怡她们喝了不少酒，宿醉的滋味格外难受，故而她去得有点晚，没赶上沈晚向大家介绍许念，所以并不知道许念的名字。

　　派对上的人基本相互都认识，许念融不进这个圈子，独自坐在角落里，很显眼，一看就不属于这个地方，沈晚要招呼其他客人，没那么多精力顾及这人。

　　彼时顾容跟宁周怡躲在榕树后，她习惯性眯了眯眼，抬抬下巴，问："那个，是谁？"

　　宁周怡扭头随意看了看，满不在乎："不认识。"

　　那时候的许念还是齐肩短发，头发扎着，额前留了几缕碎发，看起来利落飒爽，面相十分英气，气质干净。不过顾容也只是多看了两眼而已，并未多关注这个人。

　　季雅让顾容和宁周怡去喝两杯。时间一晃到天黑，周围亮起了柔白的灯光，她不喜欢聊天，于是一个人坐在泳池边清净清净。

　　许念在游泳，游累了便双手扒在池边，她背对着顾容，打算一会儿上岸。

　　顾容其实没怎么注意到这人，只是在这时候多看了一下。小姑娘的腿很长，腰肢纤细，很是惹眼，她上岸的时候突然被人撞了下，没站稳，一个踉跄跌进水里。

　　意外来得突然，其他人都未反应过来，那时她也没多想，立马过去捞人。

可能许念有些吓到了，抱她抱得死紧，湿发黏在这人白皙的颈间，发梢的水顺着肌肤一股股滴落，顾容任由她搂着，虽然不太习惯这样的触碰，但也没把人推开。

许久，许念终于缓过神，似乎意识到了什么，放开她，声音有点哑，低低道："谢谢……"

因为时间太晚，沈晚留许念在顾家休息一晚。

家里多了一个人，顾容全然不关心，只是半夜睡不着，出来走一走的时候又看见了许念，她站在枝丫繁茂的矮树后面，这人并未察觉。

天上挂着圆月，月华如水遍洒大地，许念神情淡淡，看不出任何情绪，兴许只是失眠出来走走而已。

顾容可没跟人谈心的癖好，直接转身往另一个方向去，找了张木椅，坐在上面抽烟。沈妈妈他们老拿这个念叨，听厌烦了她便躲角落里或者找个没人的地方抽。

夜风大，带着秋天的燥意直往这里吹，她正欲回屋，可一转身，就看见许念站在不远处。

昏黄的灯光在许念周身镀了层柔和的光晕，她的视线放在顾容身上，却没半点要过来的意思。

很自觉，知道不来打扰。

顾容半垂下眼，细长的手指捏着烟，灵活地转了转。

第二天，顾容有事出去了一趟，回来时家里空荡荡的，早没了人。

G市的高温令人烦躁，家里更让她恼火，自打回来以后，顾老爷子总有意无意表达出他的诸多不满，顾母也冷淡疏离得很，老生常谈的话题，无非就是要她放弃做模特。都这么多年了，年年如此，次次如此，顾容都懒得再跟他们说什么，一概不理。顾老爷子为此气得血压飙升，桌子拍得哐哐响。

后两天正值周末，阴雨天气，因为她回来了，沈晚这阵子就来顾家住。周日那天，这妮子有事出门一趟，这日顾母在家，一直没给她好脸色看。

顾容习以为常倒不在意，直接出去，担心顾母会看到她抽烟，特意走到大门那儿。雨已经停了，地面满是大大小小的水滩，一闪一闪反着光，雨后火红的云霞满天，天上地下皆是金黄一片。她刚到门口没多久，就瞧见远处走来一道干净清瘦的身影,那人的头发被风吹得有点乱,走得很慢。刚开始她还没反应过来,只觉得这人颇眼熟,直到走近了才蓦地想起。

许念也看到了她,只是沉默寡言,一个字没讲。

顾容不是个热情的人,收回目光。顾家的大门关着,许念进不去,在离她两三步远的地方等着。

吹了会儿风,见这人还这般站着,顾容朝旁边瞥了眼,随口问:"叫什么?"

许念抬了抬眼,缓缓看向她,反应有点慢。

"你的名字。"顾容又说。

对方张了张嘴,轻声道:"许念。"

顾容随口又问:"来找晚晚的?"

许念没说话,只点点头。

"她不在,有事出去了。"

许念不出声儿。

顾容没再搭理她,开门进去,不过进去后没把门关上。恰好这时候家里的阿姨出来,她认识许念,瞧见人在门口,等顾容走出一段距离了,才笑呵呵示意:"许小姐进来吧,进来坐。"

晚饭是在顾家吃的,之后家里的司机送许念回去。

顾家地处G市富人区,安保非常严,外人想进来,必须征得小区住户的同意,顾容顾母都没收到电话,那肯定是沈晚帮的忙。

在家久待的日子无聊且烦闷,顾容偶尔觉得烦躁,就会去其他几个区转转。

她爱去老城区,那一片更清净些,没有那么多纷扰喧闹。有几次,她都见到了骑着单车的许念,就在东方广场那里,这人像是有做不完的事,到处当临时工,不过慢慢地就见不到了。

暮春的雨来临之际,天空灰蒙蒙,阴沉得可怕,顾容刚从西区出来,未承想开车走了一段后就遇到了许念,恰恰天降小雨,她靠边停下,叫这人上来。

许念一面拿伞一面说:"不用不用,我家就在附近,穿过这片楼就到了!"

言毕,真转身就走。

小雨转大雨,噼噼啪啪骇人得很,顾容将车驶进附近的商场地下停车场,在商场里待到雨停。

季雅打电话叫她晚点出去聚聚,朋友们都在,她自然去了,季雅的朋友也在,跟她一样刚回国没多久。小女生斯斯文文的,说话细声细气,干干净净的学生模样。

谁知道后来会发生那样的事。

季雅还对她说:"她想在那边发展,我打算等处理好国内的事就一起过去。"

顾容没吭声。

季雅双肘抵在栏杆上,眺望着远方,缓慢说:"阿九,你觉得行吗?"

顾容哪能决定这些,只说:"随你。"

那时候大家都没看出问题,更不曾预料到在季雅辞了职,准备出国之际,那个在她们看来单纯无害的小女生,会这么讲:"其实我也不欠你,你对我好是你愿意的,不是我逼的。"

晚一点的时候,季雅带着朋友走了,一众朋友让去棋牌室玩,沈晚也来了,还带着许念。

有人提议玩牌,两张牌拼点数,两两抽签组队,她本来没参加,只是少了一个人,不好拂了大家的兴致,便随便抽了张,却正好抽到和许念一起。

许念有些拘谨,从头到尾就没说两句话。

灯光昏暗,许念低着头,视线放在牌上。

离开棋牌室,沈晚兴冲冲找她要车钥匙:"我送阿念回去,大晚上的不安全。"

一朋友逗她:"你的好朋友?"

顾容拿起手旁的水杯,半抬起眼皮,看了下沈晚。

沈晚大方笑笑:"室友加同学呢。"

说完,直接走到顾容面前:"小姨,车钥匙呢?"

她喝了口温水,将东西递过去,沈晚满心欢喜走了。

快到门口的时候,许念回头看了眼,恰恰与她目光相接,顾容不闪不躲,对方先别开脸,脸皮薄得很。

沈晚开车技术烂,车子完好无损出去,回来时右后侧挂彩。

她皱了皱眉,目光微凌厉。

沈晚悻悻,觍着脸笑:"拐弯没注意,撞墙上了。"

顾容没说话，表情冷冷的。

"就车刮到了而已。"沈晚讪讪小声说，自知理亏，"修一修就行了，小姨你消消气，明儿我让我爸给你报销修车钱。"

车有事，人没事。

顾容睨了她一眼，面无表情说："以后别开车载人。"

沈晚不迭点头："是是是，一定一定，绝对不会了，我保证！"

因着沈晚的关系，许念经常来顾家。

其实算不上经常，只是每次来都恰逢顾容在家。许念一向安静，偶尔进了门遇上沈晚有事，便独自坐在沙发上等着，有时发呆，有时看看手机，她不会打游戏或者看剧这些。家里的阿姨经常与她搭话，不论问什么，她都会很有礼貌地答两句，故而阿姨尤其喜欢她。

这一年冬天，顾容老老实实回顾家，打算过完年再走，沈晚那妮子忙着旅游，鲜少过来，所以许念也没再出现。

顾容在东方广场见到了这人，冒着凛冽的寒风，慢慢步行，身上裹紧厚厚的大衣和围巾，手里提着一个印有打折广告的购物袋，购物袋里装有日用品。她从顾容的车前走过，却没发现车里的人，身形孤零零的，顾容看着她顾长清瘦的背影消失在街尾处，东方广场特别热闹，人来人往，喧嚣喜庆。

在那之后，在西区、老城区，顾容又遇见过许念几次，只是对方都没察觉到。

直到开年，再没有见到这人一面。

沈晚说她现在很忙，要比赛、学习，还要做家教，许念终于找到了一份比较稳定且报酬还可以的兼职。

初六上午，顾容从郊外开车回来，在三里亭村偶遇这人，那时许念正沿路慢慢走着——临近中午，城里没有公交车到这边，只能走路。

顾容停车，按下车窗，许念有些吃惊。

"上车。"她直接说。

两人相互不说话，除了许念那两个"谢"字。

刚进入老城区，许念说要下车，顾容向来不是个热心的人，把对方放下就驶离远去。

记不得是什么时间了，顾容从沈晚口里了解了许念家里的事，都是些零零碎碎的信息。她回G大探望张教授的时候,无意在办公桌上瞧见许念的申请表,便随口问了两句。

张教授并未说太多关于许念的话,那时他还不太清楚许念,只笑眯眯说:"应该是个好苗子。"

这回探望之后,顾容增加了对G大的捐款,从原来的每年三十万追加到六十万,这些钱都是用于资助机械学院实验室的。她那会儿没想那么多,若是沈晚进了实验室,肯定会加得更多。

也是那天,她晚上去西区过夜,住的是沈妈妈的房子,原本那里没人在,只是不巧,沈晚带着许念来了,另外还有几个同学。她穿的是深V睡裙,门外的许念束手束脚的,不待她反应过来,这人就直接挡在门口,"啪"地一下将门带上。

顾容披了件外套过来重新开门。

许念薄唇紧抿,耳根子发烫,全程都没敢看她。

这群小女生过来玩,今晚会在这里睡,顾容不大喜欢这种喧闹的环境,故将地方让给她们。

走的时候,许念终于往门口方向望了眼。

在之后的日子里,顾容多次与这人相处或者遇见,但相互都没怎么交谈过,关系很淡很淡,许念不爱说话,见了面时常沉默寡言,偶尔沈晚与她聊天才会回两句。

夏天,沈晚闹着要去海边玩,顺便带着许念一起。

不知是天儿热还是怎么的,许念一直站在阴凉的地方。顾容想抹防晒,旁边没其他人,于是让这人帮帮忙,她有些拧巴,怔在原地没敢动,最后还是顾容自己动的手。

八月末,顾容又在西区碰见了许念,这次对方认出了她,不过没出声招呼,只点了点头。

许念跟熟识的男同学一起,对方长得清瘦秀气,是现下小女生喜欢的类型,两人出来做社会调研,男同学很是照顾她,举手投足间都透着一股欢喜。

年少总是多情,碰到中意的便心生爱慕。

顾容坐车里,没像以前那样离去,过了许久,方才离开。

沈妈妈打电话让过去吃晚饭。

一见到人，闻到她身上那股子味道，沈妈妈忍不住数落："都说了多少次了，让你别抽，这要让爸他们知道，铁定又得说你，这一天天的，说也不听，真是……"

沈晚端着水果出来，心情不错，帮腔说："哎呀妈，你就是管的宽，成年人抽烟咋的啦，小姨自己有分寸。"

沈晚不说还好，一说沈妈妈当即拉下脸，连她一块儿训："你要抽烟，看你爸怎么收拾你，尽会贫嘴。"

沈晚嬉皮笑脸："那不会，我肯定不抽，以后也不抽。"

"谁知道你呢！"

"真不会，你见我身边的同学谁抽烟了？"沈晚过去挽着沈妈妈的手臂，有点撒娇的意味，"你看阿念多好，我就跟她学，你就放心吧。"

沈妈妈无奈笑笑，戳戳这妮子的脑门儿。

顾容抬起眼皮子，到沙发上坐着。

这事儿就翻篇了。

沈妈妈只是惯例劝劝，以前要是这么讲，根本毫无作用。可自打这次起，顾容抽烟越发少了，不过周围人一开始都没察觉，不知道啥时候戒的。

许念在西区找到了份家教的工作，只要周末有空都会来新区，现在渐渐不来了，沈晚有空会过去找她。

"她家是老式的红砖房，在巷子中间，院里种了玉兰和黄桷树，还有冬青，门口栽有三角梅，特别好看。"沈晚兴冲冲描述。

顾容没见过，光听描述，感觉应当是个不错的地方，以至于后来沈晚找她帮忙时，她才会同意。

与沈晚混得非常熟以后，许念会跟着喊一声"小姨"，顾容不大习惯这个称谓，但久而久之，竟也觉得没什么了。她常常出国，忙完了便回来待一阵，有时候是两三天，有时候十几天，但不是每次都能见到许念。

许念在学校特别忙。

与张教授通电话时，偶尔张教授会提起自己有一个特别合心意的学生，虽然不提名字，但顾容能猜到是谁。

也许是有些倦了这样的生活，顾容在这一年决定退休，回国安定下来。回来的那天，她谁都没通知，在老城区绕了一圈才离开。正值周五，自然没见到熟人。后一天，她去西区忙事，在来来往往的人群里遇到许念，只是这人急匆匆骑着车，一个拐弯儿就驶进筒子楼旁的小路。

记不清多久没见了,许念的样子与最初见面那会儿差别挺大的,齐肩短发变成了长发,整个人更加清瘦,眉眼间不再像以前那样总冷冷淡淡,多了两分生气。

她第一回去宽北巷那天,走错了巷口,许念出来接她。

这人见到她,脸上虽然镇定得很,眼眸里却藏不住喜色。

那场雨来得及时。

往后的一切都既凑巧又合人心意。

来B市的第一年白雪纷飞,她要出门一趟,晚些时候许念来接她。

路上打滑,这人贴心护着她,柔声说:"小心点,看路。"

八斤在暖和的屋子里等着她们回来。

外面白雪皑皑,两人在房子里取暖。

"阿念。"顾容唤她。

许念"嗯"了一声,扭头认真看着。

顾容本来有话要说的,被这么一看,竟忘了要说啥。

"什么?"许念问。

她实在想不起要说什么。

许念忽然笑了笑:"是你先喊我的。"

顾容没说话。

外面的雪越下越大,逐渐堆积,压弯了细细的枝丫。

接下来的两三年,B市再没有下过雪。

再后来在顾容的陪同下许念去M国读博,学成归来,投身于研究工作,后一年被G大特聘,前途大好。那时正值张教授退休,老头儿腿脚已有些不便,可见到许念时愣是笑弯了眼。

一如当初所言,两人回宽北巷定居,从今往后都会住在这儿。

如今宽北巷被上面列为老建筑保护基地,成了游人观光的地儿,冷清不复存在。巷子里的人家搬走了几户,但对面婶子家还在,婶子的儿女都读大学去了,许念回来那天,她特意过来帮忙。

"过两年我就退休了,正好他们兄妹俩毕业,可以享清福咯。"婶子笑道,眼眉的皱纹明显。

许念边收拾边聊天。

妯子问:"以后还走吗?"

她摇头,十分肯定:"不走了,就在这里。"

"那挺好的,咱这地方其实也不错。"

那倒是,发展越发好了。

许念和顾容去县城探望许奶奶,现今许奶奶身子骨是一天不如一天,不过精气神却不错,无病无痛,看见她俩来了,忙喊大伯出来招呼人。得知许念其中一份工作是在大学里教书,她满意得合不拢嘴,连连道:"当老师啊,哎哟,好,真好,真出息!"

大伯母接话说:"弟弟报了师范大学,以后也出来当老师。"

弟弟不是秦天赐,而是大伯母的儿子。

许念问:"哪个学校?"

"H大师范大学。"

985院校,很不错。

许奶奶拄着拐杖过来牵顾容:"先坐着,这大老远开车过来,肯定累得很。"

边说还边朝桌子那儿走,要给顾容倒水,顾容赶紧拦住,说:"您歇着,我自己来。"

两人在县城待了两天,然后直接去顾家。

顾母身子骨依旧硬朗,还是老样子,对比前几年,顾老爷子气色红润了不少,见许念来了,抢先把人叫到书房陪自个儿下棋。老年生活无聊,每次许念一进门,他就让她来切磋两盘。顾母对许念的态度转变很大,不再冷淡,这很大程度归功于许念肯陪她打麻将,有时实在太闲,她就带着沈晚或者哪个老姐妹去M国,找许念搓两把。

顾容对此非常无奈,但又没办法。

沈晚仍是单身。

沈妈妈打算让她下个月去相亲。换成以前,沈晚是无比唾弃这种行为的,然而年龄渐大,她可不是单身主义,对此俨然毫无意见,甚至还亲自挑相亲对象。

当沈晚专注相亲之际,顾容也有特别的事情要做。

顾容打算领养一个孩子。

领养手续特别麻烦,准备周期长,开春的时候,领养终于尘埃落定。顾容要领养的是个四岁多的女娃,小名叫囡囡,大名没有。在此之前,许念、顾容见过她几次，小孩儿很是瘦小，总是一副怯生生的样子，一天到晚都沉默得很，几乎不讲话。

这种性子的孩子，很少有家庭愿意收养，况且已经处于记事的年纪。其实顾容原本的意愿收养对象不是她，只是见到这小孩儿偷偷躲在柱子后面瞧人，不像其他孩子那样眼里带着渴求与期盼，不知怎么的，顾容改变了主意。

顾容过去蹲下身，问她愿不愿意。

囡囡小脸鼓鼓，像是思索了会儿，才郑重地点点头，凑近抬起手一下紧紧抱住顾容。

上车时，一开门便见到大只的微胖八斤，囡囡还有点害怕，许念没啥带娃的经验，迟疑了半晌才哄道："没事没事，它很乖，不会咬人的。"

囡囡仍不敢靠近八斤，扒着她的手臂，小腰板挺得笔直，呆呆愣愣的。前面的顾容挑挑眉，关门开车，八斤有些委屈，皱巴着脸，它现在不像小时候那样可爱无害，身躯确实有点大，半蹲在座位上比小孩儿还高，它用脑袋拱拱许念，口里呜呜两声。

许念没考虑到囡囡会怕八斤，本想着两人一狗都来接她，这样应该更好些，她揉揉八斤的脑袋，不知道该怎么解决。

养孩子不是件轻松的事，接下来的日子顾容深有体会。

囡囡的大名是顾老爷子取的，叫顾青许。

俗话说隔代亲，这话真不假。顾母很喜欢囡囡，顾家上上下下就这么一个小孩子，甭管是否有血缘关系，她都稀罕，家里的人没时间陪他们，老两口便成日带孩子打发时间。

囡囡的孤僻性子也慢慢转变，变得逐渐开朗起来，小孩子的世界简单，她还小，从前过得不顺遂，但以后可以无忧无虑了。

如此养了三个多月，瘦得像豆芽菜似的囡囡圆润不少，白白嫩嫩的招人喜爱，她很亲顾容，时常扒着人不放，趴在顾容怀里亲昵乖巧喊"妈咪"。

可怜的八斤终于被小主人所接纳，许念没空的时候，出去遛娃的担子便落在了它头上，八斤很是负责，绝对不让囡囡走远。不过它最亲近的还是许念，对谁都好，对许念尤其好。这傻狗时常认知不够，以为自己还小，有时一屁股就坐在许念腿上去，跟着一起看电视。

这一年清明天晴风小，阳光明媚，一家四口去三里亭村扫墓。

外婆的墓地被打扫得很干净，许念将从家里折的三角梅放下，教囡囡喊人。

囡囡若有所思地点头："嗯！"

又乖乖跟着许念喊了声。

许念看看顾容，不由自主笑了笑。囡囡张开手想抱她，可惜个头太矮，许念只得俯身把小丫头抱起来。

扫墓结束，下山的路上，她们碰到了许母和秦家姐弟俩。瞧见许念怀里抱着一个女娃，许母不由得多看了眼，她自然知道这是顾容领养的孩子。

囡囡好奇地看着这一家三人，用小脸蛋蹭了蹭许念，轻声喊："姨姨……"

不知是想起了什么还是怎么的，许母心情触动颇大，她望望许念，眼睛立马微红，嘴皮子颤了颤，可终归什么都没说，怔了一会儿，侧身带着秦家姐弟往山上走。

顾容回头看了眼，瞧见许母边走边抹眼泪，可许念没有回头。

世界很大，一别两宽。

春去夏来，天气逐渐炎热，电视里的专家说，预计今年的夏季气温会比往年都高，让大家做好避暑准备。忙完学校的事情，许念向所里请假，她要带家里那三个去江淮镇。

所里本不准假，可最后还是批了。

不过当一行人抵达江淮镇后，预计的高温却迟迟不来临，天气反而越发凉快，二十几度，穿短衣短裤舒适得很。八斤第一次出城，亢奋得不行，拉都拉不住，囡囡跟在它后面屁颠屁颠地跑。

"八斤。"

"八斤。"

她奶声奶气地喊。

八斤闻声停下来，等她走近，撒欢一样又跑了，囡囡又去追。

许念好笑，将后备厢里的行李全都拿出来，对顾容说："我先去放东西，你看着她们。"

顾容："嗯，知道。"

趁关上后备厢的空当，许念侧过来："待会儿过来找你们，晚些时候出去吃饭。"

现今江淮镇变化大,近两年周围新开了许多商铺,吃的喝的啥都有,她们这回住的是顾容的小洋房,来之前就已预约过家政打扫了,所以可以直接入住。

许念麻利收拾,虽然有两大箱子的东西,但都是分了类的,直接拿出来摆上就行了。整理顾容的箱子时,许念无意间翻到画册,没忍住打开看了眼,现在顾容鲜少再画画,里头的画都是几年前的了,来宽北巷前的,来宽北巷后的,画里的人再熟悉不过,许念不由自主扬起嘴角,而后将东西摆正。

晚霞漫天时,她出去寻人,一家四口去附近的小菜馆吃饭。

在江淮镇的第三天,季雅和万姐她们来了,大伙儿知道顾容在这里,于是都过来凑热闹。

宁周怡如今非常忙,得晚一些才会过来,不过也有很大可能不会来,她是大忙人,连闲下来喝杯咖啡的时间都挤不出来。

囡囡有人带,许念趁众人不注意就带着顾容出去了。江淮镇道路两旁种有许多枝丫繁茂的树木,这个季节正浓荫华盖,是乘凉的不二之选。

陈婶还在老地方卖手工编织帽,顾容向她打招呼,买了两顶帽子。

陈婶一面拿东西一面看着许念笑道:"我瞅着这姑娘挺眼熟的,以前是不是来过?"

顾容瞧了眼许念,介绍说:"这是我朋友,许念,之前在您这儿买过东西。"

"哎呀,看我这记性!"陈婶轻拍脑门儿,不知道是真想起来了还是客套话,她将帽子递给许念,问,"这是回来避暑吧?"

"嗯,对。"

"有空就来我那儿坐坐。"陈婶说,"我烧菜给你们吃,你叔上回还念叨呢,好久都没见到你们了。"

顾容与她寒暄几句,直到有其他游客过来买东西才走。

天边的云霞绚丽多姿,霞光投射在地面上,使得所有的一切都镀了一层柔和的黄色,行人来来往往,轻拂的风缓缓吹着,静谧而安宁。

许念拉了拉顾容,走出一段距离。

她轻声喊她的名字,手下微微用力。

顾容扭头看她。

这人又喊了一次。

顾容不言语，只定定地看着。
"快应一句。"还没完没了了。
片刻传来一声"嗯"。

[简体独家番外一]

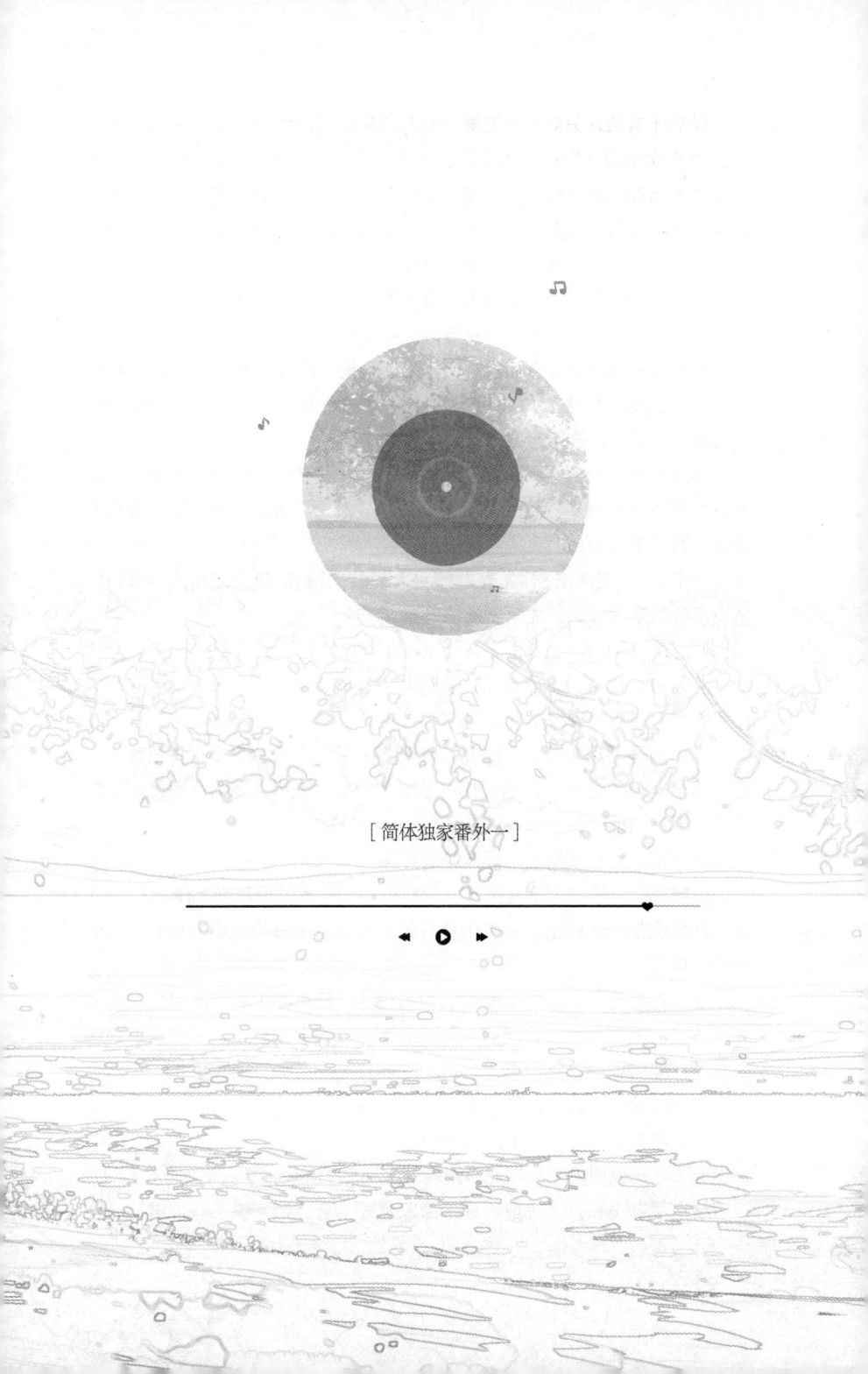

日子过得总是平稳，一天接一天周而复始地重复。

　　过了八月，囡囡就六岁了，到了该读小学一年级的时候。择校时，顾容、许念在离家近的公立学校和高级私立学校之中，最终选的是公立，一来是为了方便接送和照看囡囡，二来，公立学校与顾容的工作室只有一街之隔，走路十分钟不到，顾容随时都能顺道过去。

　　囡囡入学的第一天，沈晚开车送她们到校门口，许念和顾容一块儿陪囡囡进去，处理完所有入学事宜后再并离开。

　　顾青许和幼时的许念如出一辙，简直就是一样的性子，小家伙很独立，去了新的学校融入得飞快，一点都不让人操心。本来顾母他们还有所担忧，怕囡囡会不适应，这下可算是安心了。

　　连续两周，一到放学时间都是顾容亲自去接孩子。等她们到家了，许念基本都下班回来了。这人一般会到门口候着，待母女俩走近了，很自觉地接过顾容手上的包，再抱起囡囡。

　　"辛苦了，我来吧，你先进去。"许念先转向顾容，语气温和，一如既往，又抬手给顾容理理额前被风吹乱的发丝。

　　顾容站着不动，待她做完这些了，才开口接话。

　　两人边走边聊，讲的都是些再日常不过的话题——今天做了哪些事？顺不顺利？遇到了谁或是什么问题？

　　"杨助理要离职了，可能九月份就要走了，我准备下个月再招两人。之前那个实习生还行，但他胜任不了现在的工作强度，还需要再练练。"顾容事无巨细地讲，全都告诉许念。

　　许念说："别太累了，身体最重要。"

　　顾容说："还好，不是很累，你别担心。你呢，项目怎么样了？"

　　许念也都一一托出，从手中项目的进度到下个月的讲座，再到之后的出差安排。

　　乖乖被抱着的囡囡听不懂她们聊的内容，好奇睁大眼睛盯着，一会儿觉得乏了，便安静靠在许念肩头，一只手搂着许念的脖子，另一只手则伸向顾容，糯糯说："妈妈牵。"

　　许念揉她脑袋，把人放下来。

　　"该吃饭了，先去洗手。"

　　囡囡立马就照做，屁颠屁颠跑向卫生间。

　　趁小朋友不在，上桌前，许念给顾容捏了会儿肩，说了些悄悄话。顾容只笑,瞥了眼卫生间那边。

囡囡不到半分钟就洗好了,急匆匆又冲回来,双手还沾着水。小孩儿烦人,凑到跟前了,非要许念给她擦干净,眨巴眨巴眼,可爱地对许念撒娇。

许念轻轻揪她耳朵,让她自己擦。囡囡机灵,不给擦就算了,转头就找上顾容,黏上了就不放。到底还是许念看不下去,拎开这个小鬼,拿毛巾过来给她擦了。

囡囡一高兴,朝着许念的脸就要吧唧亲一口,可惜被顾容拦下了。亲不到不罢休,囡囡还要试图挣扎,可最后终究敌不过大人,只能不情愿地鼓鼓肉乎乎的腮帮子,接着找八斤玩儿去。

八斤那傻狗啥不也不懂,见小主人来了,尾巴摇得跟螺旋桨似的,压根不带停的。

许念觉得好笑,又有些没办法。

赶在夏天的尾巴消失之前,整日清闲的顾母不再沉迷于牌桌,突然改了性子,同一位老姐妹合伙开了家花店。

花店正式营业那天,许念带着贵重贺礼前去参加剪彩仪式,并破天荒在自个儿朋友圈帮着做了一番宣传。

许念平常极少发朋友圈,一年发两次都算是多的。

顾容第一个给许念点赞,还在顾母店里订了束花送许念。

收到花的时候,许念已经去学校上课了,那束花被送到她的办公室,叫关系不错的同事瞧见了,趁机揶揄她说:"哟,许老师真是好福气,羡慕呀。"

许念大大方方把花放桌上,非但不在意这个,后一天还从家里拿了个花瓶到这边,把包装拆了,将花插进花瓶里用水养着。

同事只觉羡慕,一张嘴不带停的,连连发出"啧啧啧"的声音。

而同时期的另一边,正在努力赶业务的沈晚也收到了顾容送的花。沈晚挺嘚瑟,赶紧拍照发给许念瞅瞅,唯恐许念看不出来谁送的,特地告知:"小姨送的,好看吧?"

许念无视了这条信息,知道沈晚还在蹦跶,使劲找存在感。她顺手就拍了办公桌上的花瓶给对方,回复:"嗯,还可以,我也有。"

没有对比就没有伤害,光从照片就能明显地看出,许念收的这束更大、更好看。

沈晚瞬间就不平衡了，控诉道："偏心！赤裸裸的偏心！小姨太过分了，竟然不一视同仁！竟然区别对待！苍天，还有道理吗？啊啊啊啊……"

懒得搭理这货发癫，许念把手机反过来覆在桌子上，嘴角忍不住扬了扬，过一会儿再拿起手机，发微信给顾容。

发了鲜花的照片，还有一行字：

"很漂亮，每天过来了都能看见。"

本该在工作的顾容马上回复："那天在妈店里一眼就相中了，感觉你应该会喜欢这种。"

许念："确实喜欢。"

顾容："下次还送。"

许念："行。"

顾容："喜欢就好。"

许念回了个用八斤照片做的表情包，是一张大狗眯眼傻乐的动图。

手机那头，顾容忍俊不禁，在会议上差点没憋住，险些当着一众员工的面笑出声。好在她及时调整，迅速又板起脸，变回原先雷厉风行的样子，面无表情听下属做汇报。

早秋来得悄无声息，也去得毫无痕迹，一溜烟儿就没了。

只有门前、巷口的树木叶子又深了些，掉了些，晃眼就又变得光秃秃，仅剩下杂乱交错的褐色枝丫。

如微信上的承诺，在这之后，顾容果真定期订花送过去，雷打不动。

办公桌上的花换了一茬又一茬，次次不重样。

待到夜幕降临越来越早的冬季，顾容又送了盆仙人掌过去，省得许念天天给花换水麻烦，干脆送一样好养活的。

许念幼稚，收到仙人掌盆栽就拍照发给沈晚，成心问："刚送的，你有没？"

沈晚在对面无能狂怒，放言："绝交！咱俩绝交，从此以后就是陌路人！"

然而等到见面了，到这边来蹭饭了，沈晚却转头就忘了这事，厚脸皮地瘫在沙发上，不客气地翻翻找找，搜罗家里的零食吃。

顾容不管这货，随便她怎么撒野。

许念也无所谓，正好有空，进厨房收拾收拾，到饭点就弄了一大桌子菜端出来。

沈晚变脸极快,毫无骨气地拿起筷子,真心实意夸道:"还是咱们阿念好,十八般武艺样样俱全,跟你一起过日子可真够幸福。"

许念还没回话,顾容就先敲她脑门一下:"少贫,吃你的。"

沈晚撇撇嘴,又一面往嘴里塞一大筷子肉,一面口齿不清说:"小姨……你变了,不爱……我了……"

不听这个碎嘴子瞎咧咧,顾容坐对面去,接过许念递来的汤,尝尝味儿,来口热的暖和一下。

囡囡在一旁似懂非懂,转头看看她,再看看许念,思索良久,小脸一皱,认真地纠正沈晚:"姐姐,妈妈也爱你的,但是更……"

沈晚立即捂住这破小孩儿的嘴,不让说了,不愿面对真相,碎碎念道:"不听不听,我听不见听不见,什么都没听到,没听到没听到,就是没听到。"

许念和顾容双双被逗乐,简直好笑。

囡囡呜呜了两声,脸都憋红了。

两个月后,许念被邀请到隔壁市大学做讲座,出差两天。

那次,恰巧空闲,且正值周末,顾容带着囡囡一路同往,正好到隔壁市逛逛,放松一下子。

当天的学术大厅里,底下的座位全满了,一个空的都没有,甚至后边好多学生都挤着站,好多抢着来的。

其实讲的内容也就那样,都是些专业相关的东西,许念向来一板一眼,不像别的老师那般,会比较幽默风趣能带动氛围。可她就是非常受欢迎。在这个浮躁的年代,她顶着一张出众的脸,拿出来的真本事够硬,这在哪儿都将会是最惹眼的亮点。

顾容坐在第一排靠边的位置,安静陪伴,见许念游刃有余,见她站在明亮的光下,比谁都夺目。

讲座快结束了,下面的同学纷纷举手提问,大多都是一些专业相关的发问。许念一一解答,十分耐心。

直至一个戴帽子的男生站起来,好奇地问:"请问许教授一路走来的动力是什么?"

许念的回答比较公式化。

"家人和朋友的支持。"

男生继续问:"其中有哪一个对你来讲,是非常特别的存在吗?"
许念坦荡回答:"有的。"
"那那人来现场了没?"
"来了的。"
全场起哄,瞬间就闹腾起来。
许念慢慢地,继续说:"她是我一路走来的动力。"
年轻的学生们精力充沛,听到这儿,一个比一个爱闹,恨不得把场子都给折腾翻了。
而台下,顾容就那么安静地坐着,望向上面。
吵嚷的大厅内,她们静静对视。

[简体独家番外二]

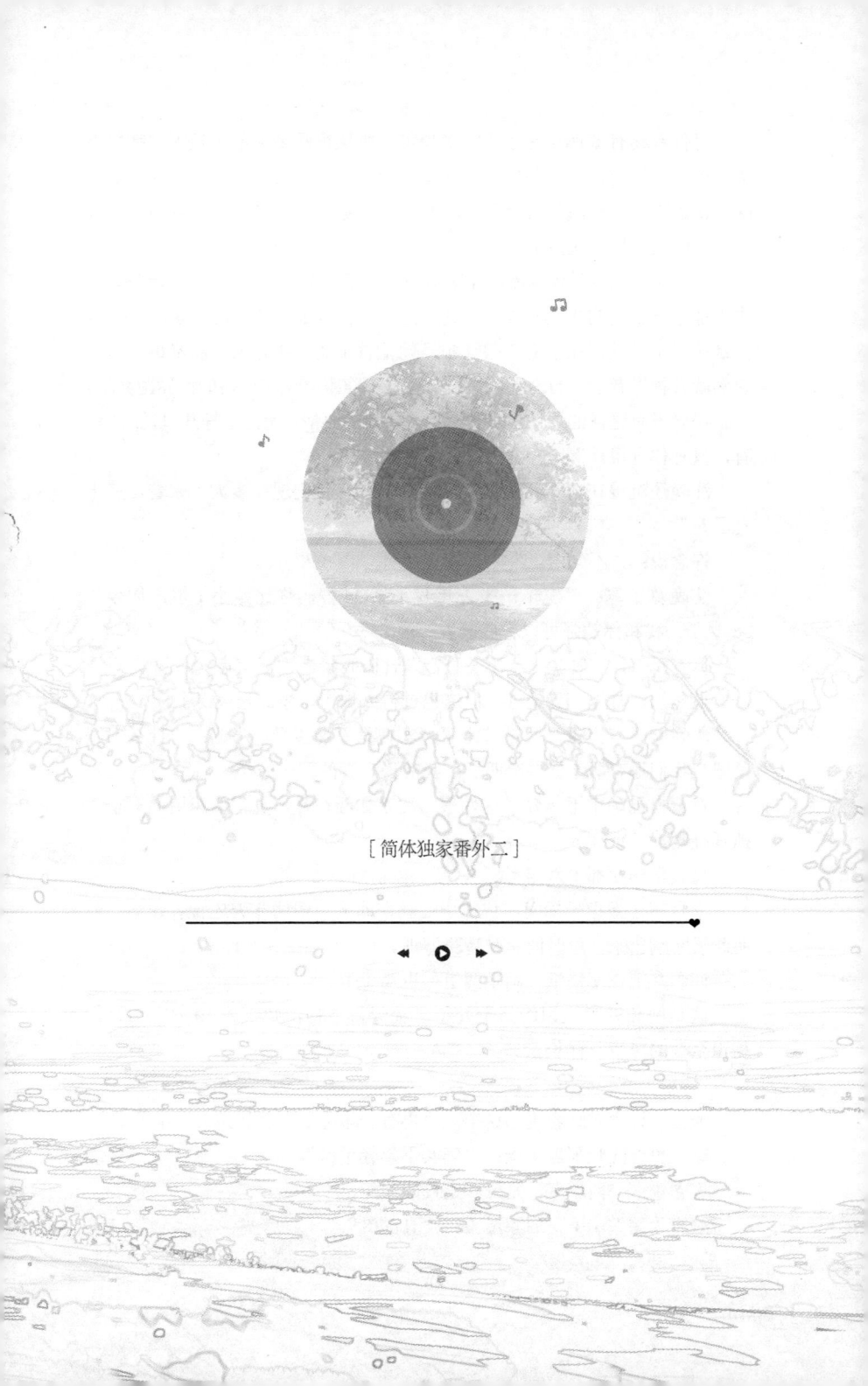

"你有没有觉得，这才毕业多少年，好像也没多久吧，咱俩这都快不年轻了？"沈晚没长骨头似的靠在椅子上，半死不活的，双眸无神，黑眼圈重得跟熊猫一样，讲话都近乎没劲儿。她近来天天熬夜，忙得脚不沾地，工作强度大到怀疑人生了。

这一年，顺应时代潮流，沈家那边又开了分公司，还把沈晚派到那边。作为那个分公司的主要负责人，为了追上新一代的脚步，沈晚这段时间可谓是铆足了劲儿，比拼命三娘还狠。她忙昏了头，接触太多新鲜事物了，忽然就有种"老了"的错觉，生怕要被这个睁眼就焕然一新的世界抛弃了。

许念没有这样的烦恼，俨然没半点矫情的心情，无比平静开口说："没有，只有你觉得。"

沈晚还沉浸在自个儿的世界中，又问："我们现在多大了来着，三十几了？"

许念说："不知道。"

沈晚算了算："三十……去年我小姨44岁，你比她小7岁，你今年38岁了，我和你勉强可以看成同岁……"

算着算着，沈晚猛地一下子直起背，眼睛瞪老大，差点就跳起来。

虽然知道时光一晃就过，但这也过得太快了，堪比坐火箭了！

沈晚脑子有点慢，回过神来了，实在是不能接受，大叫："什么？不是吧！我们还有两年就要奔四了，我的天！我的天……"

对于自己确实不年轻了这件事，沈晚如鲠在喉，急得像树上的猴子，抓耳挠腮。

离大学毕业都十六年了。

十六年，弹指一挥间，仿佛毕业就在昨天，明明昨天还青春洋溢，明明昨天才刚出来，可时间总是转瞬即逝。

许念拿笔在草稿纸上画了两道，也算了下。

这是她和顾容认识的第十九年，犹记得当初，她也才19岁，和她们相识至今的年岁一样长。

晚上，许念对顾容说起这个："再有一年，我们就认识二十年了。"

顾容也像沈晚那般感慨："确实不年轻了。"

许念说："四十多，是风华正茂的年纪。"

顾容"啊"了下，眉眼温柔："真的呀？"

许念一脸肯定:"真的。"
顾容笑笑:"那倒是,反正还没老。"
许念说:"你在我心里永远都不会变。"
"不会变老啊?"
"地位、分量、意义,还有感情都不会变。"
"那我很荣幸。"
"我才是。"
她们聊着,宛如在讲再寻常不过的话,那样理所应当就说出口了。
而事实也本就如此。

这一年,囡囡,也就是顾青许小朋友也长大了,从小丫头长成了大姑娘,成了亭亭玉立的青春少女。

少女如今不在家里住了,早住校去了,一般只有放假才回来。有时回来了也不在这儿长住,待两晚就会跑到顾母那里去,到那边陪老人家。

房子里如当年清静,空荡荡的,没什么人气儿。

许念闲着没事干,在自家院子里翻了一小块地出来,种上一堆乱七八糟的绿植,不成功后又全换成了容易存活的月季。

顾容也买了点种子回来,让许念给种上。

许念问:"是啥?"

顾容说:"向日葵。"

"这在南方能活吗?"

"应该可以,我小时候见过,老家那边也有。"

向日葵最后也没成活,连芽都没能发出来。

许念有点受挫,不死心又种了一次,结果还是失败。

顾容对向日葵没啥执念,不过随便找的种子,没种出来就算了,对此也不是很在意。

只是未承想,许念有强迫症一样,后面硬是移植了几株现成的进来,为此还花了不少精力。顾容哭笑不得,早知道就换别的了,省得对方这么费劲。

许念还挺有成就感:"不费劲,还好。"

顾容摸摸她的耳朵:"不累吗你?"

"不累。"

"才怪。"

许念倒在沙发上，笑了笑，顶上的灯光打下来，照在她们身上，为之勾勒出一层模糊又有温度的光晕。

顾容往后靠靠，不知道被戳中了哪个点，一直在笑。

后面，到了收获的季节，那几株向日葵全被顾青许同学无情收走，送到顾母那里，被炒成了一锅瓜子。

她俩分到了一小袋，沈晚也分到了一袋。

沈晚尤为欣慰，倍感满足："咱家青许真不错，孩子长大了，会疼姐姐了。"

差不多时期，也就个把月后，许念又升职了。

这是她职业生涯里又一次转折，为了庆祝，顾容一改往常的低调，等一切尘埃落定后，在家办了一次席，请来朋友和家人，还亲自下厨。

今时不同往日，这时的许念有了能力，早就可以独当一面，再不是那个为了生计而发愁的孤苦伶仃的孩子了。这些年来，她逐渐建立起自己的圈子，有朋友，有光明的前途，有可以遮风避雨的港湾……顾容由衷为她感到骄傲。

那天，许念少见地喝了两杯，话也多了起来。

沈晚更是酩酊大醉，边唠叨边哭，莫名就不能自己。沈晚站都站不稳，抱着许念大声说："阿念，咱俩就是一辈子的好朋友，下辈子记住了，我们还要继续好下去！"

"豪言壮志"完，沈晚还挺伤心，十几年了，她依旧孤家寡人一个。

临近散场了，是顾容把这丢人现眼的拉开，交给顾母。再之后，是一个年轻小姑娘到这儿来接人，开车载着沈晚和顾母一起回去。

许念见过那个小姑娘，隐约记得对方好像是自己教过的学生，也不知道那人是如何跟沈晚扯上关系的。她也没问，那是沈晚的隐私，是人家的事。

年末，陆续有两个单位向许念抛来橄榄枝，希望她可以跳槽过去。

许念都婉拒了，不准备离开G市，不论当下还是将来都没这个打算。她现今的待遇，不管薪资还是发展，都很好了，犯不着再为那些虚名和所谓的权力而做出过大的变动。这显得有些"不思进取"，但她一向有主见，坚持自己的选择。

顾容充分尊重她的决定，只要是她想要做的，一律都支持。

与此同时，顾容已然彻底和模特界告别了。行业内的新苗子一批接一批，长江后浪推前浪，这个行业从来不缺优秀的新人。顾容近些年都在搞投资，前阵儿刚跟着万姐小赚了一笔，最近又在琢磨别的路子了。

赚的钱花不完，顾容每年都会捐一笔出去，还投身到救助流浪动物的队伍中，做一些力所能及的行动。

彼时的八斤还在世，它很老了，不再像从前那样活泼好动，关节有了毛病，胃口也差，啃不动狗粮了，一天下来都吃不了多少东西，不知不觉间就连皮毛都变得没什么光泽，脸上都白了。

对于狗而言，八斤无疑是条长寿的老狗，活得太久了，远超其他同类。不出意外的话，它没有下一个二十年了，甚至能不能活到下一个两年都是未知数。

许念十分尽心地照顾它，跟带孩子一般，不再像刚捡回来时那样带着嫌弃。许念带它出门散步，每当它走不动了，她都会陪它歇歇，耐性十足地等它歇够了再走，实在不行，也会直接抱它走一段路。

八斤走得哼哧哼哧的，兴奋了就舔舔她，把狗脑袋挨在她身上。

回家进门了，顾容也来逗逗八斤，喂它吃点专门做的饭。

八斤也舔顾容两口，高兴得转圈。

没两圈，又累了，又再次停下来。

许念拍拍它，温和说："好孩子。"

八斤"汪"地叫一声。

舒适的夜晚安宁，漫天的星子犹如散落在天空中的亮粉，一大片一大片缀在天空的各处，放眼望去不见尽头。

许念和顾容靠在阳台上看天，放空思绪。

过后又和远在另一个城市读书的顾青许同学打视频电话，两边都絮絮叨叨的，话匣子一打开就关不上，一讲就是大半个小时。

站累了，她们就躺在阳台凉席上。八斤老实巴交跟着趴下，挪挪肥屁股，一定要挤在她们中间，一点眼力见儿没有，还把头搁在许念手上。

许念由着它，摸摸它的背。

城市的那一头，天与地相接，不分彼此。

凌晨的风拂过高楼，轻缓钻进这儿。

313

合上双眼，顾容挨着许念，很长时间都保持一个姿势。

许念也是，平躺着看天。

晚一点，顾容扭头，看着她。

感受得到旁边的视线，许念动也不动，一会儿，压低声音说了句话。

顾容分明听见了，却还是反问："什么？"

许念便再讲了一次。

人生这条路漫长，黑夜也漫无边际，全都没有尽头，唯独你——

"要一直在我们身边。"